古典詩歌研究彙刊

第十一輯

龔鵬程 主編

第6冊

《全唐詩》中「禽鳥入詩」之研究（下）

高旖璐 著

國家圖書館出版品預行編目資料

《全唐詩》中「禽鳥入詩」之研究（下）／高旖璐 著 -- 初版
-- 新北市：花木蘭文化出版社，2012〔民 101〕
目 4+288 面；17×24 公分
（古典詩歌研究彙刊 第十一輯；第 6 冊）
ISBN 978-986-254-724-3（精裝）
1. 唐詩 2. 詩評
820.91 101001257

ISBN-978-986-254-724-3

古典詩歌研究彙刊
第十一輯 第六冊 ISBN：978-986-254-724-3

《全唐詩》中「禽鳥入詩」之研究（下）

作 者 高旖璐
主 編 龔鵬程
總編輯 杜潔祥
出 版 花木蘭文化出版社
發行所 花木蘭文化出版社
發行人 高小娟
聯絡地址 新北市永和區中正路五九五號七樓
電話：02-2923-1455／傳眞：02-2923-1452
網 址 http://www.huamulan.tw 信箱 sut81518@gmail.com
印 刷 普羅文化出版廣告事業
初 版 2012 年 3 月
定 價 第十一輯 30 冊（精裝）新台幣 42,000 元

《全唐詩》中
「禽鳥入詩」之研究（下）

高旖璐　著

目次

上冊

下　冊

第四章 由「禽鳥入詩」記錄社會風尚

任何素材被運用，與當時的社會風氣以及時代背景息息相關，往往是必然的趨勢，禽鳥入詩更不例外。正如馬克思、恩格斯所說到的：「思想、觀念、意識的產生，最初是直接與人們的物質活動、人們的物質交往，與現實生活的語言交織在一起的。觀念、思維、人們的精神交往，在這裡還是人們物質關係的直接產物。」〔註1〕而德國的恩斯特·卡希爾也提到：「符號化的思維和符號化的行爲是人類生活中最賦予代表性特徵。」〔註2〕從《全唐詩》中透過禽鳥入詩的觀照，更能看出作家所要反映出的不同階段的時代變遷，體察到的社會表徵，以及市井小民或是文人的風尚，甚至是展現禽鳥與社會的綿密關聯。

本單元茲以「觀畫題詩的時代表徵」、「賞玩觀獵的生活風尚」、「禽鳥寓言，體察時事」等三個單元加以分論。在「觀畫題詩」部分，主要是透過題畫詩了解繪畫與詩的結合，探索其中的藝術成就與時代意涵；其次針對「賞玩觀獵」一事，在唐代究竟有多興盛，是血腥還是和平相處，是滿足個人私慾或是群體風尚，也是可以藉由詩歌得以了解的；至於以禽鳥作爲寓言、禽言等手法，主要是對於朝政敗壞的諷

〔註1〕〔德〕馬克思、恩格斯：《馬克思恩格斯全集》（北京：人民出版社，1979年），第3卷，頁29。

〔註2〕〔德〕恩斯特·卡希爾：《人論》（上海：上海譯文出版社，1985年），頁35。

刺，以及對於百姓的關懷。

第一節　觀畫題詩，融通集成

中國最早的花鳥畫的開始，在兩千多年前的殷商甲骨文上已有具體而微的表現。其中可以發現有鳥的畫法範本存在，並清楚的刻畫著鳥的頭、喙、眼的分解畫法，李霖燦教授稱其類似現今的「畫翎毛起手式」，讚嘆兩千年的古往今來，其用心如出一轍，文化的淵源流長，令人嘖嘖稱奇。〔註3〕而繪鳥才藝不僅興起的早，更隨著時代變遷進展與「花卉」等的結合，而有了花鳥畫的逸趣；至於融會詩歌的情態，成爲「題畫詩」則是唐代階段的一項重要突破。

唐代的詩人與畫家數量眾多，在畫家方面，依據晚唐張彥遠統計：「自軒轅至唐會昌凡三百七十二人。」〔註4〕其中唐畫家就有二百七人，而如畫聖吳道子、塑聖楊惠之、山水畫南北宗之祖的王維與李思訓等，可都是當時的頂尖代表。至於擅長於花鳥畫者，在《宣和畫譜》中提及：「自唐以來迄于本朝，如薛鶴郭鷂邊鸞之花至黃荃徐熙趙昌崔白等，其俱以是名家者班班相望者共得四十六人。」〔註5〕其中唐與五代者如妙於鶴圖的薛稷，創意折枝使花鳥動植妙得生意的邊鸞，畫雞雉極臻其妙的于錫，善畫貓兔鳥雀各類題材並爲後代花鳥各家所崇奉的的唐末刁光胤，以及四季風物與花竹禽鳥享譽於時的周滉

〔註3〕李霖燦：《中國美術史稿》（台北：雄獅圖書公司，1987年），頁131。〈中國的花鳥畫〉一文中提到有關刻畫記錄於殷商文字甲編圖版188、2624之上。

〔註4〕〔唐〕張彥遠：《歷代名畫記》，《叢書集成簡編》（台北：台灣商務印書館，1966年），〈敘歷代能畫人名〉，頁155～307。有關於人數問題，俞劍華注：《歷代名畫記》認爲373人；孫祖白注：《歷代名畫記》則認爲371人。但經王伯敏：《唐詩畫中看》、孔壽山：《唐朝題畫詩注》、許祖良，《張彥遠評傳》等書中的比對，原畫記中的人數是372人方爲正確。

〔註5〕〔宋〕不著撰人：《宣和畫譜》，《景印文淵閣四庫全書》（台北：台灣商務印書館，1985年），第813冊，子部119藝術類，頁157～162。

等則有二十一人之多。〔註6〕而詩人方面，《全唐詩》所記載的詩人就有二千二百多人，各類風雲人物無不濟濟，其作品之豐更不必置喙。在藝術如此高度發展的年代，文人雅士的切磋互動頻繁，鑑賞風氣與藝文能量不斷提升，促使詩歌與繪畫的結合，成就「詩是無形畫，畫是有形詩」〔註7〕的氛圍，發展出全方位的的藝術風貌。近代學者孔壽山曾言：「詩與繪畫相結合而興起一種新的詩體——題畫詩，是唐詩中的一枝奇葩，在中國藝術發展史上散發著濃郁的芳香。」〔註8〕研究唐代題畫詩的廖慧美則提到：「雖然這種詩畫合一的藝術風氣，盛行於宋代及其后，但追本溯源，此一融通現象，實則奠基在唐代文人對繪畫藝術的體悟與肯定。因此唐代新興的題畫詩類，可以說是唐代文人對繪畫藝術深刻體認的總表現，其影響了一千年來詩、畫理論及創作匪淺。」〔註9〕至於賀文榮則直接提出：「中國古代題畫詩發展可分爲五個時期：先唐爲濫觴期，唐五代爲開創期，宋代爲成熟期，元明爲繁榮期，清代爲全盛期。」〔註10〕是以唐代是題畫詩的大發抉啓階段，〔註11〕並無爭議。

〔註6〕〔唐〕朱景玄：《唐朝名畫錄》，《景印文淵閣四庫全書》，第812冊，子部118藝術類，頁363～372。

〔註7〕〔宋〕張舜民：《畫墁集》，《景印文淵閣四庫全書》，第1117冊，集部56別集類，卷1，〈跋百之詩畫〉，頁8。因畫意和詩情相通，其他還有北宋宋迪逌〈瀟湘八景圖〉，人謂之「無聲詩」；詩僧惠洪曾爲〈瀟湘八景圖〉各賦以詩，自稱「有聲畫」，以爲對舉。至於黃庭堅則有〈次韻子瞻子由題憩寂圖〉：「李侯有句不肯吐，潑墨寫作無聲詩。」。

〔註8〕孔壽山：《唐朝題畫詩注》（成都：四川美術出版社，1988年），〈前言〉，頁1。

〔註9〕廖慧美：《唐代題畫詩研究》（台中：東海大學中文所碩士論文，1990年），〈摘要〉，頁1。

〔註10〕賀文榮：《唐代題畫詩研究》（廣西：廣西師範大學碩士論文，2004年），頁8。

〔註11〕有關題畫詩的起源探討者眾多，贊成唐代是開創年代的如：1.明代的胡應麟言：「題畫自杜諸篇外，唐無繼者。」見〔明〕胡應麟：《詩藪》，輯錄於《古今詩話續編》（台北：廣文書局，1973年），〈內編〉，頁175。2.而清朝的沈德潛說：「唐以前未見題畫詩，開此體者，老杜也。」見

從題畫詩的發展過程與創作來看，題畫詩事實上有廣義與狹義之別。所謂廣義的題畫詩，是指賞畫者根據畫面內容所賦的詩，可以脫開畫面而獨立存在，並非題在畫面上的；更明顯的是，大多帶有贊畫詩的性質。這類詩作不僅評論繪畫的藝術價值並藉此發表審美觀，或藉畫面抒懷，或寄寓家國身世之愁，或分析畫風畫理，內容多樣且繁複。是以這類作品應稱作詠畫詩或是贊畫詩，早期和中期的題畫詩大多屬於此類。狹義的題畫詩則是專指寫在畫幅上的詩作，這類的作品以書法爲媒介，把詩或文直接題寫在畫面上，使詩、書與畫三者作融合，構成了有機的統一體，不僅開拓時空同時也成就了獨特的藝術內涵。這類作品到了宋代才開始出現。〔註 12〕而唐代的題畫詩顯然屬於「贊畫性質」，未見直接題諸畫面；但對於繪畫史而言，卻能抉發其義蘊。

〔清〕沈德潛：《説詩晬語》，收錄於王夫之等撰：《清詩話》（上海：上海古籍出版社，1999 年），〈卷下〉，頁 551。3.清代王士禎則言：「六朝以來題畫詩絕罕見，盛唐如李太白輩，間一爲之，拙劣不工；王季友一篇，雖有小致，不能佳也。杜子美始創爲畫松、畫馬、畫鷹、畫山水諸大篇，搜奇抉奧，筆補造化。……子美創始之功偉矣。」見〔清〕王士禎：《帶經堂詩話》（台北：清流出版社，1976 年），卷 22，〈書畫類〉，頁 10～11。不贊成的則有： 1.王伯敏言：「但就事實而論，在唐人的論畫詩中，如宋之問的〈詠省壁畫鶴〉、陳子昂的〈詠主人壁上畫鶴〉等，都在杜甫出生之前就問世了。」參見王伯敏：《李白杜甫論畫詩散記》（上海：西冷印社，1983 年），〈序〉，頁 5；2.又如鄭文惠：「從文獻資料考察，無論就直接題在畫面上的題畫詩或是詠畫式的題畫詩而言，均非起源於杜甫。題畫詩應是在題畫贊與詠物詩結合的基礎上進一步發展出來的。」見於鄭文惠：《詩情畫意——明代題畫詩的詩畫對應内涵》（台北：東大圖書公司，1995 年），頁 17。3.陳良運則言：「王士禎將題畫詩始創定於杜甫，則大大晚矣。如南齊鮑子卿〈詠畫扇〉、蕭子顯〈詠畫屏〉、南朝梁蕭綱〈詠美人觀畫〉等皆是由畫面喚起詩情，南朝詩人已經開其端。」見陳良運：〈詩人詠畫與畫家題詩——中國詩畫融合縱向略覽〉，《美苑》，第 6 期，（2006 年 4 月），頁 41。兩相對照，唐代是題畫詩的大發掘啓期，應當不爲過，但若以杜甫作爲界線，仍有待商榷。

〔註 12〕有關題畫詩大抵參考東方喬：〈題畫詩藝術價值初探〉，《河北師範大學學報》，第 26 卷第 2 期，（2003 年 3 月），頁 61。以及宋生貴：〈題畫詩的文化底蘊與審美特質〉，《廣播電視大學學報》，第 4 期，（2000 年 4 月），頁 65～66。

唐代的題畫詩總數量只佔唐詩總數的千分之五，〔註 13〕而繪畫種類舉凡山水木石、人物道釋、花竹翎毛、畜獸雜畫等均有。不過本文僅以《全唐詩》作爲觀照，是以數量只有 203 題，其中以禽鳥爲主題的題畫詩計有鶴 9 首、鸚鵡 1 首、鷺鷥 2 首、鷹 4 首、鶻 1 首、鸕鷀 1 首，共 18 首（如表二）；其他雖是屬於題畫詩作，但禽鳥不是主要描繪而是襯托者則有 28 首（如表三），本文所要探討的當然以「前者」爲主。

表二

序號	作者	詩　　題	禽鳥種類	作者年代	畫家	備註
1	宋之問	訪省壁畫鶴	鶴	初唐	薛稷	
2	陳子昂	詠主人壁上畫鶴寄喬主簿崔著作	鶴	初唐	薛稷	
3	李白	初出金門尋王侍御不遇詠壁上鸚鵡【敕放歸山留別王侍御不遇詠鸚鵡】	鸚鵡	盛唐		
4	杜甫	姜楚公畫角鷹歌【案：姜皎。上邽人。善畫鷹鳥。官至太常。封楚國公。】	鷹	盛唐	姜皎	
5	杜甫	楊監又出畫鷹十二扇	鷹	盛唐	馮紹正	
6	杜甫	畫鷹	鷹	盛唐		
7	杜甫	畫鶻行【畫雕】	鶻	盛唐		
8	杜甫	通泉縣署屋壁後薛少保畫鶴【案：稷尤善畫鶴。屏風六扇鶴樣自稷始。】	鶴	盛唐	薛稷	

〔註 13〕孔壽山言：「根據《全唐詩》所保存的題畫詩，並參考《全唐詩外編》以及詩家專集，初步蒐集有 220 題 232 首，佔唐詩之千分之五。」參見孔壽山：《唐朝題畫詩注》，〈前言〉，頁 2。該書在頁 464～473 已將題畫詩作出分類，依據初唐、盛唐、中唐、晚唐逐一列出 220 題。賀文榮：《唐代題畫詩研究》中則是列表分析初唐有 9 篇、盛唐有 57 篇、中唐 84 篇、晚唐與五代有 110 篇，共計 260 篇，比起孔先生多了 40 篇；至於題材方面則依據孔先生的分類，區分：山水木石、人物道釋、花竹翎毛、畜獸雜畫四種。綜論來看，雖有不同的數量，但都佔據唐詩不大的比例。

9	錢起	畫鶴篇【案：省中作。】	鶴	中唐	薛稷	
10	竇群	觀畫鶴	鶴	中唐		
11	盧綸	和馬郎中畫鶴贊	鶴	中唐		
12	皮日休	公齋四詠：鶴屏	鶴	晚唐		
13	陸龜蒙	奉和襲美公齋四詠次韻：鶴屏	鶴	晚唐		
14	張喬	鷺鷥障子	鷺鷥	晚唐		
15	齊己	題畫鷺鷥兼簡孫郎中	鷺鷥	晚唐		
16	鄭谷	溫處士能畫鷺鷥以四韻換之	鷺鷥	晚唐	溫處士	
17	語	時人爲黃筌語【案：荃善寫花竹翎毛。於孟昶殿畫六鶴。因目其殿爲六鶴殿。當時稱歎。爲語曰。】	鶴	五代後蜀	黃筌	
18	和凝	題鷹獵兔畫	鷹	五代		

表三

序號	作者	詩題	禽鳥種類	作者年代	畫家	備註
1	章孝標	破山水屏風【案：一作姚合詩。】	鳥	晚唐		
2	張祜	題王右丞山水障，二首之二。	鷗	晚唐	王維	
3	李商隱	李肱所遺畫松詩書兩紙得四十韻	燕雀	中唐		
4	趙璜	題七夕圖	鳳凰	晚唐		
5	鮑溶	蕭史圖歌	鳳	晚唐		
6	徐夤	畫松	鶴	晚唐		
7	徐光溥	題黃居寀秋山圖	鴛鴦	五代	徐正字	
8	韋應物	詠徐正字畫青蠅	雞	盛唐		
9	白居易	題謝公東山障子	鷹、鶴	中唐		
10	歐陽炯	題景煥畫應天寺壁天王歌	鷹	五代	是景樸非景煥	
11	李頎	李兵曹壁畫山水各賦得桂水帆	鳥	盛唐		
12	劉長卿	會稽王處士草堂壁畫衡霍諸山	鳥	盛唐		

13	王季友	觀于舍人壁畫山水	鳥	盛唐	于舍人	
14	王建	長安縣後亭看畫	鷺鷥	中唐		
15	王建	寄畫松僧	水禽	中唐		
16	劉商	畫樹後呈濬師	鳳	中唐		
17	李賀	追賦畫江潭苑，四首之三	小鷹	中唐		
18	李賀	畫角東城	鴉	中唐		
19	元稹	楊子華畫，三首之二	鶚	中唐	楊子華	
20	白居易	河陽石尚書破迴鶻迎貴主過上黨射鷺斯鳥繪畫爲圖猥蒙見示稱歎不足以詩美之	鷺鷥	中唐		
21	李德裕	近於伊川卜山居將命者畫圖而至欣然有感聊賦此詩兼寄上浙東元相公大夫使求青田胎化鶴【案：乙巳歲作。】	鶴	晚唐		
22	李群玉	長沙元門寺張璪員外壁畫	鳥	晚唐	張璪	
23	方干	題畫建溪圖	鳥	中晚唐		
24	裴諧	觀修處士畫桃花圖歌	鶯	中晚唐	修處士	
25	袁恕己	詠屛風	鳥	盛唐		
26	歐陽炯	貫休應夢羅漢畫歌【禪月大師歌】	鶴	五代	貫休	
27	牟融	題李昭訓山水	鶴	中唐	李昭訓	
28	杜甫	題玄武禪師屋壁【案：屋在中江大雄山。】	鶴、鷗	盛唐		

其「表二」者，初唐階段佔有 2 篇、盛唐 6 篇、中唐 3 篇、晚唐 5 篇、五代 2 篇；而作家方面杜甫就有 5 篇，其中又以「鷹」爲主，顯見清代王士禎言：「六朝以來題畫詩絕罕見，盛唐如李太白輩，間一爲之，拙劣不工；王季友一篇，雖有小致，不能佳也。杜子美始創爲畫松、畫馬、畫鷹、畫山水諸大篇，搜奇抉奧，筆補造化。……子

美創始之功偉矣。」〔註14〕所言不假。至於種類，全部屬於大型禽鳥，數量則以「鶴」佔多數。另外在題目方面，除了盧綸〈和馬郎中畫鶴贊〉使用贊字，〔註15〕其他皆以題畫詩的型態進行。

至於「表三」的 28 首，多以山水自然景物中加入禽鳥作爲畫龍點睛之效，是以無專名無所指，淡筆爲之；或是人物形象之觀感，以禽鳥比擬，如鶴如鳳；而小型鳥偶有出現，如鴛鴦如鶯等，可見小巧細緻。就時代而言，盛唐有 6 篇，中唐有 12 篇，晚唐五代則有 10 篇，至於初唐則未有作品，顯見這些非專指禽鳥之題畫詩，依然有著中晚唐題畫詩較爲流行的印證。而本文主要舉例探討以專題爲用（表二者），陪襯的題畫詩大抵不作處理。

這些禽鳥題畫詩雖然不多，但足以反映詩人的審美觀與繪畫藝術的發展，甚至一定程度上呈現出當時社會生活的表徵。

一、詩情畫意，時局縮影

大抵而言，唐代初期以佛像人物最盛，中期以山水鞍馬最盛，晚期則以花鳥人物最盛。〔註16〕而這些以禽鳥爲題的詠畫或是贊畫詩，中唐到五代就有 10 首，佔了六成之多，頗能爲繪畫趨勢作出證明；再者雖然總數少，卻因所繪製所詠嘆的禽鳥象徵意義明顯，反而更能成爲各個階段的興衰縮影。

（一）前朝餘緒存廢，宋陳二人初唐發聲

初唐（西元 618～712）的藝文立基於隋朝的基礎上繼續向前發

〔註14〕〔清〕王士禎：《帶經堂詩話》（台北：清流出版社，1976 年），卷 22，〈書畫類〉，頁 10～11。

〔註15〕從《全唐詩》檢索可以得知，「畫贊」幾乎全不使用，盧綸〈和馬郎中畫鶴贊〉、殷文圭〈趙侍郎看紅白牡丹因寄楊狀頭贊圖〉算是僅有的作品，其中盧綸之作就是以四言處理：「高高華亭，有鶴在屏。削玉點漆，乘軒姓丁。暮雲冥冥，雙垂雪翎。晨光炯炯，一直朱頂。含音儼容，絕粒遺影。君以爲眞，相期緱嶺。」。

〔註16〕莊伯和：《中國繪畫史綱》（台北：幼獅文化圖書公司，1987 年），頁 94。

展，無論是詩文、繪畫、音樂、書法等，莫不呈現繁榮之勢，而其中詩歌與繪畫的成就更為顯著。〔註17〕作為詩與畫結合的題畫詩源於這個時期，但詩人人數不多，僅有上官儀、宋之問、陳子昂、袁恕己等六人的9首詩，〔註18〕但卻已包含了山水、花鳥、人物、宮廷生活的範疇；而與本文領域與斷限相關的《全唐詩》則只有宋之問的〈詠省壁畫鶴〉、陳子昂〈詠主人壁上畫鶴寄喬主簿崔著作〉兩首。

宋之問（約西元656～712），作品講究聲律，約句精準，錦繡成文，對於唐代律詩體的確立作出極大貢獻。〔註19〕在這首〈詠省壁畫鶴〉中：

粉壁圖仙鶴，昂藏眞氣多。鶱飛竟不去，當是戀恩波。〔註20〕

詩中掌握了五言詩的簡潔，不過雖沒有六朝綺麗豔冶，卻也不免殘留宮廷詩人「歌功頌德」的情韻。《舊唐書》中曾提及：「景龍中，時中宗增置修文館學士，擇朝中文學之士，之問與薛稷、杜審言首膺其選，當時榮之。及典舉，引拔後進，多知名者。」〔註21〕宋之問與薛稷的才華在當時已經名冠一時，亦有私交，是以此詩題目中出現的「省」字所指應是秘書省，〔註22〕所題詠當是秘書省壁上薛稷的畫鶴。〔註23〕

〔註17〕孔壽山：《唐朝題畫詩注》，頁32。

〔註18〕孔壽山先生的統計只有6首，4位作家；賀文榮認為初唐題畫詩有9篇，詩人數量有6人（二人統計均涵蓋《補編》、《外編》之數）；本文則是依據賀文榮之統計。

〔註19〕〔清〕錢木菴：《唐音審體》，丁福保輯：《清詩話》（上海：上海古籍出版社，1999年），頁781。其言：「律詩始於初唐，至沈、宋而其格始備。」

〔註20〕〔清〕聖祖御定：《全唐詩》（台北：文史哲出版社，1987年），第2冊，卷53，頁658。以下與禽鳥相關之《全唐詩》論述引文，均採文末夾注，不另注。

〔註21〕〔後晉〕劉昫撰，楊家駱主編：《新校本舊唐書》（台北：鼎文書局，1979年），卷190，〈列傳140・文苑中〉，頁5025。

〔註22〕〔後晉〕劉昫撰，楊家駱主編：《新校本舊唐書》，卷42，〈志22・職官志1〉，頁1783。尚書、門下、中書、秘書、殿中、內侍等稱六省。

〔註23〕〔唐〕朱景玄：《唐朝名畫錄》，《景印文淵閣四庫全書》，第812冊，

二人詩畫如良金美玉般，歌誦皇恩德澤，無怪孔壽山評曰：「與杜甫〈通泉縣署屋壁後薛少保畫鶴〉結句：『冥冥任所往，脫略誰能馴。』詩意相比，就顯示出作者格調低下。」〔註 24〕雖然只有一首，但顯然藉由鶴的「騫飛竟不去」，展現的不是「昂藏眞氣多」的獨立氣概；而是宮廷詩人的餘緒，是兩人「戀恩波」的直接意念投射。

至於另外一首陳子昂〈詠主人壁上畫鶴寄喬主簿崔著作〉：

> 古壁仙人畫，丹青尚有文。獨舞紛如雪，孤飛曖似雲。自矜彩色重，寧憶故池群。江海聯翩翼，長鳴誰復聞。（《全唐詩》，第 3 冊，卷 84，頁 905。）

陳子昂（西元 661～702）的這首詩中的「喬主簿」是指喬知之，「崔著作」則是崔融，陳子昂與二人皆有詩作往來唱和。〔註 25〕至於「主人」是誰，雖未明說，但對於壁上之鶴，該是指薛稷而言，因爲初唐畫鶴者就屬薛稷最負盛名，且曾在蜀地留下鶴的名作，〔註 26〕而陳子昂也是蜀人，直是歸鄉後詠薛稷之作。

本詩一開頭就以文采可堪欣賞起筆，肯定畫者的技藝；其次針對所畫的孤鶴獨舞，充滿動感般的羽色紛飛如雪，而「曖」更顯出其對於畫鶴著重明暗深淺的光線投射；五六句則以自我矜惜爲要，不願與凡禽爲伍，寧願離群索居；結尾之情已經脫離畫面，藉由孤飛寄託無人賞識，透過「長鳴誰復聞」紓發懷才不遇的感傷。陳子昂在文學上，主張詩歌要有現實的「風雅興寄」的手法，和明朗剛健的「建安風骨」，

子部 118 藝術類，頁 367。薛稷，天后朝，位至宰輔，文章學術名冠時流。畫蹤如閻立本，今秘書省有畫鶴，時號一絕。被納入「神品下」。

〔註 24〕孔壽山：《唐朝題畫詩注》，頁 40。

〔註 25〕陳子昂曾有〈西還至散關答喬補闕知之〉詩，喬亦有〈擬古贈陳子昂〉，詩中有「南歸日將遠，北方尚蓬飄。」間接說明〈詠主人壁上畫〉此首是陳子昂歸故鄉之後而寄喬知之；而通天元年（西元 676）曾有〈送著作佐郎崔融等從梁王東征〉詩。

〔註 26〕〔唐〕朱景玄：《唐朝名畫錄》，《景印文淵閣四庫全書》，第 812 冊，子部 118 藝術類，頁 367。其記錄：「又蜀郡亦有鶴並佛像菩薩青牛等傳於世，並居神品。」

反對那種「采麗頹靡」的詩風。由於陳子昂初到長安時不爲人知，在京應考又名落孫山，是以悶悶不樂，鬱鬱寡歡。後雖中進士，曾任右拾遺等職，但不受上級重視，歸鄉後又蒙冤獄，這首詩顯然是其「感遇」的一生寫照。當然「比興」的意義更形落實。

青木正儿先生曾就題畫詩提出看法：「題畫詩是畫贊詠物二者的會合的結果，而其中畫贊是演變的主幹。」〔註27〕是值得商榷的。畢竟畫贊乃贊人不贊畫，內容又以歌功頌德居多，形制則爲四言韻文，與六詩之「頌」相近。賀文榮以爲：「詠物直接促發唐代題畫詩的產生，初唐的題畫詩主要是詠畫詩。顯然詠物詩對於題畫詩的影響較大。」〔註28〕而這也從初唐階段的禽鳥題畫詩在題目多用「詠」字，獲得更明確的證明，顯然初唐受到六朝詠物詩的影響。

另外詠物賦題的產生有自選與見命二途，當一位作者賦詠的對象出自見命，卻仍要能以物、我雙聲帶的方式寫志言情，難度就倍增了；但在這不利的條件下一旦成功，傑出性也就相形顯著。〔註29〕於是同樣的畫家，同樣詠鶴，但卻因爲鶴所繪製的位置不同，所使用的背景用詞有別——其一「粉壁」，其一「古壁」，連帶所表達的情韻也因此而有另一番不同的寄託，並且影射出不同的社會面貌與文學象徵。其中宋之問耽于統治階層恩惠榮寵，後者陳子昂卻有「國朝盛文章，子昂始高蹈。」〔註30〕的情操，在這個題畫詩的濫觴階段，即便是因物及畫，或因畫及詩，但子昂自覺意味比起之問更爲濃烈，是以宋陳二人對於前代習氣存廢，洵具指標作用。

（二）盛唐異采，李杜雄渾揮灑

〔註27〕青木正儿著，魏仲佑譯：〈題畫文學及其發展〉，《中國文化月刊》，第9期，（1980年7月），頁80。

〔註28〕賀文榮：《唐代題畫詩研究》，頁8。

〔註29〕朱曉海：〈讀兩漢詠物賦雜俎〉，《漢學研究》，第18卷第2期，（2000年12月），頁234。

〔註30〕〔清〕聖祖御定：《全唐詩》，第10冊，卷337，頁3781，韓愈：〈薦士〉。

盛唐（西元 713～766）階段是李氏天下的政治巔峰，藝文表現更是締造前所未有的成果，由於詩與畫都處在極盛時期，題畫詩相對的也獲得空前的發展；而且作者在初唐只有六人，盛唐則有十七人。

此時之禽鳥題畫詩，不僅是四個階段中最多者（6 篇），作家適有詩仙李白詩聖杜甫二大家，其時代象徵意義更凸顯。而此六首詩分別是李白 1 首：〈初出金門尋王侍御不遇詠壁上鸚鵡〉、杜甫 5 首：〈通泉縣署屋壁後薛少保畫鶴〉、〈楊監又出畫鷹十二扇〉、〈畫鷹〉、〈姜楚公畫角鷹歌〉、〈畫鶻行〉等。顯見大型禽鳥或是猛禽類佔了五篇，映襯盛唐文化之氣勢。首先以杜甫〈畫鷹〉爲例：

> 素練風霜起，蒼鷹畫作殊。攫身思狡兔，側目似愁胡。絛鏇光堪擿，軒楹勢可呼。何當擊凡鳥，毛血灑平蕪。(《全唐詩》，第 7 冊，卷 224，頁 2394。)

在本詩中杜甫（西元 712～770）所要揮灑的意義是十分具有企圖性的。在詩的前兩句「素練風霜起，蒼鷹畫作殊。」透過素練的材質，當它盈風而動時，則鷹的神態自然變化萬千，所以作者以「殊」字加以提醒；其次，在鷹的繪製上，格外能引發作者的共鳴，想那「攫身思狡兔，側目似愁胡。」的心有所屬，那股奮躍積極的感染力豈不是更令人動容；而在「絛鏇光堪擿，軒楹勢可呼。」則更能爲三四句作出補充，呼應出即便是「靜物」的安排，但所感受到的絕對不輸臨場看見飛鷹的架式；至於結尾「何當擊凡鳥，毛血灑平蕪。」則又是藉此機會，紓發對於家國的關懷，滿腔熱血的期盼；當然也印證了盛唐的氣勢與「詩聖」一名的可貴。另外一首〈畫鶻行〉（又名畫雕行）則是：

> 高堂見生鶻，颯爽動秋骨。初驚無拘攣，何得立突兀。乃知畫師妙，功刮造化窟。寫此神駿姿，充君眼中物。烏鵲滿樛枝，軒然恐其出。側腦看青霄，寧爲眾禽沒。長翮如刀劍，人寰可超越。乾坤空崢嶸，粉墨且蕭瑟。緬思雲沙際，自有煙霧質。吾今意何傷，顧步獨紆鬱。(《全唐詩》，第 7 冊，卷 217，頁 2282。)

一個藝術品，沒有欣賞者的想像力的活躍，是死的，沒有生命的。

〔註31〕〈畫鶻行〉是在乾元元年（西元 758）所作，當時杜甫任職左拾遺，並不得志。所以此題畫詩中的鶻，不僅因爲杜甫有了更豐富的生命；也在感情轉移中，映照出作者令人悲歎的人生困境。

詩以五古行之，起頭氣勢隨秋風颯起生鶻揚動，就已經令人驚奇不已；但鶻並不是聳飛，而是突兀豎立。作者原以爲自己如生鶻飛入高堂，但畫師更厲害，其「畫鶻」竟更具造化之功，令人不得不專注凝神於堂上鶻。有了超絕的騰舉方式作開端，以下逐一著力於刻畫其高傲的俊姿與銳利眼神，令週遭眾鳥都深感惶恐；而羽翼如刀劍，奮飛可越人寰，更是強調鶻之力量無以倫比；但飛揚之勢也只是流於空想，畫鶻峥嶸畢竟只是粉墨與緬思下的產物，人間眞鶻才是可以期待的。詩中時而欣喜時而悲傷，正如明朝王嗣奭盛讚此詩所言：「贊畫之妙曰『如生』，此徑云『見生鶻』，高人一等。至以『颯爽動秋骨』、『軒然恐其出』形容生鶻甚妙。『乾坤空峥嶸』以下又進一等，匪夷所思。鍾云：『四句自悲自負』。」〔註32〕另外今人劉逸生則評：「熟讀此篇，可悟題畫詩的翻覆騰挪法。」〔註33〕顯然評價甚高。而詩的結尾以「有志難伸」作寄託，紆鬱之情不禁流露。顯然杜甫在此不免有〈鵩鳥賦〉中：「鵩乃嘆息，舉首奮翼；口不能言，請對以臆。」〔註34〕的期盼，但鶻鳥卻無法與之對話，至於那些以道家生死齊一、縱軀委命的達觀思想，藉以排遣人生苦悶，以獲得精神解脫的機會，更是難以實現。

盛唐題畫詩在題目方面，不再以「詠」字爲之，反而多了「畫」字的強調，可見脫離初唐習氣，獨立體格漸備；對於禽鳥的選擇以大型爲主，其逼眞描繪更多著墨。特別是透過李杜二人的加持，其揮灑

〔註31〕宗白華：《美學散步》（上海：上海人民出版社，1981 年），頁 33。
〔註32〕〔明〕王嗣奭：《杜臆》（台北：中華書局，1970 年），頁 62。
〔註33〕劉逸生：《唐人詠物詩評注》（廣東：中山大學出版社，1985 年），頁 192。
〔註34〕〔南朝梁〕蕭統：《文選・附考異》（台北：藝文印書館，1983 年），頁 203。

的興寄意識更加強烈，實與盛唐輝煌相得益彰。

（三）中唐國勢日微，詩畫之風見證

盛唐題畫詩總數有五十七首，詩人有十七人，其中李杜兩人所創者就有三十一首；而中唐（西元 767～824）的題畫詩總數有八十四首，詩人有三十五人之多。倘若以整體而論，雖說盛唐的李杜雄霸一方，撐起半壁盛況，卻因爲只集中在李杜二人身上，反而無法見證題畫詩在盛唐是屬於鼎盛時期的；但若以「禽鳥題畫詩」而論，則李杜所締造的佳績，與當時時局及寫詩盛況，的確是互爲幫襯烘托的。至於中唐時期，國勢日趨式微，皇權旁落，不過繪畫藝術卻往前發展，且題畫詩總量也增加不少，但有別於盛唐的是，曹霸、韓干等人畫馬的風尚，到了中唐反成了戴嵩、韓滉等畫牛，奔騰之威已然遜色；相對的從「禽鳥題畫詩」所表現出的光景，也與之相去不遠。

中唐階段在《全唐詩》中的禽鳥題畫詩有錢起〈畫鶴篇〉、盧綸〈和馬郎中畫鶴贊〉、竇群〈觀畫鶴〉等三首。本文只以竇群〈觀畫鶴〉爲例：

> 華亭不相識，衛國復誰知。悵望沖天羽，甘心任畫師。(《全唐詩》，第 8 冊，卷 271，頁 3042。)

竇群（西元 765～814）字丹列，扶風平陵人。父叔向，以工詩稱，代宗時，官至左拾遺。兄弟竇常、竇牟、竇庠和竇鞏皆擢進士第，獨群以處士客隱毘陵，以節操聞。母卒，嚙一指置棺中，廬墓次，終喪。後從盧庇傳啖助《春秋》學，著書三十四卷。〔註 35〕而五兄弟詩人的作品則有《竇氏聯珠集》。

在這首觀畫詩中，作者連續使用「華亭」〔註 36〕、「衛國」〔註 37〕、

〔註 35〕〔後晉〕劉昫撰，楊家駱主編：《新校本舊唐書》，卷 155，〈列傳 150〉，頁 4120。

〔註 36〕〔唐〕房玄齡等撰，楊家駱主編：《新校本晉書》，卷 54，〈列傳 24〉，頁 1480。〔晉〕陸機於吳亡入洛以前，與弟陸雲常遊於華亭別墅中。後爲盧志所讒，臨刑嘆曰：「欲聞華亭鶴唳，可復得乎！」

〔註 37〕楊伯峻：《春秋左傳注》（台北：漢京文化事業有限公司，1987 年），

「沖天」〔註38〕三個典故，表達出人們既無法辨識出華亭唳鶴，想當然衛懿公的乘軒鶴也無人知曉！回望所擁有的沖天本領，卻難以高飛，也只能任憑畫師擺弄罷了。詩中不甘遭到埋沒的情志，與所作的另一首〈草堂夜坐〉:「匣中三尺劍，天上少微星。勿謂相去遠，壯心曾不停。」〔註39〕頗爲異曲同工。另外則以王建〈長安縣後亭看畫〉一首爲例：

水凍橫橋雪滿池，新排石筍繞巴籬。縣門斜掩無人吏，看畫雙飛白鷺鷥。(《全唐詩》，第9冊，卷301，頁3429。)

這首詩中王建(西元768～830？)並未在標題出現有關禽鳥的指稱，但是在詩中卻將焦點著力於白鷺鷥的寫照，所以特此一舉。王建出身寒微，晚年貧困，其詩歌所攝取的題材廣泛，但都能反映現實人生。而這首詩，描寫地點長安縣在今陝西省西安市，應與其曾擔任陝州司馬有其地緣關係。〔註40〕詩中對於白鷺鷥並無具體詠象；淺淺幾筆落於冰天雪地，縣門又無人看管的背景，靜寂幽微可見，且無色系下的寂寥蕭瑟也相對增添不少。

從這兩首詩，可以約略看見中唐詩風一分爲二，王建的詩以「鷺鷥」代表著淡幽中缺乏現實的虛無之美；而竇群〈觀畫鶴〉則又使理想中呈現尚實通俗，仍有進取的精神。這樣的題畫詩，在禽鳥描繪上顯得氣勢銳減，對照中唐或有復興但衰頹已現的局面，鏡影相應之理不遠。

頁265。〈閔公二年・傳〉:「冬，十二月。狄人伐衛，衛懿公好鶴，鶴有乘軒者。將戰，國人受甲者，皆曰：「使鶴！鶴實有祿位，餘焉能戰。」由於衛懿公好鶴，國因此而亡。

〔註38〕〔周〕韓非：《韓非子》(台北：台灣中華書局，1987年)，卷7，〈喻老〉，頁412。楚莊王蒞政三年，無令發，無政爲也。右司馬御座而與王隱曰：「有鳥止南方之阜，三年不翅不飛不鳴，嘿然無聲，此爲何名？」王曰：「三年不翅，將以長羽翼。不飛不鳴，將以觀民則。雖無飛，飛必沖天；雖無鳴，鳴必驚人。」

〔註39〕〔清〕聖祖御定：《全唐詩》，第8冊，卷271，頁3042。

〔註40〕〔宋〕歐陽修、宋祁合撰，楊家駱主編：《新校本新唐書》，卷60，〈志第50・藝文4〉，別集類，頁1611。

（四）晚唐五代敗亡，禽鳥意象承載悲音

晚唐（西元 825～907）到五代（西元 907～960）是王朝走向衰亡的時期，李商隱〈樂遊原〉:「向晚意不適，驅車登古原。夕陽無限好，只是近黃昏。」〔註 41〕成了這時期的意象表徵。

此一時期的繪畫有極大的發展，花鳥畫更是一大突破。在題畫詩方面，晚唐五代詩人有六十二人，詩數達一百一十首，比起前期題畫數量更增許多。而其中禽鳥題畫詩就有 7 首，分別是皮日休〈公齋四詠：鶴屏〉、張喬〈鷺鷥障子〉、齊己〈題畫鷺鷥兼簡孫郎中〉、陸龜蒙〈奉和襲美公齋四詠次韻：鶴屏〉、鄭谷〈溫處士能畫鷺鷥以四韻換之〉、語〈時人爲黃筌語〉、和凝〈題鷹獵兔畫〉等，其中晚唐有 5 首，五代則有 2 首，顯然風氣更爲盛行。本文擷選其中兩首爲例，先看張喬〈鷺鷥障子〉：

> 剪得機中如雪素，畫爲江上帶絲禽。閒來相對茅堂下，引出煙波萬里心。（《全唐詩》，第 19 冊，卷 639，頁 7330。）

張喬（生卒年不詳），今安徽貴池人，懿宗咸通中年進士，當時與許棠、鄭谷、張賓等東南才子稱「咸通十哲」。〔註 42〕因避黃巢之亂，曾在九華山隱居。詩清雅巧思，風格也似賈島。這首鷺鷥障子，理應是周滉所畫，〔註 43〕張喬對畫作詩。

在詩中他並非以鷺鷥形象爲書寫，而是就特性作爲觀照。只是這樣的帶絲禽身如雪素，但心卻揚長萬里，若將此與張志和的〈漁父歌之一〉:「西塞山前白鷺飛，桃花流水鱖魚肥。青箬笠，綠簑衣。斜風細雨不須歸。」〔註 44〕可謂情境迥異。

〔註 41〕〔清〕聖祖御定：《全唐詩》，第 16 冊，卷 539，頁 6149。

〔註 42〕〔宋〕計有功：《唐詩紀事》（上海：上海古籍出版社，2008 年），卷 70，頁 1038。

〔註 43〕依據《宣和畫譜》卷十五記載：「周滉善畫水石花竹禽鳥。……攬圖便如與水雲鷗鷺相追逐。」並且在幾位畫家中只有他具有御府所藏的「蓼岸鷺鷥圖 1」、「水石鷺鷥圖 2」、「水鷺圖 1」等四幅作品。見《宣和畫譜》,《景印文淵閣四庫全書》，第 813 冊，子部 119 藝術類，頁 159～160。

〔註 44〕〔清〕聖祖御定：《全唐詩》，第 10 冊，卷 308，頁 3491。

另外的一首是和凝〈題鷹獵兔畫〉：

雖是丹青物，沉吟亦可傷。君夸鷹眼疾，我憫兔心忙。
豈動騷人興，惟增獵客狂。鮫綃百餘尺，爭及制衣裳。
（《全唐詩》，第21冊，卷735，頁8400。）

和凝（西元898～955），五代詞人，後唐明宗時曾任翰林學士，後晉高祖時拜中書侍郎，同平章事，才思敏贍，頗有時譽。〔註45〕而詩中所讚頌之畫，應是郭乾暉或其弟子鍾隱所作，其中以鍾隱可能性較大。〔註46〕而且顯然畫作與詩的書寫時間同期，心情的表露就更能貼近當時局勢。

此詩的精神全在於「情」，而且是見景傷情，對於畫作的評價似乎也被情所掩蓋。全詩採對比手法，首先是「丹青物」與「亦可傷」，明明只是一幅畫，但是「生與死」、「動與靜」之間卻有暗喻的伏筆所在；其次在「鷹眼疾」與「兔心忙」對照下，心疼野兔拼命慌張的窘境，對於老鷹的銳利眼神與撲擊的蓄勢待發，眞的高興不起來，與其說要讚美鷹的神勇——施暴者，還不如悲憫起兔——人民的無辜。而「騷人興」與「獵客狂」之間更是直接批判起畫作可能引發的後遺症，那種血腥所帶來快感，令人焦慮擔憂。至於「百餘尺」與「制衣裳」表面上並無映襯，可是那麼長那麼多的絹綢只是爲了一幅畫，如果作成衣裳豈不是有更多人受益！是以作者身居高位乃將悲天憫人的情思，藉此抒懷寄情。

〔註45〕〔宋〕薛居正，楊家駱主編：《新校本舊五代史》，周書卷127，〈周書18·列傳7〉，頁1671。

〔註46〕依據《宣和畫譜》卷十五記載：「郭乾暉格律老勁，曲盡物性之妙。」而御府所藏的畫中有十七幅與鷹相關的畫作：「古木鷹鵲圖 1」、「蒼鷹圖 1」、「鷹圖 1」、「蒼鷹捕貍圖 2」、「枯枿雞鷹圖 4」、「竹木雞鷹圖 2」、「雞鷹圖 6」。另外《宣和畫譜》卷十六記載：「鍾隱善畫鷙禽榛棘，能以墨色分其向背。」而御府所藏與鷹相關的有十幅：「古木雞鷹圖 3」、「雞鷹圖 4」、「架上鷹圖 2」、「鷹兔圖 1」。其中鍾隱有鷹兔圖之作。見〔宋〕不著撰人：《宣和畫譜》，《景印文淵閣四庫全書》，第813冊，子部119藝術類，頁160～162。

在這一階段禽鳥題畫詩有七篇，是四個階段中最多數量者，的確符合此一時期是花鳥繪畫的興盛時期；再者七篇中屬於鶴的有三篇、屬於鷺鷥的有三篇，剩下的是鷹掠兔的驚心動魄，畫意與詩境既直接展現除了南唐、蜀國等偏遠地區稍保太平之外，晚唐衰亡五代分裂的民不聊生之痛苦，總不免從和凝〈題鷹獵兔畫〉得到印證；至於鷺鷥或是鶴的題畫，雖偶見一些寄寓似有若無的大展雄心之渴望，但每每流於追求神仙逸趣的審美，或是一種避世的轉移，正如辛文房所提：「觀唐至此間（晚唐）弊亦極矣。獨奈何國運將弛，士氣日喪，文不能不如之。」〔註47〕總得感染著甚至是承載著這樣的悲音。

透過四個階段的禽鳥題畫詩意境分析，雖然不是全面探討其藝術本色，但在社會的視角下，反而更能湧現其現實性。

二、繪畫理論，傳神立現

唐代題畫詩中的繪畫，有各種不同的風格，有不同的素材，更有五花八門的題材內容，特別是以禽鳥爲主題的繪畫發展，更具其特殊性。

詩人對於畫面，除了表示出具有永恆性與超越性的生命悸動；也常常提出一些評賞理論，或對畫家的技法，提出分析，而這些對於唐代繪畫發展，間接提供不少貢獻。

（一）審美理論

題畫詩能與文人畫留存至今，必有其作用在，今人李栖就提出：「題畫詩的作用可以分爲：詠畫、記事、鑑賞、雅集合作、抒懷、論理、表現學養、佈局等八項。」〔註48〕本文則雜揉其中，彙整說明。

在禽鳥的題畫十八首專詩裡，鶴有9首、鸚鵡1首、鷺鷥2首、鷹4首、鶻1首、鸕鶿1首，其中大型禽類就佔了17首，所以針對

〔註47〕傅璇琮主編：《唐才子傳校箋》（北京：中華書局，2002年），第3冊，卷8，頁459。辛文房對於于濆之評語。

〔註48〕李栖：《兩宋題畫詩論》（台北：學生書局，1994年），頁6～8。

其翔姿必有其描繪之處；而猛禽則有 5 首，如何表現威嚇氣勢，眼神是重點所在。雖然詩人當時所面對或看過的畫作，在今日幾乎已盡亡佚，但經由詩人的間接傳遞，不僅畫風可以感受，其評賞理論也得以建立。

1、「傳神論」——專其睛，守其眼

就繪製的創作技巧而言，爲了達到傳神的效果，顧愷之所謂的「以形傳神」〔註 49〕是絕對必要的。雖然顧氏的「傳神」、「以形傳神」或是「通神」大多數針對人物的最高要求，但用於禽鳥繪畫，也不失爲一種「神韻」的揮灑，誠如張安治所言：「就人物而言，是指其精神、個性；就動物松石花木而言，是指其形態的特點和動人的意趣；就山水景觀而言，是一種美的境界和季節氣候的變化特徵。」〔註 50〕是以禽鳥的傳神方面，其眼神的炯然有力，是最足以引發共鳴。而杜甫的〈畫鷹〉可說是這當中的代表之作：

素練風霜起，蒼鷹畫作殊。攫身思狡兔，側目似愁胡。
絛鏇光堪摘，軒楹勢可呼。何當擊凡鳥，毛血灑平蕪。
（《全唐詩》，第 7 冊，卷 224，頁 2394。）

光有「形」而無神，此畫也不會是好畫；寫神的目的是爲了達到傳神，形神一體才足以匯聚傳神聚焦。唐代繪畫的確承繼這樣的精神，試看這些畫者爲了展現「鷹」的形神逼眞，洵是掌握「焦點透視」——著重於鷹的眼神；就即便不忘記「散點透視」〔註 51〕——

〔註 49〕（晉）顧愷之：〈魏晉勝流畫贊〉，見〔唐〕張彥遠：《歷代名畫記》，卷 5，頁 182～183。「傳神論」是顧愷之對於人物畫方面所提出的重要見解，其言：「凡生人亡有手揖眼視而前亡所對者，以形寫神，而空其實對，荃生之用乖，傳神之趨失矣。空其實對則大失，對而不正，則小失，不可不察。一像之明昧，不若悟對之通神也。」。

〔註 50〕張安治：〈中國繪畫的審美特點〉，收錄於朱光潛等著：《中國古代美學藝術論》（台北：木鐸出版社，1985 年），頁 39。

〔註 51〕陳兆復：《中國畫研究》（台北：丹青圖書公司，1987 年），頁 23～24。所謂散點透視是指畫家打破固定視圈的限制，將不同的視點不同的視圈中的事物組織在一起；反之則集中於某一焦點上。

素練、絛鏇等等作為鋪陳，但是眼神顯然最足以展現人物的靈魂與鳥獸之神韻，畫者絕不敢輕忽。正如顧愷之所言：「傳神寫照，正在阿堵之中。」〔註52〕於是就算有種種的形似出現，但都比不上「攢眉與愁胡」的凝聚、「殺氣森森」的威嚇等畫龍點睛的「眼神」傳達，將其靈動駿逸的鷹的精神完全表露無遺。又如另一首〈姜楚公畫角鷹圖〉：

> 楚公畫鷹鷹戴角，殺氣森森到幽朔。觀者貪愁掣臂飛，畫師不是無心學。此鷹寫眞在左綿，卻嗟眞骨遂虛傳。梁間燕雀休驚怕，亦未摶空上九天。(《全唐詩》，第7冊，卷220，頁2315。)

在杜甫的〈王兵馬使二角鷹〉中曾經看到友人驅使角鷹翱翔，是以對於角鷹格外有一分親切之感。而此詩的姜楚公即姜皎，此人畫鷹逼眞之精妙，令杜甫有「此鷹寫眞在左綿，卻嗟眞骨遂虛傳。」的感嘆，覺得眞鷹「只是陪襯」成了朽骨，畫鷹才是「傳神」被流傳保存下來了。特別是其中在眼神方面，「殺氣森森」由眼神所傳遞出的訊息，這股殺氣令杜甫不寒而慄，遂以「梁間燕雀休驚怕，亦未摶空上九天。」來安撫那些信以為眞的恐懼心靈。類似這樣的傳神模式在李白的〈壁畫蒼鷹贊〉中也有所表示：「突兀枯樹，旁無寸枝。上有蒼鷹獨立，若愁胡之攢眉。凝金天之殺氣，凜粉壁之雄姿。觜銛劍戟爪握刀錐。群賓失席以愕眙，未悟丹青之所為。吾嘗恐出戶牖以飛去，何意終年而在斯！」〔註53〕本贊雖未收錄於《全唐詩》，但其中有關「鷹」的「愁胡之攢眉」、「凝金天之殺氣」等皆是對於眼神流露出的震撼加以描繪，比起杜甫來，其誇飾有過之無不及。

至於和凝〈題鷹獵兔畫〉：「……君夸鷹眼疾，我憫兔心

〔註52〕〔唐〕張彥遠：《歷代名畫記》，卷5，頁182～183。顧愷之畫人嘗數年不點目睛，人問其故，答曰：「四體妍蚩，本亡關於妙處，傳神寫照，正在阿堵之中」。可知對於眼神之重視。

〔註53〕本贊未收錄於《全唐詩》，另見於〔唐〕李白著，瞿蛻園等校注：《李白集校注》（台北：里仁書局，1984年），卷28，頁1622～1623。

忙。……」(《全唐詩》，第21冊，卷735，頁8400。)

一「疾」字，充分表現貪婪，雖沒有殺氣騰騰的宣示，但生命力的「具象化」也是足以使人爲之砰然悸動的。誠如近代陳傳席所言：「傳神論一出，畫家們作畫無不把『傳神』作爲人物畫的最高標準，從此，人物畫有了正確的道路與目標，接著山水畫、花鳥畫等也都提出『傳神』的標準。『傳神論』遂成爲中國畫不可動搖的傳統。」〔註54〕顯然六朝的「傳神寫照」的畫風，隨著時代遞嬗，從人物身上逐漸在各類題材中施展；到了唐代，詩與畫作了最密合的結合，其「傳神逼眞」得到落實，詩人與畫家的揮灑意境也獲得更多提升。

2、「氣韵生動」——形似韻妙，震懾人心

有關「氣韵生動」〔註55〕是南齊理論家謝赫「六法」中的第一個繪畫觀點。這個論點一樣是針對人物畫而言，甚至之後變爲其他品類的品評標竿。而晚唐張彥遠針對六法所提出的論述則是：「以氣韻求其畫，則形似在其間矣。……有生動之可狀須神韻而後全。」〔註56〕顯然不管各類作品，神韻仍是最爲重要的。至於宋代郭思以爲：「骨法用筆以下五法可學而能，如其氣韻必在生知，固不可以巧密得，復不可以歲月到，默契神會，不知然而然也。」〔註57〕主張氣韻乃天生，後天難以力強而致。今人陳南容就綜合古今各家之說認爲：「氣韻可以分爲三方面來說，第一是對象的氣韻，如仕女畫的人物本身即含蘊了婀娜多姿的風度、典雅溫馨的氣質；第二是畫家的氣韻，是指畫家的素養，如學識、人格、思想、個性及天資等反映在作品上。第三是技法

〔註54〕陳傳席：《中國繪畫理論史》(台北：東大圖書公司，1997年)，頁14。

〔註55〕「氣韵生動」出自謝赫「六法論」。見(南朝齊)謝赫：《古畫品錄》，《景印文淵閣四庫全書》，第812冊，子部118藝術類，頁3。其六法論：「六法者何？一氣韵生動是也，二骨法用筆是也，三應物象形是也，四隨類賦彩是也，五經營位置是也，六傳移模寫是也。」

〔註56〕〔唐〕張彥遠：《歷代名畫記》，卷1，頁51～52。

〔註57〕〔宋〕郭思：〈畫論〉，《歷代名畫記》，附錄，頁5～6。

的氣韻，大凡繪畫的表現皆有技法，國畫素以筆墨韻趣爲主，形象的線條輪廓與墨跡的濃淡均含有氣韻之致。」〔註58〕其對於氣韻的掌握，更形清晰。本文參酌後者高見，茲就「描繪對象的氣韻」與「畫家的氣韻」加以論述，至於「技法」一事，於下段另作說明。

首先在「描繪對象的氣韻」方面，由於是以禽鳥作爲繪製的對象，所以畫家對禽鳥的「形」遂有了更精細的觀察，舉凡毛色、爪牙、大小等；而對其「氣韻」的掌握，不管是靜態的獨立、動態的雄姿等，均能做出簡潔合宜的表現，並引領作家爲之神往，而有活靈活現的體驗式書寫。

以杜甫的〈畫鷹〉一首的「鷹」之描寫：「……攫身思狡兔。……何當擊凡鳥，毛血灑平蕪。」（《全唐詩》，第7冊，卷224，頁2394。）詩中採行「動態式」的勾魂牽繫，對於搏擊的蒼鷹描述彷如親見。詩中不僅充滿風霜肅殺之氣，又令人感受到蒼鷹即將展翅飛翔，以及急欲追逐狡兔搏擊的態勢躍然紙上，無怪乎浦起龍分析道：「由來蒼鷹畫作，殊絕動人也。是倒插法，又是裁對法，『攫身、側目』，此以眞鷹擬畫，又是貼身寫。『堪摘、可呼』此從畫鷹見眞，又是餙色寫。」〔註59〕透過多重手法的處理，不就是要將其動態「神韻」烘托而出。而這正合於朱光潛所謂的：「圖畫敘述動作時，必化動爲靜，以一靜面表現全動作的過程；詩描寫靜物時，亦必化靜爲動，以時間上的承續暗示空間中的綿延。」〔註60〕其證明了藝術的多元性，反駁詩畫異質說；更印證了千百年前的唐詩與畫沒有互犯的意象之美，而其禽鳥氣韻遂更令人動容。

又以杜甫〈通泉縣署屋壁後薛少保畫鶴〉中的「鶴」來看：

薛公十一鶴，皆寫青田眞。畫色久欲盡，蒼然猶出塵。

〔註58〕張長傑：《詩情畫意——中國繪畫藝術欣賞》（台北：書泉出版社，1995年），頁40。

〔註59〕〔清〕浦起龍：《讀杜心解》，卷3之1，頁261。

〔註60〕朱光潛：《詩論》（台北：正中書局，1993年），頁149。

低昂各有意，磊落如長人。佳此志氣遠，豈惟粉墨新。
萬里不以力，群遊森會神。威遲白鳳態，非是倉庚鄰。
高堂未傾覆，常得慰嘉賓。曝露牆壁外，終嗟風雨頻。
赤霄有眞骨，恥飲洿池津。冥冥任所往，脫略誰能馴。
（《全唐詩》，第 7 冊，卷 220，頁 2318。）

這首詩中則明確指出畫者薛稷（西元 649～713），以及地點位在通泉縣，〔註 61〕因此是杜甫入蜀之作。在詩的起筆就讚美薛少保所畫的十一鶴，猶如青田之仙鶴，〔註 62〕顯然溢美之詞毫不避諱；而其中之所以令杜甫詩深格高，就在於薛稷針對鶴的氣韻表現令人激賞。首先是「畫色久欲盡，蒼然猶出塵。」其實以杜甫當時的年紀距離畫作時間不到一世紀，算不上久遠，但爲了烘托鶴的超塵脫俗以及蒼然的勁道，書寫出「久欲盡」不如本來的亮眼色系，反而成爲一項助力。其次在「低昂各有意，磊落如長人。」仇兆鰲注曰：「二句摹其形體，低昂，飛伏之致；磊落，英奇之狀。」〔註 63〕可謂將其纖柔姿態與灑脫神韻道盡；而「萬里不以力，群遊森會神。」則是更令人感受到群鶴這種仙禽另一股絕然的志氣，與馳翔萬里之遠大。透過文字的魅力，其動靜之間的氣韻變化不一，就算與其他禽鳥比較，則又是提升鶴的不凡與高潔。當然有關鶴的描繪，也不止於超凡而已，結尾的「冥冥任所往，脫略誰能馴。」則是將其推至巔峰，幻化出鶴的傳奇，不管是畫家還是作家心境投射，鶴的氣韻已然如鵬之開展，想像的天地無垠無際。

另外李白〈初出金門尋王侍御不遇詠壁上鸚鵡〉則是：

落羽辭金殿，孤鳴吒繡衣。能言終見棄，還向隴西飛。（《全

〔註 61〕據〈地理志〉所言：「武德三年通泉割屬梓州。」〔後晉〕劉昫撰，楊家駱主編：《新校本舊唐書》，卷 41，〈志 21‧地理 4〉，頁 1671。

〔註 62〕〔宋〕李昉：《太平御覽》，《景印文淵閣四庫全書》，第 901 冊，子部 206 類書類，卷 916，頁 198。引《永嘉郡記》曰：沐溪野青田中，有雙白鶴，年年生子，長大便去，只恆餘父母一雙在耳。精白可愛，多云神仙所養。

〔註 63〕〔唐〕杜甫著，〔清〕仇兆鰲：《杜詩詳注》（台北：漢京文化事業公司，1984 年），卷 11，頁 961。

唐詩》，第 6 冊，卷 183，頁 1869。）

這首詩又名〈敕放歸山留別王侍御不遇詠鸚鵡〉意即初出是敕放歸山，所以當作於天寶三年（西元 744）三月出京之時。畫中的鸚鵡「落羽」已經十分悽涼，又辭「金殿」，失寵落寞可知；如今落得「孤鳴」，就算「吒繡衣」也只是更見意興闌珊，遭棄之情。而鸚鵡的最大特質就是「能言」，可是畫中難以表現；藉由李白的慧眼，沒有了外在牢籠的束縛，飛向產地隴西（或是故鄉），不管是作家的還是禽鳥的，雖同是「淪落天涯」的沮喪，但其氣韻仍是砰然律動的。而這種呼之欲出，可謂形神兼具。

而在「畫家的氣韻」方面，大部分的畫家姓名很少出現在詩中，究其原因或因身分地位不高而被隱藏，或是未追根究柢而莫名所以；因此能夠透過題畫詩而出現畫者的姓名，已是十分難得，也是考證的重要參考。而在氣韻的表現上，除了透過所繪製的對象加以傳達；另外藉由作家的欣賞，也會在詩中有所表示。

這些禽鳥題畫詩中，論及畫家的氣韻，第一個被高度重視且出現機率最多的是「薛稷」。薛稷字嗣通，河東汾陰（今山西省萬榮縣西）人。官至太子太保，禮部尚書。不僅是唐代的書法家，師褚遂良、虞世南，〔註 64〕曾同歐、虞、褚並稱初唐四家；更能畫人物、佛像、樹石、花鳥，尤以畫鶴著名。因為畫鶴聞名，所以在當時甚至後世只要談到鶴畫必提到他，就如同畫馬，必會聯想到曹霸、韓干一樣。在題畫詩中首先是陳子昂在〈詠主人壁上畫鶴寄喬主簿崔著作〉提到：「古壁仙人畫，丹青尚有文。」（《全唐詩》，第 3 冊，卷 84，頁 905。）雖然詩中並未明確指出薛稷的姓名，但以其名氣與相關線索，當屬無疑。詩中以「仙人」來說明，顯然與仙逝無關，因為陳子昂過世時，薛稷尚在人世。而「仙人」之讚譽，對於薛少保懂得掌握鶴之精神，與一般的畫家「連鶴的表象都無法準確把握，遑論描繪出鶴的精神」

〔註 64〕〔唐〕張彥遠：《歷代名畫記》，卷 9，頁 292～293。薛稷外祖父魏文貞公富有，書畫多虞褚手寫表疏，稷銳意模學，窮年忘倦。

是大相逕庭的。誠如《宣和畫譜》所言：「世之畫鶴者多矣。其飛鳴飲啄之態度，宜得之爲詳。然畫鶴少有精者，凡頂之淺深，氅之黳淡，喙之長短，脛之細大，膝之高下，未嘗見有一一能寫生者也。又至于別其雄雌，辨其南北，尤其所難。雖名乎號爲善畫，而畫鶴以托爪傅地，亦其失也。故稷之于此，頗極其妙，宜得名于古今焉。」〔註 65〕鶴雖多，但能觀察入微描繪者卻少，是以子昂「仙人」二字實道出其精準技巧也。又朱景玄《唐朝名畫錄》中言：「請書永安寺額，兼畫西方佛一壁，筆力瀟灑，丰姿逸秀，曹、張之匹也。」〔註 66〕對照此處「仙人」二字，更見其筆力之神妙。而杜甫則在〈觀薛稷少保書畫壁〉中提及：「少保有古風，得之陝郊篇。惜哉功名忤，但見書畫傳。……此行疊壯觀，郭薛俱才賢。不知百載後，誰復來通泉。」(《全唐詩》，第 7 冊，卷 220，頁 2318。）薛稷有十五首詩被選入《全唐詩》裡，此〈陝郊篇〉乃是〈秋日還京陝西十里作〉一詩，〔註 67〕雖然總數量不多，但頗得古體詩之旨，猶如元代吳師道對於薛稷詩的評論：「明健激昂，有建安七子之風，不類唐人。」〔註 68〕因其兼具寫詩作畫書法於一身，無怪乎杜甫要以「才賢」加以讚美。對於薛稷的氣韻神采，陳子昂著重於「畫如其人」的技巧；而杜甫則從才學與修爲兩方面入手，有「詩與畫相互媲美」的肯定。

其次，被提及的是杜甫〈姜楚公畫角鷹圖〉中的姜楚公。楚公即姜皎，上邽人，善畫鷹鳥，玄宗時累官至太常卿，封楚國公。開

〔註 65〕〔宋〕不著撰人：《宣和畫譜》，《景印文淵閣四庫全書》，第 813 冊，子部 119 藝術類，頁 157。

〔註 66〕〔唐〕朱景玄：《唐朝名畫錄》，《景印文淵閣四庫全書》，第 812 冊，子部 118 藝術類，頁 367。

〔註 67〕「驅車越陝郊，北顧臨大河。隔河望鄉邑，秋風水增波。西登咸陽途，日暮憂思多。傅巖既紆鬱，首山亦嵯峨。操築無昔老，採薇有遺歌。客遊節回換，人生知幾何。」《全唐詩》第 3 冊，卷 93，頁 1006。《全唐詩》中注曰：「杜甫云：少保有古風，得之陝郊篇，謂此作也。」

〔註 68〕〔元〕吳師道：《吳禮部詩話》，《叢書集成簡編》（台北：台灣商務印書館，1965 年），頁 25。

元五年以事廢，復拜銀青光祿大夫秘書監，十年復流欽州。〔註69〕杜甫寫此詩時，他已不在人世。在詩中杜甫寫道：「楚公畫鷹鷹戴角，殺氣森森到幽朔。觀者貪愁掣臂飛，畫師不是無心學。」（《全唐詩》，第7冊，卷220，頁2315。）從其繪製角鷹的情狀，不僅可以看出當時的風氣時尚，也呈現畫者的獨特藝術構思。畢竟姜皎是深受君王喜歡的，在《舊唐書》就紀錄著：「時玄宗在藩，見而悅之．皎察玄宗有非常之度，尤委心焉．尋出爲潤州長史．玄宗即位，拜殿中少監．數召入臥內，命之捨敬，曲侍宴私，與后妃連榻，間以擊毬鬥雞，常呼之爲姜七而不名也．兼賜以宮女、名馬及諸珍物不可勝數．玄宗又嘗與皎在殿庭翫一嘉樹，皎稱其美，玄宗遽令徙植於其家，其寵遇如此。」〔註70〕此人對於人性如此熟稔，對於禽鳥的描摹，更有其特殊精妙的手法。而杜甫或許並不清楚此人平時深受君王的寵愛，也未多了解其放浪形骸的一面，純粹透過客觀實物作爲源泉，說出畫家的氣韻神態。

至於馮紹正則是杜甫題畫詩中，所提到的另一位畫家。在〈楊監又出畫鷹十二扇〉中則是寫道：

> 近時馮紹正，能畫鷙鳥樣。明公出此圖，無乃傳其狀。
> 殊姿各獨立，清絕心有向。疾禁千里馬，氣敵萬人將。
> 憶昔驪山宮，冬移含元仗。天寒大羽獵，此物神俱王。
> 當時無凡材，百中皆用壯。粉墨形似間，識者一惆悵。
> 干戈少暇日，眞骨老崖嶂。爲君除狡兔，會是翻韝上。
>
> （《全唐詩》，第7冊，卷221，頁2340。）

根據唐代張彥遠所言：「馮紹正，開元中任少府監，八年爲戶部侍郎。尤善鷹鶻雞雉，盡其形態，嘴眼腳爪毛彩俱妙。曾於禁中畫『五龍堂』，亦稱其善，有降雲蓄雨之感。」〔註71〕而朱景玄將其列爲「妙品下」，

〔註69〕〔唐〕張彥遠：《歷代名畫記》，卷9，頁289～290。
〔註70〕〔後晉〕劉昫撰，楊家駱主編：《新校本舊唐書》，卷59，〈列傳第9〉，頁2334。
〔註71〕〔唐〕張彥遠：《歷代名畫記》，卷9，頁289。

言：「馮紹正善雞鶴龍水，時稱其妙。」〔註 72〕顯然馮紹正雖善畫禽鳥，但其繪龍更是出神入化。

在這首詩中，杜甫依然有強烈借鷹畫抒發傷時感慨之情；因爲當他看到這些畫時，唐代的盛世已經蕩然難存。而這首詩裡頭有「十二扇」的規格，應是裝裱十二屏條，而非十二隻扇面，所以屬大幅之作；也因爲有十二屏，是以鷹的姿態「殊姿各獨立」，可以看出畫者的用心規畫與技藝老練。至於詩中直指馮紹正擅畫猛禽，其中有兩處可以一窺其氣韻所在，其一是「樣」字。在繪畫史上，被稱「樣」的不多。樣即樣子，亦即是楷模的意思。古代畫家中被稱爲「樣」的，有張僧繇的「張家樣」，曹仲達的「曹家樣」，再者就是吳道子的「吳家樣」，還有周昉的「周家樣」。〔註 73〕意即唐代繪畫已經十分發達，各種流派開始形成。而杜甫此處以「樣」來詮釋，對於畫者掌握「禽鳥之樣」的部分，顯然是十分崇拜的。但究竟「馮樣」有何特殊之處，「清絕心有向」該是最佳的補充。誠如宋代郭思所言：「世人只知吾落筆作畫，都不知畫非易事。……人須養得胸中寬快意思悅通，如所謂易直子諒油然之心生，則人之笑啼情狀，物之尖斜偃側，自然布列於心中，不覺見之於筆下。」〔註 74〕倘若畫者無心，何來「心有向」！而杜甫賦鷹賦馬最多，必有會心語，人不可及。〔註 75〕此處稱譽其清絕而有心，所狀生出的「震懾人心」力量，更形皤然。

〔註 72〕〔唐〕朱景玄：《唐朝名畫錄》，《景印文淵閣四庫全書》，第 812 冊，子部 118 藝術類，頁 370。而相關本末如下：「唐開元關輔大旱，京師闕雨尤甚。亟命大臣遍禱於山澤間，而無感應。上於龍池新創一殿，因召少府監馮紹正，令於四壁各畫一龍。紹正乃先於四壁畫素龍，其狀蜿蜒如欲振躍。繪事未半，若風雲隨筆而生，上與從官於壁下觀之鱗爪皆濕。……俄頃，陰雲四布，風雨暴作，不終日，而甘澤遍。」記錄於〔唐〕鄭處誨：《明皇雜錄》，《文淵閣四庫全書》，第 1035 冊，子部 341 小說家類，卷下，頁 515。

〔註 73〕王伯敏：《中國繪畫通史》（台北：東大圖書公司，1997 年），頁 314。

〔註 74〕〔宋〕郭思：《林泉高致集》，《景印文淵閣四庫全書》，第 812 冊，子部 118 藝術類，頁 579。

〔註 75〕〔明〕王嗣奭：《杜臆》，頁 281。

3、「巧刮造化」——貴在立意

提到「造化」一詞，就不得不論及姚最的「心師造化」的論點。他在《續畫品》中談道：「學窮性表，心師造化。」〔註 76〕意即畫家要先有一定的知識基礎，對於研究的對象之表裡要有深切的認識，然後掌握造化的不是手師、眼師，而是心師。而在唐代「擅名於代」的大畫家畢宏有次看見張璪畫作，驚嘆之，異其唯用禿毫或以手摸絹素，因問璪所受，璪曰：「外師造化，中得心源。」畢宏於是閣筆。〔註 77〕雖然唐張彥遠譏姚最「淺陋」，但在《歷代名畫記》中卻不時徵引其見解，顯見一家之言仍不可忽視。

以杜甫〈畫鶻行〉爲例，這首詩寫於杜甫四十七歲（西元 759），其因疏救房琯而獲罪，被肅宗貶至華州，是以「吾今意何傷，顧步獨紆鬱。」已然可見。而對於畫者功刮造化的表現，就在於所提及：「乃知畫師妙，功刮造化窟。寫此神駿姿，充君眼中物。」（《全唐詩》，第 7 冊，卷 217，頁 2282。）其畫鶻之眞以「生」說明，鶻之精氣以「骨」代表，而鶻的神韻則是以「側腦」表現，至於英姿煥發的翺翔，則在「長翮如刀劍，人寰可超越。」中湧現。這種生氣盎然，刮構刻建的運作，有別於其他詩篇，不僅是「眞」更是強悍的力量。想起〈義鶻行〉中的：「人生許與分，只在顧盼間。聊爲義鶻行，用激壯士肝。」〔註 78〕白蛇爬上樹梢咬死小鷹，俊鶻飛來報仇的義行；此時的畫師，對杜甫而言，畫家以手寫心，將師法自然和內在情感有機的結合，以實在的意識妙悟深邃的虛無，使之發出難得激賞。

（二）技法的運用

有關畫家技法的表現，禽鳥題畫詩中也可略知一二。畢竟大部分的詩作，以寄託心境或是遭遇居多，而能從中有所領略，顯見作家是

〔註 76〕〔陳〕姚最：《續畫品》，《景印文淵閣四庫全書》，第 812 冊，子部 118 藝術類，頁 14。

〔註 77〕〔唐〕張彥遠：《歷代名畫記》，卷 10，頁 318。

〔註 78〕〔清〕聖祖御定：《全唐詩》，第 7 冊，卷 217，頁 2282。

用心是十分細密的，甚至是眞的懂得賞畫者。

1、設色之巧妙

對於色彩的揮灑，透過題畫詩的傳遞，得以了解畫師的巧妙，也間接展現當時畫風的流行特質。

首先，可以發現的是「粉墨混合」的運用。杜甫的〈楊監又出畫鷹十二扇〉:「粉墨形似間，識者一惆悵。」其中馮紹正所採用的是粉彩打底畫鷹體，然後染以淡墨、淡彩分別處理羽毛及其他層次，〔註 79〕但在當時類似這樣處理畫面，並不多見的，大抵還有以下幾例：

1. 杜甫的〈畫鶻行〉:「乾坤空崢嶸，粉墨且蕭瑟。」(《全唐詩》，第七冊，卷 217，頁 2282。)
2. 杜甫〈通泉縣署屋壁後薛少保畫鶴〉:「佳此志氣遠，豈惟粉墨新。」(《全唐詩》第七冊，卷 220，頁 2318。)
3. 李賀〈感諷六首・之一〉:「走馬遣書勳，誰能分粉墨。」(《全唐詩》，第 12 冊，卷 394，頁 4438。)
4. 薛濤〈斛石山畫事〉:「王家山水畫圖中，意思都盧粉墨容。今日忽登虛境望，步搖冠翠一千峰。」(《全唐詩》，第 23 冊，卷 803，頁 9038。)

這些與禽鳥題畫有關的有三首，其他則有兩首。從這幾篇內容可以看出，畫家都以此方式處理，只不過在色澤呈現上有濃淡差異，而顏色有新舊的差別罷了。由於並不普遍，所以就連李白也無此類用語用以讚譽畫作。

其次，還有「粉壁」也是較爲多見的畫面背景。如宋之問的〈訪省壁畫鶴〉:「粉壁圖仙鶴」就是最佳實例。其他又如：

1. 劉長卿〈會稽王處士草堂壁畫衡霍諸山〉:「粉壁衡霍近，群峰如何攀」(《全唐詩》，第 5 冊，卷 149，頁 1530。)
2. 李白〈觀博平王志安少府山水粉圖〉:「粉壁爲空天，丹

〔註 79〕王伯敏：《李白杜甫論畫詩散記》，頁 77～78。王氏並且說明這種方式遠在漢代就已有所運用。

青狀江海。」(《全唐詩》，第 6 冊，卷 183，頁 1869。)

3. 李白〈同族弟金城尉叔卿燭照山水壁畫歌〉:「高堂粉壁圖蓬瀛，燭前一見滄洲清。」(《全唐詩》，第 5 冊，卷 166，頁 1718。)

4. 杜甫〈奉觀嚴鄭公廳事岷山沱江畫圖十韻〉:「白波吹粉壁，青嶂插雕梁。」(《全唐詩》，第 7 冊，卷 228，頁 2485。)

5. 錢起〈題禮上人壁畫山水〉:「連山畫出映禪扉，粉壁香筵滿翠微」(《全唐詩》，第 8 冊，卷 239，頁 2687。)

諸如此類的粉壁運用，在《全唐詩》中有三十九處，至於不在《全唐詩》中的如李白〈壁畫蒼鷹贊〉中:「凜粉壁之雄姿」〔註 80〕等等，就是在粉壁上繪圖，而這種處理方式，在唐人題畫詩中是常常被提及的。上列之李白〈觀博平王志安少府山水粉圖〉其所見應該就是以「粉壁」的本色作爲天色，沒有勾線也沒有設色，全然呈現整片空天之妙；另外一首〈同族弟金城尉叔卿燭照山水壁畫歌〉:「高堂粉壁圖蓬瀛，燭前一見滄洲清。洪波洶湧山崢嶸，皎若丹丘隔海望赤城。」詩中的粉壁上的繪置除了已經具備咫尺千里之勢，也藉由粉色的鋪陳，更增添李白對於道家神仙的聯想與嚮往。雖然常見，但今人王伯敏卻言:「天空若是不施顏色，在唐朝是不多見的，所以容易使人產生新鮮感。」〔註 81〕由於在中國畫作中，自六朝以至唐宋，山水畫中的天空與水等都是以「青綠」著色，粉色的大幅安排並不多見，顯然唐代諸多畫家獨具慧眼，喜歡將「粉壁」融入繪畫範疇。意即，粉壁適合山水畫的揮灑，而且又以寺院、廳堂居多，早已蔚爲風氣。至於禽鳥繪製雖只有一首，反而見證「彌足珍貴」之表徵。

2、白描之絕奇

除了前文有粉色的處理，「白描」也是運用的技巧之一。而這又

〔註 80〕本贊未收錄於《全唐詩》，另見於〔唐〕李白著，瞿蛻園等校注:《李白集校注》，卷 28，頁 1622～1623。

〔註 81〕王伯敏:《李白杜甫論畫詩散記》，頁 12～13。

因畫家的手法不同，詩之作者感受也大不同。

杜甫的〈畫鷹〉為例：「素練風霜起，蒼鷹畫作殊。㩳身思狡兔，側目似愁胡。」中的素練就白色的絹布，唐人在絹上作畫也是一種風氣。杜甫因看見素練而興起霜潔般聯想，巧妙的言及「風霜由畫絹上掀起」，眞是出手不凡；連帶的畫鷹似乎有挾風揚露之威勢，肅殺矯健的牽動下句的振奮精神。今人沈謙先生說：「若將敘作順序改為『蒼鷹畫作殊，素練風霜起』就顯得平淡無奇而欲振乏力了。」〔註 82〕因為素色，遂使得杜甫深感「鷹」的突出，於是緊接而來的詩句翻轉多樣，無不彰顯鷹的神思氣韻，而這正是「白描」所給杜甫的啓發。至於杜甫另外兩首，其一〈戲題畫山水圖歌〉：「壯哉崑崙方壺圖，掛君高堂之素壁。」〔註 83〕更是直接將「素壁」與所畫作品相互烘托，明確有力深具雅致；其二〈韋諷錄事宅觀曹將軍畫馬圖〉：「此皆騎戰一敵萬，縞素漠漠開風沙。」〔註 84〕風動沙揚縞素迷離，充滿塞外寫實特質。其餘、白居易〈白羽扇〉：「素是自然色，圓因裁製功。颯如松起籟，飄似鶴翻空。」〔註 85〕其雖與本文無多關係，且詩人並沒有標示其白描的用筆與顏色，但皆反映素色之美，以及畫者透過此一技法的新穎絕奇。

另外「色未塡」則是另一白描的表現實例。在杜甫的〈觀薛稷少保書畫壁〉詩中：「慘澹壁飛動，到今色未塡。」（《全唐詩》，第 7 冊，卷 220，頁 2318。）對於「色未塡」一事有諸多不同見解，有人認為是顏色斑駁，使人誤以為彷彿沒有圖彩一般；但實際是壁面原來並未塡彩，屬於白描的勾勒模式。〔註 86〕從杜甫的詩中可以得知薛稷的畫

〔註 82〕沈謙：〈詠鷹的題畫詩——上〉，《中國語文》，第 519 期，（2000 年 9 月），頁 33。

〔註 83〕〔清〕聖祖御定：《全唐詩》，第 7 冊，卷 219，頁 2305。

〔註 84〕〔清〕聖祖御定：《全唐詩》，第 7 冊，卷 220，頁 2322。

〔註 85〕〔清〕聖祖御定：《全唐詩》，第 14 冊，卷 455，頁 5159。

〔註 86〕王伯敏：《李白杜甫論畫詩散記》，頁 75。據其所言：唐代壁畫「色未塡」不乏其例，如 103 窟唐畫維摩詰經變中的「維摩」，有一部分

作時而新穎——「豈惟粉墨新」，時而斑駁——「畫色久欲盡」，時而「色未塡」，是多姿而富變化的。

至於「丹青與金粉」則是每每被用於勾勒描邊之用，其中的丹青可以是丹砂、青靛一類繪畫用料，也可以借代指稱繪畫作品。如錢起〈畫鶴篇〉:「點素凝姿任畫工，霜毛玉羽照簾櫳。」畫家在白色絹布上點染丹青，而陳子昂〈詠主人壁上畫鶴寄喬主簿崔著作〉:「古壁仙人畫，丹青尚有文。」也大致如此。不過和凝的〈題鷹獵兔畫〉:「雖是丹青物」，則是指作品而言。

3、「圖似真寫似真」的視覺魅力

論及唐代題畫詩，不管何種內容，幾乎脫離不了「寫眞」二字。一般分析繪畫理論時，皆認爲寫眞是傳神理論的另一種講法；但其實當畫家進行此一理論時，如何寫眞遂成爲技法；甚至當作者將其融入題畫詩中，更是評賞繪畫者之「技法」好壞的一種模式。

而唐代的繪畫者不可能眞的將所要表達的對象眞實呈現，更不可能融合攝影作出藝術作品；所以「似眞如眞」的描摹，特別是人物、鳥獸花鳥等，每每透過禽鳥題畫詩或是藝術分析者舉例中不斷被提出。爲求逼眞，不同身分者，遂有其展現的特殊性。

在畫家方面，禽鳥題畫詩中所記錄的幾類禽鳥表徵，爲何足以令欣賞的作家有所感觸，無非就是「眞」。爲了要建構眼見如眞，畫家秉持「傳神」，掌握「氣韻」，模寫「造化」，但更清楚的是在題材的運作上，畫者有了更實際的「捉勒」之落實。宋莊肅《畫繼補遺》中提到:「捉勒，專指花鳥畫中以猛禽獵食爲題材。南唐郭乾暉有『蒼鷹捕狸圖』，北宋崔白有『俊禽逐兔圖』，南宋李安忠、李猷、趙子厚等皆以「捉勒」著名於時。」〔註87〕透過這樣的題材

就是如此處理；又如52窟窟頂千佛，也是鉤好線，除了衣服之外，就是「色未塡」的壁面。

〔註87〕〔宋〕莊肅:《畫繼補遺》,《四庫全書存目叢書》(台南：莊嚴文化事業公司，1996年)，子部71藝術類，頁33。

安排，其靈動之眞，自可意會。如杜甫〈畫鷹〉:「攫身思狡兔，側目似愁胡。」(《全唐詩》，第 7 冊，卷 224，頁 2394。）或是和凝〈題鷹獵兔畫〉:「君夸鷹眼疾，我憫兔心忙。」(《全唐詩》，第 21 冊，卷 735，頁 8400。）都是使人見之，而有擊搏之聯想的實例。其次，「寫實」的汲取，也總是吸引住目光的焦點。以陳子昂〈詠主人壁上畫鶴寄喬主簿崔著作〉爲例：「獨舞紛如雪，孤飛曖似雲。……江海聯翩翼，長鳴誰復聞。」(《全唐詩》，第 3 冊，卷 84，頁 905。）鶴的羽色歷歷在眼前，這可不是虛幻可得；而其長鳴之聲，宛在耳際，若不是有所耳聞，又何必在乎誰復聞。又如先以張喬〈鷺鷥障子〉:「剪得機中如雪素，畫爲江上帶絲禽。閒來相對茅堂下，引出煙波萬里心。」(《全唐詩》，第 19 冊，卷 639，頁 7330。）詩的前段屬於景的實寫，後段則爲境的虛寫；若無畫家細膩清晰的勾勒，作家何以有實際的凝神書寫，其中一個「帶絲」用語，就足以顯示畫家的巧妙。

而在作家方面，爲了傳遞「寫眞」，沒有比使用「眞」字來得更眞。在十八首「禽鳥題畫詩」中共有六處作者以「眞」字寫畫作之眞，其中又以杜甫最具代表性：

1. 宋之問〈詠省壁畫鶴〉:「粉壁圖仙鶴，昂藏『眞』氣多。」(《全唐詩》，第 2 冊，卷 53，頁 658。）
2. 杜甫〈姜楚公畫角鷹圖〉:「此鷹寫眞在左綿，卻嗟『眞』骨遂虛傳。」(《全唐詩》，第 7 冊，卷 220，頁 2315。）
3. 杜甫〈楊監又出畫鷹十二扇〉:「干戈少暇日，『眞』骨老崖嶂。」(《全唐詩》，第 7 冊，卷 221，頁 2340。）
4. 杜甫〈通泉縣署屋壁後薛少保畫鶴〉:「薛公十一鶴，皆寫青田『眞』。」(《全唐詩》，第 7 冊，卷 220，頁 2318。）
5. 杜甫〈通泉縣署屋壁後薛少保畫鶴〉:「赤霄有『眞』骨，恥飲洿池津。」(《全唐詩》，第 7 冊，卷 220，頁 2318。）
6. 盧綸〈和馬郎中畫鶴贊〉:「君以爲『眞』，相期緱嶺。」

（《全唐詩》，第 9 冊，卷 278，頁 3154。）

歷代有關於畫鷹之傳神而被誤以爲眞鷹的故事比比皆是，如唐代張彥遠就曾提列北齊武帝高湛的第二兒子高孝珩畫鷹的故事。相傳他的學識淵博，才華洋溢，曾經在客廳壁上畫了一隻蒼鷹，結果：「睹者疑其眞，鳩雀不敢近。」〔註 88〕文句所透露出的讚美，其實就是在稱許所畫之鷹栩栩如生之神妙。此處以〈姜楚公畫角鷹圖〉一首爲例，楚公即姜皎，上邽人，善畫鷹鳥，玄宗時累官至太常卿，封楚國公。〔註 89〕杜甫寫此詩時，他已不在人世。對於寫眞之法，明代王嗣奭評曰：「形容佳畫，止于奪眞。」〔註 90〕而清代沈德潛則分析：「其法全在不粘畫上發論，如題畫馬畫鷹，必說到眞馬眞鷹，復從眞馬眞鷹開出議論，後人可以爲式。……本老杜法推廣之，才是作手。」〔註 91〕更加說明畫鷹得其神似，反而讓眞鷹黯然失色。

大致上畫者以眞鷹爲摩寫，而作家以眞字加以彰顯，在這六首詩中有的以「眞骨」爲立基，烘托張力；有的以「眞氣」爲依，令人在虛實之間爲之著迷。這種「寫畫似眞，又以眞爲畫」〔註 92〕的技巧，可以說是將繪畫的魔力發揮的淋漓盡致。當然眞實的世界被虛構化了，但也不失爲迎合了當時的代思潮——寫實畢竟勝過藝術，〔註 93〕

〔註 88〕〔唐〕張彥遠：《歷代名畫記》，卷 8，頁 257～258。

〔註 89〕〔唐〕張彥遠：《歷代名畫記》，卷 9，頁 289。

〔註 90〕〔明〕王嗣奭：《杜臆》，頁 152。

〔註 91〕〔清〕沈德潛：《說詩晬語》，收錄於王夫之等撰：《清詩話》，卷下，頁 551。

〔註 92〕〔清〕乾隆御選：《唐宋詩選》（北京：中國三峽出版社，1997 年），卷 5，頁 63。此話乃是對於李白〈當塗趙炎少府粉圖山水歌〉的評論：「寫畫似眞，亦遂驅山走海，奔輳腕下。『杳然如在丹青裡』，又以眞爲畫，各有奇趣。」

〔註 93〕古添洪針對題畫詩指出：「詩人一方面敘寫畫中『客體』如『實物』，把『藝術空間』置之不顧，一方面又指陳出讀者所面對只是一『藝術空間』，打破藝術幻覺；這兩種『對立』的朝向——『眞實空間』與『藝術空間』互爲反覆，甚或同時交錯，產生很大的趣味，這可說是中國『題畫詩』的特殊品質。」見〈論「藝詩」的詩學基礎及其中英傳統〉，收錄劉紀蕙編：《框架內外：藝術、文類與符號疆界》

甚或是「視覺感官效果」的極致揮灑。

三、史料保存，彌足珍貴

禽鳥題畫詩主要透過詩的傳遞，得以窺探其中所蘊含的社會意義，另外則是依據詩人的評賞，使其繪畫藝術的理論與技法獲得印證。除此之外，有些相關藝文史料，也間接被保留下來。

（一）薛稷的「垂露體」

前文曾提及薛稷以畫鶴著名，而他也是唐代的書法家，師褚遂良、虞世南，曾同歐、虞、褚並稱初唐四家。但本文主要在於分析繪畫與詩的關聯性，就算想經由詩掌握書法的風格其實是十分鮮少的，所以若有間接獲致，可算是意外之得。在杜甫〈觀薛稷少保書畫壁〉一首：「仰看垂露姿，不崩亦不騫。鬱鬱三大字，蛟龍岌相纏。」《全唐詩》中有注曰：「通泉壽聖寺聚古堂有薛稷所書慧普寺三字，徑三尺。」可知薛少保曾使用「垂露體」寫下「慧普寺」三字，其徑有三尺大小。而此「垂露體」對於後世宋徽宗書法，別成一體，自號「瘦金書」，有其影響在。關於宋徽宗書畫風的師承，與宋徽宗有過來往的蔡絛曾記之：「而（趙）大年又善黃庭堅，故祐陵（徽宗）作庭堅書體，後自成一法也。時亦就端邸內知客吳元瑜弄丹青，元瑜者，畫學崔白，書學薛稷，而青出於藍者。後人不知，往往謂祐陵畫本崔白，書學薛稷，凡斯失其源流矣。」〔註 94〕除了眾所皆知的碑帖，則「垂露體」算是另一項「自有其相通處」的演化證明。

（二）薛稷的「十一鶴」

薛稷畫鶴成就很高，影響也很深遠。在《歷代名畫記》中記錄：「屏風六扇鶴樣，自（薛）稷始也。」〔註 95〕這個「樣」就是畫圖的

（台北：立緒文化公司，1999 年），頁 105。

〔註 94〕〔宋〕蔡絛：《鐵圍山叢談》，《唐宋史料筆記叢刊》（北京：中華書局，1983 年），頁 6。

〔註 95〕〔唐〕張彥遠：《歷代名畫記》，卷 9，頁 293。

範本，薛稷能夠創出「樣」，且為社會所接受，說明他在畫史上的重要地位。此後「六鶴圖」成為一種定格．五代時黃筌就曾繪六鶴于偏殿壁上，此殿遂改為「六鶴殿」。但在杜甫的〈通泉縣署屋壁後薛少保畫鶴〉詩中卻有：「薛公十一鶴，皆寫青田眞。」若依據《宣和畫譜》的紀錄，薛稷的鶴畫作品，御府所藏有《啄苔鶴圖》、《顧步鶴圖》各一幅，《鶴圖》五幅等，〔註 96〕另有鶴之壁畫多處；如唐秘書省、尚書省考工員外郎廳、洛陽上書坊岐王宅、成都府衙院兩廳、通泉縣署等，也都是大家公認的佳作。但不管如何，就是未有「十一鶴」的作品或是姿態說明的文獻紀錄；顯然杜甫曾經目睹，只是詩中僅以「低昂各有意，磊落如長人」表現，欠缺細部描述。但透過杜甫，「視其所與，信不誣矣」〔註 97〕雖不識此人，而其畫鶴之妙又添一筆。

（三）黃筌與薛稷的較量

在這十七首禽鳥題畫詩中，除了薛稷多次被提出讚揚，五代的黃筌並未有具體詩句加以表彰。唯一出現的是〈語〉中的：「黃筌畫鶴，薛稷減價。」（《全唐詩》，第 25 冊，卷 876，頁 9931。）其題注為：「筌善寫花竹翎毛。於孟昶殿畫六鶴。因目其殿為六鶴殿。當時稱歎。為語曰。」

有關黃筌寫六鶴，宋郭若虛寫道：「其一曰唳天，舉首張喙而鳴。其二曰警露，回首引頸上望。其三曰啄苔，垂首下啄於地。其四曰舞風，乘風振翼而舞。其五曰疏翎，轉項毨其翎羽。其六曰顧步。行而回首下顧。後輩丹青，則而象之。杜甫詩稱『薛公十一鶴，皆寫青田眞』。恨不見十一之勢復何如也。」〔註 98〕對於六鶴之神韻姿態，可謂巨細靡遺。另外宋代黃休復更詳細提及：「黃筌者，成都人也。幼

〔註 96〕〔宋〕不著撰人：《宣和畫譜》，《景印文淵閣四庫全書》，第 813 冊，子部 119 藝術類，頁 158。
〔註 97〕〔宋〕不著撰人：《宣和畫譜》，《景印文淵閣四庫全書》，第 813 冊，子部 119 藝術類，頁 158。
〔註 98〕〔宋〕郭若虛：《圖畫見聞誌》，《景印文淵閣四庫全書》，第 812 冊，子部 118 藝術類，頁 554。

有畫性，長負奇能。刁處士入蜀，授而教之竹石花雀。又學孫位畫龍水、松石、墨竹，斆李昇畫山水、竹樹，皆曲盡其妙。筌早與孔嵩同師，嵩但守師法，別無新意；筌既兼宗孫、李，學力因是博贍，損益刁格，遂超師之藝。後唐莊宗同光年，孟令公知祥到府，厚禮見重。建元（西元 141 前）之後，授翰林待詔，權院事，賜紫金魚袋。至少主廣政甲辰歲，淮南通聘，信幣中有生鶴數隻，蜀主命筌寫鶴於偏殿之壁。警露者、啄苔者、理毛者、整羽者、唳天者、翹足者，精彩體態，更愈於生，往往生鶴立于畫側。蜀主歎賞，遂目爲六鶴殿焉。尋加至內供奉、朝議大夫、檢校少府少監上柱國。先是，蜀人未曾得見生鶴，皆傳薛少保畫鶴爲奇。筌寫此鶴之後，貴族豪家竟將厚禮請畫鶴圖，少保自此聲漸減矣。廣政癸丑歲，新搆八卦殿，又命筌于四壁畫四時花竹、兔雉鳥雀。其年冬，五坊使于此殿前呈雄武軍進者白鷹，誤認殿上畫雉爲生，掣臂數四，蜀王歎異久之，遂命翰林學士歐陽炯撰《壁畫奇異記》以旌之。筌有春山圖、秋山圖、山家晚景圖、山家早景圖、山家雨景圈、山家雪景圖、山居詩意圖、瀟湘圖、八壽圖。今石牛廟畫龍水一堵，見存。」〔註 99〕黃休復將黃筌列爲「妙格中品」雖不是最佳，但從文中「先是，蜀人未曾得見生鶴，皆傳薛少保畫鶴爲奇。筌寫此鶴之後，貴族豪家竟將厚禮請畫鶴圖，少保自此聲漸減矣。」對照《全唐詩》中「黃筌畫鶴，薛稷減價。」可知江山代有才人出的現實殘酷面。

大抵繪畫是以筆墨爲工具的造型藝術，所以唐代題畫詩的作者極爲關心畫家具現物象的模擬能力，並以之爲衡量其藝術水準的依據，也就常常以「作畫如眞」讚譽畫家。〔註 100〕不管詩中的「眞」字是形容詞還是名詞，也都十分具體的表達出作者「尚眞」的藝術觀。此

〔註 99〕〔宋〕黃休復：《益州名畫錄》，《景印文淵閣四庫全書》，第 812 冊，子部 118 藝術類，頁 489。

〔註 100〕衣若芬：《觀看 敘述 審美——唐宋題畫文學論集》（台北：中央研究院文哲所，2004 年），頁 94。

外透過上述觀照，詩人杜甫所提供的數據與觀點最多，至於畫家薛稷被引述或是歌誦的篇幅最爲頻繁。藉由這些紀錄可以了解到當時的社會現象；以及詩人的審美理論基礎下，看出當時繪畫與詩歌創作的關聯性；當然這些文人繪畫的精神，也在詩人筆下增添其通俗的生活之美。誠如錢鍾書所言：「中國傳統文藝批評對詩與畫有不同的標準，評畫時賞識王士禎所謂的『虛』以及聯繫的風格；而評詩時卻賞識『實』以及相聯繫的風格。」〔註 101〕是以即便尙實多於虛靈，尙眞多於寫意，但這正是唐代的藝文風氣。

第二節　賞玩野獵，生氣盎然

對於禽鳥的觀照，除了透過文字書寫、繪畫描摹，最實際的是近距離的豢養賞玩，或是遠距離的觀獵等等；這些經由禽鳥相關詩作，都可以反映出當時的風尙逸趣。

一、進貢聆賞，豢養怡情

唐人對於珍禽異獸的喜愛，可由《太平御覽》與《太平廣記》等有關記錄一窺究竟；又加上與週邊外族或邦交國家通商頻繁，所以相關進貢當然也少不了珍禽異獸。其中特別是顏色鮮豔或是稀有珍奇的禽鳥，更是令人愛不釋手；當然擅長學話或是鳴唱的禽鳥，更是擄獲諸多王公貴族、文人雅士的心。

（一）擅學語或鳴唱之鳥

有諸多鳥類引發詩人注意並進而嘆詠的理由，乃在於其鳴聲動聽或是善於學語。這些鳥類或跳躍枝頭，輕快傳遞幽美樂音，引發注意；但如果得以進而豢養，其討人歡心的程度將遞增不減。

1、百　舌

〔註 101〕 錢鍾書：〈中國詩與中國畫〉，《中國畫研究》，第 1 期，（1981 年 11 月），頁 201。

百舌有烏鶇、黑鶇、烏春、反舌鳥等別稱。在《全唐詩》中除了使用「反舌」之外，其餘皆未出現。

談起鳴唱聲音，中國文人向來喜歡畫眉，只是在《全唐詩》中，卻沒有任何一首詠嘆畫眉的作品出現，直到宋代才有相關創作產生。沒有了畫眉，百舌鳴聲高昂宏亮，十分悠揚悅耳，而且立春后更是鳴唱不已，動人心弦；又加上百舌「滿口學盡群鳥聲」，〔註 102〕擁有善於摸擬各種鳥鳴、人語的專長，十分受到詩人或是豢養者的喜愛。以王維的〈聽百舌鳥〉爲例：

> 上蘭門外草萋萋，未央宮中花裡栖。亦有相隨過御苑，不知若箇向金堤。入春解作千般語，拂曙能先百鳥啼。萬戶千門應覺曉，建章何必聽鳴雞。（《全唐詩》，第 4 冊，卷 128，頁 1298～1299。）

詩中的「上蘭門、未央宮、御苑、金堤、建章」等都在傳遞著地點的特殊性。王維（西元 701～761）以寫山水風光、田園花鳥著稱。在這首聆聽百舌吟唱的詩，「入春解作千般語，拂曙能先百鳥啼。」透過春花爛漫春意盎然的烘托，將百舌愛唱、搶先的特質，表露無遺；而「萬戶千門應覺曉，建章何必聽鳴雞」則以爲高昂宏亮的百囀嘹音，勝過建章門外的雞鳴，顯然有了百舌，群臣不必再去等待，欣然聽聞這樣的另一種晨頌。或許因爲「先鳴」，所以張籍〈徐州試反舌無聲〉詩中，有著更爲熾熱的體驗：

> 夏木多好鳥，偏知反舌名。林幽仍共宿，時過即無聲。竹外天空曉，谿頭雨自晴。居人宜寂寞，深院益淒清。入霧暗相失，當風閒易驚。來年上林苑，知爾最先鳴。（《全唐詩》，第 12 冊，卷 384，頁 4328。）

在《朝野僉載》記錄著：「百舌春囀，夏至唯食蚯蚓。正月后凍開，

〔註 102〕〔宋〕文同：《丹淵集》，《四部叢刊初編・集部》（上海：商務印書館，1965 年），卷 17，頁 154。雖然在魏晉期間，也有如劉令嫻的〈聽百舌〉一類作品，但都比不上文同〈百舌鳥〉：「就中百舌最無謂，滿口學盡群鳥聲。自無一語出於己，徒爾嘲哳誇從橫。」來得貼切。

蚓出而來十月后，蚓藏而往。」〔註 103〕顯見百舌過了夏天，就不是以聲音取勝。詩中張籍（西元 768～830）運用「林幽、無聲、天放晴、寂寞、淒清、霧迷、風閒」等語，透露出一種寂寥，似乎除了反舌，林中好鳥相鳴都難上心頭。而「來年上林苑，知爾最先鳴。」一個「上林苑」道出其最佳所在，更直接表明自己未來行動的渴望與自信，無怪乎清朝的張潮也要傾心：「鳥聲之最佳者，畫眉第一，黃鸝、百舌次之。」〔註 104〕那種深植人心的擄獲，在無聲的氛圍裡，總是不斷勾動詩人最殷切的心境。

雖然有人嫌吵，甚至對其饒舌不以爲然，但似乎總如元稹所言：「先春盡學百鳥啼，眞僞不分聽者悅。伶倫鳳律亂宮商，盤木天雞誤時節。朝朝暮暮主人耳，桃李無言管弦咽。」〔註 105〕各有所好，卻是事實。

2、鸚　鵡

鸚鵡的羽毛色彩亮眼美麗，具群棲習性，但每每成爲人們豢養在籠內的孤獨寵物，也因此會因環境的改變而模仿不同的人語，並成爲詩人吟詠的題材；而且由於產地不在中原，所以是進貢的重要飛禽。

有關鸚鵡的產地，說法紛紜，早在《山海經．西山經》中就已記錄著：「黃山有鳥焉，其狀如鴞，青羽赤喙，人舌能言，名曰鸚䳇。」〔註 106〕按鸚䳇就是鸚鵡，黃山是其中之一；其他的相關產地，研究者韓學宏則是匯整古籍得出：「南方、交州、杜薄州、兩廣、隴右、隴蜀、隴西、廣南」等地，〔註 107〕大抵西方的隴地與南方兩廣爲主要地區。

〔註 103〕〔唐〕張鷟：《朝野僉載》，《景印文淵閣四庫全書》，第 1035 冊，子部 341 小說家類，頁 227。

〔註 104〕馮保善注譯、黃志民校閱：《新譯幽夢影》（台北：三民書局，2000 年），頁 159。

〔註 105〕〔清〕聖祖御定：《全唐詩》，第 12 冊，卷 420，頁 4622，〈有鳥，二十章之十五〉。

〔註 106〕袁珂校注：《山海經校注》，頁 31。

〔註 107〕韓學宏：〈中國詩文中的鸚鵡〉，頁 2～8。作者爲長庚大學通識中心助理教授，該篇僅發表於網路上，未見登錄國家圖書館。

其一，最爲詩人熟悉的是西北，如白居易寫於寶歷二年（西元826）的〈鸚鵡〉一首：

隴西鸚鵡到江東，養得經年觜漸紅。常恐思歸先剪翅，每因餧食暫開籠。人憐巧語情雖重，鳥憶高飛意不同。應似朱門歌舞妓，深藏牢閉後房中。（《全唐詩》，第13冊，卷447，頁5035。）

白居易（西元772～846）在這首詩中清楚表示鸚鵡是從隴西輾轉來到江東，豢養一年後已經熟悉南方氣候，所以在形貌上出落美麗，特別是「嘴」的色澤日漸茜紅，更是鑑賞家所在乎的。對於隴西不管所指的是甘肅還是陝西，藉此更能了解到絲路在唐代的重要性，王曙指出：「『絲綢之路』至唐代達到全盛，一直延續到十三四世紀的元代。以後，由於海運的發展，這條比較艱辛的陸路就逐漸荒棄了。由於絲綢之路的暢通，東西方的經濟文化獲得了廣泛的交流。首先是中國的絲綢不斷的運到西方…同時，西方的物產和文化也陸續輸入我國。例如葡萄、石榴、核桃、芝麻、菠菜、苜蓿等都在此期間傳入。……」〔註108〕這一條絲綢之路，可能就將西域的鸚鵡也輸入中國，經比對印度與尼泊爾等相關鳥類圖鑑，則不難發現，印度最常見的鸚鵡品種之一，即爲紅嘴紅腳而全身綠毛的紅領綠鸚鵡，〔註109〕也就是詩人所吟詠的鸚鵡了。其他如岑參〈赴北庭度隴思家〉：「西向輪臺萬里餘，也知鄉信日應疏。隴山鸚鵡能言語，爲報家人數寄書。」〔註110〕、寒山〈詩三百三，三百三首之十二〉：「鸚鵡宅西國，虞羅捕得歸。美人朝夕弄，出入在庭幃。賜以金籠貯，扃哉損羽衣。不如鴻與鶴，飄颻入雲飛。」〔註111〕等等，大抵都環繞西北隴地週邊。

其二，南方也是來源之一，如白居易〈紅鸚鵡〉：

安南遠進紅鸚鵡，色似桃花語似人。文章辯慧皆如此，籠

〔註108〕王曙：《唐詩故事續集》（台北：貫雅文化事業公司，1990年），第1冊，頁5。

〔註109〕韓學宏：〈中國詩文中的鸚鵡〉，頁5。

〔註110〕〔清〕聖祖御定：《全唐詩》，第6冊，卷201，頁2106。

〔註111〕〔清〕聖祖御定：《全唐詩》，第23冊，卷806，頁9065。

檻何年出得身。(《全唐詩》，第 13 冊，卷 438，頁 4870。)

在詩中不但說明鸚鵡自安南進貢而來，還針對羽色之美以桃花比喻，而其學語似人的專長，更是不忘加以描述。雖然這樣的詠鳥詩仍不失另一層的主要目的——託物寄情，但屬於鸚鵡的形象已經清楚展現。其他如張祜〈鸚鵡〉:「栖栖南越鳥，色麗思沉淫。暮隔碧雲海，春依紅樹林。雕籠悲斂翅，畫閣豈關心。無事能言語，人聞怨恨深。」〔註 112〕也是提出鸚鵡來自南方的訊息。

至於種類方面，李時珍《本草綱目》提到的就有五種:「鸚母鳥有數種:綠鸚母鳥出隴蜀，而滇南交廣近海諸地尤多，大如烏鵲，數百群飛，南人以為鮓食;紅鸚母鳥紫赤色，大亦如之;白鸚母鳥出西洋南番，大如母雞;五色鸚母鳥出海外諸國，大於白而小於綠者，性尤慧利，俱丹味鉤吻，長尾赤足，金睛深目，上下目瞼皆能眨動，舌如鸚兒，其趾前後各二，異於鳥，其性畏寒，即發顫如瘴而死，飼以餘甘子可解。或云摩其背則瘖，或云雄者喙變丹，雌者喙黑不變。張思正《倦遊錄》云:海中有黃魚能化鸚母鳥，此必又一種也。」〔註 113〕包括神話傳說在內，種類不一而足。而《太平御覽》中則有:「鸚鵡、白鸚鵡、五色鸚鵡、赤鸚鵡」四種;〔註 114〕不過《全唐詩》中，則有「白鸚鵡」，如來鵠〈鸚鵡〉:「色白還應及雪衣，觜紅毛綠語仍奇。年年鎖在金籠裡，何似隴山閒處飛。」;〔註 115〕其次的是「紅鸚鵡」，如上述白居易的詩;其餘大都以「翠毛紅嘴」為主，如殷文圭〈鸚鵡〉:「丹觜如簧翠羽輕，隨人呼物旋知名。金籠夜黯山西夢，玉枕曉憎簾外聲。才子愛奇吟不足，美人憐爾繡初成。應緣是我邯鄲客，相顧咬咬別有情。」〔註 116〕等等，顯

〔註 112〕〔清〕聖祖御定:《全唐詩》，第 15 冊，卷 510，頁 5797。

〔註 113〕〔明〕李時珍:《本草綱目》,《景印文淵閣四庫全書》，第 774 冊，子部 80 醫家類，頁 397。

〔註 114〕〔宋〕李昉等撰:《太平御覽》,《景印文淵閣四庫全書》，第 901 冊，子部 206 類書類，卷 924，頁 262～265。

〔註 115〕〔清〕聖祖御定:《全唐詩》，第 19 冊，卷 642，頁 7359。

〔註 116〕〔清〕聖祖御定:《全唐詩》，第 21 冊，卷 707，頁 8135。

示詩人與李時珍提到的：「鸚母鳥有數種：綠鸚母鳥出隴蜀，而滇南交廣近海諸地尤多。」在種類與產地上相互獲得印證。

而牠的別稱有：鸚哥、隴禽、隴鳥、能言鳥、時樂鳥、西客、鸚母等，比起其他禽鳥而言，在《全唐詩》中就出現了「隴禽、隴鳥、能言鳥、時樂鳥」等多種別稱，可知鸚鵡是十分貼近文人生活的。雖然牠有響亮金屬鳴聲，但其實所發出的聲音並不好聽；是以牠被豢養且深受喜歡的原因，最主要是牠具有「能言」的專長，以子蘭的這首〈鸚鵡〉為例：

> 翠毛丹觜乍教時，終日無寥似憶歸。近來偷解人言語，亂向金籠說是非。（《全唐詩》，第23冊，卷824，頁9289。）

作者觀察到，鸚鵡在初學人的話語時，似乎不感興趣，百無聊賴的；可是一旦明白了說話的技巧，特別是作者以「偷」字來詮釋，那種說話的慾望與造謠生事的本領，可真的不輸給人。從「終日無寥」到「亂說是非」，期間的轉變，還真不是始料所及。在唐玄宗時期有一則軼事：「開元中，嶺南獻白鸚鵡，養之宮中，歲久，頗聰慧，洞曉言詞。上及貴妃皆呼為雪衣女。性既馴擾，常縱其飲啄飛鳴，然亦不離屏幃間。上令以近代詞臣詩篇授之，數遍便可諷誦。上每與貴妃及諸王博戲，上稍不勝，左右呼雪衣娘，必飛入局中鼓舞，上六字〈六帖〉作『即飛至將翼。』以亂其行列，或啄嬪御及諸王手，使不能爭道。忽一日，飛上貴妃鏡臺，語曰：『雪衣娘昨夜夢為鷙鳥所搏，將盡於此乎？』上使貴妃授以〈多心經〉，記誦頗精熟，日夜不息，若懼禍難，有所禳者。上與貴妃出於別殿，貴妃置雪衣娘于步輦竿上，與之同去。既至，上命從官校獵於殿下，鸚鵡方戲於殿上，忽有鷹搏之而斃。上與貴妃歎息久之，遂命瘞于苑中，為立塚，呼為鸚鵡塚。」〔註117〕可知鸚鵡因為能言又聰慧，足以獲得三千寵愛。但詩人吳英秀在〈鸚鵡〉詩中卻有另一番感想：

〔註117〕〔唐〕鄭處晦：《明皇雜錄》，《景印文淵閣四庫全書》，第1035冊，子部341小說家類，〈逸文〉，頁521。

> 莫把金籠閉鸚鵡，箇箇聰明解人語。忽然更向君前言，三十六宮愁幾許。(《全唐詩》，第 22 冊，卷 776，頁 8792。)

就是因爲鸚鵡模仿力強，又聰明可人；所以不忘提醒得小心提防，免得那天被出賣了，屆時平添無限愁苦，可是無處伸冤呢！

3、鴝　鵒

鴝鵒的毛色純黑，頭及背部微帶些綠色光澤；而頭上羽毛細長而尖，呈柳葉狀；經由修剪舌尖，可仿人聲或其他鳥類的鳴聲。或稱爲鴝鵯、花鵒、八八兒、蒼鵒、寒皐、駕鴿、八哥、迦陵、鸜鵒等，其中運用在《全唐詩》的有迦陵、鸜鵒，現在俗稱的「八哥」二字，則不曾使用。

鴝鵒也不是產自中原，在《禮緯．稽命徵》有言：「孔子謂子夏曰：『鸜鵒至，非中國之禽也。』」〔註 118〕所以更顯其珍貴與陌生，在《全唐詩》中的作品大多集中鴝鵒舞而非鴝鵒；另外一般的八哥都是黑色，但是在《全唐詩》卻有白色的鴝鵒，可見韋應物的〈寶觀主白鴝鵒歌〉也算是讓他大開眼界：

> 鸜鵒鸜鵒，眾皆如漆，爾獨如玉。鸜之鵒之，眾皆蓬蒿下，爾自三山來。三山處子下人間，綽約不妝冰雪顏。仙鳥隨飛來掌上。來掌上，時拂拭。……(《全唐詩》，第 6 冊，卷 194，頁 2003。)

詩中以「玉」來做媲美，顯然對其白色羽衣有著高度的喜愛；而進一步對於白鴝鵒的丰姿綽約又以「三山處子」作爲比喻，更將其提升到仙鳥層級，彷彿人間不會遇見的美好，全在掌中輕易擁有。只是韋應物僅傾心於這樣唯美的描述，對於模仿說話的專長，隻字未提。《禽經》言：「鴝鵒剔舌而語。」〔註 119〕而《幽明錄》中記載：「晉司空桓豁在荊州，有參軍五月五日剪鴝鵒舌教其學語，遂無所不言；顧參

〔註 118〕《禮緯．稽命徵》，《緯書集成》(上海：上海古籍出版社，1994 年)，頁 261。

〔註 119〕舊題〔周〕師曠撰，〔晉〕張華注：《禽經》，《景印文淵閣四庫全書》，第 847 冊，子部 153 譜錄類，頁 686。

軍善彈琵琶，鴝鵒每立聽，移時又善能倣人語聲。」〔註 120〕這種乖巧又善于模仿，的確是令人愛不釋手的。而花蕊夫人徐氏的〈宮詞．一百五十六首之一百三十四〉就有比較明確的安排：

小院珠簾著地垂，院中排比不相知。羨他鸚鵡能言語，窗裡偷教鴝鵒兒。（《全唐詩》，第 23 冊，卷 798，頁 8979。）

本詩並非專詠，不過在內文中對於鴝鵒學語的刻劃，卻有細膩的巧思；與其說是鴝鵒與鸚鵡的較勁，還不如說是人與人之間的爭風吃醋，為的就是要博得主人的寵愛。

4、秦吉了

秦吉了，今稱九官鳥。在古時尚有吉了、了哥、鷯哥、結遼鳥、情急了等名稱，但在《全唐詩》中出現的除了秦吉了，就只有「吉了」而已。

由於牠也善於學人語，所以在古籍《桂海虞衡志》中言：「秦吉了，如鸜鵒，紺黑色，丹咮黃距。目上連項有深黃紋，頂毛有縫如人分髮。能人言，比鸚鵡尤慧。大抵鸚鵡聲如兒女，秦吉了聲則如丈夫。」〔註 121〕其中提及智商超過鸚鵡，聲音則較鸚鵡粗重；而唐代劉恂則以為：「白州產秦吉了，大約似鸚鵡，兩眼後夾腦有黃肉冠，善效人言，語音雄大，分明於鸚鵡。」〔註 122〕也是針對聲音有所說明，並言聲音清晰，勝過鸚鵡。至於羅願《爾雅翼》則說：「秦中有吉了鳥。毛羽黑，大抵如鸜鵒，然有兩耳如人耳而紅，此與鸚鵡之人舌人目何異！然吉了生秦中，其音聲差，重濁如秦人，語不若鸚鵡之輕清云。」〔註 123〕大抵二書所記，南方白州以及北方秦中階有出產；而其因地

〔註 120〕〔南朝宋〕劉義慶撰，鄭晚晴輯注：《幽明錄》，《歷代筆記小說叢書》（北京：文化藝術出版社，1988 年），頁 59。

〔註 121〕〔宋〕范成大：《桂海虞衡志》，《景印文淵閣四庫全書》，第 589 冊，史部 347 地理類，〈志禽〉，頁 376。

〔註 122〕舊題〔唐〕劉恂：《嶺表錄異》，《景印文淵閣四庫全書》，第 589 冊，史部 347 地理類，〈卷中〉，頁 92。

〔註 123〕〔宋〕羅願：《爾雅翼》，《景印文淵閣四庫全書》，第 222 冊，經部 216 小學類，頁 375。

域性造成聲音沉濁，不如鸜鵒清細。顯然大多認爲，秦吉了的聲音比較渾濁有力。

雖然有諸多針對秦吉了的聲音記載與比較，但在《全唐詩》中的數目卻不到十首，其中又以白居易的〈新樂府：秦吉了，哀冤民也〉最爲生動：

> 秦吉了，出南中。彩毛青黑花頸紅，耳聰心慧舌端巧。鳥語人言無不通，昨日長爪鳶。……然後拾卵攫其雛，豈無鵰與鶚。嗉中肉飽不肯搏，亦有鸞鶴群。閒立高颺如不聞，秦吉了。人云爾是能言鳥，豈不見雞燕之冤苦。吾聞鳳皇百鳥主，爾竟不爲鳳皇之前致一言。安用噪噪閒言語。(《全唐詩》，第13冊，卷427，頁4710。)

首先就《全唐詩》中所收錄的相關作品量來看，能見度不高，顯然得以見到並且加以描寫必定是箇中喜好者；其次是依白居易所言，秦吉了來自滇黔一帶的南中，而非秦中；另外對於「吉了」的外形，以「彩毛青黑花頸紅」作出近距離的觀察，而其專長則是以「耳聰心慧舌端巧，鳥語人言無不通。」加以說明，若不是作者親耳所聞，是很難以讚譽有加的。

只是這樣的素材，白居易並不是單純詠物，而是藉此「鳥語人言無不通」。感嘆其袖手旁觀，卻無法爲雞燕喉舌；無法扮演協助的角色，反而閒言閒語的說長道短，這才是作者無法苟同的，李白〈自代內贈〉也是如出一轍：

> ……妾似井底桃，開花向誰笑。君如天上月，不肯一迴照。窺鏡不自識，別多憔悴深。安得秦吉了，爲人道寸心。(《全唐詩》，第6冊，卷184，頁1884。)

可見傳遞心境已經不是人們的專利，禽鳥都被賦予極高的期盼。只是這樣的情急生智，都比不上元代伊士珍所提及的：「昔有丈夫與一女子相愛，自季夏二十六日以書札相通，來年是日篋中殆滿，皆憑一鳥往來，此鳥殊解人意，至是日忽對女子喚曰：情急了。女子因書繫其足曰：秋期若再不果有如白日。惟其所爲因名此鳥爲情急了。」〔註 124〕錯將秦吉了訛爲「情急了」，也算是生活中的難忘經驗。

5、鶯

所有的禽鳥都會發出聲音，但其實眞正因爲聲音而深受歡迎，或是鳴唱悅耳令人百聽不厭的，並不多見。此節次除了學話的鳥類外，還將鳴唱之音屢受詩人青睞的一併探討。而這當中首推「鶯」鳥，在本文緒論統計顯示，牠可是《全唐詩》排名前三名之列，顯見詩人對牠的高度關注。

由於《全唐詩》中有關此一禽鳥作品眾多，其中有使用「鶯」或是「黃鶯」或是「黃鸝」等名稱，但其間仍有其差異在，只是可能古人混淆罷了。〔註 125〕綜言可知，鶯相當於現今台灣常見的綠繡眼，體型嬌小，羽色偏向綠色，所以「鶯」就是「鶯」，沒有別稱。而黃鶯之所以稱爲黃鶯，表示背部有黃色，尾參有黑羽，體型也較鸜鴿爲大。黃鶯體型較大，等於黃鳥、黃鸝、鵹黃等，其他還有離黃、黃袍、黃伯勞、黃鸝留、黃栗留、商庚、黃流離、鶬鶊、楚雀、長股、金衣公子、鸝鶹、紅樹歌童等多種別稱，幾乎是所有鳥類中別稱最多的，但其中大多集中在「黃色羽衣」的焦點上。〔註 126〕是以此研究之韓學宏

〔註 124〕《謝氏詩源》，《溪詩話》（東京：青木嵩山堂，1908 年），頁 68。其中沈如筠詩云：「好因秦吉了，爲寄深情。秦吉了後人誤呼。」

〔註 125〕韓學宏先生以爲：「黃鶯又稱鶯、黃鳥、綠繡眼等。古人常將鶯與黃鸝相混，原因大概是古人以聲音或羽色辨別鳥類，因此容易產生混淆。」又言：「黃鸝又稱黃鳥、倉庚、楚雀、鵹黃等。以其頭羽黧黑、體羽黃色而得名。」見《唐詩鳥類圖鑑》，頁 47～49。

〔註 126〕相關解釋如下：1.依據教育部國語重編辭典的解釋：「鶯：『鳥綱雀形目的通稱。體型較麻雀爲小，羽色多爲褐色或暗綠色，嘴短而尖，叫聲清脆。主食昆蟲，是農、林業的益鳥。我國種類甚多，分布亦廣。』而對於黃鶯的解釋則是：『動物名。鳥綱雀形目。背灰黃色，腹灰白色，尾有黑羽，鳴聲宛轉動人。亦稱爲黃鳥、黃鸝、倉庚、鶬鶊。』」參見教育部重編網路辭典：http://www.sinica.edu.tw/~tdbproj/dict/。2.另外《辭海》也有類似說法：「鶯體小，類似繡眼兒，但眼緣不白。體上面黃灰色，或帶綠褐色，與黃鸝非一物。」見熊鈍生主編：《辭海》（台北：台灣中華書局，1985

認爲「鶯」等於「黃鶯」卻不等於「黃鸝」等等說辭，其實並不正確。

本文的統計數字雖採取兼容並蓄，全部以「鶯」作爲統稱，但探究時，則依需要區隔。首先，在《全唐詩》中有時出現的是「鶯」、「流鶯」、「夜鶯」等，有時出現的是「黃鶯、黃鸝、倉庚、黃鳥」等；但題目出現「鶯」時，其內容可以包含鶯本身或是黃鶯、黃鸝、倉庚、黃鳥等，如李白〈白田馬上聞鶯〉：「黃鸝啄紫椹，五月鳴桑枝。我行不記日，誤作陽春時。蠶老客未歸，白田已繅絲。驅馬又前去，捫心空自悲。」；〔註 127〕若是專指「黃鶯、黃鸝、倉庚、黃鳥」時，也會直接點出其羽色，例如貫休〈黃鶯〉：「一種爲春禽，花中開羽翼。如何此鳥身，便是黃金色。黃金色，若逢竹實終不食。」〔註 128〕其次，鶯會有群聚狀況，而黃鶯多單獨或是成對活動，例如以李嶠〈鶯〉：「芳樹雜花紅，群鶯亂曉空。」〔註 129〕其中所指的是「鶯」，而非黃鶯，所以在分辨上並不難。

至於對於鶯或是黃鶯的描寫，大部份作家當然普遍傾向於聆聽「聲音」的書寫；少部分則比較針對其羽色，加以發揮，前者如王維的〈聽宮鶯〉：

> 春樹繞宮牆，宮鶯囀曙光。忽驚啼暫斷，移處弄還長。隱葉棲承露，攀花出未央。遊人未應返，爲此始思鄉。（《全唐詩》，第 4 冊，卷 126，頁 1280。）

詩人對於時空均予以清楚呈現，既是「宮鶯」表示非同凡響；既是「弄

年），頁 5030。3. 至於黃鶯：『又稱黃鸝、倉庚、鵹黃等。色黃而美，自眼端至頭後部之斑紋，成黑色。鳴聲悅耳。』」參見熊鈍生主編：《辭海》，頁 5076～5077。4. 鄭錫奇等所撰《台灣保育類野生動物圖鑑》中提到：「黃鸝等於黃鶯，全長約 26 公分，雄鳥過眼線黑色，粗且長，全身大致爲鮮黃色，尾羽黑色；雌鳥，過眼線較細，全身黃色部分略帶綠色。」參見鄭錫奇等人撰：《台灣保育類野生動物圖鑑》（南投：行政院農委會保育研究中心，2003 年），頁 166～167。

〔註 127〕〔清〕聖祖御定：《全唐詩》，第 6 冊，卷 184，頁 1878。

〔註 128〕〔清〕聖祖御定：《全唐詩》，第 23 冊，卷 828，頁 9336。

〔註 129〕〔清〕聖祖御定：《全唐詩》，第 3 冊，卷 60，頁 720。

還長」對於鶯的啼唱有了鮮明清晰的聆賞，是婉轉且嫋嫋不絕於耳的；只是心若有所嚮，聽見任何聲音都可能觸動心絃，鶯聲也不例外。後者則如貫休〈黃鶯〉：

一種爲春禽，花中開羽翼。如何此鳥身，便是黃金色。黃金色，若逢竹實終不食。(《全唐詩》，第23冊，卷828，頁9336。)

由於黃鶯常發出柔和之口哨聲，有時亦會發出粗啞似「嘎」的聲音，所以貫休（西元 832～912）這首詩可以看出他的基本鑑賞能力。寧可拋棄傾耳聽，也要著眼於毛色的清新美麗；將花比作禽鳥的羽衣，而且不避諱重複兩次黃金色；將鳳凰與之並列，且比鳳凰更爲脫俗，視覺效果搶眼。

6、鷓　鴣

鷓鴣，形似母雞，頭如鶉，臆前有白圓點如眞珠，背毛有紫赤浪文。〔註130〕其別名有鵃、越雉、懷南、逐隱、逐影、內史、花豸等，其中的「花豸」出自《瑯嬛記》，〔註131〕是別稱中比較難以聯想的，且該書並沒有進一步說明。仔細推敲，鷓鴣並不是飛翔迅急如獸，顯然是因爲身上的斑紋，以及常棲息於密林底層，有時夜飛，飛則以木葉自覆其背，〔註132〕因而令人產生錯覺吧。不過這些別稱，在《全唐詩》中並未運用，所出現的只是「鷓鴣」而已。

對於鷓鴣的鳴聲，晉代崔豹《古今注》中有言：「鷓鴣，出南方。鳴常自呼，常向日而飛，畏霜露早晚稀出。」〔註133〕其中的「自呼」是指「鷓鴣」二字就是其叫聲；另外在《本草綱目》中則提到：「今俗謂其鳴曰：『行不得也哥哥』，又引孔志約之說云：『鳴曰：鉤輈格

〔註130〕〔明〕李時珍：《本草綱目》，《景印文淵閣四庫全書》，第774冊，子部80醫家類，頁376。

〔註131〕〔元〕伊士珍：《瑯嬛記》，《筆記小說大觀》（台北：新興出版社，1975年），頁3426。所言乃錄《採蘭雜志》而得。

〔註132〕〔宋〕陸佃：《埤雅》，《景印文淵閣四庫全書》，第222冊，經部216小學類，卷7，頁119。

〔註133〕〔晉〕崔豹：《古今注》，《景印文淵閣四庫全書》，第850冊，子部156雜家類，頁106。

傑』」〔註 134〕諸如此類的聲音在《全唐詩》中並不多見，只如錢起〈江行無題一百首‧二十六〉中的：「祗知秦塞遠，格磔鷓鴣啼。」〔註 135〕、韓愈〈杏花〉：「鷓鴣鉤輈猿叫歇，杳杳深谷攢青楓。」〔註 136〕等幾例稍有提列，其他大多集中在鷓鴣聲音所引發的感受。此以白居易的〈山鷓鴣〉爲例：

> 山鷓鴣，朝朝暮啼復啼。啼時露白風淒淒，黃茅岡頭秋日晚。苦竹嶺下寒月低，畬田有粟何不啄。石楠有枝何不棲，迢迢不緩復不急。樓上舟中聲闇入，夢鄉遷客展轉臥。抱兒寡婦彷徨立，山鷓鴣。爾本此鄉鳥，生不辭巢不別群。何苦聲聲啼到曉，啼到曉。唯能愁北人，南人慣聞如不聞。
> （《全唐詩》，第 13 冊，卷 435，頁 4814。）

雖不屬於豢養，但淒風苦雨的秋季，鷓鴣朝朝暮暮的啼聲，彷彿整個天地是檻欄。特別是對於被貶謫到江州的白居易而言，耳邊不時傳來那種「唯能愁北人，南人慣聞如不聞。」的鷓鴣聲，對照於「鷓鴣飛，但南不向北」〔註 137〕的懷南不向北，令人極端苦悶的痛楚更加明顯。又有如劉禹錫的〈踏歌詞‧四首之一〉：

> 春江月出大堤平，堤上女郎連袂行。唱盡新詞歡不見，紅霞映樹鷓鴣鳴。（《全唐詩》，第 11 冊，卷 365，頁 4111。）

在這首詩中，作者將春江花朝月映堤與紅霞染樹的美景並列，一爲清亮一爲濃郁。特別是依循題目的「踏歌」而行，其節奏是明快的；只是當「歡不見」時，情感由月光般清淡轉而爲屬於紅霞的強烈，於是鷓鴣聲的「行不得也哥哥」，也成爲沉痛或是萬般纏繞不去的憂傷。

大抵或爲進貢、或爲豢養或爲自然的聆聽，都是時人感官生活美學的寫照，也是詩人的親身見證。

〔註 134〕〔明〕李時珍：《本草綱目》，《景印文淵閣四庫全書》，第 774 冊，子部 80 醫家類，頁 376。
〔註 135〕〔清〕聖祖御定：《全唐詩》，第 8 冊，卷 239，頁 2677。
〔註 136〕〔清〕聖祖御定：《全唐詩》，第 10 冊，卷 338，頁 3791。
〔註 137〕〔唐〕段成式：《酉陽雜俎續集》，《景印文淵閣四庫全書》，第 1047 冊，子部 353 小說家類，卷 8，頁 829。

（二）羽色鮮豔亮麗之禽鳥

有些禽鳥鳴聲並不出色，也沒有極佳的翱翔本領，但是當其羽毛開展或舞動時，其鮮豔亮麗的神采，往往可以抓住眾人的目光，深獲無比的青睞。

1、戴　勝

戴勝又稱鵀、戴鵀、戴南、戴鵀、鵖鴔、織鳥等，在《全唐詩》中只有出現「戴勝、織鳥」的專稱。而戴勝是不築巢的，在《禽經》中說道：「戴勝，生樹穴中，不巢生。」〔註 138〕可知其繁殖，通常利用樹洞、崖壁之窟窿，或白蟻巢穴等爲巢。

戴勝最美的除了羽毛外，就屬頭上的花冠。《爾雅翼》中提到：「戴鵀，鵀即頭上勝，今亦呼爲戴勝。」另外北宋陸佃也寫道：「戴勝，頭上有毛花成勝，故曰戴勝。」〔註 139〕顯然頭羽的特殊，常成爲注目的焦點。至於《全唐詩》裡也有許多作家著重於其頭上的毛花成勝，如王建〈戴勝詞〉：

> 戴勝誰與爾爲名，木中作窠牆上鳴。聲聲催我急種穀，人家向田不歸宿。紫冠采采褐羽斑，銜得蜻蜓飛過屋。可憐白鷺滿綠池，不如戴勝知天時。（《全唐詩》，第 9 冊，卷 298，頁 3376。）

王建（西元 768～830？）在詩中不僅將其習性一一細數，更將其紫色晃動的頭冠以及褐色的花羽寫實呈現。而當其嘴上銜著蜻蜓過屋時，彩衣斑爛與蜻蜓色澤相互輝映，一身雪白的白鷺都得黯然遜色。又如賈島的〈題戴勝〉：

> 星點花冠道士衣，紫陽宮女化身飛。能傳上界春消息，若到蓬山莫放歸。（《全唐詩》，第 17 冊，卷 574，頁 6688。）

比起王建，賈島（西元 779～843）的比喻手法更爲明確，其「謎題

〔註 138〕舊題〔周〕師曠撰，〔晉〕張華注：《禽經》，《景印文淵閣四庫全書》，第 847 冊，子部 153 譜錄類，頁 682

〔註 139〕〔宋〕陸佃：《埤雅》，《景印文淵閣四庫全書》，第 222 冊，經部 216 小學類，卷 9，頁 137。

式」的安排技巧更富有想像力。詩中「星點花冠」乃說明戴勝冠羽末端黑白相間的斑紋花冠，而「道士衣」則在記錄其上半身的黃毛羽色，如同道士披著黃袍。由此遂衍生出「紫陽宮女化身飛」〔註 140〕的答案，這個答案直如魔術畫布，揮灑出傳說裡的化身。只是本詩中的「紫姑」其意不在農事，乃經由型貌渲染增添神奇與縹緲之美。

2、孔　雀

孔雀的產地，依據《太平御覽》中的彙整，有「罽賓國、西南夷滇池、西城條支國、交趾、西域、龜茲、南方、南越、雲南郡」等，〔註 141〕所以也都以進貢取得居多。將孔雀列入羽翼耀眼者，當然係指雄鳥而言。雄孔雀的尾部羽毛在夏天會脫毛，隔年春天復生。其尾羽末段有美麗的眼狀斑，唐代段成式稱：「尾端一寸，名珠毛。」〔註 142〕且其外圍環繞五色金翠的圓形紋路，顏色亮媚多采。而宋代陸佃曰：「孔雀，尾多變色，或紅或黃，喻如雲霞，其色無定。人拍其尾則舞。尾有金翠，五年而後成。始生三年金翠尚小，初春乃生，三四月後復凋，與花蕚俱衰榮，雌者不冠，尾短，無金翠。人採其尾以飾扇。……性頗妒忌，自矜其尾，雖馴養已，久遇婦人童子服錦綵者，必逐而啄之。」〔註 143〕禽鳥中之雄者，

〔註 140〕〔南朝梁〕宗懍：《荊楚歲時記》，《景印文淵閣四庫全書》，第 589 冊，史部 347 地理類，頁 18。此詩的紫陽宮女就是紫姑。在《荊楚歲時記》記載當時有正月十五夜迎紫姑的習俗，作者並在按語中引了劉敬叔的《異苑》來解釋這項習俗：「姑本人家妾，爲大婦所妒，正月十五日感激而死，故世人作其形迎之。咒云：「子胥（云是其婿）不在，曹夫人（云是其婦）已行，小姑可出。」于廁邊或豬欄邊迎之。迎紫姑，是爲了「以卜將來蠶桑、並占眾事」。

〔註 141〕〔宋〕李昉等撰：《太平御覽》，《景印文淵閣四庫全書》，第 901 冊，子部 206 類書類，卷 924，頁 265～266。

〔註 142〕〔唐〕段成式：《酉陽雜俎》，《景印文淵閣四庫全書》，第 1047 冊，子部 353 小說家類，卷 16，頁 737。

〔註 143〕〔宋〕陸佃：《埤雅》，《景印文淵閣四庫全書》，第 222 冊，經部 216 小學類，卷 7，頁 118。陸佃此言引自張華《博物志》，案《博物志》並無記錄。

其璀燦勝過雌者百倍，其中又以孔雀爲最。文中不僅道出雄雌毛色與外觀差別甚大，且因雄鳥「自矜其五年而後成的華服——翠尾」說明了覬覦者想要得之以裝飾，並非易事；而其珍貴深受世人喜愛，由此可見一斑。

孔雀的別名有越鳥、南客、孔鳥、摩由邏、都護等，其中的「摩由邏」來自佛經的譯音別稱，〔註 144〕是較爲特殊少見的；至於《全唐詩》中則以越鳥與孔雀爲名，其他的都未使用。由於名稱單純，所以反而更能從詩人簡單的形象掌握中，看見其迷魅之處，例白居易〈和武相公感韋令公舊池孔雀〉：

> ……頂毳落殘碧，尾花銷闇金。放歸飛不得，雲海故巢深。
> （《全唐詩》，第 13 冊，卷 438，頁 4867。）

在《全唐詩》中大多出現的都是「病孔雀」，比起其他豢養的禽鳥，顯得更爲嬌貴而不易存活。而白居易所形容的正是喪失神采，「放歸飛不得」的憔悴模樣，所以對於雄孔雀頂上的翠毛，有別於其他作家的描寫，改以「殘碧」作處理。還有向來珍惜羽毛的尾翼上，也未出現亮炫的金彩，改以「闇」字來形容。至於李郢〈孔雀〉則有不同面貌：

> 越鳥青春好顏色，晴軒入户看呫衣。一身金翠畫不得，萬里山川來者稀。絲竹慣聽時獨舞，樓臺初上欲孤飛。刺桐花謝芳草歇，南國同巢應望歸。（《全唐詩》，第 18 冊，卷 590，頁 6853。）

詩的後半著眼於芳歇與望歸，略顯淒涼，但顯然作者熟悉孔雀的羽毛成長歷程，因爲宋代羅願言及：「孔雀，生南海。蓋鸞鳳之亞。尾凡五而後成，長六七尺，展開如車輪，金翠煜然。始春而生，至二三復凋，與花俱榮衰。羽屬之最華輝者。」〔註 145〕榮盛衰敗更見眞實情

〔註 144〕 大藏經刊行會編：《大正新修大藏經》（台北：新文豐出版社，1983 年），第 21 冊，〈大威德陀羅尼經〉，頁 1341～785。此云：「孔雀文」。

〔註 145〕 〔宋〕羅願：《爾雅翼》，《景印文淵閣四庫全書》，第 222 冊，經部 216 小學類，第 222 冊，頁 362。

狀。不過這首詩中的孔雀，還是頗為美妙絕倫青春洋溢的。因此在詩的前四句，作者集中在「好顏色」的斑斕焦距上，不僅清楚交代其乃「稀有」，更為了凸顯身上金翠異常美麗，而以「畫不得」——連畫家都難以具體描繪，加以烘托。

3、鸂　鶒

鸂鶒是一種像鴛鴦的水鳥，但體型比鴨小；頭有纓，毛色五彩而多紫，尾羽上矗如舵。由於形大於鴛鴦，而色多紫，偶遊於水上，故李時珍稱之為：「紫鴛鴦」。〔註 146〕鸂鶒又稱谿式、鸂鷘、紫鴛鴦、溪鴨、鸂鵣等，在《全唐詩》中出現則有鸂鷘、紫鴛鴦等。

鸂鶒不僅形似鴛鴦，也常出雙入對，更因其色彩引人注意，每每成為園囿賞玩的珍禽，在開元年間就有這樣的一則故事：「五月五日明皇避暑遊興慶池，與妃子晝寢於水殿。中宮嬪輩憑欄倚檻，爭看雄雌二鸂鶒戲於水中。帝時擁貴妃於綃帳內，謂宮嬪曰：『爾等愛水中鸂鶒，怎如我被底鴛鴦』。」〔註 147〕人與禽鳥怎能相比，君王與嬪妃的喜好本就各有不同，最主要的是不管鴛鴦或是鸂鶒，偏愛的人皆大有人在。也因此在《全唐詩》中有許多書寫鸂鶒的作品，如李紳〈過梅里，七首之四．憶西湖雙鸂鷘〉：

> 雙鸂鷘，錦毛爛斑長比翼。戲繞蓮叢迴錦臆，照灼花叢兩相得。漁歌驚起飛南北，繚繞追隨不迷惑。雲間上下同棲息，不作驚禽遠相憶。……（《全唐詩》，第 15 冊，卷 481，頁 5473。）

西湖之美，已經夠令人流連忘返；又將其養在西湖供人欣賞，更使人難以忘懷。詩中成雙的鸂鶒，翼長比肩而游，神態愉悅嬉戲自若。在蓮花蓬葉間，作者以「照灼」來襯托其綠紫般色澤，紅綠紫黃令人側目。即便漁歌聲驚起四飛，但彼此追隨毫不迷路。而許渾〈鸂鶒〉則是：

〔註 146〕〔明〕李時珍：《本草綱目》，《景印文淵閣四庫全書》，第 774 冊，子部 80 醫家類，卷 47，頁 356。

〔註 147〕〔五代〕王仁裕：《開元天寶遺事》，《景印文淵閣四庫全書》，第 1035 冊，子部小 341 說家類，卷 5，頁 856。

池寒柳復凋，獨宿夜迢迢。雨頂冠應冷，風毛劍欲飄。故巢迷碧水，舊侶越丹霄。不是無歸處，心高多寂寥。（《全唐詩》，第 16 冊，卷 528，頁 6041。）

此詩既失去鸂鶒外型之美，也沒有燦爛陽光的映照；反而在天冷池寒下，多了些憐惜與關心。

4、白　鷴

白鷴屬於雉科，狀似山雞，其別稱如：銀雞（Silver Pheasant）、越禽、白鷴雞、白雉、鵫、鶾雉、閒客、白鵫、白翰、啞瑞等，多與雉與山雞有關。而白鷴雖翎毛華麗，但其啼聲喑啞，所以稱爲「啞瑞」；至於「越禽」雖在《全唐詩》中出現，但都被作家視爲孔雀，是以不在此列；另外針對「閒客」的別稱，明代李時珍曾言：「白鷴，行止閑暇，故曰鷴。李昉命爲『閑客』。南人呼閑字如寒，則鷴即鵫音之轉也。其性耿介。」〔註 148〕在《全唐詩》中出現的別稱，則只有白雉而已。

就白鷴的總體特徵來說，雄鳥的背部與翅膀是白色，尾也是純白色，其外側羽翼有近似 V 形黑色波狀紋，猶如工筆畫的勾邊十分精巧；而腹部與頸部爲藍黑色，面部、肉冠與足部爲亮紅色，眼周部份也呈紅色。雌鳥則較爲樸素，多爲淺褐色。由此看來，白鷴同樣與孔雀被視爲珍禽都是針對雄鳥而言，但雄孔雀開屏展現其豪華驕傲的一面，得看心情；而白鷴則始終擁有天生搶眼的美姿，一派貴族典雅。

對於白鷴的美，元稹在〈有鳥・二十章之十三〉頗有心得：

有鳥有鳥謂白鷴，雪毛皓白紅嘴殷。貴人妾婦愛光彩，行提坐臂怡朱顏。妖姬謝寵辭金屋，雕籠又伴新人宿。無心

〔註 148〕〔明〕李時珍：《本草綱目》，《景印文淵閣四庫全書》，子部 80 醫家類，第 774 冊，卷 48，頁 375。李氏乃根據《禽經》：「白鷴似山雞而色白，行止閑雅」而有此名。舊題〔周〕師曠撰，〔晉〕張華注：《禽經》，《景印文淵閣四庫全書》，子部 153 譜錄類，第 847 冊，頁 685。

> 爲主擬銜花，空長白毛映紅肉。(《全唐詩》，第 12 冊，卷 420，頁 4621～4622。)

在這首詩中不僅對於白鷴的形貌有所介紹，對於其顏色的說明更是觀察入微，清晰明確比起攝影或是繪畫，有過之無不及。當然這當中對於白鷴鳥的美，連嬌妻貴婦都要忌妒；對於白鷴鳥的喜愛，無以復加。另外王若巖的〈試越裳貢白雉〉雖無工筆描摹，但針對白鷴的美也有不錯的描寫：

> 素翟宛昭彰，遙遙自越裳。冰晴朝映日，玉羽夜含霜。歲月三年遠，山川九澤長。來從碧海路，入見白雲鄉。作瑞興周后，登歌美漢皇。朝天資孝理，惠化且無疆。(《全唐詩》，第 22 冊，卷 782，頁 8838。)

《西京雜記》中曾記載：「南越王獻高帝石蜜五斛、蜜燭二百枚、白鷴黑鷴各一雙。」〔註 149〕漢高帝龍心大悅，厚報遣其使。而在唐代時由鄰近國家進貢之風更爲興盛，珍奇異獸屢見不鮮。是以此詩作者幾乎重現昔日「周公輔佐周成王六年，制禮作樂，天下和平，越裳以三象重譯而獻白雉」的景象。〔註 150〕當時成王以歸周公。周公曰：「德不加焉，則君子不饗其質；政不施焉，則君子不臣其人。吾何以獲此賜也！乃歸之于王。」那種國家繁榮是國君的功勞，臣下不該得此白雉的心境顯然在此時是極具諷刺意味；而王若巖書寫的此刻，最期盼的該是唐室能夠再恢復昔日的興盛。

其他如朱鷺、錦雞、鵁鶄等，也都是羽色鮮豔令人側目的禽鳥，每每成爲豢養或是炫耀的工具。

（三）尋常百姓家之禽鳥

除了進貢之外，一般繁殖或是畜養之禽鳥，不外乎就是雞、鴨、鵝等，這些禽鳥不只是提供爲日常飲食所需，也往往是一種最平實的

〔註 149〕〔漢〕劉歆撰，〔晉〕葛洪輯：《西京雜記》，《景印文淵閣四庫全書》，第 1035 冊，子部 341 小說家類，卷 4，頁 16。

〔註 150〕〈尚書大傳〉，《景印文淵閣四庫全書》，第 68 冊，經部 62 書類，〈大誥傳〉，頁 410。

藝文素材，書聖王羲之所愛的不是驕寵的孔雀也不是進貢的白鷴，而是尋常百姓家的鵝，就是一個典型的實例。而藉由文人雅士所帶動起的時尚風潮，遠非一般尋常百姓所及。

1、雞

雄雞善鳴，母雞下蛋，尋常百姓家都明瞭，而文人雅士詩人畫家對於母雞下蛋沒有太大興趣，對於雞鳴的姿態與意涵卻是多所著墨。以《禮記》中記錄而言：「子事父母，雞初鳴，咸盥漱，櫛縰笄總，拂髦冠緌纓，端韠紳，搢笏。」〔註151〕雞鳴起，是一天的重要開端，各從其事不可不慎；而《本草綱目》集解中則提到：「群雞夜鳴者謂之荒雞，主不祥；若黃昏獨啼者，主有火患，謂之盜啼。」〔註152〕顯然古人對於雞的鳴叫極爲重視，至於形體之觀察與記錄往往忽略。

雞的別稱不多，燭夜與翰音是常見的，在《全唐詩》中只有「翰音」被使用而已；而詩中或有出現錦雞、金雞、珠雞、竹雞、天雞等，雖爲同屬，然因功能不一，是以本文皆將其個別討論與統計。至於「雞鳴」一事《全唐詩》也是佔據三分之二的大篇幅加以運用，先以崔道融〈雞〉爲例：

> 買得晨雞共雞語，常時不用等閒鳴。深山月黑風雨夜，欲近曉天啼一聲。（《全唐詩》，第21冊，卷714，頁8210。）

詩的一開頭以一種貼切的生活型態，說明買雞與雞相處的情形；但這當中不是等待雞的繁殖，而是司晨的「晨雞」該具有的條件。這種「欲近曉天啼一聲」的條件，不在平時而在風雨夜，難能可貴的表現，最能吻合人們的期許。而李咸用〈別友〉則是：

> 北吹微微動旅情，不堪分手在平明。寒雞不待東方曙，喚起征人蹋月行。（《全唐詩》，第19冊，卷646，頁7416。）

這首詩藉由雞鳴引發分手的感傷，令人不勝唏噓。特別是寒冷的夜

〔註151〕〔唐〕孔穎達：《禮記正義》，《十三經注疏》，〈內則第12〉，頁517。

〔註152〕〔明〕李時珍：《本草綱目》，《景印文淵閣四庫全書》，第774冊，子部80醫家類，頁360。

晚，相聚的溫馨早將冰雪溶化，若不是雞鳴不畏風雨，又怎會喚醒沉醉的夢，但也從此處瞥見被馴養的與人的關係密切。

2、鴨

野鴨稱爲鳧，家鴨稱爲鶩，〔註 153〕鳧在前文曾提及，此處專指被馴養的家鴨而言。而針對「雞、鴨」二者，雄雞鳴總是備受關注，而鴨則有所不同，《埤雅》言：「雌鴨能鳴其雄不能鳴，蓋類之不可推也。」〔註 154〕其差異別具趣味，是以就其聲音，《禽經》言：「鴨以怒視，鴨鳴呷呷」〔註 155〕母鴨不僅呀呀呱叫，且眼神頗有敵意，遂難以牽動詩人多所觀照的心。

雖然不是珍禽，但這些家鴨在《全唐詩》中，還是令人十分喜愛的，如高適的〈淇上別業〉：

> 依依西山下，別業桑林邊。庭鴨喜多雨，鄰雞知暮天。野人種秋菜，古老開原田。且向世情遠，吾今聊自然。(《全唐詩》，第 6 冊，卷 214，頁 2232。)

高適（西元 702～765）的這首詩主要是想傳達「世情遠，聊自然。」的自在情意，所以鴨子當然不是主角；不過詩人別具慧眼，其「庭鴨喜多雨，鄰雞知暮天。」的寫實手法，巧妙的獲得共鳴。至於鴨子戲水，也總是在《全唐詩》中出現，如李群玉〈釣魚〉：

> 七尺青竿一丈絲，菰蒲葉裡逐風吹。幾回舉手拋芳餌，驚起沙灘水鴨兒。(《全唐詩》，第 17 冊，卷 570，頁 6611～6612。)

此詩是李群玉（西元約 813～860）在釣魚還是旁觀，未有實際說明；但若就其個性曠逸不樂仕進，親友強之應試，一試不中，不再赴試；且生平好吟詩，善吹笙又工書法等等情形看來，屬自述居多。詩中的鴨雖只是陪襯，但透過垂釣的動作，鴨群的動態也生動活潑起來。

〔註 153〕〔晉〕郭璞：《爾雅注》，《十三經注疏》，第 10 卷，〈釋鳥〉，頁 183。

〔註 154〕〔宋〕陸佃：《埤雅》，《景印文淵閣四庫全書》，第 222 冊，經部 216 小學類，卷 7，頁 115～116。

〔註 155〕舊題〔周〕師曠撰，〔晉〕張華注：《禽經》，《景印文淵閣四庫全書》，第 847 冊，子部 153 譜錄類，〈提要〉，頁 677～678。

3、鵝

鵝是由野雁馴化而來，走路氣質頗爲悠哉，《埤雅》則認爲：「鵝峨首似傲，性頑而傲」；〔註 156〕傲慢中帶著率性，令人莞爾。且《禽經》記載：「鵝見異類，差翅鳴。」〔註 157〕遇到特殊狀況，保持機警雅潔，純然一副管家模樣。

在鵝的別稱方面有兀地奴、鴚、家鴈、舒雁等，但在《全唐詩》中都未使用，顯然唐人願意讓鵝專美於前。而鵝這種與人親近的禽類，在詩人筆下也見其可愛的一面，以駱賓王〈詠鵝〉爲例：

> 鵝鵝鵝，曲項向天歌。白毛浮綠水，紅掌撥清波。(《全唐詩》，第 3 冊，卷 79，頁 864。)

駱賓王（西元約 626～684 後）自幼聰穎、有文才，七歲即能寫詩，爲初唐四傑之一。這首詩是七歲所完成的作品，〔註 158〕一派純眞描繪出鵝的頸項彎又長、鵝的羽毛白又細，鵝的腳掌滑著水波輕盈向前，道出「善鳴又善轉旋其項，古之學書者，法以動腕；羲之好鵝者，亦以此。」〔註 159〕吸引文人雅士的簡單條件，也說出鵝融入日常生活的微妙處。另外如杜甫的〈得房公池鵝〉則是：

> 房相西亭鵝一群，眠沙泛浦白於雲。鳳皇池上應迴首，爲報籠隨王右軍。(《全唐詩》，第 7 冊，卷 228，頁 2479。)

杜甫將數大即是美的大白鵝之毛色與天上的白雲相比，不僅有超越之讚譽更有「人間純淨」的期許。「鵝」這樣的尋常百姓家都可以擁有的家禽，卻受到晉朝王右軍的高度寵愛；因此作者特別叮囑，即便哪天飛上枝頭成鳳凰，還得不忘人間那份「知遇」的眞情。詩中對於房宰相的言

〔註 156〕〔宋〕陸佃：《埤雅》，《景印文淵閣四庫全書》，第 222 冊，經部 216 小學類，卷 6，頁 106。

〔註 157〕舊題〔周〕師曠撰，〔晉〕張華注：《禽經》，《景印文淵閣四庫全書》，第 847 冊，子部 153 譜錄類，〈提要〉，頁 678。

〔註 158〕〔宋〕計有功：《唐詩紀事》，卷 7，頁 95。賓王，義烏人，七歲能賦詩。

〔註 159〕〔宋〕陸佃：《埤雅》，《景印文淵閣四庫全書》，第 222 冊，經部 216 小學類，卷 6，頁 105～106。

外之音極為明確，當然也因此流露出鵝由來已久的受寵質性。

其他如雉、鴿、雀等也都是人類籠養的禽鳥，大抵如上，不作贅述；至於如鷹、雕等豢養，不在文人休閒範圍，但是觀賞其獵補倒是有的。

二、日常載體，雅俗共享

唐代的文化博大精深，氣象萬千，對於禽鳥的喜愛，除了豢養欣賞之外，將其圖案融入生活，作為日常用途或鑑賞共享，也成為一種極為熱門的風尚，這當中如鸚鵡、鷓鴣、鵁鶄、鴛鴦、龍鳳等皆是。

（一）鸚鵡杯

鸚鵡作為能簡單模仿說人話而獲寵愛，是以陪伴人類有相當長的歷史。因為喜愛，而無法豢養下，將其有關圖案採用於日常用品，也是滿足慾望的方式之一，如王綱懷說：「由唐鏡圖案可知，包括瑞獸祥禽在內的花鳥紋飾蔚為大觀，各種圖案都寓意人們美好的願望。而『愛鳥心理』十分突出，在絕大部分的銅鏡中，都能看見鳥類，尤以具深厚文化內涵的鸚鵡，值得一提。」〔註 160〕由於國內外進獻的機會頗多，從盛唐到中唐時期，有關鸚鵡故事的唐人生活文化，也大大影響唐鏡的圖案。不過從《全唐詩》中搜尋，倒未見鸚鵡鏡，反而是以鸞鳳作為鏡的圖紋；至於鸚鵡，則是飲酒時的好夥伴。

在《全唐詩》中出現鸚鵡杯者有八處，此處以李白與劉禹錫作品為例，先看李白〈襄陽歌〉：

> 落日欲沒峴山西，倒著接䍦花下迷。襄陽小兒齊拍手，攔街爭唱白銅鞮。傍人借問笑何事，笑殺山翁醉似泥。鸕鷀杓，鸚鵡杯，百年三萬六千日，一日須傾三百杯。遙看漢水鴨頭綠，恰似葡萄初醱醅。此江若變作春酒，壘麴便築糟丘臺。千金駿馬換小妾，笑坐雕鞍歌落梅。車傍側掛一壺酒，鳳笙龍管行相催。咸陽市中歎黃犬，何如月下傾金罍。……

〔註 160〕 王綱懷：〈唐鏡中的鸚鵡〉，《收藏家》，第 7 期，(2004 年 3 月)，頁 31。

（《全唐詩》，第 5 冊，卷 166，頁 1715。）

這首詩寫於開元二十一年（西元 733），當時李白才三十三歲。詩的開頭就使用晉朝山簡的典故，〔註 161〕用以比喻自己像當年的山簡，常常爛醉如泥還騎馬而歸；可是即便被兒童拿作歌謠戲謔，或引起路人的訕笑，李白也毫不在乎。顯見他是一個極其矛盾的詩人，他蔑視權貴人物，蔑視榮華富貴；但是，他往往又以接近皇帝、權貴爲榮，又對榮華富貴表示羨慕或留戀：「長安宮闕九天上，此地曾經爲近臣。」〔註 162〕、「昔在長安醉花柳，五侯七貴同杯酒。」〔註 163〕這類詩句對於長安留連忘返，屢見不鮮。詩中的「鸕鶿杓，鸚鵡杯」就是當時歌樓酒肆的實物寫照，凸顯喝酒之豪邁與盡興。另外劉禹錫〈白侍郎大尹自河南寄示池北新茸水齋即事招賓十四韻兼命同作〉：

公府有高政，新齋池上開。再吟佳句後，一似畫圖來。結構疏林下，夤緣曲岸隈。綠波穿戶牖，碧甃疊瓊瑰。幽異當軒滿，清光繞砌迴。潭心澄晚鏡，渠口起晴雷。瑤草緣堤種，松煙上島栽。遊魚驚撥剌，浴鷺喜毰毸。爲客烹林筍，因僧採石苔。酒瓶常不罄，書案任成堆。簷外青雀舫，坐中鸚鵡杯。蒲根抽九節，蓮萼捧重臺。芳訊此時到，勝遊何日陪。共譏吳太守，自占洛陽才。（《全唐詩》，第 11 冊，卷 362，頁 4090。）

〔註 161〕〔唐〕房玄齡等敕撰，楊家駱主編：《新校本晉書》，卷 43，〈列傳第 13・山濤〉，頁 1228～1229。簡字季倫。性溫雅，有父風，年二十餘，濤不之知也。簡歎曰：「吾年幾三十，而不爲家公所知！」後與譙國嵇紹、沛郡劉謨、弘農楊準齊名。永嘉三年，出爲征南將軍、都督荊湘交廣四州諸軍事、假節，鎮襄陽。于時四方寇亂，天下分崩，王威不振，朝野危懼。簡優游卒歲，唯酒是耽。諸習氏，荊土豪族，有佳園池，簡每出嬉遊，多之池上，置酒輒醉，名之曰高陽池。時有童兒歌曰：「山公出何許，往至高陽池。日夕倒載歸，酩酊無所知。時時能騎馬，倒著白接䍦。舉鞭向葛彊：『何如并州兒？』」。

〔註 162〕〔清〕聖祖御定：《全唐詩》，第 5 冊，卷 175，〈單父東樓秋夜送族弟沈之秦〉，頁 1793～1794。

〔註 163〕〔清〕聖祖御定：《全唐詩》，第 5 冊，卷 170，〈流夜郎贈辛判官〉，頁 1750～1751。

這首的描寫背景則是綠波盪漾的湖上。縈繞著湖光山色，所有美好的景點「清光、潭心、渠口」，幽雅的景物「瑤草、松煙、遊魚、浴鷺、」，特有的佳餚「林筍、石苔」，以及相關的「青雀舫、鸚鵡杯、蒲根、蓮蕚」等，都構築整個即事招賓的特色。其中與鸚鵡杯對應的是「青雀舫」，拿來與李白的〈襄陽歌〉相比，此首更具動態之美。

李白運用的「鸕鷀杓」可見杓之形貌如鸕鷀之頸與嘴；而劉禹錫「青雀舫」，〔註164〕也有其禽鳥形貌在。但同樣可惜的是，二者都是仿禽鳥之象，而無禽鳥之實的生活品項。

（二）鷓鴣曲

鷓鴣是南方特有的禽鳥，對於離鄉背井的南方人而言，或是到南方適聞鷓鴣聲音者，總會受到氛圍感染。除了眞實的聲音，文人雅士也藉由模仿鷓鴣鳥啼叫的曲韻，獲得一些慰藉與安慰。在《全唐詩》中與此相關的作品有十五首，這兒舉幾例分析，首先是李白的〈秋浦清溪雪夜對酒客有唱山鷓鴣者〉：

> 披君貂襜褕，對君白玉壺。雪花酒上滅，頓覺夜寒無。客有桂陽至，能吟山鷓鴣。清風動窗竹，越鳥起相呼。持此足爲樂，何煩笙與竽。（《全唐詩》，第5冊，卷179，頁1828。）

天寶十三年（西元 754），李白五十四歲，這年李白遊秋浦縣，寫了〈秋浦歌〉十七首，其他與秋浦相關的作品還有六首，本詩是其中之一。秋浦縣（今安徽貴池縣），以秋浦水得名。李白這首詩的時間是雪夜，從穿著看來，大雪早已紛飛；但從對酒的心境而論，溫暖窩心早讓寒冬殆盡。其中有酒客從湖南桂陽來，能吟「山鷓鴣」，這一吟唱，不僅「越鳥起相呼」——逼眞極了；就是「笙與竽」等樂器，也比不上他吟唱所帶來的喜樂。另外許渾有〈韶州韶陽樓夜讌〉、〈聽歌鷓鴣辭〉、〈聽唱山鷓鴣〉三首與之有關的作品：

〔註164〕〔漢〕揚雄撰：《方言》，《四部叢刊》（台北：藝文印書館，1975年），頁59。〈輶軒使者絕代語釋別國方言第九〉，晉・郭璞注：「鷁，鳥名也。今江東貴人船前作青雀，是其象也。」

1. 待月西樓捲翠羅，玉杯瑤瑟近星河。簾前碧樹窮秋密，窗外青山薄暮多。鴝鵒未知狂客醉，鷓鴣先讓美人歌。使君莫惜通宵飲，刀筆初從馬伏波。（《全唐詩》，第16冊，卷534，頁6100。）
2. 南國多情多豔詞，鷓鴣清怨繞梁飛。甘棠城上客先醉，苦竹嶺頭人未歸。響轉碧霄雲駐影，曲終清漏月沈暉。山行水宿不知遠，猶夢玉釵金縷衣。（《全唐詩》，第16冊，卷534，頁6097～6098。）
3. 金谷歌傳第一流，鷓鴣清怨碧煙愁。夜來省得曾聞處，萬里月明湘水秋。（《全唐詩》，第16冊，卷538，頁6140。）

許渾（生卒年不詳），兩《唐書》無傳，字用晦，唐國師之後也，潤州丹陽人。這三首詩，第一首在廣東、第二、三首都在河南，是以記下許渾從南到北不同地方任職的痕跡。其中〈聽歌鷓鴣辭‧序〉有云：「余過陝州，夜讌將罷，妓人善歌鷓鴣者，詞調清怨，往往在耳，因題是詩。」對照其餘二首同樣都是飲酒賦歌，酒酣耳熱之際，迴蕩腦海的動人曲韻，讓詩人興來寫下「鷓鴣先讓美人歌」、「鷓鴣清怨繞梁飛」、「鷓鴣清怨碧煙愁」這些美麗的語句。此外，如鄭谷則有四首與〈鷓鴣〉曲相關創作：

1. 離夜聞橫笛，可堪吹鷓鴣。雪冤知早晚，雨泣渡江湖。秋樹吹黃葉，臘煙垂綠蕪。虞翻歸有日，莫便哭窮途。（〈遷客〉，《全唐詩》，第20冊，卷675，頁7725。）
2. 花月樓臺近九衢，清歌一曲倒金壺。座中亦有江南客，莫向春風唱鷓鴣。（〈席上貽歌者〉，《全唐詩》，第20冊，卷675，頁7730。）
3. 暖戲煙蕪錦翼齊，品流應得近山雞。雨昏青草湖邊過，花落黃陵廟裡啼。遊子乍聞征袖溼，佳人才唱翠眉低。相呼相應湘江闊，苦竹叢深春日西。（〈鷓鴣〉，《全唐詩》，第20冊，卷675，頁7737。）
4. 江天梅雨溼江蘺，到處煙香是此時。苦竹嶺無歸去日，海棠花落舊棲枝。春宵思極蘭燈暗，曉月啼多錦幕垂。
唯有佳人憶南國，殷勤爲爾唱愁詞。(〈侯家鷓鴣〉，《全唐詩》，第20冊，卷675，頁7737。)

鄭谷（西元848～911）曾將僧齊己所寫〈早梅〉詩句：「前村深雪裡，昨夜數枝開。」之「數枝」改爲「一枝」，齊己驚嘆拜服。因「一枝」比「數枝」更能呼應「早」字意涵。遂得「一字師」美名。〔註165〕顯然遣詞用字，頗得傳神之旨。而這幾首詩中，其中更以〈鷓鴣〉一首得名，時稱爲鄭鷓鴣。對此，清代沈德潛讚嘆：「詠物詩刻露不如神韻，三四語勝於『鉤輈格磔』也。詩家稱鄭鷓鴣以此。」〔註166〕正是道出「雨昏青草湖邊過，花落黃陵廟裡啼。」二句的奧秘。而劉坡公以爲：「鄭谷〈鷓鴣〉一首，最合暗詠物情之法。」〔註167〕也是針對其神情風韻而論。另外《唐詩鑒賞辭典》一書則提到：「〈鷓鴣〉詩終篇宕出遠神，言雖盡而意無窮，透出詩人那沉重的羈旅鄉思之愁。」〔註168〕其「羈旅鄉思」不僅是這首詩中的重要寫照，同時也成了貫穿其他三首詩的主調所在；至於其中「可堪吹鷓鴣」、「莫向春風唱鷓鴣」、「殷勤爲爾唱愁詞」與許渾三首比起，鄭谷更加凸顯江南客的愁苦，那種「相呼相應湘江闊」的情韻，任誰聽了都很難不動容。

後世評論者以爲：「許渾〈韶州夜讌〉詩云：『鸜鵒未知狂客醉，鷓鴣先聽美人歌。』另外〈聽歌鷓鴣詞〉：『南國多情多豔詞，鷓鴣清怨繞樑飛。』又有〈聽吹鷓鴣〉一絕，知其爲當時新聲，而未知其所以。及觀李白〈雲〉詩云：「客有桂陽至，能吹山鷓鴣。清風動窗竹，越鳥起相呼。』鄭谷亦有：『佳人才唱翠眉低』之句，而繼之以『相

〔註165〕〔宋〕：《五代史補》，《景印文淵閣四庫全書》，第407冊，史部165雜史類，頁665～666。〈僧齊己傳〉：「齊己作早梅詩，有前村深雪裡，昨夜數枝開之句，鄭谷改數枝爲一枝，齊己不覺下拜，時人稱谷爲一字師。」

〔註166〕〔清〕沈德潛：《唐詩別裁》（台北：三民書局，1966年），下冊，頁530。

〔註167〕劉坡公：《學詩百法》（上海：上海書店，1984年），頁50。

〔註168〕《唐詩鑑賞辭典》（上海：上海辭書出版社，1983年），頁742。

呼相應湘江闊』。則知〈鷓鴣曲〉效鷓鴣之聲，故能使鳥相呼矣。」〔註 169〕其不僅點出唱情曲意相繫，牽動的是諸多離愁別恨；也認爲〈鷓鴣曲〉的吟唱仿效鷓鴣之聲，具唯妙唯肖之工，連眞的禽鳥也跟著相呼應起來。而當時的這種新聲，顯然有其流行程度。

（三）鴝鵒舞

詩人可以沉浸於模仿禽鳥聲音的表演，同樣的也可以爲助興的禽鳥之舞而賦歌，這些引人入勝的舞蹈，如「鴝鵒舞」就頗能吸引眾人目光。有關「鴝鵒舞」的緣起，《晉書》記錄著：「謝尚字仁祖，豫章太守鯤之子也。幼有至性。……善音樂，博綜眾藝。司徒王導深器之，比之王戎，常呼爲『小安豐』，辟爲掾。襲父爵咸亭侯。始到府通謁，導以其有勝會，謂曰：『聞君能作鴝鵒舞，一坐傾想，寧有此理不？』尚曰：『佳。』便著衣幘而舞。導令坐者撫掌擊節，尚俯仰在中，傍若無人，其率詣如此。」〔註 170〕謝尚顯然承襲其父謝鯤「少知名，好老易，能歌善鼓琴。」〔註 171〕的藝術氣息；這個在文風鼎盛的謝靈運家族底下，有優渥的環境培育，又精通音律，率性隨著音樂起舞的年輕人，不僅在當時引領風騷，到了唐代依舊有人迷戀。而唐代盧肇〈鸜鵒舞賦〉曰：「謝尚以小節不拘，曲藝可俯，顧狎鴛鴦之侶，因爲鸜鵒之舞。伊昔王導延爲上賓，陪謁者讓登之處，遇群賢式燕之晨，導曰：『久慕德音，眾皆傾想。』公乃正色，洋洋若欲飛翔，避席俯傴，摳衣頡頏，宛修襟而乍疑雌伏，赴繁節而忽若鷹揚。由是見多能之妙，出萬舞之傍。若乃三歎未終，五音鏗作，頷若燕而蹙頓，德如毛而矍鑠。眾客振衣而跂望，滿堂擊節而稱樂，且喤喤之奏未終，而洩洩之

〔註 169〕〔宋〕葛立方：《韻語陽秋》，《景印文淵閣四庫全書》，第 1479 冊，集部 418 詩文評類，頁 175。

〔註 170〕〔唐〕房玄齡敕撰，楊家駱主編：《新校本晉書》，卷 79，〈列傳第 49・謝尚〉，頁 2069。

〔註 171〕〔唐〕房玄齡敕撰，楊家駱主編：《新校本晉書》，卷 79，〈列傳第 49・謝尚〉，頁 1377。

容自若。」〔註 172〕則是對於自在的舞姿與節奏，做進一步的描述。

在《全唐詩》中出現鴝鵒舞的有九首，分別是杜審言〈贈崔融二十韻〉、李白〈對雪醉後贈王歷陽〉、趙嘏〈句〉、皎然〈述祖德贈湖上諸沈〉、元稹〈酬樂天東南行詩一百韻〉、白居易〈和夢遊春詩一百韻〉、曹唐〈長安客舍敘邵陵舊宴寄永州蕭使君〉、許渾〈韶州韶陽樓夜讌〉、盧綸〈酬趙少尹戲示諸姪元陽等因以見贈〉等。以李白〈對雪醉後贈王歷陽〉爲例：

> 有身莫犯飛龍鱗，有手莫辮猛虎鬚。君看昔日汝南市，白頭仙人隱玉壺。子猷聞風動窗竹，相邀共醉杯中綠。歷陽何異山陰時，白雪飛花亂人目。君家有酒我何愁，客多樂酣秉燭遊。謝尚自能鴝鵒舞，相如免脱鷫鷞裘。清晨鼓棹過江去，千里相思明月樓。(《全唐詩》，第 5 冊，卷 171，頁 1758～1759。)

李白另外還有一首〈醉後贈王歷陽〉:「書禿千兔豪，詩裁兩牛腰。筆蹤起龍虎，舞袖拂雲霄。雙歌二胡姬，更奏遠清朝。舉酒挑朔雪，從君不相饒。」〔註 173〕兩首詩都以醉後作爲興起，而背景皆有「大雪」，詩中的「歷陽」所指「和州」也。而這兩首詩也都寫於上元二年（西元 761），當時李白已經六十一歲，距離世也不過一年光陰。

詩的前四句充滿感嘆與奉勸之思，正所謂「伴君如伴虎」，賞罰並非起於公平正義，而是君王的喜怒。次四句則由王子猷愛竹的典故起筆，〔註 174〕拿山陰與歷陽相比，只是景色雖同，但子猷與士大夫是相

〔註 172〕〔清〕張英、王士禛等撰：《淵鑑類函卷一百八十六 樂部三》（上海：上海古籍出版社，2008 年），卷 186，〈樂部 3・舞 5〉，頁 689。

〔註 173〕〔清〕聖祖御定：《全唐詩》，第 5 冊，卷 171，頁 1758。

〔註 174〕王子猷嘗行過吳中，見一士大夫家，極有好竹。主已知子猷當往，乃灑埽施設，在聽事坐相待。王肩輿徑造竹下，諷嘯良久。主已失望，猶冀還當通，遂直欲出門。主人大不堪，便令左右閉門不聽出。王更以此賞主人，乃留坐，盡歡而去。參見余嘉錫：《世説新語箋疏》（台北：華正書局，1993 年），〈簡傲〉，頁 776。又另見於〔唐〕房玄齡敕撰，楊家駱主編：《新校本晉書》，卷 80，〈王羲之列傳・子（徽之）〉，頁 2103。時吳中一士大夫家有好竹，

盡歡的，而他卻只能展開時空的幻想罷了。第三小節則是回到現處場景中，表達有酒可喝，雖沒有從弟，但有如〈春夜宴從弟桃花園序〉的秉燭夜遊的客；〔註 175〕有舞可欣賞，則不僅不必多愁，相如也無須典當「鸘鷞裘」了。〔註 176〕最後兩句則是清晨酒醒，鼓棹過江，回頭凝望，或許難忘的是鴝鵒舞的舞姿，或許是同消萬古愁的酒中情境吧。

另外如曹唐〈長安客舍敘邵陵舊宴寄永州蕭使君，五首之三〉：

> 粉堞彤軒畫障西，水雲紅樹窣璇題。鷓鴣欲絕歌聲定，鴝鵒初驚舞袖齊。坐對玉山空甸線，細聽金石怕低迷。東風夜月三年飲，未有歸時不似泥。（《全唐詩》，第 19 冊，卷 640，頁 7344。）

曹唐（生卒年不詳），兩《唐書》無傳，字堯賓，桂州人，初爲道士，後舉進士不第。〔註 177〕此首詩係曹唐在長安懷念入幕邵州的情景，而其中所提到的蕭使君就是蕭革，時任邵州刺史。〔註 178〕但蕭革任邵州刺史年月無考，以曹唐行事逆之，殆在大和四年至六年（西元）秩滿轉官，而曹唐在邵州三年。後蕭革又任永州刺史，曹唐未在幕中，因此這一首是在長安憶懷邵州寄詩蕭革，有企蕭革闢其入幕之意。〔註 179〕而

欲觀之，便出坐輿造竹下，諷嘯良久。主人洒掃請坐，徽之不顧。將出，主人乃閉門，徽之便以此賞之，盡歡而去。嘗寄居空宅中，便令種竹。或問其故，徽之但嘯詠，指竹曰：「何可一日無此君邪！」

〔註 175〕〔唐〕李白著，安旗等編注：《李白全集編年注釋》（成都：巴蜀書社，1990 年），頁 1905。此序寫於開元二十五年。

〔註 176〕司馬相如，初與卓文君還成都。居貧愁懣，以所著鸘鷞裘，就市人陽昌貰酒，與文君爲歡。既而文君抱頸而泣，曰：「我平生富足，今乃以衣裘貰酒。」遂相與謀於成都賣酒。相如親著犢鼻褌滌器以恥王孫，王孫果以爲病，乃厚給文君，文君遂爲富人。參見（漢）劉歆撰，（晉）葛洪輯：《西京雜記》，《景印文淵閣四庫全書》，第 1035 冊，子部 341 小說家類，卷 2，頁 8。

〔註 177〕傅璇琮：《唐才子傳校箋》，第 3 冊，卷 8，頁 489～495。咸通中，累爲使府從事。詩三卷，今編二卷。

〔註 178〕〔宋〕歐陽修、宋祁合撰，楊家駱主編：《新校本新唐書》，卷 71 下，〈宰相世系 1 下 1・蕭氏〉，頁 2288。

〔註 179〕傅璇琮：《唐才子傳校箋》，第 3 冊，卷 8，頁 491。

這些懷念一寫就是伍首，頗能從中得知其心。

從第一首的「邵陵佳樹碧蔥蘢，河漢西沈宴未終。」第二首的「五夜清歌敲玉樹，三年洪飲倒金尊。」第四首「木魚金鑰鎖春城，夜上紅樓縱酒情。」第五首「飽聽笙歌陪痛飲，熟尋雲水縱閒遊。」都與本首「鷓鴣欲絕歌聲定，鴝鵒初驚舞袖齊。」的前四句一樣，以長安的美好景緻、縱情歡樂爲主；而本詩的後四句，則點出在邵州的三年如沐春風，從未想到有歸時。顯然「今日卻懷行樂處，兩床絲竹水樓中。」（第一首）期盼之情明確。

而其中的鷓鴣聲與鴝鵒舞是並提的，這在其他幾位作家也是如此安排，如元稹〈酬樂天東南行詩一百韻〉:「舞態翻鴝鵒，歌詞咽鷓鴣。」〔註 180〕、許渾〈韶州韶陽樓夜讌〉:「鴝鵒未知狂客醉，鷓鴣先讓美人歌。」〔註 181〕、白居易〈和夢遊春詩一百韻（并序）〉:「酩酊歌鷓鴣，顛狂舞鴝鵒。」〔註 182〕等，可謂隨歌起舞或因酒助興。

其他如杜審言〈贈崔融二十韻〉:「興酣鴝鵒舞，言洽鳳皇翔。」〔註 183〕、趙嘏〈句〉:「鴝鵒舞酣人自醉，琵琶聲緩客初來。」、皎然〈述祖德贈湖上諸沈〉:「初看甲乙矜言語，對客偏能鴝鵒舞」〔註 184〕等，皆大同小異。

（四）金鴨香

點上一炷清香，或是將沉香、檀香等香末放在小香爐中，絲縷清香繚繞，格外增添諸多浪漫氛圍。其中的檀香是中國人靈氣的來源，在中國歷史上皇朝的傢俱，常指定要用老檀木來製造，皇帝的書房以及臥室也是不斷燒檀香。這些薰香能使人放鬆，排除焦慮；而且有「鴨型」設計的裝置，又可增添幾分清閑，所以深受文人雅士的喜愛。

〔註 180〕〔清〕聖祖御定：《全唐詩》，第 12 冊，卷 407，頁 4532。
〔註 181〕〔清〕聖祖御定：《全唐詩》，第 16 冊，卷 534，頁 6100。
〔註 182〕〔清〕聖祖御定：《全唐詩》，第 13 冊，卷 437，頁 4857。
〔註 183〕〔清〕聖祖御定：《全唐詩》，第 3 冊，卷 62，頁 738。
〔註 184〕〔清〕聖祖御定：《全唐詩》，第 23，卷 816，頁 9196。

在《全唐詩》中裝置這些薰香材料的香爐，有「金鴨」、「銀鴨」、「寶鴨」等被詩人寫入詩中。透過檢索，其中專以「鴨香」爲題有一首，而於詩中出現的則有二十三首之多。且這樣的爐香描寫，在唐詩之前是沒有的。是以先就徐夤〈香鴨〉爲例：

> 不假陶鎔妙，誰教羽翼全。五金池畔質，百和口中煙。觜鈍魚難啄，心空火自燃。御爐如有闕，須進聖君前。（《全唐詩》，第 21 冊，卷 708，頁 8142。）

徐夤（生卒年不詳），〔註 185〕在《全唐詩》收錄的詩有 268 首，其中有關這類的詠物詩，卻佔據了五分之四左右。這首〈香鴨〉並沒有提到是金還是銀色，但是確定並非陶土所鑄，而是五金所成；而其形貌方面，有「羽翼全」、「觜鈍魚難啄」的精緻；功能方面則有「百和口中煙」、「心空火自燃」的基本特性；當然最重要是作者最後所加上去的「御爐如有闕，須進聖君前。」對於爐香的肯定之餘，還不免有些示好的嫌疑。

其他雖無專詠，但也都有其入詩的目的，如作爲閨怨情境的氛圍營造的：

1. 金鴨香消欲斷魂，梨花春雨掩重門。欲知別後相思意，回看羅衣積淚痕。（戴叔倫：〈春怨〉，《全唐詩》，第 9 冊，卷 274，頁 3104。）
2. 戍客戍清波，幽閨幽思多。暗梁聞語燕，夜燭見飛蛾。寶鴨藏脂粉，金屏綴綺羅。裁衣卷紋素，織錦度鳴梭。有使通西極，緘書寄北河。年光只恐盡，征戰莫蹉跎。（徐彥伯：〈春閨〉，《全唐詩》，第 3 冊，卷 76，頁 826。）

其相思苦幽思多，如同「香消欲斷魂」；而有的則是暗示艷情，曖昧間使人無法忘懷的：

〔註 185〕傅璇琮：《唐才子傳校箋》，第 4 冊，卷 10，頁 289～292。亦作徐寅，但傅璇琮認爲當以「夤」爲是。字昭夢，莆田人。登乾甯進士第，授秘書省正字。依王審知，禮待簡略，遂拂衣去，歸隱延壽溪。

1. 玉墀暗接昆侖井，井上無人金索冷。畫壁陰森九子堂，階前細月鋪花。繡屏銀鴨香蓊濛，天上夢歸花繞叢。宜男漫作後庭草，不似櫻桃千子紅。（溫庭筠：〈生禖屏風歌〉，《全唐詩》，第 17 冊，卷 575，頁 6696。）
2. 五更窗下簇妝臺，已怕堂前阿母催。滿鴨香薰鸚鵡睡，隔簾燈照牡丹開。（司空圖：〈樂府〉，《全唐詩》，第 19 冊，卷 633，頁 7265。）

對於其濃情密意、閨房恩愛猶如「金鴨香濃鴛被」，總是令人「憐摩憐，憐摩憐。」的。也有的屬於陪襯打坐或是室內背景的：

1. 劃多灰雜蒼虯跡，坐久煙消寶鴨香。（孫魴：〈夜坐詩〉，《全唐詩》，第 21 冊，卷 743，頁 8455。）
2. 畫屏深掩瑞雲光，羅綺花飛白玉堂。銀榼酒傾魚尾倒，金鑪灰滿鴨心香。輕搖綠水青蛾斂，亂觸紅絲皓腕狂。今日恩榮許同聽，不辭沈醉一千觴。（無名氏：〈宴李家宅〉：《全唐詩》，第 22 冊，卷 785，頁 8861。）

不管是淡淡幽香清淨打坐而忘了時間，還是煙消剛過或者金鑪灰滿，都揭示著時人迷戀那股香味的風尚。

大抵這類詩作散發的不是生禽猛獸的曠放風格，而是兒女私情的嬌羞，恰似如「鴨」之渾圓有型，而其蘊含氤氳霙霴，柔媚多姿。

三、狩獵觀獵，體驗邊塞

與禽鳥近距離的接觸，除了豢養；狩獵或是觀獵也是一項相關的熱門活動；不管是前者還是後者，是親自參與或是從旁觀賞，這類活動並不是起源於唐代，但可謂躬逢其盛。

狩獵又稱游獵、畋獵、田獵、校獵、射獵、馳獵等，其風俗源自遠古，最初是基於生存需要所衍生的生產技術，並在相當長的時間內成爲人類食物的主要來源之一；但伴隨著這種實用功用的日益減弱，狩獵逐漸成爲一項強健體魄與娛樂的重要活動。至於觀獵者，有的則是因爲被派任邊疆擔負重責，有的則是流放邊塞，雖理由不同，但共同的時空卻是醞釀著一樣的心境。

在先秦階段，以《詩經》爲例，相關的詩篇就有〈周南・兔罝〉、〈召南・野有死麕〉、〈召南・騶虞〉、〈鄭風・叔于田〉、〈鄭風・大叔于田〉、〈鄭風・女曰雞鳴〉、〈齊風・還〉、〈齊風・盧令〉、〈齊風・猗嗟〉、〈魏風・伐檀〉、〈秦風・駟驖〉、〈豳風・七月〉、〈小雅・車攻〉、〈小雅・吉日〉等十四篇；〔註 186〕而其中涉及禽鳥者爲〈鄭風・女曰雞鳴〉：「女曰：『雞鳴』，士曰：『昧旦』。『子興視夜，明星有爛』，『將翺將翔，弋鳧與雁。』『弋言加之，與子宜之。宜言飲酒，與子偕老。』……」〔註 187〕在當時這些狩獵的相關表現，兼具著政治、經濟、國防、祭祀、娛樂、情感等交流，是農業轉型到另一種生活方式的寫照。

漢魏時，這些活動模式並未減少，以三國時期爲例，其狩獵活動大多出于個人的愛好，具有修身養性與軍事演練的功用。射獵活動中樂趣與危險并存，有的帝王爲了狩獵，還頒行了相關法律；因爲狩獵活動耗財費物，因而有見識的大臣往往勸諫。狩獵活動可說是體現了三國時代的精神風貌。〔註 188〕其中曹丕就敘述自己喜好射獵，源自於人生的經歷：「生于中平之季，長于戎旅之間，是以少好弓馬，于今不衰。」〔註 189〕社會的動蕩不安使他喜歡「弓馬」，而射獵活動則帶給他強健的體魄，「逐禽輒十里，馳射常百步，日多體健，心每不厭。」〔註 190〕建安十年（西元 205）在平定冀州後，邊地進貢良弓獻名馬，更使他的狩獵活動更加活絡；在談及這段經歷時，他喜不自勝：

〔註 186〕黃琳斌：〈論《詩經》中的狩獵詩〉，《黔東南民族詩專學報》，第 18 卷第 2 期，（2004 年 4 月），頁 30。

〔註 187〕〔唐〕孔穎達：《禮記正義》，《十三經注疏》，〈鄭風〉，第 4 卷，頁 168。

〔註 188〕許智銀：〈三國時期的狩獵活動〉，《許昌學院學報》，第 23 卷第 3 期，（2004 年 3 月），頁 43。

〔註 189〕〔魏〕曹丕撰，孫翼輯：《典論》，《叢書集成》（北京：中華書局，1985 年），〈自敍〉，頁 2。

〔註 190〕〔魏〕曹丕撰，孫翼輯：《典論》，《叢書集成》，頁 2。

「時歲之暮春，勾芒司節，和風扇物，弓燥手柔，草淺獸肥，與族兄子丹獵于鄴西，終日手獲獐鹿九、雉兔三十。」〔註 191〕得意洋洋不在話下。後來軍隊駐紮在曲蠡時，尚書令荀前往犒勞，與曹丕談及射獵，其大談射獵之妙：「埒有常徑，的有常所，雖每發輒中，非至妙也。若馳平原，赴豐草，要狡獸，截輕禽，使弓不虛彎，所中必洞，斯則妙矣。」〔註 192〕雖未普及民間，一般王公貴族，文人雅士，都認為狩獵是體魄鍛鍊，也是生活情趣的來源。

而在唐代，上自帝王將相、士人騷客，下至市井黎庶，普遍崇獵好武，据《玉海・講武田獵》所收《新唐書》、《舊唐書》、《資治通鑒》、《唐會要》、《唐通典》、《唐實錄》的材料統計，有唐一代二十位帝王（不包括武則天），其中十一位帝王有狩獵活動記載。如高祖、太宗本是亂世英雄，於馬上奪取天下，行軍打仗、狩獵、行圍自是英雄本色；高宗、玄宗繼承乃祖遺風，嗜獵不輟；尤其是太宗，嗜獵成癖，奪取天下后，仍「親格猛獸，晨往夜還」，雖有虞世南、魏徵、谷那律、劉仁軌等大臣切諫，有所收斂，但仍是屢諫不止。〔註 193〕唐朝統治者具有西北少數民族的血統，衣冠制度仍沿襲周、隋；且馬上天子的李淵、李世民父子，皆以善射出名。因此在帝王的帶動影響下，一時風靡。

（一）猛禽是助獵的工具

唐代狩獵詩數量並不算多，不過作者涉及面廣，無疑是輝煌燦爛的唐詩中一道獨特亮麗的風景線。這些狩獵詩的創作，與唐代朝野普遍尚獵的風尚及文人入幕、從軍、邊塞活動的確關係密切。唐人狩獵詩內容豐富，形式多，特點鮮明，其中還透露出崇獵尚武、積極進取的時代精神。〔註 194〕而這些狩獵詩涉及禽鳥者，其情狀又是如何，

〔註 191〕〔魏〕曹丕撰，孫翼輯：《典論》，《叢書集成》，頁 3。

〔註 192〕〔魏〕曹丕撰，孫翼輯：《典論》，《叢書集成》，頁 3。

〔註 193〕吳兢編撰：《貞觀政要》（上海：上海古籍出版社，1987 年），頁 283～287。

〔註 194〕劉貴華：〈唐代狩獵詩論〉，《唐都學刊》，第 21 卷第 3 期，（2005 年 5 月），頁 14。

洵是一項觀察。特別是狩獵者所利用的各種工具中，猛禽是一項重要關鍵；它不是前文所謂的一般豢養與把玩，而是作爲獵捕其他禽獸的重要夥伴；至於另一類則是被射殺的禽鳥，但那絕非猛禽。

1、鷹的馴獵

對於鷹的習性與別稱，歷來眾說紛紜，或作鷳、鸇、晨風、鶚、鷂、鶻、鷙等，但其實各有些微區別，不能視爲一同。因此若就其特性而論，就屬李時珍的解釋最爲貼切：「鷹以膺擊故謂之，因其頂有毛角，故曰角鷹。其性爽猛，故又曰鷞鳩。」〔註 195〕這當中的「鷞鳩」雖然早在《爾雅注》已有提及，〔註 196〕但並未有相關說明。至於別稱方面，漢代劉向裒集《楚辭》注曰：「蒼鳥，鷹也。」〔註 197〕另外《禽經》：「鷹，色黃蒼，謂之鶬。」〔註 198〕至於有關鷹的顏色方面，蒼鷹、白鷹、黑鷹、赤鷹、花鷹都曾在《全唐詩》出現。

一隻鷹從捕捉到可以鷹獵爲止，其養育過程可是十分繁複的。首先產地選擇就很重要，李時珍說道：「鷹出遼海者上，北地及東北胡者次之。」〔註 199〕而唐代進貢大抵如此；至於捕捉方式，其又言：「北人多取雛養之，南人八九月以媒取之。」〔註 200〕養鷹者必須小心翼翼，不能以任何工具傷害幼雛。至於培育馴練的方法，首先是「熬鷹」的模式，〔註 201〕而這些以今日哈撒克民族承襲前人之技術最爲久遠

〔註 195〕〔明〕李時珍：《本草綱目》，《景印文淵閣四庫全書》，第 774 冊，子部 80 醫家類，卷 48，頁 399。

〔註 196〕〔晉〕郭璞：《爾雅注》，《十三經注疏》，第 10 卷，〈釋鳥〉，頁 186。郭璞注云：「鶬鳩，鶬，當爲鷞字之誤耳。左傳作鷞鳩是也。」

〔註 197〕〔戰國〕屈原等：《楚辭四種》（台北：華正書局，1989 年），〈天問章句第三〉，頁 63。

〔註 198〕舊題〔周〕師曠撰，〔晉〕張華注：《禽經》，《景印文淵閣四庫全書》，第 847 冊，子部 153 譜錄類，頁 680。

〔註 199〕〔明〕李時珍：《本草綱目》，《景印文淵閣四庫全書》，第 774 冊，子部 80 醫家類，卷 48，頁 399。

〔註 200〕〔明〕李時珍：《本草綱目》，《景印文淵閣四庫全書》，第 774 冊，子部 80 醫家類，卷 48，頁 399。

〔註 201〕樓望皓：〈哈撒克族的馴鷹術〉，《新疆人大》，（1996 年 2 月），頁

且具體，但大都是在室內完成。除此，更重要的是在室外的「馴練」。在室外馴鷹時，先要把鷹尾部掌握平衡和升降的十六根羽毛用線縫起來，使鷹飛不高，也飛不遠，只在小範圍內活動。馴練它捕捉獵物時，不再用肉，而是把活兔子捉來栓在草地上或在狐狸皮上捆上肉，讓鷹去叼著吃，等這種訓練差不多時，則要把尾部的縫線拆掉，但要在腿上栓一根長長的繩子，像放風箏似的讓它去捕捉「獵物」，等熟練之後，可以將手中的繩子鬆開，但還不能將腿上的繩子取掉，即便是飛跑了，繩子還會吊在空中，騎馬很容易追回來。哈薩克族的馴鷹方法十分嚴格，而又符合科學道理，所以他們的成功率很高。在正式放鷹捕獵時，給鷹既不能餵得過飽，也不能餵得過少，否則會影響鷹捕捉獵物的積極性。〔註202〕餵食適量才能使鷹保持旺盛的戰鬥力。

從出土的彩繪壁畫磚上，可知自漢魏時期已有專門的訓鷹狩獵之舉。通過畫面，可以看到獵人放鷹抓兔的過程；或是有從獵人手臂或鷹架上的鷹，是專門用來捕捉飛禽走獸的，而這些鷹並非是野生的鷹，而是獵人專門餵養用來狩獵之用。〔註203〕另外西元1991年在西安東郊，發掘到盛唐時期開元十二年（西元724）的唐金鄉縣主墓。

37。牧民用網、夾子、套子等工具捉住大鷹，或是在高山中掏來小鷹之後，首先給其戴上皮製的面罩，使它什麼也看不見。若是雛鷹則要關在籠裡餵養一段時間。馴鷹的第一步首先是打掉它的威風，方法是讓鷹站在一根木棍上，木棍的兩頭系上繩子，來回搖晃，使鷹站不穩。經過晝夜不停的搖晃之後，鷹被弄得神魂顛倒，頭暈目眩，久而久之，鷹便會暈倒在地。這時，往鷹頭上澆涼水，使其甦醒過來。然後給飲鹽水或是茶水，而不給食物。原來威風凜凜的鷹，一下子像洩了氣的皮球，變得有氣無力。經過半個月左右的「折磨」之後，鷹漸漸被馴化。下一步開始餵食，餵食時不是將肉送到嘴邊，而是馴鷹人員把肉放在手臂的皮套子上，讓鷹過來叼著吃。……馴鷹員慢慢將肉離鷹的距離拉遠，使鷹由跑過來叼著吃，到飛過來吃，每次都不能給吃飽。

〔註202〕樓望皓：〈哈撒克族的馴鷹術〉，《新疆人大》，（1996年2月），頁37。

〔註203〕鄭志剛：〈嘉峪關魏晉古墓磚畫中的馴鷹狩獵圖像研究〉，《敦煌學輯刊》，第2期，（2007年5月），頁63。

〔註 204〕其中出土的八件騎馬獵俑，有拉繮勒馬、有首托蒼鷹、有的懷抱獵犬，製作十分精美，顯見唐代馴鷹已經大有成就。透過這樣的對照，《全唐詩》中的詩人又是如何記錄的，首先就「試飛」來看，以李白〈觀放白鷹二首〉爲例：

1. 八月邊風高，胡鷹白錦毛。孤飛一片雪，百里見秋毫。(《全唐詩》，第 6 冊，卷 183，頁 1869。)
2. 寒冬十二月，蒼鷹八九毛。寄言燕雀莫相啅，自有雲霄萬里高。(《全唐詩》，第 6 冊，卷 183，頁 1869。)

一隻成熟的鷹從捕捉到馴養成功，大致要經歷拉鷹、馴鷹、放鷹三個階段。〔註 205〕這三階段從捕捉、馴服、到放鷹，都呈現鷹對於滿族的重要性。而其中的「放鷹」是等到鷹能夠按照人的意願招之即來，揮之即去的時候，就可以放飛捕獵了。首次放鷹時，獵人一般要將捕到的獵物賞賜給鷹一點吃，以提高鷹的捕獵興趣；但千萬不可整個獵物都讓它吃掉。每至春季，獵人將鷹除去絆子，餵飽後縱其飛去，讓其到野外繁殖後代，至秋季後再行捕捉。〔註 206〕至於古籍相關記錄，大多有如何捕捉、停放拔毛等說明，〔註 207〕但對於繁殖一事，並未提及。對照李白這兩首放鷹的詩，既不吻合「秋後捕捉」，又不是春季放飛以俾繁衍後代；還以「寄言燕雀莫相啅，自有雲霄萬里高。」表示沒有獵捕的凶狠，也無意傷及無辜，是以兩首放鷹詩以「試飛」的機率較大。

其次是進入「獵捕」行動，以王昌齡的〈觀獵〉爲例：

角鷹初下秋草稀，鐵驄抛鞚去如飛。少年獵得平原兔，馬後橫捎意氣歸。(《全唐詩》，第 4 冊，卷 143，頁 1446。)

〔註 204〕王自力、孫福喜：《唐金鄉縣主墓》(西安：文物出版社，2002 年)。
〔註 205〕于學斌：〈滿族的鷹文化〉，《哈爾濱學院學報》，第 26 卷第 11 期，(2005 年 11 月)，頁 2。
〔註 206〕于學斌：〈滿族的鷹文化〉，《哈爾濱學院學報》，頁 2。
〔註 207〕〔唐〕段成式：《酉陽雜俎》，《景印文淵閣四庫全書》，第 1047 冊，子部 353 小說家類，頁 765。其中如：「鷹四月一日停放五月上旬拔毛入籠。」等等。

王昌齡（西元 698～755？）是盛唐邊塞詩派的代表作家之一，但理應沒有從軍的經驗，雖然有些學者支持從軍理由，但畢竟在史書或是相關創作上並沒有直接證據。〔註 208〕倒是盛唐的游邊風氣興盛，〔註 209〕且大多以東北爲主，豐富的生活經歷往往就此展開，得以少些空想，多些實際的臨場觀察。以這首詩中的季節，正是北風捲地百草枯黃，卻也是獵物無所躲藏的時刻；而塞外空間的寬闊，馬奔如飛角鷹初下如馳的獵捕，更讓人輕易感受到速度與速度競拋的狂野，以及收穫底下的生活喜悅。當地牧民多在冬季以鷹捕捉野兔、羊、狐狸等獵物，每次出獵總是可以滿載而歸的。

透過觀獵，創作者「讀萬卷書不如行萬里路」的體驗與收穫，絕對遠遠大於閉門造車。畢竟唐朝建國以前，匈奴、羌、鮮卑等遊牧民族就與中原漢族有所融合，而這樣的水乳交融到了唐代並未停止；特別是唐朝開邊政策推行，更加助長其發展，也更能使人們大開眼界。又看孟雲卿的〈行行且遊獵篇〉：

> 少年多武力，勇氣冠幽州。何以縱心賞，馬啼春草頭。遲遲平原上，狐兔奔林丘。猛虎忽前逝，俊鷹連下鞲。俯身逐南北，輕捷固難儔。所發無不中，失之如我讎。豈唯務馳騁，猗爾暴田疇。殘殺非不痛，古來良有由。（《全唐詩》，第 5 冊，卷 157，頁 1607。）

這首雖是樂府古題，但就唐人當時的生活寫實或是潮流風尚而言，卻是勇猛果敢的游獵積極表現。有關〈行行且遊獵篇〉始於劉孝威王遊獵之事，〔註 210〕遊獵之事向來都是天子喜愛之事，只不過此處孟雲

〔註 208〕蔡幸娟：〈試證王昌齡從軍經歷之謎兼探邊塞詩中樂府情境的傳承〉，《淡江人文社會學刊》，第 30 期，（2007 年 6 月），頁 24～32。此篇彙整相關學者見解，求證出沒有從軍的成分居大。

〔註 209〕戴偉華：〈盛唐背景中的邊塞詩〉，《唐代文學研究叢稿》，（台北：學生書局，1999 年），頁 47～48。

〔註 210〕〔南朝梁〕劉孝威王：〈行行且遊獵篇〉：「……上林娛獵場。選徒驕楚客，召狩誇胡王。罕車已戒道，風烏復起行。……」見逯欽立輯校：《先秦漢魏晉南北朝詩》，頁 1870。

卿所詠乃是幽州邊境的少年罷了。孟雲卿（生卒年不詳），永泰初進士及第，授校書郎。一生栖栖南北，苦無所遇，何生之不辰也。與元結、杜甫、薛據、韋應物等人友善，名聲滿天下。〔註 211〕由於羈旅生活，使得他接觸南北各地的風光，也親身體驗游獵的壯美。詩中的少年成了謳歌的中心人物，經由每一次放鷹，自然展現其精力旺盛；經由鷹的輕巧下韝，每一個俯身皆有所獲；鷹與少年都是勇氣可嘉，蓬勃的民族性也不時在詩裡湧現。而所謂的「不務正業」，作者以爲只是農閒之事；至於「殘殺」所引發的質疑，也在「古來良有由」之下合理化了。另外又如白居易〈放鷹〉：

> 十月鷹出籠，草枯雉兔肥。下韝隨指顧，百擲無一遺。鷹翅疾如風，鷹爪利如錐。本爲鳥所設，今爲人所資。孰能使之然，有術甚易知。取其向背性，制在飢飽時。不可使長飽，不可使長飢。飢則力不足，飽則背人飛。乘飢從搏擊，未飽須縶維。所以爪翅功，而人坐收之。聖明馭英雄，其術亦如斯。鄙語不可棄，吾聞諸獵師。（《全唐詩》，第 13 冊，424 卷，頁 4665。）

作爲狩獵的重要夥伴，鷹的角色不可小覷。十月正是百草枯折，諸多動物進入冬眠的時刻，但卻正是鷹出籠捕捉的好時節。詩中的鷹，雖非野生，僅是馴養，但其具獵取的優勢：「下韝隨指顧，百擲無一遺」毫不遜色；且作者不僅深諳其性「不可使長飽，不可使長飢。」如果太飽則無法聽從主人，如果太餓，則力氣又不足；更清楚說明鷹經過馴服後，能夠按照主人的指令行事「孰能使之然，有術甚易知。」因此詩中道盡鷹的優點能耐，也對鷹的展翅高飛，或是捕捉獵物的英姿多所詠嘆；且其描繪與眞實馴鷹的過程與結果是不謀而合的；因爲被馴服的鷹是十分聽話的，所以作者更將「鷹」比喻忠心爲主騁鶩効力的臣僚，而君王若能懂得如何駕馭鷹的習性，必然可以得到君臣上下共創康樂的好處。

〔註 211〕傅璇琮：《唐才子傳校箋》，第 1 冊，卷 2，頁 437。

2、鶻的俊猛

鶻，是指具有高強捕獵本領的鷙鳥，《禽經》言：「鶻以搰之」〔註212〕說出其習性與特質，宋陸佃寫道：「鶻，拳堅處大如彈丸，俯擊鳩鴿食之。鳩鴿中其拳，隨空中即側身自下承之，捷於鷹隼。」〔註213〕有了鶻就不愁抓不到鳩、雀，也不愁抓不到野兔了。或有將鶻與隼歸爲一類，或有與鷂同等，如《禽經》：「骨曰鶻瞭曰鷂」〔註214〕但其實各又有小異處。而在別稱方面，《全唐詩》中則無出現。

作爲狩獵的好幫手，除了鷹之外，鶻的俊猛也是令詩人瞠目結舌的，以韋莊〈觀獵〉爲例：

> 苑牆東畔欲斜暉，傍苑穿花兔正肥。公子喜逢朝罷日，將軍誇換戰時衣。鶻翻錦翅雲中落，犬帶金鈴草上飛。直待四郊高鳥盡，掉鞍齊向國門歸。（《全唐詩》，第20冊，卷695，頁8000。）

韋莊（西元836～910）字端己，京兆杜陵（今西安）人，乾寧元年進士，在此之前曾漫遊各地。歷任校書郎、左補闕等職。後入蜀，爲王建掌書記。王氏建立前蜀，他曾做過宰相。終於蜀。由於他的詩極富畫意，所以這首觀獵的詩，沒有血腥沒有殘暴，反而是欣喜中帶著輕鬆，從旁見到「鶻翻錦翅雲中落，犬帶金鈴草上飛。」獵兔射鳥的氣氛更是盎然。而濮陽瓘〈出籠鶻〉：

> 玉鏃分花袖，金鈴出綵籠。搖心長捧日，逸翰鎮生風。一點青霄裡，千聲碧落中。星眸隨狡兔，霜爪落飛鴻。每念提攜力，常懷搏擊功。以君能惠好，不敢沒遙空。（《全唐詩》，第22冊，卷782，頁8838。）

〔註212〕舊題〔周〕師曠撰，〔晉〕張華注：《禽經》，《景印文淵閣四庫全書》，第847冊，子部153譜錄類，〈提要〉，頁678。

〔註213〕〔宋〕陸佃：《埤雅》，《景印文淵閣四庫全書》，第222冊，經部216小學類，卷7，頁127。

〔註214〕舊題〔周〕師曠撰，〔晉〕張華注：《禽經》，《景印文淵閣四庫全書》，第847冊，子部153譜錄類，〈提要〉，頁680。

濮陽瓘（生卒年不詳）就只有這首詩被收錄在《全唐詩》中。對於肉攫部的禽鳥豢養，唐代段成式說道：「鶻北回鷹過盡停放，四月上旬入籠，不拔毛。鶻五月上旬停放，六月上旬拔毛入籠。」〔註 215〕因此這首〈出籠鶻〉雖沒有說明季節，但理應與前述白居易〈放鷹〉：「十月鷹出籠，草枯雉兔肥。」是類似的時節。而詩中作者並不以血腥陳述，乃著眼於飛快精準的獵捕神韻；又加上這鶻並非野生，是以即便有「搖心長捧日，逸翰鎮生風」的威猛，它在馴養者的吆喝下，仍得回到「玉鏃分花袖，金鈴出綵籠」的原來處所，不敢沒遙空。

3、隼之厲疾

古人提到隼，總將這種小型猛禽視爲「迅疾又準」〔註 216〕顯見其飛快速度與捕捉之神準。也因爲這樣，其別稱有擊征、征鳥、題肩、雀鷹等，但僅有「征鳥」一詞被運用在《全唐詩》中。

對於此一猛禽的助獵，先以高適的〈同群公出獵海上〉爲例：

> 畋獵自古昔，況伊心賞俱。偶與群公遊，曠然出平蕪。層陰漲溟海，殺氣窮幽都。鷹隼何翩翩，馳驟相傳呼。豺狼竄榛莽，麋鹿罹艱虞。高鳥下騂弓，困獸鬥匹夫。塵驚大澤晦，火燎深林枯。失之有餘恨，獲者無全軀。咄彼工拙間，恨非指蹤徒。猶懷老氏訓，感歎此歡娛。（《全唐詩》，第6冊，卷212，頁2205。）

高適（西元702～765）是盛唐有名的邊塞詩人，由這首詩可以印證，唐人除了陸上的狩獵之外，海上也是一個讓助獵的鷹或隼可以全力付出之處。只是詩中的「失之有餘恨，獲者無全軀。」得與失之間，感嘆不免由此衍生。另外無名氏〈霜隼下晴皋〉則是：

〔註 215〕〔唐〕段成式：《酉陽雜俎》，《景印文淵閣四庫全書》，第 1047 冊，子部 353 小說家類，卷 16，頁 765。

〔註 216〕〔唐〕孔穎達：《毛詩正義》，《十三經注疏》，〈小雅〉，第 13 卷，頁 341。又鄭玄箋云：「隼，急疾之鳥也。」、郭璞《爾雅注》中言：「隼，鼓羽翬翬然，疾是急疾之鳥也。」〔晉〕郭璞：《爾雅注》，《十三經注疏》，第 10 卷，頁 187。

> 九皋霜氣勁，翔隼下初晴。風動閒雲卷，星弛白草平。稜稜方厲疾，肅肅自縱橫。掠地秋毫迥，投身逸翮輕。高墉全失影，逐雀作飛聲。薄暮寒郊外，悠悠萬里情。(《全唐詩》，第 22 冊，卷 787，頁 8878。)

宋代陸佃曾敘述到：「鷹之搏噬不能無失，獨隼爲有準，故每發必中。」〔註 217〕又可見其百發百中之精準，但此詩中並未有類似直擊，只是將其預備動作，以及「稜稜方厲疾，肅肅自縱橫。」的肅殺能耐悠悠呈現。

助獵的禽鳥主要以上述幾種，其他尚有雕、鳶、鵰等，這些禽類被人類馴服以後就進入人的世界，成爲人類生活的組成份子；其野性獲有遞減，但其人性跟著增加，大抵不離協助擒獲其他弱小禽獸以及滿足操縱者的慾望。

（二）飛禽是囊中物

唐代繼承了北朝民族融合的文化積澱，狩獵活動頻繁和普遍，狩獵詩也不斷的產生出來，眞正實現了這類詩歌的中興。和北朝相比，唐朝的狩獵詩又有新的進步，〔註 218〕特別是諸多創作詩人，自己也親自參與，無形中給人增加親切性。而猛禽類可以協助狩獵者追殺設定的禽獸，但有時不只是弱小飛禽，即便是猛禽也可能成爲狩獵者眼中的肥羊，樂於讓它從天滑落。

1、射　雕

能夠將猛禽馴服不是一件容易的事，但是將其射殺卻注重精準快速爲要。在新舊《唐書》中並沒有射雕的相關記錄，但在進貢方面：「朔州馬邑郡，下。本治善陽，建中中，節度使馬燧徙治馬邑，後復故治。土貢：白鵰羽、豹尾、甘草。」〔註 219〕若無射殺，何來白雕羽？不過

〔註 217〕〔宋〕陸佃：《埤雅》，《景印文淵閣四庫全書》，第 222 冊，經部 216 小學類，卷 7，頁 128。

〔註 218〕李炳海：〈民族融合與中國古代狩獵詩的中興〉，《東北師大學報社科版》，第 5 期，(1996 年)，頁 70。

〔註 219〕〔宋〕歐陽修、宋祁合撰，楊家駱主編：《新校本新唐書》，卷 39，

北齊倒是有相關記載：「光時年十七。高祖嘉之，即擢爲都督。世宗爲世子，引爲親信都督，稍遷征虜將軍，累加將軍。武定五年，封永樂縣子。嘗從世宗於洹橋校獵，見一大鳥，雲表飛颺，光引弓射之，正中其頸。此鳥形如車輪，旋轉而下，至地乃大鵰也。世宗取而觀之，深壯異焉。丞相屬邢子高見而歎曰：『此射鵰手也。』」〔註220〕對於校獵者而言，這可是無上榮耀，是另外一種較勁的模式。而在《全唐詩》中則是藉由詩人得以記錄下來，如王維〈出塞〉：

> 居延城外獵天驕，白草連山野火燒。暮雲空磧時驅馬，秋日平原好射雕。護羌校尉朝乘障，破虜將軍夜渡遼。玉靶角弓珠勒馬，漢家將賜霍嫖姚。（《全唐詩》，第4冊，卷128，頁1297。）

唐玄宗開元二十五（西元737）年，河西節度副使崔希逸在青海打敗吐蕃，〔註221〕當時任監察御史的王維（西元701～761）奉命出塞前往宣慰，是以在詩題序標示：「時爲御史監察塞上作。」在出塞期間，寫下這首七律，藉以肯定邊帥崔希逸的英勇善戰。全詩運用映襯的手法，雙方勢均力敵，氣勢磅礡，最後終能克敵制勝。其中的「暮雲空磧時驅馬，秋日平原好射鵰」並非讚美自家人，而是描寫吐蕃的獵手們在無亙的沙漠上驅馬馳騁，剽悍神勇的一面。躍馬執弓的勇猛強悍，總是能讓人神往意迷；而粗獷豪放的縱橫疆場，也使詩人忘卻了敵軍的身分；不以貶抑加以醜化，不是血腥的渲染，而是豪邁美感的營造。這與〈觀獵〉一首：「風勁角弓鳴，將軍獵渭城。草枯鷹眼疾，雪盡馬啼輕。忽過新豐市，還歸細柳營。迴看射雕處，千里暮雲平。」〔註222〕的開闊氣勢，有異曲同工之妙。至於杜牧〈贈獵騎〉則是：

〈志第29・地理3・河東道〉，頁1007。

〔註220〕〔唐〕李百藥敕撰，楊家駱主編：《新校本北齊書》，卷17，〈列傳・第9・子光〉，頁222。

〔註221〕〔後晉〕劉昫撰，楊家駱主編：《新校本舊唐書》，卷196，〈列傳第146上・吐蕃上〉，頁5233。

〔註222〕〔清〕聖祖御定：《全唐詩》，第4冊，卷126，頁1278。

已落雙雕血尚新，鳴鞭走馬又翻身；憑君莫射南來雁，恐有家書寄遠人。（《全唐詩》，第 16 冊，卷 524，頁 6002。）

描寫濫殺的景況，一場「雙雕血尚新」的畫面，一個「走馬又翻身」的冷血鏡頭，杜牧（西元 803～852？）的「往事已矣」之心情格外沉痛，而「莫射南來雁」苦言相勸，更可窺見民間狩獵之風如野火。至於李益〈觀騎射〉、馬戴〈射雕騎〉：

1. 邊頭射鵰將，走馬出中軍。遠見平原上，翻身向暮雲。（《全唐詩》，第 9 冊，卷 283，頁 3222。）
2. 蕃面將軍著鼠裘，酣歌衝雪在邊州。獵過黑山猶走馬，寒雕射落不回頭。（《全唐詩》，第 17 冊，卷 556，頁 6452。）

第一首的李益觀騎射的情形，顯得十分入神；對於射雕將的眼明手快技術高超，直以「翻身向暮雲」予以描繪及肯定。而第二首中，馬戴的描寫更爲實際，先就騎射的服裝加以說明，再對將軍雪中酣歌行進的輕快有所烘托，末尾則著眼於騎射的功夫了得與帥氣英姿令人懾服。兩人雖不是親身上場，但傳達觀賞的氣氛，其感染力卻是成功的。

2、雁　落

雁屬於冬春候鳥，秋天飛往南方過冬，春天又飛回北方，與燕子的性質大同小異。在《禮記正義》中提到：「東風解凍，蟄蟲始振，魚上冰，獺祭魚，鴻雁來。」〔註 223〕孟春之月，春風吹，雁南來。又言：「雁北鄉，鵲始巢。」〔註 224〕季冬之月，雁北向而去。正因這樣規律的習性，成爲狩獵者鎖定的標的。

不管在南在北，獵雁都有其可能性，但又以冬天爲主，先看張祜〈觀徐州李司空獵〉：

曉出郡城東，分圍淺草中。紅旗開向日，白馬驟迎風。背手抽金鏃，翻身控角弓。萬人齊指處，一雁落寒空。（《全唐

〔註 223〕〔唐〕孔穎達：《禮記正義》，《十三經注疏》，〈月令第 6〉，孟春 1，頁 324。

〔註 224〕〔唐〕孔穎達：《禮記正義》，《十三經注疏》，〈月令第 6〉，季冬 1，頁 346。

詩》，第 15 冊，卷 510，頁 5797。）

張祜（西元？～859），字承吉，清河人。以宮詞得名。在這首詩中，他極盡旁觀者的感官能力，把狩獵的大陣仗，狩獵的激烈經過，全程使用畫面式展現，其「萬人齊指處，一雁落寒空。」作爲收尾，帶引出的是眾人的殷切期盼，而不是悲憫的感傷。對應其同時期作品〈獵〉：「殘獵渭城東，蕭蕭西北風。雪花鷹背上，冰片馬蹄中。臂挂捎荊兔，腰懸落箭鴻。歸來逞餘勇，兒子亂彎弓。」〔註 225〕二者的強悍勇猛精神，只是詩人觀察，至於他自己並沒有太多的感觸投射。另外劉商〈觀獵，三首之二〉：

日隱寒山獵未歸，鳴絃落羽雪霏霏。梁園射盡南飛雁，淮楚人驚陽鳥啼。（《全唐詩》，第 10 冊，卷 304，頁 3464。）

劉商（生卒年不詳），字子夏，徐州彭城人。少好學，工文善畫。爲大曆進士，官至檢校禮部郎中，汴州觀察判官。〔註 226〕這首組詩有三首，都與觀獵有關，時間正是大雪紛飛，而空間地點並非在塞外，而是南方的梁園。詩中的「射盡」雖不見血流成河，但雁肥南來，卻彷彿自投羅網般，令人倍感疼惜。

3、獵　鴨

鴨經常在水邊棲息遊走，若是隔水拂飛，必是遭遇緊急致命之事。在狩獵的對象中，鴨也成了焦點之一。不過由於它的速度不快，所產生的衝擊也比較輕微，所以《全唐詩》中的描寫，傷感不多，試看王建〈御獵〉：

青山直繞鳳城頭，滻水斜分入御溝。新教內人唯射鴨，長隨天子苑東遊。（《全唐詩》，第 9 冊，卷 301，頁 3424。）

王建（西元 768～830？）雖然他曾經從軍出塞，但這首詩並非雄渾之作；反倒是以宮廷生活爲體現，而宮女射鴨也只是伴隨君王「東遊」的逸趣罷了。同樣跟王建擅長宮詞的花蕊夫人徐氏則有〈宮詞，一百

〔註 225〕〔清〕聖祖御定：《全唐詩》，第 15 冊，卷 510，頁 5797。
〔註 226〕傅璇琮：《唐才子傳校箋》，第 2 冊，卷 4，頁 258。

五十六首之八十三〉：

苑東天子愛巡游，御岸花堤枕碧流。新教內人供射鴨，長將弓箭繞池頭。(《全唐詩》，第 23 冊，卷 798，頁 8976。)

花蕊夫人徐氏與王建的作品大同小異，對於射鴨的動作「長將弓箭繞池頭。」則有比較積極的描繪。

有關飛禽成爲狩獵者囊中物的種類，還有其他多樣，或有諸多僅以「禽、鳥」替代替代；但其彙整可以發現以體型大者居多，有利於射獵時目標集中；其次，獲取獵物的目的，不在於如何處理，而是宣威、是滿足征服的慾望，而且是從上到下的時尚潮流。

4、擒　雉

雉有時被拿來作爲誘餌，吸引主要獵物上勾；有時則是狩獵中的鵠的，詩人親身體驗的成果。如儲光羲的〈射雉詞〉：

曝暄理新翳，迎春射鳴雉。原田遙一色，皋陸曠千里。遙聞咿喔聲，時見雙飛起。冪䍥歷疏高下，毶毸深叢裡。顧敵已忘生，爭雄方決死。仁心貴勇義，豈能復傷此。超遙下故墟，迢遞回高畤。大夫昔何苦，取笑歡妻子。(《全唐詩》，第 4 冊，卷 136，頁 1374～1375。)

雉習慣於農田附近的丘陵或是山區灌叢、草叢、草地活動，所以本詩開頭就將其初春時節與活動的空曠空間鋪陳開來。其次對於雉的細部書寫有視覺上的高下起落，藏身的疏密濃淡；聽覺上的鳴雉就是鳴雊，是雄雉鳴叫求偶的表示，也是引發注意的線索。王維〈渭川田家〉：「雉雊麥苗秀，蠶眠桑葉稀。」〔註 227〕就有相關描繪。至於詩的第三層與第四層則是矛盾參差，今昔對照，既說雉又言敵，沒有射雉的歡娛，倒有濃濃的自嘲意味。

再者如韋應物〈射雉〉雖也有過去與現在的比較，但風發之氣則更爲明顯的：

走馬上東岡，朝日照野田。野田雙雉起，翻射斗迴鞭。雖

〔註 227〕〔清〕聖祖御定：《全唐詩》，第 4 冊，卷 125，頁 1248。

無百發中，聊取一笑妍。羽分繡臆碎，頭弛錦鞘懸。方將悅羈旅，非關學少年。弢弓一長嘯，憶在灞城阡。(《全唐詩》，第6冊，卷193，頁1996。)

韋應物(西元737～792？)，長安人，既能搭弓射雉，又能動手寫詩，這是王褒、庾信無法比擬的。〔註228〕這首詩是韋應物中晚年時的作品，少年時以三衛郎事玄宗，及崩，始悔，晚年折節讀書。〔註229〕由於他尚俠，又以武職出身，所以狩獵是他的本行。這首詩分成兩部分呈現，前一部分描寫他走馬上日光遍照的田野，手執弓箭射雉的功夫雖非百發百中，但也足以消解排遣旅居外地的苦悶；後半段則是寫到他不想效仿少年獵手，不過卻也在射雉的過程中，使他回憶起青少年時期在長安「灞城阡」的風光歲月。因此整首詩所展現的躍馬彎弓的形象，其英姿可謂不減當年。

第三節　禽鳥寓言，體察時事

在這單元主要討論三個層面的詩，其一是寓言詩，其二是禽言詩，其三是感物諷諭詩。雖然其目的皆爲關懷群體，但其形式與特質之差異性，仍得先作一說明與釐清。

首先是有關於「寓言詩」，寓言詩的創作在唐代掀起高潮，〔註230〕眾多大家皆有所涉獵。有關寓言詩的界定，目前沒有完整而統一的認知，但學界的幾項看法還是提供不錯的依據。其一是白本松認爲：「寓言詩的基本特徵有三：第一是它是敘事體，要有故事情節；第二是寓言不是寫實文學，所以故事情節必須有虛構的成分；第三寓言詩必須要有明顯的寓意。」〔註231〕另外如邵之茜則說：「所謂寓言詩，就是詩歌的

〔註228〕李炳海：〈民族融合與中國古代狩獵詩的中興〉，《東北師大學報社科版》，第5期，(1996年)，頁70。

〔註229〕傅璇琮：《唐才子傳校箋》，第2冊，卷4，頁166。

〔註230〕孟萌：《唐代寓言詩研究》(西安：陝西師範大學文學所碩士論文，2007年)，頁1。

〔註231〕白本松：〈淺論蘇軾的寓言詩〉，《河南大學學報》，第2期，(1986

形式，借花鳥蟲魚、器具用物之類的形象來寄託思想情感，表述見解，闡明道理，諷刺現實，針砭時弊，啓發和教育的目的。」〔註 232〕而曹文江言：「寓言詩，顧名思義即詩體的寓言，是詩人借詩以寄託對於社會人生的認識與感受。」〔註 233〕綜合這些意見，大抵有幾項要件，其一，寓言詩是詩體的寓言，與其他文體不同；其二，常常具備虛構的、誇大的故事情節；其三，要有興寄。至於其他專書或碩博論，〔註 234〕見解大同小異，皆強調要透過故事情節表現其寓意。

一般寓言大多以散文進行，但寓言詩比起散文體寓言更具有韻味與節奏，遣詞用句更爲嚴格，追求詩情力量與寓言理性的有機結合，更有利於寓言目的的表達。〔註 235〕特別是對某些喜歡營造瑰奇意象者而言，寓言詩更能滿足他們的要求。而寓言詩不管是形式上、題材、思想內容等，其實很容易涉及其他各類，〔註 236〕尤其是本論文與詠物詩有其重要關聯在，但最大的區別在於，寓言詩「有一個故事架構，更有其寓意在」；而詠物詩則在於「描寫物象，進而寄託情感」。是以本論文雖與「詠物詩」有其綿密性，但仍可分辨出二者不同。至於其他，如敘事的形式、諷刺的意涵，全都可以融合於寓言詩中。

年），頁 29。

〔註 232〕 邵之茜：〈劉禹錫寓言詩思想內容初探〉，《陝西教育學院學報》，第 11 期，（2000 年 11 月），頁 42。

〔註 233〕 曹文江：〈九奏中新聲，八珍中異味〉，《鄭州大學學報》，第 2 期，（1984 年 2 月），88～94。

〔註 234〕 例如：1.杜榮琛：《海峽兩岸寓言詩研究》（新竹：先登出版社，1993 年），此書乃從兒童文學的角度分析；2.林淑貞：《表意.示意.釋義：中國寓言詩析論》（台北：里仁書局，2007 年），此書對於辨析中國寓言詩「義界」與「範疇」以及與傳統比興寄託的異同，有十分清晰的闡釋，其他在寓言詩之表意、示意、釋意等論述皆十分精闢，拙著論文多處引爲重要參酌。3.許靜宜：《中唐動物寓言詩研究》（台北：國立台灣師範大學國文學系碩士論文，2008 年），此論文以動物寓言詩爲大宗。

〔註 235〕 鮑延毅主編：《寓言辭典》（明天出版社，1988 年），頁 398。

〔註 236〕 如許靜宜：《中唐動物寓言詩研究》，頁 27～33 就曾作出區隔分論，認爲寓言詩、詠物詩、敘事詩、諷喻詩是不同的，洵爲條理分明。

至於「禽言詩」方面，常與寓言詩有混淆的情形產生。有關寓言詩上節已作過說明，至於「禽言詩」的定義，在辭書方面，如《辭海》並無具體下定義，只是提及宋代梅聖俞以鳥鳴比附人事，作〈四禽言〉詩；後蘇軾仿其體作〈五禽言〉等等文句罷了。〔註 237〕而《辭源》則有：「禽言詩，詩體名，以鳥名象聲取義，用以寓意抒情。」〔註 238〕雖無舉例，但已有較為明確的說明。又《文章體裁辭典》則是：「禽言詩，以鳥禽名或聲入句的詩。」〔註 239〕是屬於比較簡單的解釋。另外一般專書則有比較具體的說明，如《中華古詩觀止》：「禽言詩起於唐代而盛於宋，大都先擬寫鳥鳴之聲，然後根據其字面意義加以發揮。」〔註 240〕等等。大抵藉此可以推論出，寓言詩可以涵蓋禽言詩，但禽言詩中必須具備「禽言」，且不是擬聲式的，是以《禽經》中的：「鳩鳥鳴啞啞，鸞鳴噰噰，鳳鳴喈喈，凰鳴啾啾，雉鳴嘒嘒，……」等，〔註 241〕是不足以作為禽言詩的依據的。又如今人陳蒲清言：「遠在先秦時代，《詩經》中便出現了〈鴟鴞〉這樣的禽言詩。……另外如漢樂府中〈枯魚過河泣〉、〈雉子班〉、〈蜨蝶行〉」都是禽言詩。」〔註 242〕其所提幾首詩屬於寓言，而非禽言的。至於在年代方面，張高評教授則言：「禽鳥何能自呼己名？不過人以鳥鳴之聲稱之而已。禽言，乃依音響得其字者。其後騷人墨客吟詠情性，聯想影射，設想鳥禽之鳴叫聲正訴說某一人類之方言土語，於是觸類引申，……於是

〔註 237〕 熊鈍生主編：《辭海》（台北：台灣中華書局，1985 年），頁 3267。

〔註 238〕 《辭源》（台北：台灣商務印書館，1989 年），頁 2292。

〔註 239〕 金振邦編著：《文章體裁辭典》（長春：東北師範大學出版社，1986 年），頁 242。

〔註 240〕 馬美信等主編：《中華古詩觀止》（上海：學林出版社，1995 年），頁 883。對於周紫芝〈五禽言〉題下注。

〔註 241〕 舊題〔周〕師曠撰，〔晉〕張華注：《禽經》，《景印文淵閣四庫全書》（台北：台灣商務印書館，1984～1985 年），第 847 冊，子部 153 譜錄類，，頁 679～688。

〔註 242〕 陳蒲清：《中國古代寓言史》（長沙：湖南教育出版社，1983 年），頁 163～164。

禽言詩跳出詠物的藩籬，俳優的窠臼，擴充發揮，遂蔚爲宋代以後詩人詠懷遣興，諷諭政俗的優良體裁。」〔註 243〕這當中點出「禽言詩跳出詠物的藩籬」，且延伸出試作始於中唐階段。

另外「禽言」與「鳥言」也有所區隔，錢鍾書先生所給的定義是翔實的：「在中國古代文學作品裡，『禽言』跟『鳥言』有點區別。鳥言，這個名詞見於《周禮・秋官司寇》上篇，想像鳥兒叫聲就是說它們鳥類的方言土話。像《詩經・豳風・鴟鴞》，和皇侃《論語集解義疏》卷三所引《論釋》裡的『雀鳴嘖嘖唶唶』，不論是別有寄託，或者是全出附會，都是翻譯鳥言而成的詩歌。禽言，是宋之問〈陸渾山莊〉和〈謁禹廟〉兩首詩裡所謂：『山鳥自呼名』、『禽言常自呼』；也是梅堯臣〈和歐陽永叔〈啼鳥〉〉詩所謂：『滿壑呼嘯難識名，但依音響得其字』，想像鳥兒叫聲是在說我們人類的方言土語……《山海經》裡寫的禽類、獸類以至魚類，常說其鳴自呼，或其自號等等，可是後人只把禽鳥叫聲做爲題材。模仿著叫聲給鳥兒起一個有意義的名字，再從這個名字上引申生發，來抒寫情感，就是禽言詩。」〔註 244〕這當中對於鳥言與禽言作出區隔，另外也說明了禽言詩的基本定義不是「狀聲詞」啾啾啁啁一類，而是透過其自呼的聲音中藉以興起聯想與引申。也就是說，客觀摹狀鳥兒啼叫聲的詩歌不能稱之爲「禽言」，一般的將鳥兒人格化的寓言詩也不屬於「禽言」，將鳥兒神話具有說話能力的詩歌更不再「禽言」之列。禽言是我國古典詩體中的一個專有名詞，只有主觀的想像鳥兒的啼叫聲，如同人類「特定涵義」的話語，並以此爲其命名進而據以比附人事，表達一定思想感情的詩歌，

〔註 243〕張高評：《宋詩之傳承與開拓以翻案詩、禽言詩、詩中有畫爲例》，頁 141。

〔註 244〕錢鍾書選注：《宋詩選注》（北京：三聯書店，2001 年），頁 243。有關「禽言」與「鳥言」詩區別，張高評教授也提及「『禽言詩』爲設想鳥鳴訴說人類之語言；『鳥言』詩歌則爲詩人翻譯鳥言，帶傳鳥語。」參見張高評：《宋詩之傳承與開拓以翻案詩、禽言詩、詩中有畫爲例》（台北：文史哲出版社，1990 年），頁 151。

〔註245〕才稱爲「禽言」。

還有的是「感物諷諭」詩，乃以「諭」爲諷，有絃外之音的手法。其主要是透過直接或是間接具有類比性質的各種「諭」，將現實問題轉化成一個具有反省或是警示意涵的課題。〔註246〕是以跟諷刺相較，諷刺更敢直接揭露醜陋的一面，諷諭則是以「諭」作爲美刺；特別是中國詩歌多以含蓄居多，所以因感物而諷諭反而是常態。至於這當中「寓言詩」也具有諷諭性質，但「感物諷諭詩」立基於詠物的基礎上，不具有寓言詩的事件（event）或是多項事件（events）所連結而成的故事（story），因此雖殊途同歸；又或寓言詩可涵蓋禽言詩之寄託、敘事詩手法、感物諷諭詩旨意，卻又各自有其劃分標準在。

當然有關詩的分類並非絕對的，其種類的概念總帶有一定的模糊性，分類的角度和方法也不同，而且還會互相滲透，〔註247〕所以本文只作爲列舉實例的標示，重點還是在於透過以下幾類詩作，探討其集體意識。

一、怨刺政治，即物議論

不管是寓言還是禽言或是感物諷諭，唐人對於政治的熱衷永難止息；對於不在其位難謀其政的憂憤，書寫是一項重要的抒發管道。

（一）譏昏庸——陳子昂〈感遇詩〉

歷代皇帝有其聖明治世，聖明之治人人得而歌誦；有其昏庸昧世之君，不見得人人可以誅之，但口誅筆伐總是大快人心，算是正史之外又一章。在《全唐詩》中以龍以鳳歌功頌德者甚多，但大多缺乏文學價值；反倒是美刺諷諭者，隨著朝代更迭，始終能有源源不絕的作品，嘔心瀝血流傳著。以初唐陳子昂爲例，他是一位具有遠大理想和

〔註245〕劉博：〈小議〈禽言〉之名稱〉，《安徽文學・說文解字》，第6期，（2008年），頁313。

〔註246〕許靜宜：《中唐動物寓言詩研究》，頁30。

〔註247〕古遠清：《詩歌分類學》（高雄：復文圖書出版社，1991年），頁5～6。

高尚情操的詩人，時時執著於追求美好的理想政治，在詩歌中熱情的贊美賢明的「堯禹之道」；但也積極抨擊妨害實現「太平之化」的腐朽勢力，其中〈感遇詩三十八首〉就是一例，特別是其中有幾首是以飛鳥意象作爲譏刺的：

> 翡翠巢南海，雄雌珠樹林。何知美人意，驕愛比黃金。殺身炎州裏，委羽玉堂陰。旖旎光首飾，葳蕤爛錦衾。豈不在遐遠，虞羅忽見尋。多材信爲累，歎息此珍禽。(〈之二十三〉，《全唐詩》，第 3 冊，卷 83，頁 892。)

陳子昂（西元 661～702），梓州射洪人（今四川省），家世富豪。子昂獨苦節讀書，尤善屬文。初爲〈感遇詩〉，京兆司功王適見而驚曰：「此子必爲天下文宗矣！」〔註 248〕由是有「海內文宗」〔註 249〕之名。他不僅是詩人也是政治家，對於國事他是站在兼濟天下的入世角度。

這是〈感遇詩〉中的第二十三首詩，乃以鳥喻人諷刺武后掌政的寓言詩。詩可以分爲以六個層次分析，第一層中的翡翠築巢於南海，雄雌珠樹林，與詩人出生地在四川，位於長安的西南方，有其類比之實。第二層，則以「美人意」暗指爲武則天，十分出乎意料受其賞識，自己的才華被迫爲其所用。第三層，則是將自己迫於無奈的獻才比喻成鳥死拔羽，哀怨痛苦不已。第四層更痛恨的是，其璀璨的羽色如其洋溢的才華，被武氏用來當作政績，烘托昇平之世。第五層，鳥有翅膀爲何不高飛，詩人有腳爲什麼不躲遠呢？他說明並非不遠離，四川已是遠離京都，但還是難逃統治者的網羅。最後一層，發出深沉的嘆息，人因多才爲累，鳥因珍禽爲苦。顯見其儒家思想的影響，對於牝雞司晨的不齒，在武氏臨朝後仍有許多忠於李唐王朝的文武官員深以

〔註 248〕〔後晉〕劉昫撰，楊家駱主編：《新校本舊唐書》，卷 190，〈列傳 140·文苑中〉，頁 5018。

〔註 249〕〔宋〕歐陽修、宋祁合撰，楊家駱主編：《新校本新唐書》，卷 107，〈列傳第 32·陳子昂〉，頁 4078。「唐興，文章承徐、庾餘風，天下祖尚，子昂始變雅正。初，爲感遇詩三十八章，王適曰：『是必爲海內文宗。』乃請交。子昂所論著，當世以爲法。」

入仕爲恥，他就是其中一個。今人彭慶生說：「此篇祖述《離騷》，託物言志。」〔註 250〕正視此義。但對於武后的作爲，這首還只是迫於無奈，另外〈感遇之四〉可就是諷諭有加：「樂羊爲魏將，食子殉軍功。骨肉且相薄，他人安得忠。吾聞中山相，乃屬放麑翁。孤獸猶不忍，況以奉君終。」〔註 251〕詩中利用典故對於武則天實行酷吏以鞏固政權，造成「骨肉相薄」，告密成爲必然；又加上自身因爲勸諫不納，而曾身陷囹圄，〔註 252〕所以感慨至深。

對於陳子昂在武后底下做事，古今有不同的見解，《新唐書》中：「后既稱皇帝，改號周，子昂上周受命頌以媚悅后。雖數召見問政事，論亦切，故奏聞輒罷。以母喪去官，服終，擢右拾遺。」〔註 253〕以

〔註 250〕彭慶生注釋：《陳子昂詩注》（成都：四川人民出版社，1981 年），頁 3。

〔註 251〕〔清〕聖祖御定：《全唐詩》，第 3 冊，卷 83，頁 889。

〔註 252〕高宗既昏懦，而繼以武氏之亂，毒流天下，幾至於亡。自永徽以後，武氏已得志，而刑濫矣。當時大獄，以尚書刑部、御史臺、大理寺雜按，謂之「三司」，而法吏以慘酷爲能，至不釋枷而笞棰以死者，皆不禁。律有杖百，凡五十九條，犯者或至死而杖未畢，乃詔除其四十九條，然無益也。武后已稱制，懼天下不服，欲制以威，乃修後周告密之法，詔官司受訊，有言密事者，馳驛奏之。自徐敬業、越王貞、琅邪王沖等起兵討亂，武氏益恐。乃引酷吏周興、來俊臣輩典大獄，與侯思止、王弘義、郭弘霸、李敬仁、康暐、遂忠等集告事數百人，共爲羅織，構陷無辜。自唐之宗室與朝廷之士，日被告捕，不可勝數，天下之人，爲之仄足，如狄仁傑、魏元忠等皆幾不免。左臺御史周矩上疏曰：「比姦憸告訐，習以爲常。推劾之吏，以深刻爲功，鑿空爭能，相矜以虐．泥耳囊頭，摺脅籤爪，縣髮燻耳，臥鄰穢溺，刻害支體，糜爛獄中，號曰『獄持』；閉絕食飲，晝夜使不得眠，號曰『宿囚』。殘賊威暴，取快目前．被誣者苟求得死，何所不至？爲國者以仁爲宗，以刑爲助，周用仁而昌，秦用刑而亡。願陛下緩刑用仁，天下幸甚！」武后不納。麟臺正字陳子昂亦上書切諫，不省。及周興、來俊臣等誅死，后亦老，其意少衰，而狄仁傑、姚崇、宋璟、王及善相與論垂拱以來酷濫之冤，太后感寤，由是不復殺戮。然其毒虐所被，自古未之有也。大足元年，乃詔法司及推事使敢多作辯狀而加語者，以故入論．中宗、韋后繼以亂敗。參見〔宋〕歐陽修、宋祁合撰，楊家駱主編：《新校本新唐書》，卷 56，〈志第 46．刑法〉，頁 1414。

〔註 253〕〔宋〕歐陽修、宋祁合撰，楊家駱主編：《新校本新唐書》，卷 107，

「媚」悅武則天，成了後人爭議的焦點。今人劉遠智則以爲：「認爲武後柄權後欲與關中世族和江左高門抗衡，而大力選拔下層才學之士。及永淳後，太后君臨天下二十餘年，當時公卿百辟，無不以文章達，因循日久，寖以成風。庶族陳子昂得以上升朝列，實藉此沖破門第破格用人之契機。子昂性豪俠，爲武後一手提拔，知恩圖報及是常情，故在朝應策無不竭盡忠誠。」〔註254〕算是爲陳子昂作開脫「媚」的問題，認爲「忠順」是其秉持的精神所在。

其實應該說，陳子昂生在武則天掌政前後轉折期。前期他懷的是唐人一樣的濟世之心，所以既然受到賞識，知恩圖報實是常情；但後期他發現武后的專權，濫殺無辜，勸誡無效還牽連下獄，被史家視爲「聾瞽」之舉，〔註255〕遂讓他認清事實，激發憂患感憤之情。而另外一首〈感遇詩三十八之二十八〉：

> 昔日章華宴，荊王樂荒淫。霓旌翠羽蓋，射兕雲夢林。揭來高唐觀，悵望雲陽岑。雄圖今何在，黃雀空哀吟。（《全唐詩》，第3冊，卷83，頁892。）

劉遠智以爲：「此詩刺高宗溺於武后，勢將亡國。」〔註256〕前四句以詠史爲主，利用《戰國策・楚策一》：「於是，楚王游雲夢，結駟千乘，旌旗蔽日；野火之起也若雲蜺，兕虎嗥之聲若雷霆，有狂兕牂車依輪而至，王親引弓而射，一發而殪。王抽旃旄而仰兕首，仰天而笑曰：『樂矣，今日之游也。』」〔註257〕作爲懷古之起；後四句中的前兩句

〈列傳第32・陳子昂〉，頁4077。

〔註254〕劉遠智：《陳子昂及其感遇詩研究》（台北：文津出版社，1987年），頁46～47。

〔註255〕贊曰：「子昂說武后興明堂太學，其言甚高，殊可怪笑。后竊威柄，誅大臣、宗室，脅逼長君而奪之權。子昂乃以王者之術勉之，卒爲婦人訕侮不用，可謂薦圭璧於房闥，以脂澤汙漫之也。瞽者不見泰山，聾者不聞震霆，子昂之于言，其聾瞽歟。」〔宋〕歐陽修、宋祁合撰，楊家駱主編：《新校本新唐書》，卷107，〈列傳第32・陳子昂〉，頁4079。

〔註256〕劉遠智：《陳子昂及其感遇詩研究》，頁122。

〔註257〕王守謙等譯注：《戰國策》（台北：台灣古籍出版社，1996年），卷

「朅來高唐觀，悵望雲陽岑。」則是承前意，又具譏刺「荒淫」之實；而重點就在於作者將自己比喻爲黃雀，不僅壯志難酬，憂傷情懷鬱結；其「空哀吟」更是充滿其忠臣愛國之志。就如同〈感遇詩之三十八〉中所言：「仲尼探元化，幽鴻順陽和。大運自盈縮，春秋遞來過。盲飆忽號怒，萬物相紛劘。溟海皆震蕩，孤鳳其如何。」〔註 258〕一樣，黃雀已經不足以詮釋自己的不入流俗；身爲孤鳳，面對動蕩時代，無枝可棲，才是最大的苦痛。

對於〈感遇詩三十八首〉的價值性，明代胡應麟以爲：「盡削浮靡，一振古雅。唐初自是傑出。」〔註 259〕但最主要的還是其充滿「國家民族、民生困苦、人生難稱意」的憂患意識。〔註 260〕至於這一組詩所運用的意象很多，但通觀這首運用抽象概念的動人詩歌，可以說是時代的一面鏡子，它映襯出了當時廣闊而複雜的社會景象：朝廷中，競相私利、狼狽爲奸；社會上，爾虞我詐、人人自危；命運中，男子暴骨沙場，女子老死宮中的悲慘圖景。〔註 261〕由此可知應是一組時代的寫實與悲歎；一個生命中的浮沉悲喜之紀錄，既有上承屈原之憂憤，又可下啓杜甫之沈鬱。

（二）諷專權——韓愈〈射訓狐〉

訓狐又名鵂鶹，《新唐書》中有：「廣明元年春，絳州翼城縣有鵂鶹鳥。飛集縣署，鳥逐而噪之。光啓元年、二年，復如之。鵂鶹，一名訓狐。光化二年，幽州節度使劉仁恭屠貝州去，夜有鵂鶹鳥十數飛入帳中，逐去復來。」〔註 262〕「訓狐或鵂鶹」都指其聲也，屬於夜

14，頁 490。

〔註 258〕〔清〕聖祖御定：《全唐詩》，第 3 冊，卷 83，頁 893。

〔註 259〕〔明〕胡應麟：《詩藪》（台北：廣文書局，1973 年），頁 123。

〔註 260〕楊靜、郭子輝：〈從〈感遇詩〉看陳子昂的憂患意識〉，《古典文學新探》，第 4 期，（2008 年），頁 149～150。

〔註 261〕〔美〕宇文所安：《初唐詩》（北京：生活 讀書 新知三聯書店，2004 年），頁 143。

〔註 262〕〔宋〕歐陽修、宋祁合撰，楊家駱主編：《新校本新唐書》，卷 34，

行性動物，俗稱小型貓頭鷹，與鴟類似。有關訓狐的作品，《全唐詩》中就只有這首〈射訓狐〉：

有鳥夜飛名訓狐，矜凶挾狡誇自呼。乘時陰黑止我屋，聲勢慷慨非常麤。安然大喚誰畏忌，造作百怪非無須。聚鬼徵妖自朋扇，擺掉栱桷頹墼塗。慈母抱兒怕入席，那暇更護雞窠雛。我念乾坤德泰大，卵此惡物常勤劬。縱之豈即遽有害，斗柄行拄西南隅。誰謂停奸計尤劇，意欲唐突羲和烏。侵更歷漏氣彌厲，何由僥倖休須臾。咨余往射豈得已，候女兩眼張睢盱。梟驚墮梁蛇走竇，一夫斬頸群雛枯。

（《全唐詩》，第10冊，卷340，頁3819～3820。）

韓愈（西元768～824）在此詩序中有言：「德宗時，裴延齡、韋渠牟等用事，人爭出其門，詩意有所諷也。」是以訓狐入詩已有所指。

韓愈此詩以七言古體爲其結構，第一層描述訓狐夜飛自呼其名，停在作者家屋上，不僅矜凶挾狡而且聲勢浩大。第二層則以詭奇用語凸顯訓弧的囂張以及破壞力。第三層則是談到人類的畏懼已經自顧不暇，何來力量兼及其他。第四層原本以爲基於其「勤劬」故以善念對待，怎知牠變本加厲，氣焰更高漲。第五層論及唐突「羲和烏」〔註263〕之事，愈蓋指伾、文諸人侵陵君上也。〔註264〕由於當時伾、文之氣正

〈志第24・五行一・羽蟲之孽〉，頁891～892。

〔註263〕欲少留此靈瑣兮，日忽忽其將暮。吾令羲和弭節兮，望崦嵫而勿迫。東漢・王逸注：「羲和，日御也。」宋・洪興祖補注：「虞世南引《淮南子》云：『爰止羲和，爰息六螭，是謂懸車。』注云：『日乘車，駕以六龍，羲和御之，日至此而薄於虞淵，羲和至此而回。』」參見《楚辭四種》（台北：華正書局，1989年），〈離騷經〉，頁15。

〔註264〕王元啓曰：「是年四月，冊廣陵王爲太子，天子皆喜，叔文獨有憂色。六月，韋皋、裴均、嚴綬表繼至，皆請皇太子監國，是爲東方半明之候。至七月，叔文以母喪去位，伾猶日詣中人請起叔文，是欲唐突羲和之烏也。至八月內禪，伾、叔文始俱貶。」參見錢仲聯編：《韓昌黎詩繫年集釋》（台北：學海出版社，1985年），頁252。此事在《舊唐書》約略載：「叔文未欲立皇太子。順宗既久疾未平，臣中外請立太子，既而詔下立廣陵王爲太子，天下皆悅；叔文獨有憂色，而不敢言其事，但吟杜甫題諸葛亮祠堂詩末句云：「出師未捷身先死，長使英雄淚滿襟。」因歔欷泣下，人皆竊笑之。皇太子

盛，其鋒不宜犯其末可乘，但作者仍堅持在詩的結尾以「咨余往射豈得已，候女兩眼張睢盱。梟驚墮梁蛇走竇，一夫斬頸群雛枯。」其中的「夫」或作「矢」，若以呼應其題「射」字而言，「矢」字合宜；若就其「斬頸」而論，則「夫」字又無不妥。〔註 265〕惟詩中有關「射」已在「候女兩眼張睢盱。梟驚墮梁蛇走竇」達其效果；至於「夫」只是更能加強斬草不除根的悍勁，讓射與斬結合，達其誓言滅之的決心。

此詩爲貞元年間作品，時德宗以強明自任，士之浮躁甘進者，爭出裴延齡、韋渠牟之門，作者遂攄發感慨。學者李建崑論曰：「韓愈用托物爲喻之手法，作成〈雜詩四首〉、〈射訓狐〉、〈題木居士二首〉等別有所指之諷刺詩，同時也在〈永貞行〉中評述王叔文集團乘時偷國之可議，以及永貞元年九月，依附王叔文數君全被貶謫南方之可憫。」〔註 266〕韓愈在詩中的確發揮能擒能縱，顛倒絕奇，無施不可之技。〔註 267〕特別是對於鳥喻之運用，更是具政治諫諍的寓言詩；倒是清代劉熙載：「昌黎詩往往以醜爲美。」〔註 268〕其主觀思想的觀照，有其賦予的象徵意涵，而「醜」是手法，至於「美」就端看評賞者而論了。

只是對於此後王叔文「革新」之事，以及被評爲「小人」、「邪黨」

監國，貶爲渝州司户，明年誅之。」參見（後晉）劉昫撰，楊家駱主編：《新校本舊唐書》，卷 135，〈列傳第 85．王叔文〉，頁 3735。

〔註 265〕有關「夫」或「矢」之爭議，可參見錢仲聯編：《韓昌黎詩繫年集釋》，頁 253。

〔註 266〕李建崑：《韓愈詩探析》（台中：中興大學教師升等改聘論文，1999 年），頁 13。

〔註 267〕〔宋〕張戒：《歲寒堂詩話》，《叢書集成初編》（北京：中華書局，1985 年），第 2552 冊，頁 8。其言：「韓退之詩，愛憎相半，愛者以爲雖杜子美亦不及，不愛者以爲退之于詩本無所得。自陳無己輩，皆有此論，然二家之論俱過矣。以爲子美亦不及者固非，以爲退之于詩本無所得者，談何容易耶。退之詩，大抵才氣有餘，故能擒能縱，顛倒崛奇，無施不可，放之則如長江大河，瀾翻洶湧，滾滾不窮；收之則藏形匿影，乍出乍沒，姿態橫生，變怪百出，可喜、可愕、可畏、可服也。」

〔註 268〕〔清〕劉熙載撰，徐中玉等校點：《劉熙載論藝六種．藝概》，頁 42。

等，大抵都與受到韓愈所撰《順宗實錄》影響。〔註 269〕王叔文以翰林學士參與大政，又與宦官爭奪兵權，〔註 270〕而朝中派系主張不一，也得罪不少權貴，結果順宗在位八月就駕崩，王叔文朋黨皆遭貶放。韓愈此詩充滿仇視之思，並無「可憫」之意；宮廷權軋難衡，歷來有之，是否爲「不平之鳴」，還待商榷。

（三）反藩鎮——劉禹錫〈養鷙詞〉

藩鎮割據是中唐政治的一大積弊，它嚴重的威脅到朝廷的財政與政權，所以反對藩鎮常是詩人關懷政治的主題之一。以劉禹錫〈養鷙詞〉而論：

> 養鷙非玩形，所資擊鮮力。少年昧其理，日日哺不息。探雛網黃口，旦暮有餘食。寧知下韝時，翅重飛不得。毰毸止林表，狡兔自南北。飲啄既已盈，安能勞羽翼。（《全唐詩》，第 11 冊，卷 354，頁 3966。）

劉禹錫（生卒年不詳），字夢得，唐彭城人。〔註 271〕貞元九年進士，又中博學鴻詞科，工文章。因爲與柳宗元參與以王叔文爲首的政治革新運動失敗，被貶爲朗州司馬。公恃才而放，心不能平，時久落魄，鬱鬱不能自抑。

此詩〈並引〉：「途逢少年，志在逐獸。方呼鷹隼，以襲飛走。因縱觀之，卒無所獲。行人有常從事於斯者曰：夫鷙禽，飢則爲用，今哺之過篤，故然也。予感之，作養鷙詞。」是以本詩一方面藉由少年

〔註 269〕如：「叔文既得志，與王伾、李忠言等專斷外事，遂首用韋執誼爲相。其常所交結，相次拔擢，至一日除數人，日夜群聚。伾以侍書幸，寢陋，吳語，上所褻狎。而叔文頗任事自許，微知文義，好言事，上以故稍敬之，不得如伾出入無阻。叔文入至翰林，而伾入至柿林院，見李忠言、牛昭容等，故各有所主：伾主往來傳授；劉禹錫、陳諫、韓曄、韓泰、柳宗元、房啓、凌準等主謀議唱和，彩聽外事。」參見韓愈：《順宗實錄》，《叢書集成初編》（北京：中華書局，1991 年），第 3832 冊，卷 1，頁 2～3。

〔註 270〕《中國通史》（台北：禹甸文化事業公司，1985 年），頁 232～233。

〔註 271〕傅璇琮主編：《唐才子傳校箋》，第 2 冊，卷 5，頁 481～486。編者案「中山」、「彭城」皆其郡望，籍貫應爲洛陽。

養鷙獵獸，一方面也因自己被貶朗州所寫的政治寓言詩，其主要在於諷刺唐德宗原本想要利用藩鎮，卻反而被其坐大，而導致不可收拾的地步。

唐代的藩鎮之亂起於廣德二年（西元 764）迄於唐昭宗天佑四年（西元 907），共經歷了 143 年。〔註 272〕其中尤以德宗時期，中央與地方的勢力消長變化最大。在《資治通鑑》載：「武俊鄙以宰相處事失宜，恐禍及身，又八郎困於重圍，故與滔合兵救之。今天子方在隱憂，以德綏我，我曹何得不悔過而歸之邪！捨九葉天子不事而事泚及滔乎！且泚未稱帝之時，滔與我曹比肩爲王，固已輕我曹矣。況使之南平汴、洛，與泚連衡，吾屬皆爲虜矣！八郎愼勿與之俱南，但閉城拒守。武俊請伺其隙，連昭義之兵，擊而滅之，與八郎再清河朔，復爲節度使，共事天子，不亦善乎！」〔註 273〕當時影響之至，可由：「竇文場、霍仙鳴者，始並隸東宮，事德宗，未有名。自魚朝恩死，宦人不復典兵，帝以禁盡委白志貞，志貞多納富人金補軍，止收其庸而身不在軍。及涇師亂，帝召近衛，無一人至者，惟文場等率宦官及親王左右從。」〔註 274〕窺見一斑。從這些紀錄可以看出，藩鎮與中央的關係並不是單純敵對或順從而已，其間還存在著相互依賴利用的關係。有時朝廷需要其協助，所以誘之以利；有時藩鎮需要朝廷的虛名輔之，或者可以得到封賞以實之、正之。長期下來的結果，朝廷的振興衰敗與藩鎮脫不了關係。

這首〈養鷙詞〉先是說明養鷙的目的不是爲了玩賞牠的外型，而是要培養其獵捕能力；可惜豢養的少年不明白這個道理，只會天天不斷的餵食。其次，詩中延續上意，因爲有源源不絕的食物可以食用，

〔註 272〕陳致平：《中華通史》（台北：黎明文化事業公司，1988 年），頁 290～295。

〔註 273〕楊家駱主編：《新校資治通鑑》（台北：世界書局，1972 年），〈唐紀45〉，第 229 卷，頁 7386。

〔註 274〕〔宋〕歐陽修、宋祁合撰，楊家駱主編：《新校本新唐書》，卷 207，〈列傳第 132．宦者上．竇文場〉，頁 5866。

所以當要牠下鞲時，牠不僅不會獵捕還肥到飛不動。最後的文意，將原本具有剽悍條件的鷙淪爲無能爲力的禽鳥，不再勞役自己；只能任由狡兔來回穿梭的悲哀，其意象式的呈現，格外尖銳。

詩中的少年猶如德宗，德宗原本也是一個很想要有所作爲，重振大唐皇威的好皇帝，從「上即位，在諒陰中，動尊禮法，凡所設施，力革積弊，一時人心振奮，嚮往中興。」〔註 275〕而此鷙鳥正似藩鎮禁軍，彼此相互利用，以爲可以互蒙其利，但結果卻是事與願違；畢竟好逸惡勞成了習性，胃口養大了，當然就不受控制了。其痛斥宦官專權的禁軍平時養尊處優，飽食終日；也諷諭當政者異想天開玩火自焚，可謂溢於言表。

（四）揭醜惡——元稹〈有鳥二十章〉

文武百官的醜態有時並不侷限於一人，或是宰相，或是朝臣、藩鎮以及宦官，都可能有其令人髮指的惡行在。而能夠涵蓋如此多面向的寫實詩作就屬元稹〈有鳥二十章〉最爲透徹，其中所提到的共計：「老鴟、似鶴、如鸛雀、鳩、野雞、群翠碧、群紙鳶、啄木、眾蝙蝠、鴞、燕子、老烏、白鷳、群雀兒、百舌、鴛鴦、鴿雛、鸚鵡、俊鶻、眞白鶴。」從其選取的素材看來，殘暴者有、唯唯諾諾者有、貪婪妄求者有、巧言令色者有、位高權重卻又貪生怕死者有，每個提列出的嘴臉，想讓人不聯想都難。本文茲臚列其中幾例，用以論述：

> 有鳥有鳥毛似鶴，行步雖遲性靈惡。主人但見閒慢容，許占蓬萊最高閣。弱羽長憂俊鶻拳，疽腸暗著鵷雛啄。千年不死伴靈龜，梟心鶴貌何人覺。（〈之二〉，《全唐詩》，第 12 冊，卷 420，頁 4622。）

元稹（西元 779～831）在二十八歲時應制舉才識兼茂、明於體用科，登第者十八人，稹爲第一，元和元年（西元 806）四月也。制下，除右拾遺。〔註 276〕後宰相裴垍提拔他擔任監察御史，彈劾不法官吏，

〔註 275〕 余衍福：《唐代藩鎮之亂》（台北：聯邦書局，1980 年），頁 345。
〔註 276〕 〔後晉〕劉昫撰，楊家駱主編：《新校本舊唐書》，卷 166，〈列傳第

因此而得罪宦官權貴。〔註 277〕又加上元和五年，與中使爭驛廳，爲其所辱，始敕節度觀察使。〔註 278〕是以元稹寫這組詩是在元和五年（西元 810）貶謫至荊州時所作。

而在此組詩前，他另有〈蟲豸詩〉組詩，其序曰：「……人不得其宜，而之鳥獸蟲魚之所宜。非蟲魚獸鳥之罪也，然而自非聖賢。人失所宜，未嘗無不得宜之歎云。始辛卯年，予掾荊州之地。洲渚溼墊，其動物宜介。其毛物宜翅羽，予所舍。又荊州樹木洲渚處，晝夜常有翅羽百族鬧，心不得閒靜，因爲有鳥二十章以自達。……」〔註 279〕其不僅自達，且將其在荊州所見入詩寫成〈有鳥二十章〉揭露弊政；而在貶謫通州時，則寫〈蟲豸詩〉其意旨也類似。

這首詩屬〈有鳥二十章之二〉，詩中雖沒有點出禽鳥名稱，但藉由寓言比喻，也有幾種禽鳥入詩，其一，以「鶴」來形容此輩之毛髮皮膚之老態；其二，形容其膽小怕事，所以常常擔憂會遭「俊鶻拳」的襲擊；其三，更是將其肚腸已經成疽，「鵷雛」一定不會放過；最後以「千年不死伴靈龜」諷刺其霸占蓬萊最高閣，可卻尸位素餐；以「梟心鶴貌」說出其表裡不一的小人惡劣行徑。只可惜在上位者毫無察覺，遺禍不淺。另外一首〈有鳥二十章之十八〉：

> 有鳥有鳥名鸜鵒，養在雕籠解人語。主人曾問私所聞，因說妖姬暗欺主。主人方惑翻見疑，趁歸隴底雙翅垂。山鴉野雀怪鸜語，競噪爭窺無已時。君不見隋朝隴頭姥，嬌養雙鸜囑新婦。一鸜曾說婦無儀，悍婦殺鸜欺主母。一鸜閉

116．元稹〉，頁 4327。

〔註 277〕〔宋〕歐陽修、宋祁合撰，楊家駱主編：《新校本新唐書》，卷 174，〈列傳第 99．元稹〉，頁 5227。服除，拜監察御史。按獄東川，因劾奏節度使嚴礪違詔過賦數百萬，沒入塗山甫等八十餘家田產奴婢。時礪已死，七刺史皆奪俸，礪黨怒．俄分司東都。

〔註 278〕〔唐〕李肇：《唐國史補》，《景印文淵閣四庫全書》，第 1035 冊，子部 341 小說家類，頁 446。而在《新唐書》中則記錄爲：「貶江陵士曹參軍」見〔宋〕歐陽修、宋祁合撰，楊家駱主編：《新校本新唐書》，卷 174，〈列傳第 99．元稹〉，頁 5227。

〔註 279〕〔清〕聖祖御定：《全唐詩》，第 12 冊，卷 399，頁 4470～4471。

口不復言，母問不言何太久。鸚言悍婦殺鸚由，母爲逐之鄉里醜。當時主母信爾言，顧爾微禽命何有。今之主人翻爾疑，何事籠中漫開口。(《全唐詩》，第 12 冊，卷 420，頁 4623。)

有關鸚鵡的描繪，早在漢朝禰衡的〈鸚鵡賦〉中就有豐富的描繪：「惟西域之靈鳥兮，挺自然之奇姿。體全精之妙質兮，合火德之明輝。性辯慧而能言兮，才聰明以識機。故其嬉游高峻，棲跱幽深。飛不妄集，翔必擇林。紺趾丹嘴，綠衣翠衿。采采麗容，咬咬好音。雖同族於羽毛，固殊智而異心。配鸞皇而等美，焉比德於眾禽！……」〔註 280〕對於鸚鵡的聰慧能言、自然奇姿清楚呈現，而其「配鸞皇而等美，焉比德於眾禽」更是極力烘托其優異。只是禰衡的〈鸚鵡賦〉透過鸚鵡神情、體態與其內心之活動，所要抒發的是有志之士仰人鼻息的苦悶，以及志在遠方的不屈性格。而在唐詩中，有關鸚鵡的來源、特性等也有諸多描繪（可參考本論文第四章第二節）；至於寓意方面，詩人多著力於「能言」，不像禰衡幾乎將其視爲自我才德兼備的完美化身。而元稹在這首詩中一樣以其「能言」爲主，反映出的是官場的醜態。

詩中既有寓言的用意，也有禽言的要件，鸚鵡因爲解人語，所以私心自用，挑撥離間，豈知鸚鵡學話能人語，大多只能照本宣科，根本不知運用時機；即便因爲人的稱讚，讓牠引以爲傲的；但往往也因其得意忘形，而招來唾棄或殺身之禍。這對於官場中的那些權謀狡詐者而言，是非曲直不分，陷害忠良不問，無疑是當頭棒喝。

二、同情弱小，關切民瘼

從孟子提出：「民爲貴，社稷次之，君爲輕。是故得乎丘民而爲天子，得乎天子爲諸侯，得乎諸侯爲大夫。諸侯爲社稷，則變置。」〔註 281〕以後，以民爲主的精神就不斷在各代迭蕩，當然也成爲重「興寄」，尙「議論」，貴「民情」的寫實社會詩人眾要的依據。其中透過

〔註 280〕〔南朝梁〕蕭統：《文選・附考異》，頁 204～207。

〔註 281〕〔宋〕朱熹：《四書章句集注》，《孟子・盡心下》，頁 515。

「禽鳥」的「禽言」或「諷諭」的關懷民情，更是一項必要視角。

（一）喚俠義——杜甫〈義鶻行〉

唐代是一個崇尚俠義的時代，李白〈俠客行〉:「趙客縵胡纓，吳鉤霜雪明。銀鞍照白馬，颯沓如流星。十步殺一人，千里不留行。事了拂衣去，深藏身與名。閒過信陵飲，脫劍膝前橫。將炙啖朱亥，持觴勸侯嬴。……」〔註 282〕那種重情義急難心的精神，對一個太平盛世是美事一樁，可對一個黑暗的世代，卻是人心渴望的正義的代表。以杜甫的〈義鶻行〉爲例：

> 陰崖有蒼鷹，養子黑柏顛。白蛇登其巢，呑噬恣朝餐。雄飛遠求食，雌者鳴辛酸。力強不可制，黃口無半存。其父從西歸，翻身入長煙。斯須領健鶻，痛憤寄所宣。斗上捩孤影，嗷哮來九天。修鱗脫遠枝，巨顙坼老拳。高空得蹭蹬，短草辭蜿蜒。折尾能一掉，飽腸皆已穿。生雖滅眾雛，死亦垂千年。物情有報復，快意貴目前。玆實鷙鳥最，急難心炯然。功成失所往，用舍何其賢。近經潏水湄，此事樵夫傳。飄蕭覺素髮，凜欲衝儒冠。人生許與分，只在顧盼間。聊爲義鶻行，用激壯士肝。(《全唐詩》，第 7 冊，卷 217，頁 2281～2282。)

杜甫這首〈義鶻行〉寫於乾元元年（西元 758）當時他人在長安，眼看安史之亂（西元 755～763）所帶來的動盪不安，正當自己仗義執言疏救房琯而遭貶謫之際，〔註 283〕所以格外需要像義鶻這樣的義行。

詩以五言樂府進行，寓言之要件具足。第一層先談到崖上蒼鷹之

〔註 282〕〔清〕聖祖御定：《全唐詩》，第 5 冊，卷 162，頁 1688。

〔註 283〕甫天寶初應進士不第，天寶末，獻三大禮賦，玄宗奇之，召試文章，授京兆府兵曹參軍。十五載，祿山陷京師，肅宗徵兵靈武，甫自京師宵遁赴河西，謁肅宗於彭原郡，拜右拾遺。房琯布衣時與甫善，時琯爲宰相，請自帥師討賊，帝許之。其年十月，琯兵敗於陳濤斜。明年春，琯罷相。甫上疏言琯有才，不宜罷免。肅宗怒，貶琯爲刺史，出甫爲華州司功參軍。時關畿亂離，穀食踊貴，甫寓居成州同谷縣，自負薪採梠，兒女餓殍者數人。〔後晉〕劉昫撰，楊家駱主編：《新校本舊唐書》，卷 190 下，〈列傳第 140 下・文苑下・杜甫〉，頁 5054。

子被白蛇登巢呑噬，黃口無一倖存的過程。第二層則是描述蒼鷹訴冤於健鶻，健鶻爲其報仇雪恨的奇事。第三層則是以人性化的角度，分析並宣揚義鶻嫉惡如仇，功成身退的俠義精神。這當中蒼鷹只是一般市井小民，而白蛇暗指爲所欲爲的惡勢力，至於健鶻當然是行俠仗義的好典範，其旨最主要是透過這樣的義行，激勵士氣保家衛國，不要讓國家淪喪，百姓遭殃。

鶻是有義性的，有擒有縱。〔註 284〕而在杜甫之前，雖沒有類似完整的作品，但如李邕的〈鶻賦〉:「至德而肯制，每協義而不爭。」、「營全鳩以自暖，罔害命以招益；信忠義而懷仁，仍詰朝而見釋。」〔註 285〕仍可見已具高尚的品格與仁義的精神。而後世對杜甫寫蒼鷹訴冤於健鶻的奇事，則多好評，如王彥輔就指出:「〈義鶻行〉是感禽鳥能見義而動也。」〔註 286〕又如吳山民曰:「子美平生，要藉奇事以警世，故每每說得精闢如此。詩說老鶻仁慈義勇，所以感動人情；而其慷慨激昂，正欲使毒心人斂威奪魄。」〔註 287〕急難之心炯然鮮明的義鶻形象，也正反映了時代的積極風尚，以及對於民胞物與的義心召喚。

有關《全唐詩》中運用動物作爲寓言表現的有三百五十四首，〔註 288〕其中屬於禽鳥寓言者，有九十六首之多，且以中唐佔多數。而盛唐杜甫這樣的奇情恣肆，不僅可與子長〈游俠〉、〈刺客〉列傳爭雄千古；〔註 289〕其言外之音，也爲中唐開啓中興的一頁。

〔註 284〕〔宋〕陸佃:《埤雅》,《景印文淵閣四庫全書》，第 222 冊，經部 216 小學類，卷 8，頁 127。

〔註 285〕〔唐〕李邕:〈鶻賦〉,《全唐文》，卷 261，頁 2646～2647。

〔註 286〕〔唐〕杜甫著，〔清〕仇兆鼇:《杜詩詳注》(台北:漢京文化事業有限公司，1984 年)，卷 6，頁 474。

〔註 287〕〔唐〕杜甫著，〔清〕仇兆鼇:《杜詩詳注》，卷 6，頁 477。

〔註 288〕許靜宜:《中唐動物寓言詩研究》，頁 3。另外孟萌統計出的是 167 首，並不是只以動物爲主，顯然前者更爲完整，參見孟萌:《唐代寓言詩研究》，頁 9。

〔註 289〕〔清〕浦起龍:《讀杜心解》，卷 1 之 2，頁 38。

（二）訴冤苦——白居易的〈秦吉了〉

在關懷百姓的詩中，白居易的〈新樂府〉五十首詩作是極具代表性的。他曾在〈與元九書〉〔註 290〕提出「文章合爲時而著，歌詩合爲事而作」對於這些詩作的動機與精神頗具意義的。研究者張煜以爲：「如果把這兩句話放回〈與元九書〉全文當中重新審視，則不難發現這兩句話還隱含著深一層意思，那就是以歌的形式諷諭時事。其『難於指言者，輒歌之，欲稍稍遞進聞於上。』正是白居易『歌詩合爲事而作』一句的最好的注腳。」〔註 291〕也就是說他將可以直面啓

〔註 290〕顧學頡校點：《白居易集》（台北：里仁書局，1980 年），頁 2789～2796。「夫文，尚矣，三才各有文。天之文三光首之；地之文五材首之；人之文《六經》道之。就《六經》言，《詩》又首之。何者？聖人感人心而天下和平。感人心者，莫先乎情，莫始乎言，莫切乎聲，莫深乎義。詩者，根情，苗言，華聲，實義。上自賢聖，下至愚騃，微及豚魚，幽及鬼神。群分而氣同，形異而情一。未有聲入而不應、情交而不感者。聖人知其然，因其言，經之以六義；緣其聲，緯之以五音。音有韻，義有類。韻協則言順，言順則聲易入；類舉則情見，情見則感易交。於是乎孕大含深，貫微洞密，上下通而二氣泰，憂樂合而百志熙。二帝三王所以直道而行、垂拱而理者，揭此以爲大柄，決此以爲大竇也。故聞「元首明，股肱良」之歌，則知虞道昌矣。聞五子洛汭之歌，則知夏政荒矣。言者無罪，聞者作誡，言者聞者莫不兩盡其心焉。洎周衰秦興，採詩官廢，上不以詩補察時政，下不以歌洩導人情。用至於諂成之風動，救失之道缺。於時六義始刓矣。《國風》變爲《騷辭》，五言始於蘇、李。《詩》、《騷》皆不遇者，各系其志，發而爲文。故河梁之句，止於傷別；澤畔之吟，歸於怨思。彷徨抑鬱，不暇及他耳。然去《詩》未遠，梗概尚存。故興離別則引雙鳧一雁爲喻，諷君子小人則引香草惡鳥爲比。雖義類不具，猶得風人之什二三焉。於時六義始缺矣。晉、宋已還，得者蓋寡。以康樂之奧博，多溺於山水；以淵明之高古，偏放於田園。江、鮑之流，又狹於此。如梁鴻〈五噫〉之例者，百無一二。於時六義浸微矣！陵夷至於梁、陳間，率不過嘲風雪、弄花草而已。噫！風雪花草之物，三百篇中豈捨之乎？顧所用何如耳。設如「北風其涼」，假風以刺威虐；「雨雪霏霏」，因雪以愍征役；「棠棣之華」，感華以諷兄弟；「采采芣苡」，美草以樂有子也。皆興發於此而義歸於彼。反是者，可乎哉！……。」

〔註 291〕張煜：〈白居易〈新樂府〉創作目的、原型等考論〉，《北京大學學報》，第 44 卷第 5 期，（2007 年 9 月），頁 74。

奏之語，書寫於諫紙上，奏呈天子；將「難于指言者」寫成新樂府，想通過歌的形式宛轉聞於天子。這就是他寫五十首新樂府詩的由來。

但爲何要使用「新樂府」？在其〈新樂府〉採用詩前有序，首章標示目的形式，歷來如陳寅恪、卞孝萱等都主張取法《毛詩》而來；〔註 292〕另外如張煜則認爲白居易這五十首〈新樂府〉有更直接的借鑒原型，即《尚書》中的〈五子之歌〉。〔註 293〕這一點是前人不曾揭示過的。意即白居易這五十首〈新樂府〉就是將《尚書》五首歌所論及警戒帝王的內容逐一具體化，不僅在形式上繼承上古時期人們作歌諷諫的傳統，其創作內容上也從〈五子之歌〉脫胎而來。

有關樂府的流變，明代胡震亨：「樂府古題者，以其唱或重複沿襲可厭，於是又改六朝擬題之舊，別創時事新題，杜甫始之，元、白繼之。……嗣後曹鄴、劉駕、聶夷中、蘇拯、皮陸之徒，相繼有作，風流益盛。」〔註 294〕其實樂府詩發展到唐代，大抵不需要音樂的輔助，如同羅根澤指出：「唐代樂府蓋逐漸脫去舊曲羈絆，逐漸近於近於詩體化，逐漸開放，逐漸自然。蓋『益能用活的語言用新的意境』創作樂府新詞，在樂府文學中大放異彩。而以逐漸不顧曲譜，逐漸失其與音樂關係，故中唐以後，樂府遂亡，而只有詩矣。」〔註 295〕雖然失去與音樂的結合，但是卻成爲另一種更強力的爲「諷論時政」而發聲。是以白居易的〈新樂府〉不管是取法於《詩經》的民主思想，〔註 296〕還是立足於《尚書》的「民惟邦本，本固邦寧」〔註 297〕的要

〔註 292〕 陳寅恪：《元白詩箋證稿》，頁 119～120。另外卞孝萱：〈白居易與新樂府〉，《文史知識》，第 3 期，（1985 年 2 月），頁 32。

〔註 293〕 張煜：〈白居易〈新樂府〉創作目的、原型等考論〉，《北京大學學報》，第 44 卷第 5 期，（2007 年 9 月），頁 74～76 有清楚的對照論述，是具有參考性的重要見解。

〔註 294〕 〔明〕胡震亨：《唐音癸籤》（台北：世界書局，1985 年），卷 15，頁 140。

〔註 295〕 羅根澤：《樂府文學史》（台北：文史哲出版社，1981 年），頁 23。此乃根據胡適之說。

〔註 296〕 〔清〕聖祖御定：《全唐詩》，第 13 冊，卷 426，頁 4690。〈新樂府

義，二者都給了他「爲君、爲臣、爲民、爲物、爲事而作，不爲文而作也。」〔註298〕的生命力；且其寓言諷刺的「事」，不是樂府「緣事而發」的事——「激發創作之某一事件」，而是指故事（涵蓋事件或情節）的。〔註299〕不過諷喻詩也不是得用新樂府處理，其他如律體、古題樂府、五言古詩都是可以運用的體式，〔註300〕只是白居易的諷喻詩大多以五言古體或是新樂府書寫。此處要探討的是〈新樂府〉中的〈秦吉了〉：

> 秦吉了，出南中。彩毛青黑花頸紅，耳聰心慧舌端巧。鳥語人言無不通。昨日長爪鳶，今朝大觜鳥；鳶捎乳燕一窠覆，烏啄母雞雙眼枯，雞號墮地燕驚去，然後拾卵攫其雛。豈無鵰與鶚，嗉中肉飽不肯搏；亦有鸞鶴群，閒立高颺如不聞。秦吉了，人云爾是能言鳥，豈不見雞燕之冤苦？吾聞鳳皇百鳥主，爾竟不爲鳳皇之前致一言，安用噪噪閒言語！（《全唐詩》，第13冊，卷427，頁4710。）

詩中的「秦吉了」具有寓言詩要件，又屬於禽言詩的範疇。是以敘事式進行，但這個故事並不是重點，而是藉由這個故事來傳遞作者想要表述的寓意。詩中第一層先敘寫著秦吉了的產地，在說明牠的外型與通人言的舌慧。緊接著詩中出現「長爪鳶」、「大觜鳥」等欺凌「乳燕」、「母雞」的暴行，但是「鵰與鶚」、「鸞鶴群」都只是袖手旁觀，閒立

並序〉：「凡九千二百五十二言，斷爲五十篇。篇無定句，句無定字。繫於意，不繫於文。首句標其目，卒章顯其志，詩三百之義也。其辭質而徑，欲見之者易喻也；其言直而切，欲聞之者深誡也；其事覈而實，使采之者傳信也；其體順而肆，可以播於樂章歌曲也。總而言之，爲君、爲臣、爲民、爲物、爲事而作，不爲文而作也。」其中明確點出「卒章顯其志，詩三百之義也。」

〔註297〕〔唐〕孔穎達：《尚書正義》，〔清〕阮元：《十三經注疏》，第7卷，〈五子之歌〉，頁99。

〔註298〕〔清〕聖祖御定：《全唐詩》，第13冊，卷426，頁4690。〈新樂府並序〉。

〔註299〕林淑貞：《表意.示意.釋義：中國寓言詩析論》，頁64。

〔註300〕程保榮：〈諷喻詩與新樂府〉，《燕湖聯合大學學報》，第1卷第2期，（1997年），頁68。

而不聞。於是第三層以批判的口吻，批判秦吉了號稱能言鳥，可是卻對「雞燕之冤苦」毫不在乎；就連到了百鳥王者鳳凰面前也不曾提及，讓牠出來主持公道，這樣只會聒噪說長道短有何意義。

解讀此詩，很容易誤以爲敘事型的詠物詩，事實上它是寓言詩之一類，且收錄在白居易諷諭類的新樂府詩中，所以是屬於詠物型的寓言詩。〔註 301〕這也就是白居易在序中所言：「其辭質而徑，欲見之者易喻也；其言直而切，欲聞之者深誡也。」是寓意深切的。而白居易除了在〈總序〉中指出作意所在，也在每一首詩給了注，〈秦吉了〉注曰：「哀冤民也。」因此陳寅恪先生言：「詩中的雕鶚，乃指憲臺京尹搏擊肅理之官，鸞鶴乃指省閣翰苑清要禁近之臣，秦吉了即指諝大小諫，是此篇所譏刺者甚廣，而樂天尤憤慨於冤民之無告，言官之不言也。」〔註 302〕這不但具有「即事名篇」，也以「比興手法將燕和雞比喻爲冤民，鳳凰比喻爲帝王，鳶與烏則爲貪官暴吏之屬。」〔註 303〕意即其中除了有大型禽鳥被喻爲貪官暴吏，有些大型禽鳥如「鵰與鶚」、「鸞與鶴」也影射成一些有能力可以有作爲的大官，他們雖然沒有壓榨百姓，但其自私自利也不足取。

大抵白居易此詩主要立足於「百姓」，爲民喉舌爲民伸冤，所勸戒的是皇帝；至於詩中的「秦吉了」，或許指稱的是沒有實權的作者自己，也可能是只會說人是非卻無法爲民服務的小輩。據元稹《白氏長慶集序》中可知，白居易這類諷喻類詩歌，包括新樂府，在問世初期，不如其〈長恨歌〉之類流傳的廣，時人並不熟知；而在二十年之內，就無處不題，無人不道了，甚至引起了皇帝的注意。〔註 304〕可見其「寓意古題，刺美見事」〔註 305〕皆是有所爲而爲的。

〔註 301〕林淑貞：《表意.示意.釋義：中國寓言詩析論》，頁 64～67。

〔註 302〕陳寅恪：《元白詩箋證稿》，頁 294。

〔註 303〕張健編著：《大唐詩魔白居易詩選》（台北：五南圖書公司，1998 年），頁 48。

〔註 304〕〔唐〕元稹著，冀勤點校：《元稹集》，卷 50，頁 554。

〔註 305〕〔唐〕元稹著，冀勤點校：《元稹集》，卷 23，頁 254～255，〈樂府

（三）諫便佞，惜眾庶——皮日休〈哀隴民〉、〈惜義鳥〉

大部分的詩人與百姓的關係，是有距離的。但也有諸多作家喜歡擷取民間故事，或是關照百姓蒼生爲念。這當中透過禽鳥的有無，禽鳥的反應，正述說著詩人深沉的勸諫。所以除了韓愈、白居易，皮日休也有一些類似的詩作，如在〈哀隴民〉中：

> 隴山千萬仞，鸚鵡巢其巔。窮危又極嶮，其山猶不全。蚩蚩隴之民，懸度如登天。空中覘其巢，墮者爭紛然。百禽不得一，十人九死焉。隴川有戍卒，戍卒亦不閒。將命提雕籠，直到金臺前。彼毛不自珍，彼舌不自言。胡爲輕人命，奉此玩好端。吾聞古聖王，珍獸皆舍旃。今此隴民屬，每歲啼漣漣。（《全唐詩》，第 18 冊，卷 608，頁 7021。）

皮日休（西元 834～883）生在寒門家庭，但嗜書如命，始終刻苦攻讀，有著「立大功，至大化，振大名。」〔註 306〕之高遠志向。進士及第前（咸通八年，西元 867），皮日休就在這股政治熱情的激勵下，又面對唐末日漸衰敗的現實社會，所以其詩文表現出的是一種強烈的歷史責任感，且多指陳時弊，反映出社會中諸多的不平等問題。而《皮子文藪》就是及第前的著作。有研究者亢巧霞等以爲：「綜觀皮日休及第前的詩歌，我們可以將其分爲三類：「其一是『上剝遠非，下補近失』之作，包括〈正樂府十篇〉、〈三羞詩〉等一系列反映民生疾苦的佳作；其二是對其隱居、游歷生活的寫照，可稱爲『清新淡雅』之文；其三是詠物小詩，此時期的詩歌也不乏一些詠物小詩，如〈喜鵲〉、〈蚊子〉、〈惜義鳥〉等詩。」〔註 307〕由於《皮子文藪》屬於行卷之作，所以有一定程度承繼「民本」思想，希望藉此能夠引起當時要員的重視。至於〈正樂府十篇〉應是仿元結〈系樂府〉而作，〔註 308〕

古題序〉。

〔註 306〕 蕭滌非、鄭慶篤整理：《皮子文藪》（上海：上海古籍出版社，1981 年），頁 118。

〔註 307〕 亢巧霞、吳在慶：〈皮日休及第前後思想和創作特色及原因〉，《廈門大學學報》，第 5 期，（2005 年），頁 56。

〔註 308〕 單書安：〈〈正樂府〉仿〈系樂府〉淺說〉，《江海學刊》，第 6 期，（1989

所以是學習「新樂府」的產物，敘寫黎民苦難，足可與白居易〈秦中吟十首〉前後比苦。〔註 309〕而本文所探討的兩個例子，正是暴露了統治階級的腐朽，反映了人民所受的剝削和壓迫。

第一首〈哀隴民〉是〈正樂府十篇之二〉，雖沒有像白居易另有小注，但其題目意旨已經十分明確，且總序中有言：「樂府蓋古聖王采天下之詩，欲以知國之利病，民之休戚者也。得之者，命司樂氏入之於塤篪，和之以管籥，詩之美也，聞之足以勸乎功；詩之刺也，聞之足以戒乎政。故周禮太師之職，掌教六詩，小師之職，掌諷誦詩。由是觀之，樂府之道大矣。今之所謂樂府者，唯以魏晉之侈麗，陳梁之浮豔，謂之樂府詩，眞不然矣。故嘗有可悲可懼者，時宣於詠歌，總十篇，故命曰正樂府詩。」〔註 310〕顯然皮日休並不希望當代樂府詩流於浮艷，而希望有「詩之美也，聞之足以勸乎功；詩之刺也，聞之足以戒乎政。」之導正人心之目的。

題目中以「哀」作爲引題，就已經表示心中的感嘆與憐憫。大抵詩可分爲三段，第一段說明取得鸚鵡的艱辛過程，而「鸚鵡」作爲稀有的客體，實是一大諷刺。鸚鵡不是中原的產物，以進貢居多，但詩中卻不是從其引進的管道切入；而是以「隴山千萬仞」的陡峭，凸顯「懸度如登天。」懸度就是溜索，隴地百姓利用它登上懸崖峭壁上捕捉鸚鵡向朝廷進貢，其中可能得到的機率微乎其微，但是隴民卻會有許多人因此墜崖身亡，其艱險情狀可知。第二段則是說明隴川戍卒，提著金籠送鸚鵡進京，但是鸚鵡卻是「彼毛不自珍，彼舌不自言。」也不替隴地百姓說說好話。第三段，以「珍獸皆舍旃」來諷刺鸚鵡的「彼毛不自珍」並凸顯君王的昏昧以及隴之當地百姓値得同情之處。

在安史之亂前夕，唐玄宗處於荒淫昏庸，和絃逐舞，寵幸楊貴妃，

年 6 月），165～168。其認爲「正樂府十篇」不論是詩題、題旨和句式（五言），皆與〈系樂府十二首〉相近。

〔註 309〕 曾進豐：〈皮日休〈正樂府十篇〉析論〉，《台灣師範大學學報》，第 46 期，（2001 年 2 月），頁 2。

〔註 310〕 〔清〕聖祖御定：《全唐詩》，第 18 冊，卷 608，頁 7018。

每歲以飛馳由南方進貢荔枝，其「致遠物以取悅婦人」的情境正如杜牧所寫：「長安回望繡成堆，山頂千門次第開。一騎紅塵妃子笑，無人知是荔枝來。」〔註 311〕國勢衰敗，其來有自；到了晚唐，王室變本加厲，史載：「常賦之外，進奉不息。」〔註 312〕上下交征利的結果，就像詩中豢養鸚鵡作爲玩物，但是「今此隴民屬，每歲啼漣漣。」那種農民被剝削的苦處，卻絲毫不察。而藉由此詩，作者毫不掩藏的披露，就是希望能引起高層的重視。另外又如〈惜義鳥〉：

> 商顏多義鳥，義鳥實可嗟。危巢末纍纍，隱在栲木花。他巢若有雛，乳之如一家。他巢若遭捕，投之同一羅。商人每秋貢，所貴復如何。飽以稻粱滋，飾以組繡華。惜哉仁義禽，委戲於宮娥。吾聞鳳之貴，仁義亦足夸。所以不遭捕，蓋緣生不多。（《全唐詩》，第 18 冊，卷 608，頁 7021。）

這首〈惜義鳥〉列爲〈正樂府十篇之三〉，詩中大抵也是從禽鳥的事件情節，嘲諷人的愚昧。全詩可以分爲四層分析，第一層談到「商顏」（山名，在今陝西大荔西北。）一帶盛產義鳥，但是義鳥的命運其實是令人悲歎的。第二層則是論及義鳥之所以稱爲「義」是因爲牠自身難保也就算了，別的巢若有幼雛失孤，牠會代爲哺育；別的巢若是遭逢獵捕，牠也會有難同當。就因爲這樣，所以每到「秋貢」自然而然成爲貢品中的上品。第三層說明義鳥擒獲以後，被「飽以稻粱滋，飾

〔註 311〕〔清〕聖祖御定：《全唐詩》，第 16 冊，卷 521，頁 5954，〈過華清宮絕句三首之一〉。

〔註 312〕劍南西川節度使韋皋有「日進」，江西觀察使李兼有「月進」，淮南節度使杜亞、宣歙觀察使劉贊、鎮海節度使王緯李錡皆徼射恩澤，以常賦入貢，名爲「羨餘」。至代易又有「進奉」。當是時，户部錢物，所在州府及巡院皆得擅留，或矯密旨加斂，謫官吏、刻祿稟，增稅通津、死人及蔬果。凡代易進奉，取於稅入，十獻二三，無敢問者。常州刺史裴肅鬻薪炭案紙爲進奉，得遷浙東觀察使．刺史進奉，自肅始也。劉贊卒于宣州，其判官嚴綬傾軍府爲進奉，召爲刑部員外郎。判官進奉，自綬始也。自裴延齡用事，益爲天子積私財，而生民重困。延齡死，而人相賀。參見〔宋〕歐陽修、宋祁合撰，楊家駱主編：《新校本新唐書》，卷 52，〈志第 42．食貨 2〉，頁 1358。

以組繡華。」宛如金絲雀般伺候，享盡榮華富貴，早已喪失義鳥的本質，而委戲於宮娥之手。第四層也是最後一層，主要是所要諷諭之所在。作者將義鳥與鳳凰相比，雖然鳳凰也擁有和義鳥一樣的「仁義」精神，但因為「生不多」，所以倖免於難。

到頭來「仁義」成為義鳥的致命傷，如同人的「剛直有才」竟會是處處被囿，動則得咎；更因小人當道，而有志難伸。是以作者那股惜才惜民的心，如同「義鳥實可嗟」，不禁流露。

三、時空變遷，慨嘆諷諭

很多時候，人世滄桑不僅人不懂，就連禽鳥也莫名所以。這當中有對於局勢變遷的、有對於正向歷史人物的仰慕使然的；當然更多的是時代的逆境裡，時空轉換下的共業悲歌。其中特別是時空一事，總是無所遁逃的，有學者以為：「我們對於時間有種傾向性，即所有的一切都是朝向明天的、朝著未來的。」〔註313〕因此當人們所處空間是在不得已的情況下改變的，則其對於未來的期待更深，失望也可能更大。

（一）懷古思今，悵望蕩然

懷古思今的緣由常是有感於所處環境的不圓滿，或是希望能有其緬懷仰慕之人再世，以李頎〈登首陽山謁夷齊廟〉為例：

> 古人已不見，喬木竟誰過。寂寞首陽山，白雲空復多。蒼苔歸地骨，皓首采薇歌。畢命無怨色，成仁其若何。我來入遺廟，時候微清和。落日弔山鬼，回風吹女蘿。石崖向西豁，引領望黃河。千里一飛鳥，孤光東逝波。驅車層城路，惆悵此巖阿。（《全唐詩》，第4冊，卷132，頁1340。）

李頎（西元690～751）東川人，兩《唐書》無傳，開元二十三年（西元735）進士及第。〔註314〕雖性疏簡，又厭薄世務，且友人稱其「慕

〔註313〕 馬一波、鍾華：《敘事心理學》（上海：上海古籍出版社，2006年），頁205。

〔註314〕 傅璇琮主編：《唐才子傳校箋》，第1冊，卷2，頁353～354。

神仙，服餌丹砂」〔註 315〕但其一些詩作，總能對社會有所警省的，〈登首陽山謁夷齊廟〉就是一例。

詩以懷古為主線，以「我來入遺廟，時候微清和」緬懷起伯夷、叔齊的聖之清的風範，〔註 316〕可惜此時只剩下「古人已不見，喬木竟誰過。」可以形容；而人生的空悲切更有「寂寞首陽山，白雲空復多。」的寂寥，以及「千里一飛鳥，孤光東逝波。」的無奈。

在這諸多意象中，白雲橫亙古今，喬木也尚能見證歷史，石崖與黃河又成為鋪陳的背景；唯有「千里一飛鳥」不是過去，繼續於現在，如同人世對於「聖明清和」的循索，卻僅是「視而不見」的掠影罷了。畢竟仰慕崇拜可以，當眞要人如法實現太難。所以一開頭詩人就以「古人」不見作出說明，而其留下的典範，自然也只是典範。

大環境的影響力是深遠的，一個不穩定的局勢其影響更是難以估算。又以劉長卿的〈登餘干古縣城〉為例：

> 孤城上與白雲齊，萬古荒涼楚水西。官舍已空秋草綠，女牆猶在夜烏啼。平江渺渺來人遠，落日亭亭向客低。飛鳥不知陵谷變，朝飛暮去弋陽溪。（《全唐詩》，第 5 冊，卷 151，頁 1566。）

〔註 315〕〔清〕聖祖御定：《全唐詩》，第 4 冊，卷 125，頁 1237，〈贈李頎〉：「聞君餌丹砂，甚有好顏色。不知從今去，幾時生羽翼。王母翳華芝，望爾崑崙側。文螭從赤豹，萬里方一息。悲哉世上人，甘此羶腥食。」

〔註 316〕有關其事跡：「伯夷、叔齊，孤竹君之二子也。父欲立叔齊，及父卒，叔齊讓伯夷。伯夷曰：『父命也。』遂逃去。叔齊亦不肯立而逃之。國人立其中子。於是伯夷、叔齊聞西伯昌善養老，盍往歸焉。及至，西伯卒，武王載木主，號為文王，東伐紂。伯夷、叔齊叩馬而諫曰：『父死不葬，爰及干戈，可謂孝乎？以臣弒君，可謂仁乎？』左右欲兵之。太公曰：『此義人也。』扶而去之。武王已平殷亂，天下宗周，而伯夷、叔齊恥之，義不食周粟，隱於首陽山，采薇而食之。及餓且死，作歌。其辭曰：『登彼西山兮，采其薇矣。以暴易暴兮，不知其非矣。神農、虞、夏忽焉沒兮，我安適歸矣？于嗟徂兮，命之衰矣！』遂餓死於首陽山。」參見〔日〕瀧川龜太郎：《史記會注考證》，〈伯夷列傳第 1〉，頁 847～848。

這首詩是劉長卿（生足年不詳）於唐肅宗上元元年（西元 760），從嶺南潘州貶所北歸時途經餘干時所作。詩中的餘干在今天江西省，漢代以前都稱爲餘汗，〔註 317〕隋朝正名爲餘干縣，〔註 318〕到了唐代遷移縣城，〔註 319〕此舊城逐漸沒落。這一年劉長卿大約三十五歲，是年劉展陷揚、潤、昇等州，〔註 320〕內亂頻仍，其登臨舊城，頗有弔古傷今之意。

詩以七言律詩爲之，起筆先就城的位置與荒涼作出描述，由於是舊城所以「孤」與「荒」字特別能將其廢墟的況味湧現；後聯則能延續前聯的景致，由外而內談及官舍與女牆，其「秋草綠」、「夜烏啼」格外陪襯荒煙漫草間蕭條；第三聯則是作者登上城頭眺望，「渺渺」的拉遠與「亭亭」的向下，天地間滄桑不過如此；最後一聯則以飛鳥象徵歷史的變遷，在暮去朝來裡不由人。

這首詩雖是山水詩，更是政治的抒情詩，他所描繪的山水是歷史的，不是屬於自然的。〔註 321〕的確，詩人不是旅遊，也不是要尋找賞心悅目的目標，而是滿懷憂國憂民的心，藉由古城登臨的感嘆，激發人們的注意。這就如清代方東樹曾評：「言外句句有登城人在，有

〔註 317〕〔東漢〕班固撰，楊家駱主編：《新校本漢書》（台北：鼎文書局，1979 年），卷 28 上，〈地理志第 8 上〉，頁 1593。因境內有餘水、汗水故得名。

〔註 318〕〔唐〕魏徵等撰，楊家駱主編：《新校本隋書》（台北：鼎文書局，1979 年），卷 31，〈志第 26．地理下〉，頁 879。

〔註 319〕〔後晉〕劉昫撰，楊家駱主編：《新校本舊唐書》，卷 40，〈志第 20．地理 3〉，頁 1604。

〔註 320〕十一月乙巳，李光弼奏收懷州。宋州刺史劉展赴鎮揚州，揚州長史鄧景山以兵拒之，爲展所敗，展進陷揚、潤、昇等州。二年春正月丁亥朔。辛卯，溫州刺史季廣琛爲宣州刺史，充浙江西道節度使。甲午，上不康，皇后張氏刺血寫佛經。甲寅，詔府縣、御史臺、大理疏理繫囚，死罪降從流，流已下並釋放。乙卯，平盧軍兵馬使田神功生擒劉展，揚、潤平。〔後晉〕劉昫撰，楊家駱主編：《新校本舊唐書》，卷 10，〈本紀第 10．肅宗乾元三年（上元元年）〉，頁 260。

〔註 321〕張淑瓊主編：《唐詩新賞》（台北：地球出版社，1989 年），第 3 冊，頁 204。

詩人在。」〔註 322〕慨歎迴盪不去。

詩中大多以視覺處理，充分發揮登臨的效果；但在視覺後所傳出的「夜烏啼」不都是詩人因政治腐敗遭貶官的悽楚（第一節已就其遭逢貶謫事做了說明）；至於那個「不知的飛鳥」絕不是全然無知於周遭的變遷，但戰亂的創傷，都還來不及修復，人民連自己都顧及不了，又如何能奢求全面的保有。飛鳥若眞無知，朝飛暮去弋陽溪，那也只是爲了覓食；群鴉夜啼，詭誕寂寥，那也只是爲了棲身，這個殘破的家園，除了禽鳥還能有誰！

（二）時空變異，群己失序

時間與空間的轉變，對於一般人而言，僅止於正常面對；但對於感性敏銳的詩人或是遭遇不順者而言，卻是己身與週遭的關係斷裂與憂患與哀思的降臨。戴偉華在〈唐代文學研究中的文人空間排序〉一文中說：「文人的生存需要自己的空間，文人的生活變化也會時刻改變著自己的生存空間，如文士受到貶謫，就頃刻間失去原有的空間序列，而會重新建立一個空間組合。……因此，文人的空間組合並不是固定不變的，當一個文人進入了新的空間排序，則意味著他原在的空間排序已被改變，甚或被解析而喪失。也正因爲如此，文人的空間聚合與分離給文化帶來刺激，給文學發展帶來生機。」〔註 323〕只是那個生機僅是奉獻給文學史之用，對於任何一個當下的處境者而言，都是危機。

而這種憂患或說是危機，並不是一個體意識自覺而已，而是群體價值體系的瓦解；其瓦解力量在上來自於綱紀大亂朝政腐敗，在下則大多起因於貶謫。學者尙永亮就言：「中國貶謫文學的開端在屈原那裡，而它的鼎盛期則在唐宋兩代；在這兩代中，又突出表現在元和、元祐兩大時期。其中韓愈、柳宗元、劉禹錫、元稹、白居易這五大詩

〔註 322〕〔清〕方東樹：《昭昧詹言》（台北：漢京文化事業公司，1985 年），頁 419～420。

〔註 323〕戴偉華：《唐代文學研究叢稿》（台北：學生書局，1999 年），頁 40。

人，從貞元末到元和階段均遭貶謫。」〔註 324〕其實貶謫並不是自唐代才有，在中國政壇已經具有悠久的歷史，但可以明確掌握的是，除了屈原、賈誼等，會以大量的辭賦紓發其鬱悶，其實在唐代之前，被貶官或是流放的經驗是很少見諸於詩歌的。〔註 325〕也就是說這種權力變遷所導致的時空差異，在唐之前是少見的；而在唐代，幾乎是整個世代的大事，只是其中又以元和等階段最爲頻繁密集而已。

先以宋之問〈早發大庾嶺〉爲例：

晨躋大庾險，驛鞍馳復息。霧露晝未開，浩途不可測。嵥起華夷界，信爲造化力。歇鞍問徒旅，鄉關在西北。出門怨別家，登嶺恨辭國。自惟勗忠孝，斯罪懵所得。皇明頗照洗，延議日紛惑。兄弟遠淪居，妻子成異域。羽翮傷已毀，童幼憐未識。躊躕戀北顧，亭午晞霽色。春煖陰梅花，瘴回陽鳥翼。含沙緣澗聚，吻草依林植。適蠻悲疾首，懷鞏淚沾臆。感謝鵷鷺朝，勤修魑魅職。生還倘非遠，誓擬酬恩德。(《全唐詩》，第 2 冊，卷 51，頁 623。)

宋之問（約西元 656～712），字延清，汾州人。唐高宗上元二年（西元 675）進士，弱冠知名，尤善五言詩，當時無人能出其右者。他與沈佺期齊名，並稱「沈宋」。〔註 326〕及第後累官尚方監丞、左奉宸內供奉，〔註 327〕這樣的稱觴獻壽的宮廷詩人生活，可以說過了將近三十年，直到張易之兄弟敗亡，才在神龍元年（西元 705）被貶到瀧州。

〔註 324〕尚永亮：《元和文化精神與五大詩人的政治悲劇》（台北：文津出版社，1993 年），頁 15～17。

〔註 325〕如蔡振念教授就曾就逯欽立《先秦漢魏晉南北朝詩》做過統計，發現唐之前的曹植、謝靈運等是少數以詩歌記錄被貶官經驗的；但嚴格說來，兩人都不算是唐人意義上的貶謫。因爲曹植是皇族，只是棄而不用；而謝靈運並沒有被貶後不得歸鄉的憂懼。參見蔡振念：〈沈宋貶謫詩在詩史上之新創意義〉，《文與哲》，第 11 期，（2007 年 12 月），頁 243～245。

〔註 326〕〔宋〕歐陽修、宋祁合撰，楊家駱主編：《新校本新唐書》，卷 220，〈列傳第 127・文藝中〉，頁 5751。

〔註 327〕〔後晉〕劉昫撰，楊家駱主編：《新校本舊唐書》，卷 190 中，〈列傳第 140 中・文苑中・宋之問〉，頁 5025。

〔註328〕第二年被召還京師，之後再度貶越州，〔註329〕在越州不到一年，景雲元年（西元710）流放欽州，〔註330〕而這些都是往生前的一大磨難。

由於長期為宮廷詩人，所以在《全唐詩》中收錄作品多以應制酬答居多，欣賞價值總是不高；但被貶以後，誠如鄭振鐸所評：「沈宋之詩，至流徙而尤工。」〔註331〕皆是抒情真摯，技巧精美，〔註332〕而令人動容的。

以這首詩為例，詩中清晰表明「出門怨別家，登嶺恨辭國。」的離怨之思，別離之恨；更糟糕的是他將自己比喻為禽鳥，羽翮傷已毀，卻還得面臨「兄弟遠淪居，妻子成異域。」以及「童幼憐未識。」的折磨；但自己不忍心責怪中宗，尚且希望「生還倘非遠，誓擬酬恩德。」這種被羅織罪名，窮途之情又見於〈晚泊湘江〉、〈度大庾嶺〉二首中：

1. 五嶺悽惶客，三湘憔悴顏。況復秋雨霽，表裡見衡山。路逐鵬南轉，心依雁北還。唯餘望鄉淚，更染竹成斑。（《全唐詩》，第2冊，卷52，頁639。）
2. 度嶺方辭國，停軺一望家。魂隨南翥鳥，淚盡北枝花。山雨初含霽，江雲欲變霞。但令歸有日，不敢恨長沙。（《全

〔註328〕神龍元年正月，則天病甚。是月二十日，宰臣崔玄暐、張柬之等起羽林兵迎太子，至玄武門，斬關而入，誅易之、昌宗於迎仙院，並梟首於天津橋南。則天遜居上陽宮。易之兄昌期，歷岐、汝二州刺史，所在苛猛暴橫，是日亦同梟首。朝官房融、崔神慶、崔融、李嶠、宋之問、杜審言、沈佺期、閻朝隱等皆坐二張竄逐，凡數十人。參見〔後晉〕劉昫撰，楊家駱主編：《新校本舊唐書》，卷78，〈列傳第28・張行成族孫易之、昌宗〉，頁2708。

〔註329〕〔唐〕宋之問：〈在桂州與修史學士吳競書〉，董誥等編：《全唐文》，卷240，頁2433～2434。具言貶越州之因。

〔註330〕楊家駱主編：《新校資治通鑑》，〈唐紀25〉，第209卷，頁6651。越州長史宋之問，饒州刺史冉祖雍，坐諂附韋、武，皆流嶺表。

〔註331〕鄭振鐸：《插圖本中國文學史》（台北：莊嚴文化事業公司，1991年），頁301。

〔註332〕劉大杰：《中國文學發展史》（香港：三聯書店，2000年），中冊，頁424。

唐詩》，第 2 冊，卷 52，頁 641。）

在第一首詩中可以看見宋之問雖然「五嶺恓惶客，三湘憔悴顏。」，身形消瘦，內心悽徨不安；但仍渴望隨著「雁北還」的望歸之切，卻是沒有停止的。而第二首，則是魂隨南翥鳥，但卻是淚盡北枝花；甚至期待「但令歸有日，不敢恨長沙。」只要有赦還，一切就可以煙消雲散。

只可惜玄宗即位，宋之問被賜死在嶺南，〔註 333〕與之前的第二次到嶺南是遭流放，總共兩次到嶺南的詩作有六十五首之多，佔其作品近三分之一。而這樣對於「時空」的感受與群體「疏離」——包含家人、朋友與朝廷，都在之後的唐詩中一再湧現。

另外如沈佺期的〈從驩州廨宅移住山間水亭贈蘇使君〉：

遇坎即乘流，西南到火洲。鬼門應苦夜，瘴浦不宜秋。歲貸胸穿老，朝飛鼻飲頭。死生離骨肉，榮辱間朋遊。棄置一身在，平生萬事休。鷹鸇遭誤逐，豺虎怯真投。憶昨京華子，傷今邊地囚。願陪鸚鵡樂，希並鵩鴞留。日月渝鄉思，煙花換客愁。幸逢蘇伯玉，回借水亭幽。山柏張青蓋，江蕉卷綠油。乘閒無火宅，因放有漁舟。適越心當是，居夷跡可求。古來堯禪舜，何必罪驩兜。（《全唐詩》，第 4 冊，卷 97，頁 1050～1051。）

沈佺期（西元？～713）相州內黃人也。進士舉。長安中，累遷通事舍人，預修三教珠英。佺期善屬文，尤長七言之作，與宋之問齊名，時人稱爲沈宋。再轉考功員外郎，坐贓配流嶺表。〔註 334〕而《新唐書》中則是記有：「劾未究，會張易之敗，遂長流驩州。稍遷台州錄事參軍事。」〔註 335〕後到神龍三年（西元 707）才因承恩北歸，開元初去世。

〔註 333〕（後晉）劉昫撰，楊家駱主編：《新校本舊唐書》，卷 190 中，〈列傳第 140 中・文苑中・宋之問〉，頁 5025。先天中，賜死於徙所。

〔註 334〕（後晉）劉昫撰，楊家駱主編：《新校本舊唐書》，卷 190 中，〈列傳第 140 中・文苑中・沈佺期〉，頁 5017。

〔註 335〕〔宋〕歐陽修、宋祁合撰，楊家駱主編：《新校本新唐書》，卷 220，〈列傳第 127・文藝中・沈佺期〉，頁 5749。

沈佺期被流放期間，留下二十四首相關詩作，大多是往返流地的紀行詩，也寄寓被流放及遇赦的憂喜起伏。〔註 336〕其與宋之問被流放，這在唐代五等刑法中，只死亡差一級。〔註 337〕其窘迫之境可知。

在這首詩中是回贈「蘇使君」用以致謝能夠「移住山間水亭」，但是流放之苦總難忘卻，所以詩以「今昔對比」方式處理。不管是敘述近況，將空間帶至窮極之境「火洲」、「鬼門」、「瘴浦」；或是時序又經秋，其心境是「死生離骨肉，榮辱間朋遊。棄置一身在，平生萬事休。」絲毫沒有欣喜之情。至於昔日的歡樂，當然早已消失，所以「願陪鸚鵡樂，希並鷓鴣留。」那種無所事事一類的行止，如今對他而言都是奢侈。

詩中他將自己比喻爲「鷹鸇」，是遭「誤逐」而非眞的有罪；所以即便身在「山柏張青蓋，江蕉卷綠油。」卻是快樂不起來。因爲只要一回想被流「驩」這個當時流人最遠之地，〔註 338〕就如同其詩〈入鬼門關〉一樣：「昔傳瘴江路，今到鬼門關。土地無人老，流移幾客還。自從別京洛，頹鬢與衰顏。夕宿含沙裏，晨行岡路間。馬危千仞谷，舟險萬重灣。問我投何地，西南盡百蠻。」〔註 339〕眞是人間惡夢一場。又如劉長卿：〈初聞貶謫續喜量移登干越亭贈鄭校書〉

> 青青草色滿江洲，萬里傷心水自流。越鳥豈知南國遠，江花獨向北人愁。生涯已逐滄浪去，冤氣初逢渙汗收。何事還邀遷客醉，春風日夜待歸舟。(《全唐詩》，第 5 冊，卷 151，

〔註 336〕 蔡振念：〈沈宋貶謫詩在詩史上之新創意義〉，《文與哲》，第 11 期，(2007 年 12 月)，頁 248。

〔註 337〕 (後晉)劉昫撰，楊家駱主編：《新校本舊唐書》，卷 50，〈志第 30・刑法〉，頁 2135～2136。及肉刑廢，制爲死、流、徒、杖、笞凡五等，以備五刑。今復設刖足，是爲六刑。減死在於寬弘，加刑又加煩峻。乃與八座定議奏聞，於是又除斷趾法，改爲加役流三千里，居作二年。

〔註 338〕 〔宋〕歐陽修、宋祁合撰，楊家駱主編：《新校本新唐書》，卷 43 上，〈志第 33 上・地理 7 上・嶺南道〉，頁 1113。嶺南道設有「驩州日南郡」，在今越南。

〔註 339〕 〔清〕聖祖御定：《全唐詩》，第 4 冊，卷 97，頁 1050。

頁 1567。）

有關「量移」對於詩人而言，至少是比貶謫稍微寬慰一些的，但有時也不見得兆規定進行，如白居易的〈自題〉：「功名宿昔人多許，寵辱斯須自不如。一旦失恩先左降，三年隨例未量移。……」〔註 340〕顯見失恩等於失勢，其他還有什麼權利可言。而在《唐會要》記錄有：「流貶量移，輕重相懸，……流爲減死，貶乃降資。」〔註 341〕所以貶謫後就算量移，也只是「鏡花水月」，如同尚永亮言：「有的雖名爲量移，官卻進而地益遠，在程度上更甚於貶謫。」〔註 342〕畢竟根柢沒有拔除，那種傷心如同劉長卿之言「水自流」，是沒有終止的；那種痛苦是很難傾訴的，就像「越鳥豈知南國遠，江花獨向北人愁。」中的「越鳥」因來自南方，怎知南方對於原在北地而遭貶的文人，根本不想去，根本不敢去的痛苦。

劉長卿還是等待「春風日夜」有歸舟的；而他尙且有人可贈信，就怕有些不幸貶降者赴貶地時，如屬罪情嚴重，有時故舊門生等常常少有敢前往辭別相送的，原因是怕受到牽連。〔註 343〕所以詩中「何事還邀遷客醉」從某個視角來看，還是有人間溫暖的。

由此觀之整個唐代，理念相合還未必升官受到器重；更何況理念不合導致理想破滅，這當中「貶謫」正是使群體失序的主因。至於柳宗元的一些詩作，最是足以代表，先看其〈籠鷹詞〉：

> 淒風淅瀝飛嚴霜，蒼鷹上擊翻曙光。雲披霧裂虹蜺斷，霹靂掣電捎平岡。砉然勁翮翦荊棘，下攫狐兔騰蒼茫。爪毛吻血百鳥逝，獨立四顧時激昂。炎風溽暑忽然至，羽翼脫落自摧藏。草中狸鼠足爲患，一夕十顧驚且傷。但願清商復爲假，拔去萬累雲間翔。（《全唐詩》，第 11 冊，卷 353，頁 3956。）

〔註 340〕〔清〕聖祖御定：《全唐詩》，第 13 冊，卷 440，頁 4898。

〔註 341〕〔五代〕王溥：《唐會要》（北京：中華書局，1998 年），卷 41，頁 738

〔註 342〕尚永亮：《元和文化精神與五大詩人的政治悲劇》，頁 17。

〔註 343〕吳在慶：《唐代文人的生活心態與文學》（合肥：黃山書社，2006 年），184。

柳宗元（西元 773～819），順宗永貞元年（西元 805）九月，因永貞革新失敗，先是貶爲邵州刺史，後再貶永州司馬、柳州刺史，有政聲，卒於官。〔註 344〕就因如此，所以王錫九分析其詩，認爲多數爲貶官以後的作品，尤其在貶爲永州司馬長達十年後，才得以奉詔入京；這在唐代詩人遭受貶竄中，會在一個閑散的卑職上歷時如此之久，是不多見的，〔註 345〕可見朝廷對他參加「永貞革新」是恨之入骨的。而其詩中的〈籠鷹詞〉、〈跂烏詞〉、〈放鷓鴣詞〉都是針對永貞革新失敗後的政治局面，〔註 346〕有所感觸而寫下的寓言詩。

在這首〈籠鷹詞〉中的「籠」字題意明確，以鷹自比更見心思。詩的前四句利用十分艱險的經歷，揭開蒼鷹的非凡；次四句則延續前意，對於蒼鷹的收穫、百鳥的敬重，用以彰顯其實力。第三層則是詩的逆轉，以「炎風溽暑忽然至」的惡劣情勢，道出「羽翼脫落自摧藏」的遺憾；也因爲自身的能量銳減，遂使狸鼠爲患。最後兩句則是希望藉由「清商」——肅殺淒清的秋風，再振雄陽之威，回到昔日的英姿。而〈跂烏詞〉則是：

> 城上日出群烏飛，鵶鵶爭赴朝陽枝。刷毛伸翼和且樂，爾獨落魄今何爲。無乃慕高近白日，三足妒爾令爾疾。無乃飢啼走道旁，貪鮮攫肉人所傷。翹肖獨足下叢薄，口銜低枝始能躍。還顧泥塗備螻蟻，仰看棟梁防燕雀。左右六翮利如刀，踴身失勢不得高。支離無趾猶自免，努力低飛逃後患。（《全唐詩》，第 11 冊，卷 353，頁 3955～3956。）

詩的開場就已經點明「跂烏」——是隻一腳有病只能使用另一腳支撐行走的烏，牠不是與群體「刷毛伸翼和且樂」，而是落魄落單的；第二層則道出跂烏受到同伴的排擠妒嫉，還因貪鮮攫肉被人所傷；第三

〔註 344〕〔後晉〕劉昫撰，楊家駱主編：《新校本舊唐書》，卷 14，〈本紀第 14・憲宗李純上・元和元年以前〉，頁 412～452。自元和元年至元和十年間事。

〔註 345〕王錫九：〈從此憂來非一事——略論柳宗元柳州時期的詩歌〉，《揚州大學學報》，第 4 期，（2005 年），頁 44～48。

〔註 346〕許靜宜：《中唐動物寓言詩研究》，頁 63。

層延續上意，表示受傷後只能下薄叢，不敢高飛；而且必須銜低枝，才可以維持平衡；更擔憂的是，螻蟻與燕雀，可能落阱下石。最後一層遂因此表示，六翮利如刀的氣勢依舊，但是「失勢不得高」以成事實；還好支離無趾的窘境不會發生在跂烏身上，但是努力低飛逃後患，卻是必要的。至於〈放鷓鴣詞〉一首：

> 楚越有鳥甘且腴，嘲嘲自名爲鷓鴣。徇媒得食不復慮，機械潛發罹罝罦。羽毛摧折觸籠籞，煙火煽赫驚庖廚。鼎前芍藥調五味，膳夫攘腕左右視。齊王不忍觳觫牛，簡子亦放邯鄲鳩。二子得意猶念此，況我萬里爲孤囚。破籠展翅當遠去，同類相呼莫相顧。(《全唐詩》，第 11 冊，卷 353，頁 3956。)

這首詩既有寓言又有禽言的微妙，在本論文第五章另有探討，此處提列專就詩人貶謫後的心境三部曲歸納。其一是「但願清商復爲假，拔去萬累雲間翔。」尚有其高度的奮發期許；但緊接著卻是「支離無趾猶自免，努力低飛逃後患。」能夠倖免於難已經不錯；至於到了這首則是「破籠展翅當遠去，同類相呼莫相顧。」既是破籠展翅，那麼自求多福是萬里孤囚的重要保身之道；其他如「群體」間的相助，早已蕩然無存。

政治鬥爭失勢，創作心態必然憂怨，因此精神創傷與藝術家之間，存在著或顯或隱的關係，這是不容否認的。〔註 347〕只是「貶謫」除了是個人的遭遇，更是一個集團對付另一集團，或是一個龐大勢力面對一個弱小勢力的攻擊；這種鬥爭的結果，死亡有其可能，而「貶謫」算是活著的死刑，因爲它會一而再，再而三的發生。特別是在中唐及其以後，它已經形成了一個特殊的貶謫文化，讓文人不只對時代產生失望，也對群體失序產生揮之不去的恐慌。

第四節　小　結

在本章中主要透過「禽鳥入詩」用以分析當代的社會風尚，其單

〔註 347〕唐曉敏：《精神創傷與藝術創作》（北京：百花文藝出版社，1991 年），〈引言〉，頁 19。

元共分爲三，其一是「觀畫題詩，融通渠成」；其二是「賞玩觀獵，生氣盎然」其三則是「禽鳥寓言，諷諭國事」等。

一、觀畫題詩，融通渠成

中國是詩的大國，又是畫的盛邦，而題畫詩，正是詩人或是畫家根據繪畫的內容，起興而創作的詩歌；因此是「有聲畫」與「無聲詩」的相互結合。對此，徐復觀先生以爲：「詩與畫的融合，不是突然出現的，而是經過相當長的歷程。歷程的第一步，當然是題畫詩的出現。」〔註 348〕而這題畫詩的出現，總的來說，其發展也是有規律的。孔壽山就認爲：「它萌芽於西漢，過渡於南北朝，形成於唐代，而成熟於北宋。」〔註 349〕另外東方喬也說：「漢魏南北朝是題畫詩的萌芽期，唐代應是題畫詩的形成期，宋元應是題畫詩的定制期，明清則是題畫詩的繁盛期。」〔註 350〕經由不同歷程，不僅促進了繪畫藝術，也擴展詩的層面。

作爲題畫詩的形成期，唐代雖不是首創，但絕對是積極開發者，特別是如清代王士禛所言：「六朝以來，題畫詩絕罕見。盛唐如李白輩，間一爲之，拙劣不工，……杜子美始創爲畫松、畫馬、畫鷹、畫山水諸大篇，搜剔奇奧，筆補造化，……子美創始。」〔註 351〕杜甫的開啓，的確使其他作家相形失色。不過，由畫及人，由人及世，《全唐詩》中各階段的詩情畫意，透過「禽鳥」的點染，不同的視角不同的體驗，文化長廊總不寂寞。

首先是「社會視角下的階段意義」，在初唐階段的禽鳥題畫詩，題

〔註 348〕徐復觀：《中國藝術精神》（上海：華東師大出版社，2001 年），頁 290。

〔註 349〕孔壽山：〈論中國的題畫詩〉，《文藝理論與批評》，第 6 期，（1994 年 4 月），頁 109。

〔註 350〕東方喬：〈題畫詩源流考辨〉，《河北學刊》，第 22 卷第 4 期，（2002 年 7 月），頁 97～100。

〔註 351〕〔清〕王士禎：《帶經堂詩話》（台北：清流出版社，1976 年），卷 22，〈書畫類〉，頁 10～11。

目多用「詠」字為主，其中宋之問的題畫詩耽溺于統治階層恩惠榮寵，而陳子昂卻有「國朝盛文章，子昂始高蹈。」的情操，在這個題畫詩的濫觴階段，宋陳二人對於前代習氣存廢，洵具指標作用。而在盛唐時期，禽鳥題畫詩是四個階段中最多者，且其作家也是最具權威性的。盛唐題畫詩在題目方面，不再以「詠」字為之，反而多了「畫」字的強調，可見脫離初唐習氣，獨立體格漸備。對於禽鳥的選擇以大型者為主，其逼眞描繪更多著墨；特別是透過李杜二人，其揮灑的興寄意識更加強烈，實與盛唐輝煌相得益彰。到了中唐時期，國勢日趨衰微，不過繪畫藝術卻向前邁進，題畫詩總量也比盛唐增加不少；且有別於盛唐的是，曹霸、韓干等人畫馬的風尚，到了中唐反成了戴嵩、韓滉等畫牛，是以「禽鳥題畫詩」所表現出的光景，如鷹般之威勢已然黯淡。至於晚唐，此一時期的繪畫有極大的發展，花鳥畫更是一大突破；而題畫詩方面，晚唐五代詩人有六十二人，詩數達一百一十首，比起前期題畫數量更增許多。但數量雖多，受到大環境的影響，其情韻誠如辛文房所言：「觀唐至此間（晚唐）弊亦極矣。獨奈何國運將弛，士氣日喪，文不能不如之。」〔註352〕題畫詩不免得承載著這樣的悲音。

大抵題畫詩可以表述作者自己的藝術見解，又可以抒寫其情志與理想，當然更能「借畫說理」揭示社會發展的歷史軌跡，透過四個階段的禽鳥題畫詩分析，在社會的視角下，更能感受其時代的現實性。

其次是「繪畫藝術理論與技巧」，首先是理論方面，經由詩歌的說明，有關禽鳥的繪製，其「專其睛，守其眼」的傳神理論更為透徹；而在「氣韻生動」上，不管是針對畫家、作家還是所繪畫的作品，震懾人心是少不了的；另外「功刮造化」之旨，貴在立意，雖是無法親見畫家之作，但透過杜甫的〈畫鶻行〉，的確可以略知一二。至於技巧方面，其一是對於色彩的運用，不管是粉墨或是粉壁，都是別出心裁的展現。其二是白描的技法，得以讓禽鳥更見傲骨嶙峋。其三是「寫

〔註352〕傅璇琮主編：《唐才子傳校箋》第3冊，卷8，頁459。辛文房對於于濆之評語。

眞」，作家爲了與畫者並駕齊驅，連文字都以「眞」直接烘托。

另外還有的是「史料保存」。詩與畫相比，詩是時間藝術，而畫是空間藝術，羅鋼就曾提到：「文學是一種在時間中展開和完成的藝術。我們閱讀文本的時候，總是一個詞語接著一個詞，一個句子接著一個句子的往下唸。當讀完全書，掩卷回味時，開端部分的印象常常已經模糊不清，只能記得一個大致的輪廓，所以文學和音樂一樣，本質上就屬於一種『時間』藝術。」〔註 353〕畫既是空間藝術，且又無法窺見這些畫作，能夠藉由時間藝術的詩間接表達，也算得上爲歷史留下寶貴的見證。第一項是薛少保的「垂露體」字跡，由於薛稷以畫鶴著名，其也是唐代的書法家，師褚遂良、虞世南，曾同歐、虞、褚並稱初唐四家。杜甫〈觀薛稷少保書畫壁〉一首：「仰看垂露姿，不崩亦不騫。鬱鬱三大字，蛟龍岌相纏。」鮮明展示，難能可貴。第二項是杜甫的〈通泉縣署屋壁後薛少保畫鶴〉詩中有：「薛公十一鶴，皆寫青田眞。」記錄下薛稷「十一鶴」的姿韻之妙，這是在其他文獻所未發現的。第三是「黃筌畫鶴，薛稷減價。」可知江山代有才人出的現實殘酷面。

透過畫者的「以眞爲畫」，而詩人「以畫爲眞」〔註 354〕的結合，正是唐人尚實崇眞的時代精神展現。也就是說唐畫之寫實主義，跟唐畫成熟而完備的繪畫技巧有關，這是繪畫發展過程中，一種必然的現象。〔註 355〕此後到了宋代，從寫眞到寫心的觀點，〔註 356〕也與時代、學術等脫離不了關係。

二、賞玩野獵，生氣盎然

這個單元中包含將禽鳥以豢養、設計於生活用品的模式作爲欣賞，還有就是參與戶外田獵或是觀獵的活動。

〔註 353〕羅鋼：《敘事學導論》（昆明：雲南人民出版社，1994 年），頁 131。

〔註 354〕衣若芬：《蘇軾題畫文學研究》（台北：文津出版社，1999 年），頁 23。

〔註 355〕施建中：〈由唐人題畫詩觀唐畫寫眞之論〉，《南京師大學報》，第 3 期，（2001 年 5 月），頁 126。

〔註 356〕衣若芬：《蘇軾題畫文學研究》，頁 20。

第一部分，是進貢的珍禽異獸或是友人餽贈的禽鳥。其中可以看其形有可看又可聽其聲的就屬外來的鸚鵡，品類眾多，且好模仿討人歡心；其次有孔雀，來自南方，公孔雀開屏獲得青睞；而白鷴也是自漢代進貢的珍禽，是連李白都動心的，可見其美；其他馴養的是一般雞鴨鵝或是鶯、鸂鶒等，詩人各有其所好，也各有其近距離觀察的喜樂。

第二部分，是禽鳥樣貌繪製刺繡用於日常用品上，這當中又以鴛鴦、鸚鵡、鸂鶒爲主，甚或有將鴨的形狀設計成爲薰香爐座；另外或有將其獨有特色融入歌唱舞蹈中，增添生活情趣，這當中又以鷓鴣爲歌、鴝鵒爲舞居多，除了鴝鵒舞之外，其他如鶴舞也常是詩人所提及的，如李端〈宿薦福寺東池有懷故園因寄元校書〉:「倚琴看鶴舞，搖扇引桐香。」〔註 357〕、許渾〈贈蕭錬師〉:「吹笙延鶴舞，敲磬引龍吟。」〔註 358〕等等，都呈現當時的一些風尚文化。而詩人盡情其間，或持贈美人，或自我陶醉。

第三部分，是最具動態最令詩人心緒波動起伏的田獵與觀獵。類似活動早在唐之前已有，但唐代普遍崇獵好武，更爲風靡。其中詩人主要敘寫的是「助獵」與「被獵」的禽鳥，助獵者有鷹、鶻等，詩人對其助獵之勢與主人如何馴服都有其說明；而被獵者一樣是禽鳥，如射雕、獵鴨等。不管是助獵還是被獵，對於詩人而言，提供寫作題材之外，更多了邊塞風光的經歷。

在這三大單元中，舉凡觀畫寫詩、豢養禽鳥、或是觀獵寫詩，大多偏於「觀看」爲主，而觀看的意義不在繪畫所需之線條、顏色之濃淡、形態之變化，而是仍保有其詩人的專業，著重於神韻的書寫，以及詩人慣有的生命歷程的體驗與聯想。雖偶有「飾窮其要，則心聲鋒起；夸過其理，則名實兩乖。」〔註 359〕但「尚實」總是唐人的精神所在。

〔註 357〕〔清〕聖祖御定：《全唐詩》，第 9 冊，卷 286，頁 3276。
〔註 358〕〔清〕聖祖御定：《全唐詩》，第 16 冊，卷 537，頁 6128～6129。
〔註 359〕周振甫注：《文心雕龍注釋》（台北：里仁書局，1984 年），〈夸飾第 37〉，頁 694。

三、禽鳥寓言，體察時事

詩人之所以是詩人，可以是自我的紓發、展現，這樣的詩人當然可以成名，因爲他純然牽動自己或是讀者的心，不管是田園詩派還是浪漫詩派。而很多時候更是對於週遭的觀察與關注，這些素材，是一股更大的迷戀，因爲有大時代的背景支持，而他們可能就屬於寫實派、邊塞派等。這當中不管是前者還是後者，它都可以是創作的機緣。

諷刺的手法是詩人擅長的，不管使用的素材爲何，只要達到承載的效果，詭譎怪奇，無所不用其極；而諷刺的目的，則是詩中常被解讀出的附加意涵，甚或是主要的基調。在《全唐詩》中，透過「禽鳥」的投射，不僅顧及身分，使之不適合時不必曝光；又可以發揮其寫作的巧思，展現自我的潛能；當然最主要是能達其諷喻、勸告或是責難的寓言、禽言以及具有諷諭的詠物詩，都是極佳的模式之一。

第一部分是對於朝廷用人不宜、措施不當以及宦官藩鎭干政，都有諸多的詩作，其中如陳子昂的〈感遇詩〉雖錯綜複雜，但是表達對於君王的不滿是明確的；又如劉禹錫的〈養鷙詞〉則是對於「養虎爲患」的朝廷對待藩鎭的錯誤方法，提出深刻的建言，這絕不僅只是紓發個人情緒罷了。

第二部分則是關心民生部分，像杜甫的〈義鶻行〉就發揮其悲天憫人的心志，強烈期盼社會能多些伸張正義之人，如此是非曲直的分辨才得落實；又如白居易〈秦吉了〉主要立足於「百姓」，爲民喉舌爲民伸冤，畢竟此刻他無權無勢，很能夠體恤百姓無處可以訴冤之苦；其他如皮日休的〈哀隴民〉都是凸顯君王的昏昧，以及隴地百姓值得同情之處。

第三部分是就時空變遷，所引發的思古憂傷以及群體關係遭到破壞，社會連結瓦解方面的感慨，提出一些看法；究其實批判力並不強，比較多的是擔心與畏懼，如柳宗元的〈跂烏詞〉就是一例。

針對這些詩人的寄寓詩用，顏崑陽教授論述道：「所謂『詩用』指的是把『詩』當作『社會行爲』的『語言媒介』去使用，以達到詩歌本身藝術性之外的社會性目的。這樣的行爲，不是個人偶發性的，而是社會上某一階層普遍性反覆操作而又自覺其價値的模式行爲，故稱之爲『社會文化行爲現象。』」〔註 360〕它是具有特定動機，並指向他人的行爲；這個「他人」可以指涉接受行爲的特定「個體」或個體隱匿的「人群」。〔註 361〕而當這樣的寫作，在歷時性或並時性下有多數人如法炮製，它就會形成「行爲模式」，也就是「社會文化行爲」。當這種「社會文化行爲」普遍發生，就可以稱爲「社會文化行爲現象」了。〔註 362〕是以可以說像陳子昂、杜甫、元稹、白居易等，主張詩必須要有諷喻政教效用的行爲，是一種集體意識詩用的「社會文化行爲」。

不過這種詩用的「個體意識」〔註 363〕與「集體意識」〔註 364〕都在唐之前已經形成，唐代只是承繼而已。但差別就在於唐詩不僅更集中於「作詩」，而且也更有明確意識將個體與集體作最佳的結合。也就是說當其以「政教諷諭」爲創作意圖時，不管是陳子昂一類的「向上

〔註 360〕 顏崑陽：〈論詩歌文化中的『託喻』觀念〉，《第三屆魏晉南北朝文學思想學術研討會論文集》（台北：文津出版社，1997 年），頁 225。

〔註 361〕 （美）舒茲（A.Schutz，1899～1959）著，盧嵐蘭譯：《社會世界的現象學》（台北：久大、桂冠聯合出版，1993 年），頁 12～14，207～213。

〔註 362〕 （美）菲力浦・巴格特（F.Bagby）著，李天綱、陳江嵐譯：《文化：歷史的投影》（台北：谷風出版社，1988 年），頁 82～106。

〔註 363〕 所謂「個體意識」即是指一個人對於生命實存與行爲價值的認知，是強調個體不可共有之特性，將個體視爲獨立而相對於其他個體，而不必去服從超越個體以上的集體共有之更高價值。參見余英時：《中國知識階層史論》（台北：聯經出版公司，1980 年），頁 231～270。

〔註 364〕 集體（the Collective）指任何集合概念，任何集合在一起的許多個體均可稱爲集體；「意識」（Gonsciosenss）指一個認識主體對於所經驗到的現實狀況或行爲的價值，由感覺與反省而形成的知識。參見布魯格（W.Brugger）編著，項退結編譯：《西洋哲學辭典》（台北：先知出版社，1976 年），頁 88～89，100～101。而顏崑陽教授則將其彙整出「集體意識」爲一個人對於生命實存與行爲價值的認知，是將個體視爲集體的一員，只服從集體所共有的最高價值。個體自身不獨立實存，在行爲上亦無個殊的價值意向。參見顏崑陽：〈論唐代「集體意識詩用」的社會文化行爲現象——建構「中國詩用學」初論〉，《東華人文學報》，第 1 期，（1999 年 7 月），頁 46。

虛指型」——「騷的變調」，以比興符碼去虛喻某些政教現象，而其動機有時並不明確；或是「向下實指型」——是「風雅的推極」，指描述的社會經驗多是下階層的民眾生活，其目的動機較爲明確。〔註365〕他們並沒有放棄替自己發聲，否則像韓愈的〈射夜狐〉怪異、白居易〈秦吉了〉的特殊，不管是在題目或是內文，都表現出其個人的書寫風格；當然更不忘兼具群體創作中集體意識裡的「最高價值」——淑世，關懷群體，關注政治。

從第一單元中可以看見詩人能評畫題詩者並不多，但人人在評賞之時，其實也都藉機表達其心志；第二單元中，不管是看的、聽的；或是近距離、遠距離的，都讓當時的的生活風尚，一一湧現；至於最後的關心社稷民生方面，則是一個長時間累計下來的「興寄」精神，從陳子昂、杜甫、白居易、皮日休等傳承延續不斷。

〔註365〕顏崑陽教授將「詩用」分爲「向上」、「向下」二者。參見顏崑陽：〈論唐代「集體意識詩用」的社會文化行爲現象——建構「中國詩用學」初論〉，《東華人文學報》，第1期，(1999年7月)，頁49～63。

第五章 從「禽鳥入詩」映顯人與自然

有關自然與詩人的關係，朱光潛先生曾談及：「在中國和西方一樣，詩人對於自然的愛好都比較晚起，最初的詩都偏重於人事，縱使偶爾涉及自然，也不過如最初的畫家用山水為人物的背景，興趣的中心卻不在自然本身。《詩經》是最好的例子。……『自然』比較『人事』廣大，興趣由人也因之得到較深廣的義蘊。」〔註 1〕不僅點出中國詩歌深受《詩經》影響，亦觸及「自然」的靈動與宇宙的玄妙，是詩人不可或缺的一環。

在前三章論述中，詩人藉由禽鳥表達個人心志，也藉此呈現詩人入世的互動關係；另外能和禽鳥接觸，作為賞畫、豢養或是遊獵等風尚介紹，或是以禽鳥諷諭時事，也是焦點所在。至於本章，則偏向於與自然的對話，其中有的是對於自然裡的禽鳥作出直觀寫照，有的則是人與自然之間的相處模式與觀感，至於宇宙間信仰與神話圖騰的探索，形而上的冥想與魂魄托付禽鳥，也都是詩人表現出對於浩瀚宇宙的幽遠體驗。

第一節　直觀生態，寫實寫意

〔註 1〕朱光潛：《我與文學及其他》（桂林：廣西師範大學出版社，2005 年），頁 54。

人與自然是息息相關的，詩人對於生態系統進行覓食、棲息與繁殖的動物，並非研究專家，但是經由節令與自然的搭配，禽鳥的相關動靜是可以透過視覺、聽覺有所知悉的。這兒的感官屬於「直覺」（Intuition），而不是「名理的知」；〔註 2〕有其獨立的意象存在，不去作太多的聯想，特別是除了寄託心志之外，能夠關注大自然的形相成員，也是沉澱心性與促使創作動力的法門。

一、覓食築巢，清晰描述

豢養禽鳥的模式是人類近距離掌控的表現，文人雅士以為美；而單純的間距觀察與了解，也不失為美的展現。特別是每種生態系統都有其各自獨特的生物區系或物種庫，自然生態的穩定發展，不受到干擾，人類的心境也才得以獲得安頓。

（一）攝取食物

諺云：「人為財死，鳥為食亡。」詩人當然鮮少想要描寫鳥類為食而亡，但倘若熟悉禽鳥的覓食習性，就會知道鳥類的新陳代謝的速度快，且大多得在空中長期飛翔，因此需要不斷的覓食，攝取應有的食物，才能夠供應體內所需的能量。終其一生，有絕大部分的時間用來覓食，「吃」這一件事，遂成為鳥類最重要的事。鳥類為了適應各種不同的生活環境，身體的每個部位如體型、毛色及感覺器官等，都會隨著生活環境的不同而有所變化；尤其是鳥類的嘴喙更為了適應不同的食物與覓食方式，而特化成各式各樣的形狀，是以從鳥類嘴喙的構造，便可以看出其攝取的食物類別。

1、捕食昆蟲

許多的昆蟲，不管是益蟲或是害蟲，都會是許多禽鳥眼中肥美的佳餚。這些禽鳥或在樹葉間翻找，或在陸地覓尋，全然享受著飽食的滿足感。以王建的〈雉將雛〉為例：

〔註 2〕 朱光潛：《詩論》（台北：正中書局 1993 年），頁 54～56。

雉咿喔，雛出鷇卵。毛斑斑，觜啄啄。學飛未得一尺高，還逐母行旋母腳。麥壟淺淺難蔽身，遠去戀雛低怕人。時時土中鼓兩翅，引雛拾蟲不相離。〔註3〕

王建（西元 768～830？）在這首詩中觀察入微的描述親鳥與雛鳥之間的行爲，包括學習飛翔、覓食、以及如何避禍，而其中「時時土中鼓兩翅，引雛拾蟲不相離。」可知雉的習性與禽鳥間的親密互動。不過土裡的蟲、蚯蚓等容易翻找，但是捕捉會飛或是懂得僞裝術的昆蟲爲食，可就不是那麼容易的事了。如白居易的〈燕詩示劉叟〉：

梁上有雙燕，翩翩雄與雌。銜泥兩椽間，一巢生四兒。四兒日夜長，索食聲孜孜。青蟲不易捕，黃口無飽期。觜爪雖欲敝，心力不知疲。須臾十來往，猶恐巢中飢。……（《全唐詩》，第 13 冊，卷 424，頁 4665。）

白居易（西元 772～846）的這首詩序中寫著：「叟有愛子，背叟逃去，叟甚悲念之。叟少年時，亦嘗如是。故作燕詩以諭之。」很顯然是透過燕子傳遞人子的感慨。在其中「青蟲不易捕，黃口無飽期。」作者很清楚的傳達幼雛嗷嗷待哺，所以短暫時間母鳥得辛勤奔波，但是青蟲難捕卻是事實。而這裡的「青蟲」是蛾、蝶的幼蟲，甚或是小蜻蜓、或是小蚱蜢之屬都算在內，雖然家燕的確是捕捉飛行昆蟲的高手，但碰到飛翔或是跳動的食物，仍然令燕子難以捉摸的。

另外最讓人熟悉的啄木鳥，也是抓蟲專家，如陳標〈啄木謠〉：

丁丁向晚急還稀，啄遍庭槐未肯歸。終日與君除蠹害，莫嫌無事不頻飛。（《全唐詩》，第 15 冊，卷 508，頁 5771。）

陳標〔註4〕（生卒年不詳），在這首詩中很淺白的說明著啄木鳥爲庭院中的「槐樹」啄去蠹蟲，不管這蠹蟲是另有寓意還是實際性的描寫，都讓「未肯歸」有著生動具體的理由。

〔註3〕〔清〕聖祖御定：《全唐詩》（台北：文史哲出版社，1987 年），第 9 冊，卷 298，頁 3378。以下與禽鳥相關引文均以文末夾注，不另立注。

〔註4〕新舊《唐書》無傳記，《全唐詩作者小傳》中記錄著，長慶二年登進士第，終侍御史。詩僅十二首。

其他如伯勞、斥鴳、鶺鴒等禽鳥都是嗜愛此類者。

2、視魚蝦為佳餚

在水邊徘徊覓食或是捕魚的鳥禽，也是詩人可以觀察與描寫的對象，這些依水而居、拂水而飛或是擅用長喙捕食的鏡頭，或身影輕巧或技術高超或是迎風隨水翻騰，常常迷魅許多詩人的心；而詩人再用他善詠的心，幻化出千萬個感動的意境。這些水禽如鷗鳥、白鷺、翡翠等都是。

首先在鷗鳥方面，牠是水鳥的一種，姿容十分優美，不管在湖畔還是海濱都可見其身影。平時喜歡在人跡罕至的海中島嶼、岩礁、峭壁凸出部份、草原、或是草叢中群棲爲巢，這些島嶼可能並不適合人們居住，但卻是牠們的天堂。鷗又稱爲海鷗、江鵝、江鷗、沙鷗等，而「江鵝」是江夏人的訛稱；〔註5〕另外也因爲鷗會隨潮往來而有信鳥、信鷗、信凫的名稱。在《全唐詩》裡，有「海鷗、江鷗、沙鷗」的專稱，但多以「鷗」爲主用語；至於顏色方面，則以「白色」爲主。以陸龜蒙的〈白鷗詩〉爲例：

> 慣向溪頭漾淺沙。薄煙微雨是生涯。時時失伴沈山影。往往爭飛雜浪花。晚樹清涼還鸂鶒。舊巢零落寄蒹葭。池塘信美應難戀。針在魚唇劍在蝦。（《全唐詩》，第18，卷625，頁7187。）

陸龜蒙（西元？～881）的這首詩，很明確的觀察到白鷗的生態，「溪頭」、「淺沙」、「薄煙」、「微雨」、「浪花」、「舊巢」、「蒹葭」、「池塘」是空間是氛圍；「黃昏」、「晚樹」是時間是心境，而詩中的「針在魚唇劍在蝦」，直接表達出「水鳥」的習性，是以小小池塘當然無法留得住其心之所嚮。

其次是白鷺，白鷺鷥跟人類生活是息息相關的，不僅詩人畫家喜愛，一般市井小民更是非常耳熟能詳。白鷺很明顯羽毛是白色，但「鷺」

〔註5〕〔明〕李時珍：《本草綱目》，《景印文淵閣四庫全書》（台北：台灣商務印書館，1985年），第774冊，子部80醫家類，卷48，頁357。

字的由來，《禽經》中則有直接的說明：「鶵好霜，鷺好露。」〔註 6〕而李時珍則引《禽經》言：「鶵飛則霜，鷺飛則露。」〔註 7〕其中「鸛鶵飛則隕霜」是正確的，但是《禽經》之露禽是指鶴，鶴飲露則飛去。〔註 8〕實際與李時珍之說有出入。至於宋代陸佃也引《禽經》：「今人畜之極有馴擾者，每至白露降日，則定飛揚而去，不可復畜矣。」〔註 9〕上述所言不盡相同，但可得知「鷺」從「露」也。

有關白鷺的別稱有舂鉏、舂鋤、白鳥、絲禽、雪鷺、鷺鷥、雪客、白鶴子、風標公子、雪衣、青雪、墜霜、白領鷥等，其中「舂鉏」以宋代陸佃詮釋的：「鷺一名舂鋤，步於淺水好自低昂，故曰。」〔註 10〕最能將水禽的特質傳神顯示。而出現在《全唐詩》則有：「舂鉏、舂鋤、白鳥、絲禽、雪鷺、鷺鷥、墜霜、雪衣」等多樣專稱，主要以形態、生態為依。而這樣的水禽，在《全唐詩》中備受青睞，像杜牧〈鷺鷥〉就是：

> 雪衣雪髮青玉觜，群捕魚兒溪影中。驚飛遠映碧山去，一樹梨花落晚風。(《全唐詩》，第 16 冊，卷 522，，頁 5973。)

整首詩將一群白鷺的形貌、習性、驚飛、聚集等丰姿刻劃的淋漓盡致！其中對於尋覓捕食魚兒的模樣，倒影的情景，既是寫實又如畫般雙重結合，勾勒出水鳥的起承轉合之美。

又如翡翠，這也是水鳥之一，又稱為翠鳥、翠碧鳥、翠琴、青翰、青莊等，晉代張華《博物志》言：「翠，身通青黃，惟六翮上毛長寸

〔註 6〕〔晉〕張華注：《禽經》，《景印文淵閣四庫全書》，第 847 冊，子部 153 譜錄類，頁 678。

〔註 7〕〔明〕李時珍：《本草綱目》，《景印文淵閣四庫全書》，第 774 冊，子部 80 醫家類，卷 48，頁 356。

〔註 8〕〔晉〕張華注：《禽經》，《景印文淵閣四庫全書》，第 847 冊，子部 153 譜錄類，頁 685。

〔註 9〕〔宋〕陸佃：《埤雅》，《景印文淵閣四庫全書》，第 222 冊，經部 216 小學類，卷 7，頁 121。

〔註 10〕〔宋〕陸佃：《埤雅》，《景印文淵閣四庫全書》，第 222 冊，經部 216 小學類，卷 7，頁 121。

餘青。其飛則羽鳴翠翡翠翡然，因以爲名也。」〔註11〕又《禽經》曰：「背有采羽，曰翡翠。色正碧，鮮縟可愛。飲啄於澄瀾洄淵之側。尤惜其羽，日濯於水中。」〔註12〕其名都是針對其亮麗羽色以及生活於水邊之習性而論。

歷來有關其別名尚有翠鳥、魚狗、魚虎、釣魚郎、鴗、天狗、水狗、鷸、魚師等專稱，辨其名實，大抵可知，其一，「翡翠鳥不該等於鷸」。雖然在《爾雅．釋鳥》:「翠，鷸。」〔註13〕又言:「鴗，天狗。」〔註14〕郭璞注曰:「天狗，小鳥也，青似翠，食魚。」〔註15〕是以《爾雅》乃將「翠鳥與鴗、天狗、水狗、翠琴，甚至是鷸」畫上等號；另外《爾雅翼》中:「鷸似燕，紺色，生鬱林。蓋今之翠鳥也。」〔註16〕也是將二者等同，此一現象直到明代李時珍:「《藏器》曰:『鷸如鶉，色蒼嘴長，在泥塗間作鷸鷸聲。』……鷸與翡翠同名，而物異。」〔註17〕對照於今天的圖鑑，李時珍之論不僅有根據，也與原貌吻合。其二，「翡翠鳥不等於魚狗、魚虎、魚師」。雖然翡翠鳥常於水域捕食魚類，但李時珍以爲:「翡翠，出交廣南越諸地。飲啄水側。穴居生子，亦巢於木。似魚狗稍大，或云前身翡，後身翠，或云雄爲翡，其色多赤，雌爲翠，其色多青。」〔註18〕特

〔註11〕〔日〕瀧川龜太郎:《史記會注考證》(台北：漢京文化事業公司，1983年)，〈司馬相如列傳第57〉，頁1243。其「正義」張揖引用《博物志》之論。然查證《博物志》無此一說。

〔註12〕〔晉〕張華注:《禽經》，《景印文淵閣四庫全書》，第847冊，子部153譜錄類，頁678。

〔註13〕〔晉〕郭璞:《爾雅注》，《十三經注疏》(台北：藝文印書館，1993年)，第10卷，頁185。

〔註14〕〔晉〕郭璞:《爾雅注》，《十三經注疏》，第10卷，頁185。

〔註15〕〔晉〕郭璞:《爾雅注》，《十三經注疏》，第10卷，頁185。

〔註16〕〔宋〕羅願:《爾雅翼》，《景印文淵閣四庫全書》，第222冊，經部216小學類，頁379。

〔註17〕〔明〕李時珍:《本草綱目》，《景印文淵閣四庫全書》，第774冊，子部80醫家類，卷48，頁378。

〔註18〕〔明〕李時珍:《本草綱目》，《景印文淵閣四庫全書》，第774冊，子部80醫家類，卷48，頁359。

別提出「只是類似，而非相同」之區別；又加上「魚狗，狗、虎、師；皆獸之噬物者。此鳥害魚，故得此類命名。」〔註 19〕若依翡翠鳥又區分爲「翠小而色深青，食魚爲主；翡大而色青淺，無光彩，林棲而不食魚」〔註 20〕則可知翡翠雖屬水鳥，但有以捕捉魚類爲食，或不然，是以概稱魚狗實不宜。

至於出現《全唐詩》中的僅有「翠鳥、翠碧鳥、青翰」的別稱，顯然完全拋開爭議，著重文學性。其中錢起〈銜魚翠鳥〉就是以捕魚作描述：

> 有意蓮葉間，瞥然下高樹。擘破得全魚，一點翠光去。(《全唐詩》，第 8 冊，卷 239，頁 2686。)

全詩以水與蓮花作鋪陳，景緻幽雅，色彩是屬於翠鳥的；但其湧動的節奏十分明快，力道恰如其分。對於翠鳥劃破水面捕捉的煞那，令人不禁興起驚豔之美感，而無噬物豪奪的象徵。

其他如鸕鷀、鵜鶘等，也都是擅長捕魚的水禽類，不一而足。

3、弱肉強食

「弱肉強食」是動物界的生存法則，飛行在空中的鳥類也不例外。有些大型猛禽便會獵捕小型鳥類作爲食物，例如鳶、隼、鷹等都是。當然這時不是助獵的工具，而是基於單純的生活本能。先以韋應物〈鳶奪巢〉爲例：

> 野鵲野鵲巢林梢，鴟鳶恃力奪鵲巢。呑鵲之肝啄鵲腦，竊食偷居還自保。鳳凰五色百鳥尊，知鳶爲害何不言。霜鸇野鴞得殘肉，同啄羶腥不肯逐。可憐百鳥紛縱橫，雖有深林何處宿。(《全唐詩》，第 6 冊，卷 194，頁 2000。)

韋應物（西元 737～792？）向來擅長于田園詩，風格沖淡閒遠，像這類借詠物而諷時的作品，並不多見。本詩以寓言主導，主要是在諷刺小

〔註 19〕〔明〕李時珍：《本草綱目》，《景印文淵閣四庫全書》，第 774 冊，子部 80 醫家類，卷 48，頁 358。

〔註 20〕〔清〕段玉裁注：《說文解字注》（台北：天工書局，1987 年），頁 138。

人因受君王縱容而肆意妄爲，殘害賢良。而就其載體本身而論，其中「鵲」正代表著弱的一方，飽受威脅與迫害；而「鵰、鳶、鸇、鷂」則是表示兇殘的猛禽，同類之間沒有相愛而是強取豪奪。另外徐夤〈鷹〉：

> 害物傷生性豈馴，且宜籠罩待知人。惟擒燕雀啗腥血，卻笑鸞皇啄翠筠。狡兔穴多非爾識，鳴鳩脰短罰君身。豪門不讀詩書者，走馬平原放玩頻。(《全唐詩》，第21冊，卷710，頁8173。)

徐夤（生卒年不詳），在這首詩中，鷹除了狡兔之外，「燕、雀、鳩」都可能成爲大啖者爪下的犧牲品。

4、仰賴植物

有許多的禽鳥是素食主義者，他們主要以植物或是種籽爲主食，例如成群的麻雀、斑鳩等都是禾本科種籽的愛好者；牠們會以厚實如老虎鉗的鳥喙將種皮咬開，然後享用內層最營養最美味的部分；而鳳凰則是以竹實爲主，充分展現其高雅的面向。

其一是麻雀，麻雀與人的關係久遠，不管是枝頭上、廣場上的吱咂吵嘶，或是屋簷底下的築巢，俗而不遠成了其標籤所在，但是成群飛舞而聚，稻禾可就遭殃了，張籍〈雀飛多〉就是一例：

> 雀飛多，觸網羅，網羅高樹顛。汝飛蓬蒿下，勿復投身網羅間。粟積倉，禾在田。巢之雛，望其母來還。(《全唐詩》，第12冊，卷382，頁4291。)

張籍（西元 768～830）字文昌，唐烏江（今安徽省和縣東北）人。貞元年間登進士第，官至國子司業。爲詩多警句，擅長描寫民間疾苦，這首〈雀飛多〉也不例外。而當中的「粟積倉，禾在田。」就是點出穀粟對於鳥類充滿了誘惑，也道出禽鳥的無奈與悲傷。

其二是鴝鵒，就是俗稱的八哥，多嘴多舌之外，更喜歡用利嘴咬食禾粒，如劉長卿的〈山鴝鵒歌〉：

> 山鴝鵒，長在此山吟古木。嘲哳相呼響空谷，哀鳴萬變如成曲。江南逐臣悲放逐，倚樹聽之心斷續。巴人峽裡自聞猿，燕客水頭空擊筑。山鴝鵒，一生不及雙黃鵠。朝去秋

田啄殘粟，暮入寒林嘯群族。鳴相逐，啄殘粟，食不足。
青雲杳杳無力飛，白露蒼蒼抱枝宿。不知何事守空山，萬
壑千峰自愁獨。（《全唐詩》，第 5 冊，卷 151，頁 1580。）

在詩中山鴝鵒成了作者劉長卿（生卒年不詳）的自我投射，被放逐在山裡，非但不能跟與黃鵠相比，就連最飽滿豐美的米粟，也僅剩下「殘粟」而已。不過有關鴝鵒的食物，倒是一目瞭然。

其他諸如鳳凰以竹實爲依，鸚鵡愛吃水果、瓜子仁，白鷳以植物嫩芽、種籽爲主食，斑鳩更喜歡在地面或樹上覓食，穀類種籽或是果實都是它的最愛。當然更多的是雜食者，如鴉、鷓鴣等都屬，但詩人鮮少提及。

（二）棲地選擇

人類的棲息以房舍爲主，禽鳥的歸處在何處，不是依山就是傍水，當然還有隨處可爲家，仔細搜尋，詩人的觀察與認知，仍是十分細密的。

1、傍水而居

靠水而居，當然以水禽類爲主，這些禽鳥覓食時以水域爲主要地區，棲息時也選擇離水不遠的境域。如有的禽鳥棲息在海邊的釣磯上，楊彝〈過睦州青溪渡〉就是：

天闊銜江雨，冥冥上客衣。潭清魚可數，沙晚雁爭氣。川
谷留雲氣，鵜鶘傍釣磯。飄零江海客，攲側一帆歸。（《全唐
詩》，第 22 冊，卷 772，頁 8759。）

楊彝（生卒年不詳），當他如「飄零江海客，攲側一帆歸」時，擅長于捕魚的鵜鶘，依傍著釣磯作爲歇息，或許也成爲他心中的一個期許。其他如徐鉉〈奉和右省僕射西亭高臥作〉、鄭谷〈失鷺鷥〉：

1. 院靜蒼苔積，庭幽怪石攲。蟬聲當檻急，虹影向簷垂。
   晝漏猶憐永，叢蘭未覺衰。疏篁巢翡翠，折葦覆鶺鴒。
   對酒襟懷曠，圍棋旨趣遲。……（《全唐詩》，第 22 冊，卷
   755，頁 8595。）

2. 野格由來倦小池，驚飛卻下碧江涯。月昏風急何處宿，秋岸蕭蕭黃葦枝。(《全唐詩》，第 20 冊，卷 675，頁 7734。)

第一首中有翡翠，以低斜接近水邊的「疏篁」，稀疏的竹林間築巢；另外還有的是鸕鷀，形似鴉，喉白，長喙，善潛水捕魚，喉下皮膚擴大成囊狀，捕得魚就置於囊內，所以又稱爲「摸魚公」、「墨鴉」、「水老鴉」、「烏鬼」、「魚鷹」等。其棲息的地方與第二首的鷺鷥相似，以沼澤附近爲主，一方面是其熟悉的水域，另一方面「蘆葦」叢中也可以作爲掩蓋的避身之所。另外如吳融〈池上雙鳧，二首之一〉：

碧池悠漾小鳧雛，兩兩依依祗自娛。釣艇忽移還散去，寒鷗有意即相呼。可憐翡翠歸雲髻，莫羨鴛鴦入畫圖。幸是羽毛無取處，一生安穩老菰蒲。(《全唐詩》，第 20 冊，卷 684，頁 7896。)

鳧也是水鳥之一。有關牠的長相特徵，《莊子》書中早就提及：「鳧脛雖短，續之則憂；鶴脛雖長，斷之則悲。」〔註 21〕而吳代陸璣則形容道：「鳧，大小如鴨，青色卑腳短喙，水鳥之謹愿者也。」〔註 22〕至於李時珍言：「鳧，從几音殊，短羽高飛貌」〔註 23〕這樣的水鳥雖然腳短羽短，卻善於飛行，且遍布東南江海湖泊中，常數百爲群，晨夜蔽天，飛聲如風雨所至，稻粱也相對一空。〔註 24〕有關鳧的別稱也頗多：野鴨、鸍、沉鳧、寇鳧、鷖、刁鴨等，由於牠「似鴨而小，長尾，背上有紋。今江東亦呼爲鸍。」〔註 25〕又郭璞以爲：「凡物盛多，謂之寇。今江東有小鳧，其多無數，俗謂之寇鳧。」〔註 26〕不過這些民

〔註 21〕〔清〕郭慶藩：《莊子集釋》(台北：頂淵文化事業公司，2001 年)，〈駢拇第 8〉，頁 317。

〔註 22〕〔吳〕陸璣：《毛詩陸氏詩疏廣要》，《景印文淵閣四庫全書》，第 70 冊，經部 64 詩類，卷下之上，頁 97。

〔註 23〕〔明〕李時珍：《本草綱目》，《景印文淵閣四庫全書》，第 774 冊，子部 80 醫家類，卷 48，頁 355。

〔註 24〕〔明〕李時珍：《本草綱目》，《景印文淵閣四庫全書》，第 774 冊，子部 80 醫家類，卷 48，頁 355。

〔註 25〕〔晉〕郭璞：《爾雅注》，《十三經注疏》，第 10 卷，頁 185。

〔註 26〕〔晉〕郭璞：《方言注》，《辭書集成》(北京：團結出版社，1993 年)，

間說辭，都未出現在《全唐詩》，有的只是：「野鴨、鷖」而已，特別是「鷖」幾乎與「鳧」並用。

對於這種水鳥的描繪，吳融〈池上雙鳧二首〉均有貼近的觀察，上引是二首之一，在詩中的「一生安穩老菰蒲。」說明了能安穩棲息在水澤，是一生最大的慰藉。

2、山林為所

有些禽鳥以山林爲居處，山間的岩壁，林木的葉蔭，都讓許多禽鳥獲得安全的庇祐。如顧況〈聽子規〉、〈山中〉兩首有關杜鵑的描寫：

1. 棲霞山中子規鳥，口邊血出啼不了。山僧後夜初出定，聞似不聞山月曉。（《全唐詩》，第8冊，卷267，頁2970。）
2. 野人愛向山中宿，況在葛洪丹井西。庭前有箇長松樹，夜半子規來上啼。（《全唐詩》，第8冊，卷267，頁2965。）

杜鵑鳥別稱不勝枚舉，在《全唐詩》中出現的就有杜宇、子規、杜魄、蜀魂、古帝魂、蜀鳥、蜀魄、望帝、冤禽、思歸、思歸樂、鶗鴂、謝豹、春魂等，算得上是禽鳥中最多別稱者。而顧況（生卒年不詳）蘇州人，至德間舉進士。能爲歌詩，性詼諧，雖王公之貴與之交者，必戲侮之，然以嘲誚能文，人多狎之。德宗時徵爲著作郎。〔註27〕後因坐事貶饒州司戶，結廬於茅山，自號爲華陽眞逸，隱居以終。在這兩首詩中，看不到詼諧逗趣的一面，倒是對於山林野鳥的生活作息十分清楚。

另外如鶯的棲息，以徐夤〈宮鶯〉、李中〈鶯〉爲例：

1. 領得春光在帝家，早從深谷出煙霞。閒棲仙禁日邊柳，飢啄御園天上花。睍睆只宜陪閣鳳，間關多是問宮娃。可憐鸚鵡矜言語，長閉雕籠歲月賒。（《全唐詩》，第21冊，卷710，頁8172。）

第1冊，頁309。

〔註27〕〔後晉〕劉昫撰，楊家駱主編：《新校本舊唐書》（台北：鼎文書局，1979年），卷130，〈列傳80上・李泌/顧況〉，頁3625。

2. 羽毛特異諸禽，出谷堪聽好音。薄暮欲棲何處，雨昏楊柳深深。(《全唐詩》，第 21 冊，卷 748，頁 8520。)

前一首的是屬於宮鶯，後一首屬於林野間的鶯，但都同時以「柳」來作爲棲身之處。前首的鶯雖然飛翔範圍仍受到限制，但比起長閉雕籠的鸚鵡來說，已經幸運許多；後者則單純就其本身的特質加以展現，其「楊柳深深」的薄暮冥冥、雨煙昏夕中，仍然戀戀不忘的所在。

又如鵲巢的安排，顧況〈柳宜城鵲巢歌〉、韓溉〈鵲〉也都有清晰的觀察與介紹：

1. 相公宅前楊柳樹，野鵲飛來復飛去。東家斫樹枝，西家斫樹枝。東家西家斫樹枝，發遣野鵲巢何枝。相君處分留野鵲，一月生得三箇兒。相君長命復富貴，口舌貧窮徒爾爲。(《全唐詩》，第 25 冊，卷 883，頁 9976。)
2. 纔見離巢羽翼開，盡能輕颺出塵埃。人間樹好紛紛占，天上橋成草草回。幾度送風臨玉户，一時傳喜到妝臺。若教顏色霜如雪，應與清平作瑞來。(《全唐詩》，第 22 冊，卷 768，頁 8724。)

在前一首詩序中有言：「俗傳鵲巢在南，令人貧窮，多口舌。東西家者，已斫樹枝，公獨任其乳育。於鳥如此，於人可知，況承命歌曰。」顯見築巢於柳樹上的鵲還得注意方位才行，否則想要碰到詩中主人翁「相君處分留野鵲」的機會，可不是隨時都有。而後一首韓溉（生卒年不詳）的作品，他在《全唐詩》中只有八首詩，都以詠物爲主，〈鵲〉是其中一首。這首鵲的詩則是與通俗中的鵲橋結合，其中還不忘提及「人間樹好紛紛占」的積極意涵。

另外本應該在蘆葦或是芒草上建立家園的「鷦鷯」了，在《全唐詩》中都以「一枝」作爲棲身，如寒山〈詩三百三，之五〉爲例：

琴書須自隨，祿位用何爲。投輦從賢婦，巾車有孝兒。風吹曝麥地，水溢沃魚池。常念鷦鷯鳥，安身在一枝。(《全唐詩》，第 23 冊，卷 806，頁 9064。)

詩中所提及的「常念鷦鷯鳥，安身在一枝。」就是指鷦鷯將巢繫之於樹林下層，既不貪戀高層，又不奢求大枝幹，性隱密，不容易被發現。顯然與實際的鷓鴣習性不相吻合。

3、與人比鄰

不畏懼人類，以屋舍建築週邊爲巢，也是常常出現的情形；這當中又以燕、雀等行爲最是耳熟能詳。前者如鄭谷〈燕〉：

> 年去年來來去忙，春寒煙暝渡瀟湘。低飛綠岸和梅雨，亂入紅樓揀杏梁。閒几硯中窺水淺，落花徑裡得泥香。千言萬語無人會，又逐流鶯過短牆。（《全唐詩》，第20冊，卷675，頁7737。）

鄭谷〔註28〕（西元849～911），在這首詩中雖不是以鷓鴣爲例，但其運用江南的春色，「亂入紅樓揀杏梁。」的選擇作爲燕的歸所，「閒几硯中窺水淺」更進一步作爲與人的親近。至於雀的描述，楊發〈簷雀〉則是實例：

> 弱羽怯孤飛，投簷幸所依。銜環唯報德，賀廈本知歸。紅嘴休爭顧，丹心自識機。從來攀鳳足，生死戀光輝。（《全唐詩》，第15冊，卷517，頁5905。）

楊發〔註29〕（生卒年不詳），在這首〈簷雀〉中不僅貼心的細述雀的知恩圖報，也對其居處的位置清楚交代。

至於那些被豢養的，其居所別無選擇，也無習性可言；而以天地爲家者，也同被貶官的遷客騷人，豈能以習性定論！

〔註28〕傅璇琮主編：《唐才子傳校箋》（北京：中華書局，2002年），第4冊，卷9，頁152～162。字守愚，袁州今宜春人。父史，其兄鄭啓，均爲唐代詩人。受父兄熏陶，鄭谷穎悟絕倫，七歲能詩。當時著名的詩人、詩論家司空圖與鄭史同院，見而奇之，拊其背曰：「當爲一代風騷主。」唐僖宗光啓三年（西元887年），鄭谷考中進士，乾寧四年爲都官郎中，詩家稱鄭都官。又嘗賦《鷓鴣》一首，聲名遠播，復有「鄭鷓鴣」之稱。

〔註29〕楊發，字至之，馮翊人。以父遺直客蘇州，因家焉。登太和四年進士第，歷太常卿，出爲蘇州刺史，即其鄉里也，後爲嶺南節度使。以嚴爲治，軍亂，貶婺州刺史。在《全唐詩》中收錄者僅詩十三首。

二、群集或單，摹寫翩然

禽鳥與其他動物一樣，有的以群居集體行動為主，有的成雙成對，有的則是單飛影單一個；不管是哪一類，藉由詩人的作品，可以清晰窺見。

（一）集體活動

群集的模式屬於世代相傳，親鳥在幼雛出生後，自然而然一點一滴傳承。有了群集的集體生態，互相有了照應，而詩人也藉此渲染出更為豐富的情境。它不見得是團結力量大的感發，反而是一種美麗的藝術象徵。

1、流「鶯」飄蕩復參差

鶯的聲音悅耳細膩，黃鶯的聲音有如口哨聲較為粗糙；鶯會有群聚狀況，而黃鶯（黃鸝）多單獨或僅是成對活動，所以當詩人不管是以耳朵聆聽，或是以眼睛觀賞，只要仔細分辨，二者區別可知。首先舉幾例分析「鶯」的成群現象，其一，李嶠〈鶯〉：

> 芳樹雜花紅，群鶯亂曉空。聲分折楊吹，嬌韻落梅風。寫囀清弦裡，遷喬暗木中。友生若可冀，幽谷響還通。（《全唐詩》，第3冊，卷60，頁720。）

此詩又可做：「睍睆度花紅，關關亂曉空。乍離幽谷日，先囀上林風。翔集春臺側，低昂錦帳中。聲詩辨搏黍，此興思無窮。」李嶠（西元644～713）在詩中所指的是「鶯」而非黃鶯。而對於鶯的描繪可謂具體，不僅有春天背景的搭配，又有其音律如幽谷悅鳴的美妙細說；當然對於鶯的「群聚」數量導致「亂」的情形，更可知其盛況在。其二是韋應物的〈聽鶯曲〉：

> 東方欲曙花冥冥，啼鶯相喚亦可聽。乍去乍來時近遠，纔聞南陌又東城。忽似上林翻下苑，綿綿蠻蠻如有情。欲囀不囀意自嬌，羌兒弄笛曲未調。前聲後聲不相及，秦女學箏指猶澀。須臾風暖朝日暾，流音變作百鳥喧。誰家懶婦驚殘夢，何處愁人憶故園。伯勞飛過聲跼促，戴勝下時桑

田綠。不及流鶯日日啼花間，能使萬家春意閑。有時斷續聽不了，飛去花枝猶裊裊。還栖碧樹鎖千門，春漏方殘一聲曉。(《全唐詩》，第 6 冊，卷 195，頁 2004。)

韋應物（西元 737～792？）的這首七言歌行，充滿了流轉的效果，首先有「啼鶯相喚」，這些聲音忽而近忽而遠，忽而東忽而南，又忽而在上忽而在下；其次又將群鶯與伯勞、戴勝相比，顯然流鶯的鳴唱略勝一籌；至於殘鶯即便漸少，但仍不失餘音嫋嫋。與前一首李嶠詩相比，實更有「暮春三月，江南草長；雜花生樹，群鶯亂飛。」〔註 30〕成群或是集體的曼妙。其三是李商隱〈流鶯〉：

流鶯飄蕩復參差，渡陌臨流不自持。巧囀豈能無本意，良辰未必有佳期。風朝露夜陰晴裡，萬户千門開閉時。曾苦傷春不忍聽，鳳城何處有花枝。(《全唐詩》，第 16，卷 540，頁 6196。)

李商隱（西元 813～858）的這首詩藉由流鶯飄蕩參差不定，在「曾苦傷春不忍聽，鳳城何處有花枝。」結尾時，暗寓著詩人空有抱負卻無法伸展，徒遺坎坷流離的身世！雖然其情悲傷，但間接觀察到鶯的活動習性。

由於常有流動翩飛的「流鶯」情形，諸多詩人常以此入詩，如：

1. 步輦出披香，清歌臨太液。曉樹流鶯滿，春堤芳草積。風光翻露文，雪華上空碧。花蝶來未已，山光曖將夕。(上官儀：〈早春桂林殿應詔〉，《全唐詩》，第 2 冊，卷 40，頁 505。)
2. 別館芳菲上苑東，飛花澹蕩御筵紅。城臨渭水天河靜，闕對南山雨露通。繞殿流鶯凡幾樹，當蹊亂蝶許多叢。春園既醉心和樂，共識皇恩造化同。(張說：〈奉和聖製春日幸望春宮應制〉，《全唐詩》，第 3 冊，卷 87，頁 960。)
3. 今朝一百五，出户雨初晴。舞愛雙飛蝶，歌聞數里鶯。……(張籍：〈寒食書事二首之一〉，《全唐詩》，第 12 冊，卷 384，頁

〔註 30〕丘希範：〈與陳伯之書〉，《文選・附考異》(台北：藝文印書館，1983 年)，頁 621。

4327。）

4. 玉管葭灰細細吹，流鶯上下燕參差。日西千繞池邊樹，憶把枯條撼雪時。（李商隱：〈池邊〉，《全唐詩》，第 16 冊，卷 540，頁 6208。）

不管是上官儀、張說、張籍或是李商隱的這些詩，其實都是描寫流鶯所形成的現象，也使詩人的感官之美方面獲得啓發。但有關流鶯現象，都比不上杜牧〈江南春〉「千里鶯啼綠映江，水村山郭酒旗風。南朝四百八十寺，多少樓臺煙雨中。」〔註 31〕所引發的爭議，如明代楊慎在《升庵詩話》中說：「如杜牧之〈江南春〉：『十里鶯啼綠映紅』今本誤作「千里」；若依俗本，『千里鶯啼』，誰人聽得？『千里綠映紅』，誰人見得？若作十里，則鶯啼綠紅之景，村郭樓台，僧寺酒旗，皆在其中矣。」〔註 32〕對於這樣的見解，清代何文煥曾駁斥道：「即作十里，亦未必盡聽得著，看得見。題云〈江南春〉，江南方廣千里，千里之中，鶯啼而綠映焉，水村山郭無處無酒旗，四百八十寺，樓台多在煙雨中也。此詩之意既廣，不得專指一處，故總而命曰〈江南春〉，詩家善立題者也。」〔註 33〕何氏看法極是。今人韓學宏言：「鶯屬於留鳥，一年四季都可以見到，飛行能力差，可以見到牠們成群或混種一起覓食，而形成流鶯現象。……若從鳥類學的角度分析，可知這是詩人如實描寫出這些鳥類喜歡成群活動的特性。」〔註 34〕是以有關流動的鶯群覓食時的移棲，並不關係季節性的。

2、江上三千雁

雁屬於冬春候鳥，秋天飛往南方過冬，春天又飛回北方，與燕子的性質大同小異。雁群飛行時爲了降低氣流的阻力，會排成「人」字

〔註 31〕〔清〕聖祖御定：《全唐詩》，第 16 冊，卷 522，頁 5964。

〔註 32〕〔明〕楊愼：《升庵詩話》，丁福保輯：《歷代詩話續編》（台北：木鐸出版社，1983 年），卷 8，頁 800。

〔註 33〕〔清〕何文煥：〈歷代詩話考索〉，《歷代詩話》（台北：漢京文化事業公司，1983 年），頁 823。

〔註 34〕韓學宏：《唐詩鳥類圖鑑》（台北：貓頭鷹出版社，2003 年），頁 47。

狀，所以自古以來就常以「雁序」、「雁行」等形容兄弟；當然也因其南來北往的現象，而有魚雁的書信代稱。有關雁的群聚群飛情形，則以李益的〈揚州早雁〉爲例：

> 江上三千雁，年年過故宮。可憐江上月，偏照斷根蓬。（《全唐詩》，第 9 冊，卷 283，頁 3224。）

李益（西元 748～829），字君虞，隴西姑臧人。大曆四年（西元 769）齊映榜進士。曾屢參戎幕，親歷塞垣，從軍邊塞詩，大都其時所作，〔註 35〕是中唐邊塞詩的代表詩人。擅長絕句，尤工七絕。但對於雁的形容，雖不是塞外風貌可以相較，倒是手法上也算「精簡而俐落」。其中尤以「三千」之數誇大其量，傳達其磅礴群飛之勢。或許因其數量之大，或因作者刻意轉移焦點，月光照蓬，反而多了些憐惜之思。而吳融的〈新雁〉：

> 湘浦波春始北歸，玉關搖落又南飛。數聲飄去和秋色，一字橫來背晚暉。紫閣高翻雲冪冪，灞川低渡雨微微。莫從思婦臺邊過，未得征人萬里衣。（《全唐詩》，第 20 冊，卷 687，頁 7896。）

吳融（生卒年不詳），字子華，越州山陰人。龍紀元年，李瀚榜及進士第。爲詩靡靡有餘，而雅重不足。〔註 36〕其靡靡之思就會以情主導，本首詩顯然亦是側重陰柔情愫，藉由「數聲飄去和秋色，一字橫來背晚暉。」兼併聲音與畫面的群翔湧起，昏暗迷濛的時空下，傳達思婦睹物思人的心。另外詩中的「雲冪冪」、「雨微微」既是講時節也是說新雁，在「和秋色」、「背晚暉」中，更顯得群雁離去身影的悲與喜。

（二）成雙成對

論及成雙成對的禽鳥，總與愛情有關，而這些美麗的詩篇中所出

〔註 35〕傅璇琮主編：《唐才子傳校箋》，第 2 冊，卷 4，頁 91～94。校箋者案辛文房：《才子傳》皆略之，故補箋。

〔註 36〕傅璇琮主編：《唐才子傳校箋》，第 4 冊，卷 9，頁 221～230。或爲辛氏或爲唐宋時人之言。

現的禽鳥又以鴛鴦、鴻鵠爲主。

1、鴛鴦並遊

有關鴛鴦的說明，早在《禽經》中有言：「鴛鴦匹鳥也，朝奇而暮偶，愛其類也。」〔註 37〕有如人間夫妻，分際拿捏得宜；而《古今注》則言：「雌雄未嘗相離，人得其一則一思而至死。」〔註 38〕彼此珍惜相憐，令人動容；至於《本草綱目》中提及：「鴛鴦，終日共游，有宛在水中央之意也。或曰，雄鳴曰鴛，雌鳴曰鴦。交頸而臥，其交不再。」〔註 39〕類似的記載眾多，歷代不衰。

鴛鴦雖是匹鳥，那匹配美好之意應該會被詩人運用，惜在《全唐詩》中既無官鴨的別稱，匹鳥二字更未出現。不過這樣無損於詩人對於鴛鴦成雙成對的偏愛，詩中出現鴛鴦者就有兩百四十多首。以李商隱〈鴛鴦〉而言：

> 雌去雄飛萬里天，雲羅滿眼淚潸然。不須長結風波願，鎖向金籠始兩全。（《全唐詩》，第 16 冊，卷 540，頁 6188。）

在詩人眼中牠們平時在清波明湖中鶼鶼喁喁，唼喋並遊，已經十分令人稱羨；更何況當其「雌去雄飛萬里天」時，除了哭泣還是哭泣，連誓死不相離異的熱戀愛人或是情侶都難以及之。而吳融〈鴛鴦〉詩中：

> 翠翹紅頸覆金衣，灘上雙雙去又歸。長短死生無兩處，可憐黃鵠愛分飛。（《全唐詩》，第 20 冊，卷 686，頁 7879。）

詩中不僅對於鴛鴦身上的艷麗彩衣、優美的姿態有所描繪，也針對其雙宿雙飛的形影不離表達愛慕；這種膠漆之心可是黃鵠愛分飛，所無法比擬的。詩人愛鴛鴦之美，更愛鴛鴦多情；只是看在那些現代的鳥類研究者眼中：「鴛鴦之夫妻恩愛關係只限於繁殖期，非繁殖期則各自行動，

〔註 37〕舊題〔周〕師曠撰，〔晉〕張華注：《禽經》，《景印文淵閣四庫全書》，第 847 冊，子部 153 譜錄類，頁 682。

〔註 38〕〔晉〕崔豹：《古今注》，《景印文淵閣四庫全書》，第 850 冊，子部 156 雜家類，頁 106。

〔註 39〕〔明〕李時珍：《本草綱目》，《景印文淵閣四庫全書》，第 774 冊，子部 80 醫家類，頁 355。

翌年又重新尋找其配偶，不一定是以前的舊愛。」又是不同的風情吧。

2、鴻鵠雙侶

鵠就是天鵝，別名黃鵠。有關鵠的取名，《禽經》曰：「鵠鳴唂唂，故謂之。」〔註 40〕但詩人對於雁、鴻、鵠常常混用而不清。起因於其外型類似，吳代陸璣曰：「鴻，鵠。羽毛光澤純白，似鶴而大，長頸，肉美如雁。又有小鴻，大小如鳧，色亦白，今人直謂鴻也。」〔註 41〕將鵠與鴻視爲一同。又曰：「鴻，雁，大略相類。以中秋來賓，一同也。鳴如家鵝，二同也。進有漸，飛有序，三同也。雁色蒼，而鴻色白，一異也。雁多群，而鴻寡侶，二異也。雁飛不過高山而鴻薄雲漢，三異也。」〔註 42〕既然有三同三異，顯見仍有異也。唐代孔穎達則言：「鴻，雁俱是水鳥。其形鴻大，而雁小。」〔註 43〕當中只有提到鴻與雁，未涉及鵠。至於天鵝之名始見於李時珍的《本草綱目》，曰：「按，師曠《禽經》云，鵠鳴唂唂，故謂之鵠。吳僧贊寧云，凡物大者皆以天名，天者大也，則天鵝名義蓋也同此。」〔註 44〕又言：「鵠，大於雁，羽毛白澤。其翔極高而善步，所謂鵠不浴而白，一舉千里是也。湖海江漢間皆有之。」〔註 45〕至於教育部重編網路辭典則解釋：「鵠，動物名。鳥綱雁形目。體形似雁而較大，頸長，腳短。行走不便，但在水中能迅速划行，姿態優雅。能高飛，且鳴聲洪亮。俗稱爲『天鵝』。而鴻，動物名。鳥綱雁形目。體型較雁大，背頸灰色，翅黑色，腹白

〔註 40〕舊題〔周〕師曠撰，〔晉〕張華注：《禽經》，《景印文淵閣四庫全書》，第 847 冊，子部 153 譜錄類，頁 678。

〔註 41〕〔吳〕陸璣：《陸氏詩疏廣要》，《景印文淵閣四庫全書》，第 70 冊，經部 64 詩類，卷下之上，頁 107。

〔註 42〕〔吳〕陸璣：《陸氏詩疏廣要》，《景印文淵閣四庫全書》，第 70 冊，經部 64 詩類，卷下之上，頁 107。

〔註 43〕〔唐〕孔穎達：《毛詩正義》，《十三經注疏》，第 9 卷，頁 369。

〔註 44〕〔明〕李時珍：《本草綱目》，《景印文淵閣四庫全書》，第 774 冊，子部 80 醫家類，卷 48，頁 352。

〔註 45〕〔明〕李時珍：《本草綱目》，《景印文淵閣四庫全書》，第 774 冊，子部 80 醫家類，卷 48，頁 352。

色。」其所標示更爲清楚。是以除了陸璣有「鴻，鵠。」的主張，其他相關典籍都將鴻、雁、鵠分開細述。詩人時而鴻雁時而鴻鵠，時而區分鴻、雁、鵠之別，顯示若不是模糊處理，就是以爲鴻鵠都擅長高飛而並列，或是鴻雁都屬於候鳥而予以列舉，但理應分隔。

既是天鵝，則其雄雌恩愛，每每朝夕相處；棲則相依，飛則相偎。以王績〈古意，六首之五〉而言：

> 桂樹何蒼蒼，秋來花更芳。自言歲寒性，不知露與霜。幽人重其德，徙植臨前堂。連拳八九樹，偃蹇二三行。枝枝自相糾，葉葉還相當。去來雙鴻鵠，栖息兩鴛鴦。榮蔭誠不厚，斤斧亦勿傷。赤心許君時，此意那可忘。(《全唐詩》，第2冊，卷37，頁478。)

王績〔註46〕（西元585～644），在這首名爲古意的詩中，顯然幽清蒼遠的的蘊藉是有的；而此處主要以「桂樹」爲主軸，「鴛鴦」、「鴻鵠」只是配角，但都具備雙雙入鏡的特色。另外郎大家宋氏〈宛轉歌，二首之一〉、韓愈〈別鵠操〉則是：

1. 風已清，月朗琴復鳴。掩抑非千態，殷勤是一聲。歌宛轉，宛轉和且長。願爲雙鴻鵠，比翼共翱翔。(《全唐詩》，第23冊，卷801，頁9008。)
2. 雄鵠銜枝來，雌鵠啄泥歸。巢成不生子，大義當乖離。江漢水之大，鵠身鳥之微。更無相逢日，且可繞樹相隨飛。(《全唐詩》，第10冊，卷336，頁3763。)

在《太平御覽》中有則故事：「魯陶門女者少寡，養姑紡績爲產。魯人欲求之，女乃歌曰：『黃鵠早寡，七年不雙宛頸，獨宿不與眾行。』禽鳥尚然，況於貞良。魯人聞之，遂不復求。」〔註47〕另外韓愈這首

〔註46〕傅璇琮主編：《唐才子傳校箋》，卷1，頁4～12。字無功，絳州龍門人。因隱居東皋，故自號「東皋子」；性簡傲，好飲酒，常一飲五斗，所以又自號「五斗先生」。

〔註47〕〔宋〕李昉等撰：《太平御覽》，《景印文淵閣四庫全書》，第901冊，子部206類書類，卷916，頁202。

歌行詩的序有云：「商陵穆子，娶妻五年無子，父母欲其改娶，其妻聞之，中夜悲嘯，穆子感之而作。（本詞云：將乖比翼隔天端，山川悠遠路漫漫，攬衾不寐食忘飧）。其《樂府詩集》作雄鶴，以下鵠俱作鶴。」透過這兩則故事，再對照這兩首的雙鵠情深，比起王績之作更為符合「出雙入對情深意濃」的恩愛表現。

另外燕子也常常被拿作「雙飛雙宿」的代表，如楊巨源〈宮燕詞〉：「毛衣似錦語如弦，日暖爭高綺陌天。幾處野花留不得，雙雙飛向御爐前。」〔註48〕諸如此類，不勝枚舉。

（三）單飛孤宿

有些禽鳥不是以群集為依，也不是以雙雙對對為標的，而是有其孤獨、單飛的特性。群集的鳥類如雁，在其群居晚宿時還得留隻孤雁來守夜，那不是此處所要探討的；有的可能遭逢困頓，成了流離失所的孤鳥，那也只是一些狀況或是特例，不必在此贅言。

1、猛禽桀傲

《禽經》中記錄著：「鷹好峙隼好翔。」〔註49〕明顯呈現不是群體聚集的行動，而是獨立的英姿動人。而有關於猛禽類的描寫，不管是詩人或是畫家，都以單隻的動靜處理。先以「鷹」為例，如李白的〈觀放鷹，二首之二〉：

> 八月邊風高，胡鷹白錦毛。孤飛一片雪，百里見秋毫。（《全唐詩》，第6冊，卷183，頁1869。）

詩中的是白色錦毛，所以飛翔在空際，宛如一片雪花的漂動；其中的「孤飛」既是單飛的氣勢，而「百里見秋毫」無細不睹，更凸顯鷹令小動物畏懼的神準之處。又如劉禹錫〈白鷹〉：

> 毛羽斒斕白紵裁，馬前擎出不驚猜。輕拋一點入雲去，喝殺三聲掠地來。綠玉嘴攢雞腦破，玄金爪擘兔心開。都緣

〔註48〕〔清〕聖祖御定：《全唐詩》，第10冊，卷333，頁3738。

〔註49〕舊題〔周〕師曠撰，〔晉〕張華注：《禽經》，《景印文淵閣四庫全書》，第847冊，子部153譜錄類，頁679。

解搦生靈物，所以人人道俊哉。(《全唐詩》，第 11 冊，卷 361，頁 4084。)

在這首詩中顯然放開胸懷，恣肆奔放，其中的「輕拋一點入雲去，喝殺三聲掠地來。」不但有鷹的獵殺特質，更將其孤傲入雲的豪氣湧現。

其次如隼，迅疾精準是牠的專長，以皎然〈翔隼歌送王端公〉為例：

古人賞神駿，如何秋隼擊。獨立高標望霜翮，應看天宇如咫尺。低迴拂地凌風翔，鵰雛敢下雁斷行。晴空四顧忽不見，有時獨出青霞傍。窮陰萬里落寒日，氣殺草枯增奮逸。雲塞斜飛攪葉迷，雪天直上穿花疾。見君高情有所屬，贈別因歌翔隼曲。離亭慘慘客散時，歌盡路長意不足。(《全唐詩》，第 23 冊，卷 821，頁 9257。)

皎然（生卒年不詳），字清晝，俗姓謝。是南朝謝靈逢的第十代孫，文章與詩都具名氣。〔註 50〕這首送別的詩，藉由馬與隼的神俊稱頌友人的優秀；透過其中的「獨立」、「獨出」都是彰顯隼的「雲塞斜飛攪葉迷，雪天直上穿花疾」那股飛天戾天的個別特殊條件。

2、孤鴻寡侶

吳代陸璣曰：「雁多群，而鴻寡侶，二異也。」〔註 51〕不過在《爾雅翼》、《本草綱目》、《埤雅》等典籍中卻未有相關論述。以《全唐詩》中針對鴻的獨立情形，舉以下三個實例：

1. 孤鴻海上來，池潢不敢顧。側見雙翠鳥，巢在三珠樹。矯矯珍木巔，得無金丸懼。美服患人指，高明逼神惡。今我遊冥冥，弋者何所慕。(張九齡：〈感遇，十二首之四〉，《全唐詩》，第 2 冊，卷 47，頁 571。)
2. 江上相逢皆舊遊，湘山永望不堪愁。明月秋風洞庭水，孤鴻落葉一扁舟。(賈至：〈初至巴陵與李十二白裴九同泛洞庭

〔註 50〕傅璇琮主編：《唐才子傳校箋》，第 2 冊，卷 4，頁 183～184。

〔註 51〕〔吳〕陸璣：《陸氏詩疏廣要》，《景印文淵閣四庫全書》，第 70 冊，經部 64 詩類，卷下之上，頁 107。

湖，三首之一〉，《全唐詩》，第 7 冊，卷 235，頁 2598。）

3. 春色依依惜解攜，月卿今夜泊隋堤。白沙洲上江籬長，綠樹村邊謝豹啼。遷客比來無倚仗，故人相去隔雲泥。越禽唯有南枝分，目送孤鴻飛向西。（顧況〈送大理張卿〉，《全唐詩》，第 8 冊，卷 266，頁 2956。）

這幾例中都有共同的意識，其一就是都與水邊的空間結合，擴大鴻的威儀；其次就是都以孤鴻作爲人物的投射，有的是指自己，有的是指友人。第一首張九齡詩中鴻的遨遊、鴻的神韻、鴻的自在獨立，令人最爲懾服；第二首，孤鴻伴隨一葉扁舟平添落寞與愁緒；第三首的內容中雖有三種禽鳥出沒，但都掩蓋不住離別的感傷。是以孤鴻不是絕對的孤單寂寞，有時反而有另一種凡禽所無法達到的昂首千里。

其他《全唐詩》中大多的「鴻」被當成「雁」處理，例如陸龜蒙的〈夜泊詠棲鴻〉:「可憐霜月暫相依，莫向衡陽趁逐飛。同是江南寒夜客，羽毛單薄稻粱微。」〔註 52〕詩中所使用的都是雁的相關典故，所以許多詩人是二者難以細分。另外，也有「雙鴻」的詩句出現，如戴叔倫〈孤鴻篇〉:「江上雙飛鴻，飲啄行相隨。翔風一何厲，中道傷其雌。顧影明月下，哀鳴聲正悲。已無矰繳患，豈乏稻粱資。嗈嗈慕儔匹，遠集清江湄。中有孤文鵷，翩翩好容儀。共欣相知遇，畢志同棲遲。野田鴟鴞鳥，相妒復相疑。鴻志不汝較，奮翼起高飛。焉隨腐鼠欲，負此雲霄期。」〔註 53〕這隻孤鴻喪偶，意興闌珊，但仍不失孤鴻的氣度。

至於傳說中的「鸞」，如白居易的〈和答詩十首之六，和雉媒〉:「……勸君今日後，養鳥養青鸞。青鸞一失侶，至死守孤單。……」〔註 54〕也頗能顯現其堅貞的一面。

三、節令氣候，明示預告

當季節更替時，大地會有不同的面貌；這些不同的變化，或經由

〔註 52〕〔清〕聖祖御定：《全唐詩》，第 18 冊，卷 628，頁 7210。
〔註 53〕〔清〕聖祖御定：《全唐詩》，第 9 冊，卷 273，頁 3067。
〔註 54〕〔清〕聖祖御定：《全唐詩》，第 13 冊，卷 425，頁 4684。

氣溫高低而感受，或經由視覺效果的差異而得知，或經由動物如禽鳥的聲音傳達而知曉；當然禽鳥也會以轉移棲息地，來度過各種氣溫或是食物更遞的與人類相似之習性。有些禽鳥不論四季寒暑如何變化，終年棲息於一個地區，鮮少遷徙的；隨著季節而變化者，所牽動的情思，是候鳥型；而固定不變者，與人類親近，是隨處可見的留鳥。不管是隨著飛翔的身影而透露出時空的更迭，或是在鳴聲的上下而有所告知，其與節令與氣候的關係都成了自然的表徵。

（一）聲音透露

有諸多禽鳥的鳴聲不僅是勾動詩人的心境，也明確的告知季節的變化；它所引發的可能是各種情緒的共鳴，是聽覺上的互動，人們不必親眼瞧見，但卻可以掌握大自然的律動。

1、三月杜鵑

杜鵑鳥別稱不勝枚舉，在《全唐詩》中所出現的別稱數量，就屬杜鵑最爲五花八門。

中國人一提到杜鵑鳥，就會聯想到蜀王望帝的故事：「望帝稱王於蜀時，荊州有一人化從井中出，名曰鱉靈。於楚身死，屍反泝流，上至汶山之陽，忽復生，及見望帝，立以爲相。其後巫山龍門壅，江不流，蜀民熱溺；鱉靈乃鑿巫山，開三峽，降丘宅，土人得陸居。蜀人住江南，羌住城北，始立木柵，周三十里，令鱉靈爲刺史，號曰西州。後數歲，望帝以其功高，禪位於鱉靈，號曰開明氏。望帝修道處西山，而隱化爲杜鵑鳥。或云化爲杜宇鳥，亦曰子規，至春則啼，聞者悽惻。」〔註 55〕杜鵑鳥不僅與蜀地關係密切，也因「至春則啼」，所以其悽楚的聲音，特別能讓人記取對於季節的印象。先舉李白的〈宣城見杜鵑花〉爲例：

> 蜀國曾聞子規鳥，宣城還見杜鵑花。一叫一迴腸一斷，三

〔註 55〕李膺：《蜀志》（成都：巴蜀書社，2001 年），頁 78。有關杜鵑與望帝的關聯，另詳見韓學宏〈中國詩歌中的杜鵑〉（ttp://memo.cgu.edu.tw/fun-hon/%E6%9D%9C%E9%B5%91.htm。）電子資料。

春三月憶三巴。(《全唐詩》，第6冊，卷184，頁1877。)

李白(西元 701～762)在詩中將杜鵑與杜鵑花並提，時間都集中在「三春三月」；而空間則由四川轉到了安徽宣城，一種叫聲一種情，花似杜鵑杜鵑如花，都是傷春的。至於鮑溶〈子規〉：

> 中林子規啼，云是古蜀帝。蜀帝胡爲鳥，驚急如罪戾。一啼豔陽節，春色亦可替。再啼孟夏林，密葉堪委翳。三啼涼秋曉，百卉無生意。四啼玄冥冬，雲物慘不霽。芸黃壯士髮，沾灑妖姬袂。悲深寒烏雛，哀掩病鶴翅。胡爲託幽命，庇質無完毳。戚戚含至冤，卑卑忌群勢。吾聞鳳皇長，羽族皆受制。盍分翡翠毛，使學鸚鵡慧。敵怨不在弦，一哀尚能繼。那令不知休，泣血經世世。古風失中和，衰代因鄭衛。(《全唐詩》，第15冊，卷485，頁5512。)

鮑溶(生卒年不詳)字德源，元和年間進士，與孟郊、李正封等友好。有集五卷，詩三卷。這首詩有別於一般詩人聽見杜鵑啼叫，每每集中於春天的感傷；而是成了四季轉換「一啼豔陽節，春色亦可替。再啼孟夏林，密葉堪委翳。三啼涼秋曉，百卉無生意。四啼玄冥冬，雲物慘不霽。」的呈現。這種將三月傷春加以強化的效果，只有時時啼血時時悲罷了。

2、喜春提壺

提壺又稱提葫蘆、提壺鳥、提葫、提壺蘆等。〔註56〕最早出現於《樂府詩集・相和歌辭・對酒》詩：「行行日將夕，荒村古塚無人跡。朦朧荊棘一鳥飛，屢唱提壺沽酒喫。古人不達酒不足，遺恨精靈傳此曲。寄言當代諸少年，平生且盡杯中淥。」〔註57〕其後，唐宋詩人在詩裡常書及提壺鳥，每一提及「提壺鳥」時幾乎都與酒或春天有

〔註56〕羅竹鳳主編：《漢語大辭典》(上海：漢語大辭典編輯委員會出版，1988～1993年)，頁745。其解釋：「提壺即鵜鶘」理應訛誤。因爲鵜鶘乃水鳥，平時群居於澤畔以捕魚維生；這與詩人筆下所出現花叢樹梢間勸人喝酒的提壺鳥，可是大不相同。

〔註57〕〔宋〕郭茂倩編：《樂府詩集》(台北：台灣中華書局，1965年)，卷第27，頁9。

關。如白居易〈早春聞提壺鳥因題鄰家〉：

> 厭聽秋猿催下淚，喜聞春鳥勸提壺。誰家紅樹先花發，何處青樓有酒酤。……（《全唐詩》，第 13 冊，卷 439，頁 4882。）

白居易（西元 772～846）在詩中將提壺鳥的鳴聲，與猿猴催淚的音調相比，季節不同，感受也大不同。又如由於韓偓〈村居〉：

> 二月三月雨晴初，舍南舍北唯平蕪。前憧入望盈千恨，勝景牽心非一途。日照神堂聞啄木，風含社樹叫提壺。行看旦夕梨霜發，猶有山寒傷酒壚。（《全唐詩》，第 20 冊，卷 682，頁 7822。）

韓偓（西元 844～923），〔註 58〕這首詩中對於鄉居歲月的所見所聞一一浮現，而時間鎖定在春天的初晴時節，天候有些料峭微寒；至於內容點出的禽鳥「啄木」、「提壺」兩種，也分別派上用場。

3、鶯與黃鸝

前文已經就鶯、黃鶯（黃鸝）的區別作出釐清，所以即便二者啼聲都與春天相關，但仍應區隔。

鶯的嘴短而尖，叫聲清脆，深受人們喜愛。主食昆蟲，是農林業的益鳥。除此，鶯的啼叫聲也牽動著季節的到來。在唐詩中，鶯啼一般出現的時間大多在春天，所以大部分啼鶯所指涉的季節是春日。以韓愈的〈早春雪中聞鶯〉而言：

> 朝鶯雪裡新，雪樹眼前春。帶澀先迎氣，侵寒已報人。共矜初聽早，誰貴後聞頻。暫囀那成曲，孤鳴豈及辰。風霜徒自保，桃李詎相親。……（《全唐詩》，第 10 冊，卷 343，頁 3842。）

韓愈（西元 768～824）在這首詩中已經藉由題目的訊息，傳遞早春的鶯啼是「帶澀先迎氣，侵寒已報人。共矜初聽早，誰貴後聞頻。」雖然春寒料峭，鶯聲略顯羞澀，音調尚未圓潤，但值得珍惜的是「初聽」的

〔註 58〕傅璇琮主編：《唐才子傳校箋》，第 4 冊，卷 9，頁 232～245。字致堯，自號玉山樵人，京兆人。嘗任中書舍人、兵部侍郎。工詩，著有韓內翰別集、香奩集一卷等。

早。而鶯啼的美妙應該是在柳花開時，如司空圖的〈偶書，五首之一〉：

> 情知了得未如僧，客處高樓莫強登。鶯也解啼花也發，不關心事最堪憎。(《全唐詩》，第19冊，卷633，頁7269。)

司空圖（西元837～908）字鋕聖，河中虞鄉（今屬山西）人。是晚唐的詩人兼詩論家，在《全唐詩・作家小傳》中提到，咸通末，擢進士第，官至知制誥、中書舍人。後歸隱中條山玉官谷。晚年避世棲遯，自號知非子、耐辱居士。有先世別墅，泉石林亭，頗愜幽趣，日與名僧高士遊詠其中。有一鳴集三十卷、內詩十卷、今編詩三卷。他的詩作成就不高，但其詩歌理論《二十四詩品》對後世詩歌創作影響甚巨。

在這首詩中的「鶯也解啼花也發」正說明著柳花開，才是鶯啼的繁盛之日。其他又如劉希夷〈孤松篇〉：「鶯時柳花白」〔註59〕是柳花開的時節；而張說〈清明日詔宴寧王山池賦得飛字〉：「搖楊花雜下，嬌囀鶯亂飛。」〔註60〕則是楊花雜下的清明時分；李嘉祐〈與鄭錫遊春〉：「東門垂柳長，回首獨心傷。日暖臨芳草，天晴憶故鄉。映花鶯上下，過水蝶悠颺。」〔註61〕可見鶯啼與柳花與春天，都是關係緊密的。而今人韓學宏曾歸納鶯啼在春天的內容爲：「報春、報曉、報花時、報佳音」等，〔註62〕則是更細部談及其意涵。

至於鶯啼的停歇，諸多詩人皆有清楚的觀察，例如：

1. ……飢狖啼初日，殘鶯惜暮春。遙憐謝客興，佳句又應新。(李嘉祐：〈送張觀歸袁州〉，《全唐詩》，第6冊，卷206，頁2147。)
2. 卻足甘爲笑，閒居夢杜陵。殘鶯知夏淺，社雨報年登。……(韋應物：〈假中對雨呈縣中僚友〉，《全唐詩》，第6冊，卷187，

〔註59〕〔清〕聖祖御定：《全唐詩》，第3冊，卷82，頁881。
〔註60〕〔清〕聖祖御定：《全唐詩》，第3冊，卷86，頁925。
〔註61〕〔清〕聖祖御定：《全唐詩》，第6冊，卷206，頁2159。
〔註62〕韓學宏：〈「隔葉黃鸝」、「出谷遷喬」與「千里鶯啼」——從鳥類生態角度談《全唐詩》中的黃鶯與黃鸝〈，(私立光武專校國文學報)，第1期，(2004年6月)，頁2～3。

頁 1903。）

3. 殘鶯何事不知秋，橫過幽林尚獨遊。老舌百般傾耳聽，深黃一點入煙流。……（李煜：〈秋鶯〉，《全唐詩》，第 1 冊，卷 8，頁 71。）

有關鶯啼的停歇用語，還有「懶啼」、「鶯疏」、「鶯歇」、「鶯老」、「鶯喉入夏瘖」等，此處只以殘鶯作為實例。上列第一首指出的是「暮春」；第二首的是「夏淺」；第三首的是「不知秋」。由於入夏以後，鶯聲逐漸變少也變小了，所以詩人多以「殘鶯」來表達季節與鶯的連結。

而黃鸝鳥的羽色黃，十分亮眼，而其聲音圓滑如織機聲，〔註 63〕但其實與鶯聲燕語比起來，是粗雜許多。在桑椹成熟時會活躍於桑間，俚語：「黃栗留，看我麥黃椹熟。」指出黃鸝為應節趨時的鳥類；鳴叫時正是蠶生的時候，可以提醒農婦蠶桑之事，不宜怠惰。〔註 64〕而詩人當然也觀察到這樣的節氣變化，只是王維的〈早春行〉並非以農事為要：

紫梅發初遍，黃鳥歌猶澀。誰家折楊女，弄春如不及。愛水看妝坐，羞人映花立。香畏風吹散，衣愁露霑溼。玉閨青門裡，日落香車人。游衍益相思，含啼向綵帷。憶君長入夢，歸晚更生疑。不及紅簷燕，雙棲綠草時。（《全唐詩》，第 4 冊，卷 125，頁 1236。）

詩中的黃鳥就是黃鸝，而紫梅是桑椹。在這樣的早春裡，色彩斑斕，心花怒放，黃鸝鳥的叫聲所引發的相思情愫，顯然比起農事更為重要。而李白的〈白田馬上聞鶯〉則有：

黃鸝啄紫椹，五月鳴桑枝。我行不記日，誤作陽春時。蠶老客未歸，白田已繅絲。驅馬又前去，捫心空自悲。（《全唐詩》，第 6 冊，卷 184，頁 1878。）

比起王維的著重於男女情愛的聯想，李白（西元 701～762）在這首

〔註 63〕〔明〕李時珍：《本草綱目》，《景印文淵閣四庫全書》，第 774 冊，子部 80 醫家類，卷 48，頁 393。

〔註 64〕韓學宏：《唐詩鳥類圖鑑》，頁 49。

詩中就比較具體提到與民生有關的數據，其一，時間是五月；其二，空間在白田；其三，與人民息息相關的農事「繅絲」，在「黃鸝啄紫椹，五月鳴桑枝。」的勾動記憶下逐漸完成；對照於李白放蕩不羈的旁觀立場，又有我行不記日，眞有極大的落差在。

至於柳宗元的〈聞黃鸝〉則是：

> 倦聞子規朝暮聲，不意忽有黃鸝鳴。一聲夢斷楚江曲，滿眼故園春意生。目極千里無山河，麥芒際天搖清波。王畿優本少賦役，務閑酒熟饒經過。此時晴煙最深處，舍南巷北遙相語。翻日迥度昆明飛，凌風邪看細柳翥。我今誤落千萬山，身同傖人不思還。鄉禽何事亦來此，令我生心憶桑梓。閉聲迴翅歸務速，西林紫椹行當熟。（《全唐詩》，第 11 冊，卷 353，頁 3956～3957。）

柳宗元（西元 773～819）的大部分詩作，都是在被貶永州、柳州等地時所寫，是以詩中往往充滿鬱鬱寡歡，藉詩紓發情志與思鄉的情意。此詩中一樣有「紫椹行當熟」的季節提醒，而黃鸝鳥愛吃應是必然。只是逢此時節，春意盎然，無法在故鄉聽黃鸝；只好請黃鸝閉嘴，速速迴翅歸去，以免「憶桑梓」的心更加痛苦難堪。

春天過後，黃鸝比起鶯來更爲稀疏，聲音更加隱匿，如杜甫的〈復愁，十二首之十〉、劉長卿〈晚春歸山居題窗前竹〉：

1. 江上亦秋色，火雲終不移。巫山猶錦樹，南國且黃鸝。（《全唐詩》，第 7 冊，卷 230，頁 2518。）
2. 溪上殘春黃鳥稀，辛夷花盡杏花飛。始憐幽竹山窗下，不改清陰待我歸。（《全唐詩》，第 5 冊，卷 150，頁 1561。）

其中的〈晚春歸山居題窗前竹〉一作錢起詩，題云〈暮春歸故山草堂〉。在這兩首詩中，都清晰的點出季節轉換，黃鸝稀疏或是南飛避寒的寫照。由於它總是在春夏活躍，冬天不見蹤影，所以李時珍以爲：「冬月則藏蟄入田塘中，以泥自裹如卵，至春始出。」〔註 65〕顯然詩人比

〔註 65〕〔明〕李時珍：《本草綱目》，《景印文淵閣四庫全書》，第 774 冊，子部 80 醫家類，卷 48，頁 393。

起李時珍，更能說明趨時鳥類的往來與活動情形。

4、連錢鳴雪

雪姑就是鶺鴒的別稱，鶺鴒經常會在地上生活，飛行十分巧妙，大部份爲渡海之候鳥。在地上步行或馳走時，常不用雙腳跳躍，而且行走時尾羽有上下擺動習性；至於飛行時則呈波浪狀起伏，邊飛邊叫。

鶺鴒的別稱也有幾個：脊令、雝渠、精列、石鳥、鵬、連錢、雪姑、鴒、牛屎鳥等，其中「連錢」是因「鶺鴒，腹下白，頸下黑，如連錢，故杜陽人謂之連錢。」〔註 66〕以其形貌爲之；「雪姑」則是因爲「俗呼鶺鴒爲雪姑，鳴則天當大雪。」〔註 67〕頗爲寫實有趣的。這種觀察也正證明鶺鴒鳴叫而下雪時，已無法覓食，必須飛往南方過冬了。不過在《全唐詩》中，除了使用一次「脊令」外，其餘全用一個「鶺鴒」作爲代稱。

對於雪姑鳴叫可以預測天大雪，吳融〈賦雪十韻〉有其描繪：

> 雨凍輕輕下，風乾淅淅吹。喜勝花發處，驚似客來時。河靜膠行棹，巖空響折枝。終無鷓鴣識，先有鶺鴒知。馬勢晨爭急，雕聲晚更飢。替霜嚴柏署，藏月上龍墀。百尺樓堪倚，千錢酒要追。朝歸紫閣早，漏出建章遲。臘候何曾爽，春工是所資。遙知故溪柳，排比萬條絲。（《全唐詩》，第 20 冊，卷 685，頁 7863。）

吳融（生卒年不詳），晚唐作家，〔註 68〕在這首賦雪的詩已經透過題目明確標明天候與季節，也描繪雪景與地域的畫面；其中特別將「鷓鴣」與「鶺鴒」對照，對於鷓鴣難以與「鳴則天當大雪」的鶺鴒相比，頗能展現其具有深厚的鳥類常識，是所有《全唐詩》中涉及鶺鴒之詩，

〔註 66〕〔吳〕陸璣：《毛詩陸氏詩疏廣要》，《景印文淵閣四庫全書》，第 70 冊，經部 64 詩類，卷下之上，頁 109。

〔註 67〕〔宋〕蘇軾：《格物麤談物類相感志》，《四庫全書存目叢書》（台南：莊嚴文化事業公司，1996 年），子部 117，雜家類，頁 9。

〔註 68〕《全唐詩作家小傳》記錄：字子華，越州山陰人。龍紀初，及進士第，韋昭度討蜀，表掌書記，累遷侍御史，去官依荊南成汭。有唐英集三卷，今編詩四卷。

囿於「脊令在原，兄弟急難。」的傳統經義的詩人所欠缺的。

（二）身影傳達

有些禽鳥則是以飛翔遷徙作爲季節或是節氣的代言者，這些或稱爲候鳥或稱爲留鳥。由於詩人常有被貶官的遺憾，是以對於禽鳥的遷徙變動或是不變，自然有更直接的體察。

1、燕　子

燕子的名稱大抵有鳦、玄鳥、天女、鷾鴯、烏衣、元鳥、意怠、神女、意而、游波等，〔註69〕在《全唐詩》中則以「燕」爲專稱居多；至於「鳦、烏衣、元鳥、意怠、神女、意而、游波」等的別稱，並未使用。此外針對燕子種類敘述，根據《鳥與史料》提及，其種類將近八十種，分布於北方燕子，幾乎爲候鳥，南方者大都爲留鳥。〔註70〕然《全唐詩》中，幾乎都以候鳥視之；而在類別的區隔，則極爲鮮少，少數幾首能以「家燕、社燕、紫燕、越燕、海燕」〔註71〕表示，其餘大多以季節作爲配稱，十足具備候鳥特質。

對於燕子這類候鳥描述，《禮記正義》中早有記錄：「盲風至，鴻雁來，玄鳥歸，群鳥養羞。」〔註72〕而在《呂氏春秋》中也有類似說明：「涼風起，候鴈來，玄鳥歸。」〔註73〕又言：「是月也，玄鳥至。」〔註74〕燕子大約在每年春天從越冬處南洋群島、印度等地返回，秋天時再飛回原地過冬，春去溫帶，秋冬南歸至熱帶，成爲循環的路線。有了這樣的春來秋去的規律習性，在《全唐詩》中，詩人想要描述其候鳥或是留鳥的機會相形增多，以杜甫的〈歸燕〉爲例：

〔註69〕周鎮：《鳥與史料》（南投：鳳凰谷鳥園，1992年），頁218。

〔註70〕周鎮：《鳥與史料》，頁218～219。

〔註71〕其中的海燕屬於海燕科，有蹼、可以渡河，與一般燕子科的燕子有所差異；但因其銜泥築巢仍不脫燕子特質，是以歸類其中。

〔註72〕〔清〕阮元：《十三經注疏》，《禮記正義・月令》，第6卷，頁324。

〔註73〕陳奇猷：《呂氏春秋校釋》（台北：華正書局，1985年），〈仲秋紀〉，頁421。

〔註74〕陳奇猷：《呂氏春秋校釋》，〈仲春紀〉，頁63～64。

不獨避霜雪，其如儔侶稀。四時無失序，八月自知歸。春色豈相訪，眾雛還識機。故巢儻未毀，會傍主人飛。(《全唐詩》，第7冊，225卷，頁2421。)

詩人對於燕子規律性候鳥的特質，不僅給予正面的肯定；也對於燕子忠誠的優點，多了一些讚美。顯然那種親近且細密的觀察，已是生活中的不可或缺的累積，甚至是人們的一種習慣式的期待。另外鄭谷的〈燕〉也頗耐人尋味：

年去年來來去忙，春寒煙暝渡瀟湘。低飛綠岸和梅雨，亂入紅樓揀杏梁。閒几硯中窺水淺，落花徑裡得泥香。千言萬語無人會，又逐流鶯過短牆。(《全唐詩》，第20冊，675卷，頁7737。)

整首詩對於燕子輕盈多姿，穿梭自如，極具描摹之工；搭配江南風光、綠煙紅霧，格外妙筆生花。而其中對於其候鳥特性，在詩一開頭的「年去年來來去忙」就已道破途程迢遠，來去匆匆的型態。特別是作者巧妙各運用了兩個「來」、「去」，來去之間的堅持，詩人總不免多了些疼惜。

至於韓偓的〈不見〉雖不是專詠燕子，但卻是唯一《全唐詩》裡使用家燕的詩作：

動靜防閑又怕疑，佯佯脈脈是深機。此身願作君家燕，秋社歸時也不歸。(《全唐詩》，第20冊，683卷，頁7837。)

或許是燕子太過平凡多見，所以諸多作家，並不刻意去區分其種類；又加上刻板印象的影響，連其顏色都少有觀照，家燕就是一例。在這首詩裡作者希望將自己化身爲家燕，除了長伴君側，奉獻犧牲的情境之外；也無意間敘述了屬於留鳥的穩定特徵，一種誠摯的依戀。

2、雁

何謂「雁」，唐代孔穎達在《毛詩正義》中說道：「鴻、雁，俱是水鳥。其形鴻大，而雁小。」〔註75〕但在《全唐詩》中每每「鴻雁」

〔註75〕〔清〕阮元：《十三經注疏》，《毛詩正義・小雅》，第11卷，頁369。

二者並稱，或是與「鳧」同列，顯見詩人若不是近距離觀察，或未仔細辨其差異，只好混用。其別稱甚多，駕鳥、駕鵝、䴀、鴚鵝、候雁、信禽、客雁、海鵝、海埭鵝等，在《全唐詩》出現的僅有候雁、客雁等，其他未曾出現。雁在《全唐詩》中依上述統計，出現次數僅次於「鶴」，所以還是十分深受文人雅士關注。至於種類方面，除了白雁最爲特殊，其餘每以季節或是地點配稱居多。

雁屬於冬春候鳥，秋天飛往南方過冬，春天又飛回北方，與燕子的性質大同小異。就如杜牧〈雁〉中的敘述：

> 萬里銜蘆別故鄉，雲飛雨宿向瀟湘。數聲孤枕堪垂淚，幾處高樓欲斷腸。度日翩翩斜避影，臨風一一直成行。年年辛苦來衡岳，羽翼摧殘隴塞霜。（《全唐詩》，第16冊，526卷，頁6030～6031。）

杜牧（西元803～852左右）雖未提及「雁門山」〔註76〕但卻在詩的起頭引用大雁「銜蘆」的典故：「雁，自河北渡江南，瘦瘠能高飛，不畏繒繳。江南沃饒，每至還河北，體肥不能高飛，恐爲虞人所獲，嘗銜蘆長數寸，以防繒繳焉。」〔註77〕顯然詩人對於大雁每年依循代代延續的候鳥路線，蒙受辛苦艱險有諸多憐惜；不過他的描繪卻與上述文獻中所出現的方向相反：「大雁萬里千山辛苦的銜蘆告別故鄉，不敢稍有耽擱朝南方的瀟湘前進。」展現另一種大雁飛翔的特質。又如韓愈〈鳴雁〉：

> 嗷嗷鳴雁鳴且飛，窮秋南去春北歸。去寒就暖識所依，天長地闊棲息稀。風霜酸苦稻粱微，毛羽摧落身不肥。裴回反顧群侶違，哀鳴欲下洲渚非。江南水闊朝雲多，草長沙軟無網羅。閒飛靜集鳴相和，違憂懷惠性匪他。凌風一舉君謂何。（《全唐詩》，第10冊，338卷，頁3786。）

〔註76〕袁珂校注：《山海經校注》（台北：里仁書局，2004年），〈海內西經〉，頁290。相傳每年春來，南雁北飛，口銜蘆葉，飛到雁門盤旋半晌，直到葉落方可過關。故有「雁門山者，雁飛出其間。」的說法。

〔註77〕〔晉〕崔豹：《古今注》，《景印文淵閣四庫全書》，第850冊，子部156雜家類，頁106。

雁，性機警，見人就互相鳴叫，並立即飛行到離人較遠的地方。韓愈在詩的開頭對於雁的鳴叫安排，格外醒目，特別是緊接著連續又以兩個「鳴」字作爲渲染心緒的延伸，又是令人隨之婉轉。但雖有其觀察重點所在，仍不忘其「窮秋南去春北歸」的候鳥習性。不管是「去寒就暖識所依，天長地闊棲息稀。」對於雁的辨識精神與棲息條件有所觀察；也在「風霜酸苦稻粱微，毛羽摧落身不肥」看到雁的奔波過程所付出的代價。

3、雀

雀，屬於留鳥的一種。名稱眾多，最常聽見的是麻雀，其他有賓爵、老爵、家賓、賓雀、嘉賓、佳賓、瓦雀、厝鳥仔、簷雀等。在《全唐詩》中出現的有嘉賓、簷雀等，其餘並未出現，就連麻雀二字也未使用；至於種類方面，野雀、黃雀、簷雀、田雀居多。

在《全唐詩》中詩人對於雀極爲熟悉，因其處處可見，所以對於留鳥的習性雖不多贅述，但反而在不言而喻中更見寓意。以王建〈空城雀〉而言：

> 空城雀，何不飛來人家住。空城無人種禾黍。土間生子草間長，滿地蓬蒿幸無主。近村雖有高樹枝，雨中無食長苦飢。八月小兒挾弓箭，家家畏向田頭飛。但能不出空城裏，秋時百草皆有子。報言黃口莫啾啾，長爾得成無橫死。（《全唐詩》，第9冊，298卷，頁3379～3380。）

詩中對於空城雀寄予無限的關心，春去秋來的時間遞嬗，空城內外的轉移，時空中長期恆久的是不變的屬於留鳥的生態，甚或是一種不變的依賴。是以與其說是癡愚，倒不如說令人動容的情義。而僧齊己的〈野田雀行〉則又有著最爲寫實的描摹：

> 雙雙野田雀，上下同飲啄。暖去栖蓬蒿，寒歸傍籬落。殷勤避羅網，乍可遇雕鶚。雕鶚雖不仁，分明在寥廓。（《全唐詩》，第24冊，847卷，頁9586。）

詩中對於雙雙飛舞的野雀，親密相依偎投以羨慕之思。其中特別是

「暖去栖蓬蒿，寒歸傍籬落」對於雀的生活空間與習性，有著尋常自然的介紹，令人如鄰家的感覺。即便遠方有猛禽，也似乎多了些屬於留鳥的仗勢。

4、伯　勞

伯勞屬於候鳥，秋南春北，繁殖期鳴。漢代《易緯‧通卦驗篇》云:「博勞性好單棲，其飛𤞑，其聲嗅嗅。夏至應陰而鳴，冬至而止。」〔註78〕古人觀察入微又見於《禮記正義》中所述:「仲夏之月，日在東井，昏亢中，旦危中。其日丙丁。其帝炎帝，其神祝融。……小暑至，螳蜋生。鵙始鳴，反舌無聲。」〔註79〕這個時節相當陽曆七、八月，而其中的「鵙」所指的就是伯勞，可知伯勞喜鳴叫，不過聲音卻是十分粗雜難聽。或許因爲善鳴，所以段成式的《酉陽雜俎》也記錄一段有趣的傳言:「百勞，博勞也。相傳伯奇所化。取其所踏枝，鞭小兒，能令速語。」〔註80〕只是這樣的傳說，不知結果是否如人所願。至於伯勞常棲息於林緣部或疏林、灌木林，而且喜好佇立於突出的樹枝或電線上，伺機捕食地上之昆蟲、爬蟲類及小形哺乳類。更特別的是，經常會出現將剩餘的食物，掛於竹刺或是樹枝上的習性。

有關伯勞鳥的名稱也十分繁多，鵙、鶪、博勞、鴃、百鷯、伯趙、百勞等，而在《全唐詩》中所出現的別稱只有「鴃、百勞」而已。至於有關伯勞鳥的描述，《全唐詩》中的專指詠物只有五首，但這些命爲〈東飛伯勞歌〉實則歌誦女子，與伯勞無多關聯；反倒是入詩陪襯用的幾首，對於伯勞有較多的描繪。以韓翃〈東城水亭宴李侍御副使〉爲例:

> 東門留客處，沽酒用錢刀。秋水床下急，斜暉林外高。金羇絡騕褭，玉匣閉豪曹。去日隨戎幕，東風見伯勞。(《全唐

〔註78〕〔漢〕鄭玄注:《易緯‧通卦驗》,《景印文淵閣四庫全書》，第53冊，經部47，易類，卷下，頁896。

〔註79〕〔清〕阮元:《十三經注疏》,《禮記正義‧月令第6》，仲夏1，頁308。

〔註80〕〔唐〕段成式:《酉陽雜俎》,《景印文淵閣四庫全書》，第1047冊，子部353小說家類，卷16，頁741。

詩》，第 8 冊，244 卷，頁 2744～2745。）

韓翃（生卒年不詳）是大歷年間十大才子之一。詩裡宴客送別之後，暮去朝來的歲月中，除了思念與祝福，大概只有伯勞最能在東風起時，喚醒兩處一樣情。而白居易的〈曲江早春〉則又是另一種情境：

柳條漸無力，杏園伯勞初有聲。可憐春淺遊人少，好傍池邊下馬行。（《全唐詩》，第 13 冊，437 卷，頁 4843。）

「曲江」在長安城東南角一帶，漢時稱爲宜春苑，隋朝時改爲芙蓉園，到了唐玄宗開元年間，疏濬此地的湖泊後，才更名爲「曲江」。湖中碧波蕩漾，荷花滿池，上自皇帝下至百姓，皆愛到此遊賞。白居易有關曲江的作品甚多，這首歌誦早春的作品，春還早人鮮少，充滿慵懶氣息，唯一可以勾動起生機盎然的只有伯勞的初啼聲。詩中既爲伯勞的候鳥路線作了說明，也讓伯勞在春天的開始，成了飛上枝頭輕淺巧妙的美麗化身。

5、綜　合

有些詩人對於季節的生發，可是不侷限於一種禽鳥，透過多方組合，反而更貼近眞實世界，例如盧照鄰〈初夏日幽莊〉：

聞有高蹤客，耿介坐幽莊。林壑人事少，風煙鳥路長。瀑水含秋氣，垂藤引夏涼。苗深全覆隴，荷上半侵塘。釣渚青鳧沒，村田白鷺翔。知君振奇藻，還嗣海隅芳。（《全唐詩》，第 2 冊，卷 42，頁 527。）

盧照鄰（西元 630？～689？）在這首以夏天爲題的詩中，就以荷塘鋪陳，青鳧出沒以及白鷺於田間飛翔，作爲幽居的點綴之一。另外如元稹〈生春二十首〉則是以春天的始發：

何處生春早，春生鳥思中。鵲巢移舊歲，鳶羽旋高風。鴻雁驚沙暖，鴛鴦愛水融。最憐雙翡翠，飛入小梅叢。（《全唐詩》，第 12 冊，卷 410，頁 4555。）

元稹（西元 779～831），字微之，河南人。與白居易齊名，時稱元白，彼此唱和不絕。其詩風比起白居易顯得艱澀許多，但本詩則是十分淺顯。這是有關〈生春二十首〉中的第十一首，寫於丁酉歲（西元 817）。

詩中通過在春天活動的「鶻、鳶、鴻雁、鴛鴦、翡翠」各類禽鳥，闡釋春天的到來；而「移舊歲」、「旋高風」、「驚沙暖」、「愛水融」、「飛入小梅叢」更是鉅細靡遺的展現彼此不同的特質，頗具別出心裁之思。

第二節　相處對應，平等尊重

在古代，人類把自然當作頂禮膜拜的神祇；到了近代，卻把自然當作征服的對象，於是文明的結果是把自己與自然對立，從而帶來的只有無數次「天災」或是「反撲」。其實自然界是人類共業所生，既是人類生命的一部份，又有其自己的獨特生命規律。從「同感親和」原理來看，如果人類愛惜自己的生命而不願意受到傷害，那麼「己所不欲，勿施於人」，人類就應以同樣的方法愛護大自然的生命、尊重其生命規律。就如同禪宗所言：「郁郁黃花無非般若，青青翠竹皆是法身。」自然界給人類以生活和眞理的啓示，在法性上與人類平等爲伍。因此，人類不應有主宰自然的野心，更不應任意破壞自然和損害生態平衡。〔註 81〕由此觀照屬於大自然的禽鳥與人對應模式，除了少數的創作篇章呈現出人類的控制慾或是摧殘外，大抵都以關懷與和諧共處。

一、界線消弭，物我自在

談到中國詩人對於自然的存在，最懂得處理者莫過於王維。在王維的〈鹿柴〉：「空山不見人，但聞人語響。反景入深林，復照青苔上。」〔註 82〕劉若愚先生以爲在這首詩中：「這種無時間性與普遍性的感覺，因中文中的主語經常省略而更爲加強。……讀者不能不感覺到整個『自然』的存在，其中山巒、人聲，日光和青苔都是平等的。」〔註 83〕因爲主語的省略，得以使詩人的個性不會干擾詩境；於是詩具有一種普

〔註 81〕學愚：〈從諸法緣起，說人、社會、自然的和諧〉，《香港佛教》，第 548 期（2007 年 4 月），頁 1。

〔註 82〕〔清〕聖祖御定：《全唐詩》，第 4 冊，卷 128，頁 1300。

〔註 83〕劉若愚著，杜國清譯：《中國詩學》（台北：幼獅文化事業公司，1985 年），頁 62。

遍的，非個人的特質，而「自然」也自然存在了。而人——之於禽鳥——大自然中，又是如何，值得討論。

（一）若即若離

因為距離產生美感，不僅是日常生活的一種調劑，更是文人雅士經常使用的手法之一。禽鳥因為怕人，所以築巢於高處，距離遂行漸遠，但與人關係並未疏離；人因想要親近，於是豢養，拉進與禽鳥間的距離，結果距離近了，卻不見得擄獲彼此的心。此處不談破壞自然原始生存的養殖方式，而是保持各自原本的處所，所產生的距離之美。

在眾多禽鳥中，燕子是就像人類的朋友般，尤其以家燕最令人感受到其貼近與融入人類的生活；不過燕子雖時時環繞，但又保持一定距離；而且鮮少有人會將燕子擒獵，更不會去破壞其辛勤營造的家，即便牠就在咫尺之遠而已。正所謂「色斯舉矣，翔而後集。」〔註84〕禽鳥見人色不善則飛去，回翔審視而後下止，詩人在創作，經常透露這樣的訊息，如韋應物〈燕銜泥〉：

> 銜泥燕，聲嘍嘍。尾涎涎，秋去何所歸。春來復相見，豈不解決絕高飛碧雲裡。何為地上銜泥滓，銜泥雖賤意有營。杏梁朝日巢欲成，不見百鳥畏人林野宿。翻遭網羅俎其肉，未若銜泥入華屋。燕銜泥，百鳥之智莫與齊。（《全唐詩》，第6冊，卷194，頁2000。）

詩的開頭，很清楚寫出正啣泥築巢的燕百般搜尋，秋去春來，只為了找到合適的家。這個家並不是絕高達天的碧雲裡，也不是林野群樹的郊區，而是人間的屋舍，華廈裡的杏梁。作者進一步將燕子與百鳥相比，燕子選擇與人比鄰，那是睿智，是群鳥無法相比的。如果說，遠離人類是為了保身，那又何苦落得「天羅地網」伺候的命運；如果說「最危險的地方就是最安全的地方」，那麼燕子真是最直接的實驗者。又杜牧的〈村舍燕〉：

〔註84〕〔宋〕朱熹：《論語集注》，《四書章句集注》（台北：大安出版社，1999年），卷5，〈鄉黨〉，頁166～167。

漢宮一百四十五，多下珠簾閉瑣窗。何處營巢夏將半，茅簷煙裡語雙雙。(《全唐詩》，第16冊，卷522，頁5973。)

杜牧（西元 803～852？）詩題中已經清晰交代屬於村舍的可貴，所以即便宮廷再美，閉鎖珠簾就是一種缺陷；反觀茅屋、炊煙，雙雙對對的自在，村舍當是燕子最佳的選擇。杜牧向來不拘小節，放蕩不羈，風流韻事特多。從貴族之身道出這樣的心境，更能說服人心。當然也從中看見屬於人類與禽鳥間的對應，那是一種良善的建議，是信任的美意。只是詩中也暗藏仕途不順遂，洵是無可避免的。另外王建的〈春燕詞〉：

新燕新燕何不定，東家綠池西家井。飛鳴當户影悠揚，繞簷頭一繞梁。黄姑説向新婦女，去年墮子汙衣箱。已能辭山復過海，幸我堂前故巢在。求食愼勿愛高飛，空中飢鳶爲爾害。辛勤作巢在畫梁，願得年年主人富。(《全唐詩》，第9冊，卷298，頁3380～3381。)

王建（西元768～830？），這首詩與韋應物〈燕銜泥〉相較，更具人與自然的關懷與互動的眞情。其中的「求食愼勿愛高飛，空中飢鳶爲爾害。辛勤作巢在畫梁，願得年年主人富。」透露出人類對於燕的關懷與勸戒，不希望牠受到損傷；但在同時相對的也希望給主人帶來好運，富貴吉祥無絕期。與其說中國的場域，不管是何種年代，因爲此一「習俗」而間接給了燕的祝福；還不如說燕子像看懂了人的心，既是念舊又不受控制，保持彼此的和諧與自己獨特的精神。至於馮著〈燕銜泥〉：

雙燕碌碌飛入屋。屋中老人喜燕歸。裴回繞我床頭飛。去年爲爾逐黃雀。雨多屋漏泥土落。爾莫厭老翁茅屋低。梁頭作窠梁下栖。爾不見東家黃鷇鳴嘖嘖。蛇盤瓦溝鼠穿壁。豪家大屋爾莫居。嬌兒少婦採爾雛。井旁寫水泥自足。銜泥上屋隨爾欲。(《全唐詩》，第6冊，卷215，頁2249。)

在《續博物志》中記載：「燕銜土避戊巳日，則巢固而不傾。」〔註85〕

〔註85〕〔宋〕李石：《續博物志》，《景印文淵閣四庫全書》，第1047冊，子部353小說家類，卷6，頁956。

雖然《太平御覽》中辯駁：「此非才智，自然得之。」〔註 86〕但人們仍然相信燕子春來秋去的規律，是有其應有能力的。在這首詩中，豪家大戶與老人相比，老人當然慈祥且親善的；又與東家相較，雖然老人家中茅屋低，但總比「黃轂鳴嘖嘖。蛇盤瓦溝鼠穿壁。」還要安全多了；再者老翁所作：「去年為爾逐黃雀、梁頭作窠梁下栖、井旁寫水泥自足、銜泥上屋隨爾欲。」無一不是貼心的人性表現。顯然燕子敢大膽將巢築於屋梁或簷間，雖是暴露最脆弱的一面；但何嘗不是因為取得彼此一種恆久的信任，於是如家人般，可以來去自如。

除了燕子，雀也常是與人接近的禽鳥之一。屬於留鳥的雀常常啄時農夫辛勤摘種的稻穀，卻也常常棲身於尋常百姓家的簷下，這種極度衝突又矛盾的行為，往往總能在溫和中平和落幕。先看儲光羲〈田家雜興〉兩首：

1. 眾人恥貧賤，相與尚膏腴。我情既浩蕩，所樂在畋漁。山澤時晦暝，歸家暫閒居。滿園植葵藿，繞屋樹桑榆。禽雀知我閒，翔集依我廬。所願在優游，州縣莫相呼。日與南山老，兀然傾一壺。（《全唐詩》，第 4 冊，卷 137，頁 1386。）
2. 平生養情性，不復計憂樂。去家行賣畚，留滯南陽郭。秋至黍苗黃，無人可刈穫。稚子朝未飯，把竿逐鳥雀。忽見梁將軍，乘車出宛洛。意氣軼道路，光輝滿墟落。安知負薪者，咥咥笑輕薄。（《全唐詩》，第 4 冊，卷 137，頁 1386。）

山居的歲月或許多了些浪漫，多了更多平和自在的心情，所以與儲光羲為伴的不是「州縣」的父母官，而是「禽雀」。因為人沒有機心，禽鳥也卸下心防，其「翔集依我廬」就是最佳寫照。而第二首中，雖不是悠閒，但也不至於充滿殺機，試看「稚子朝未飯，把竿逐鳥雀。」

〔註 86〕〔宋〕李昉等撰：《太平御覽》，《景印文淵閣四庫全書》，第 901 冊，子部 206 類書類，卷 916，頁 246。

人與禽鳥的食物竟是相同的，爲了保留基本的需求，驅逐成了必要，一種假威嚴的象徵。在唐代段成式所寫的《酉陽雜俎》中提到：「釋氏書言：『雀沙生，因浴沙塵受卵。蜀弔烏山，至雉雀來弔，最悲。百姓夜燃火伺取之，無嗉不食，似特悲者，以爲義，則不殺。』」〔註87〕燕子築巢被人們視爲喜氣，而雀因其義，而保全其生命，不管是那一類，都呼應了和諧之美。

另一首的是白居易〈觀稼〉：

> 世役不我牽，身心常自若。晚出看田畝，閒行旁村落。纍纍繞場稼，嘖嘖群飛雀。年豐豈獨人，禽鳥聲亦樂。田翁逢我喜，默起具尊杓。斂手笑相延，社酒有殘酌。愧茲勤且敬，藜杖爲淹泊。言動任天眞，未覺農人惡。停杯問生事，夫種妻兒穫。筋力苦疲勞，衣食常單薄。自慚祿仕者，曾不營農作。飽食無作勞，何殊衛人鶴。（《全唐詩》，第13冊，卷429，頁4731。）

白居易的〈觀稼〉雖然詩人不免自慚：「曾不營農作。飽食無作勞，何殊衛人鶴。」感嘆自己簡直像隻衛人鶴，既擁有權勢，又飽食終日無所勞動。但因爲詩中的「纍纍繞場稼」開啓了喜樂的源頭。有了這樣的豐收，人們欣慰而禽鳥也進而成爲受益者；沒有彈丸的威脅，純然天眞以對。

燕、雀與人近距離的相安無事，就如管子之言：「畜之以道，養之以德。畜之以道，則民和。養之以德，則民合。和合故能習，習故能偕，偕習以悉，莫之能傷也。」〔註88〕人與人之理對應於人與禽鳥，其義相通。

另外有些禽鳥的關係則是似遠若近，一方面有遠距離的各自安頓，一方面又有似近又不太遠的體驗，但共通的是，保有「尊重」的

〔註87〕〔唐〕段成式：《酉陽雜俎》，《景印文淵閣四庫全書》，第1047冊，子部353小說家類，卷16，頁739。

〔註88〕〔春秋〕管仲：《管子》，《諸子集成》（北京：中華書局，1954年），〈幼官〉，頁45。

精神。先以鷗鳥爲例，在張九齡〈自豫章南還江上作〉：

> 歸去南江水，磷磷見底清。轉逢空闊處，聊洗滯留情。浦樹遙如待，江鷗近若迎。津途別有趣，況乃濯吾纓。(《全唐詩》，第 2 冊，卷 48，頁 588。)

南朝梁劉勰指出：「是以詩人感物，聯類不窮。流連萬象之際，沉吟視聽之區；寫氣圖貌，既隨物以宛轉；屬采附聲，亦與心而徘徊。……若乃山林皋壤，實文思之奧府，略語則闕，詳說則繁。然屈平所以能洞監風騷之情者，抑亦江山之助乎！」〔註 89〕這對於屢遭謗議的張九齡（西元 678～740）深沉底蘊，應該是十分契合的。在這首詩中雖然暗藏南還感傷，但是卻在「津途別有趣」中化解；於是大自然裡的「浦樹遙如待」有著朋友般的情義，而「江鷗近若迎」更是旅程中最美的夥伴。船走樹遠距離勾動情思，而鷗鳥的時而近身毫無畏懼，時而遠飛環繞，何嘗不是天地之間一份不粘不膩的回應。另外一首也是與鷗鳥有關的是李白的〈過崔八丈水亭〉：

> 高閣橫秀氣，清幽併在君。簷飛宛溪水，窗落敬亭雲。猿嘯風中斷，漁歌月裡聞。閒隨白鷗去，沙上自爲群。(《全唐詩》，第 6 冊，卷 180，頁 1840。)

唐人的詩作寫於行道途中者甚多，成名之作也不少，而這與唐人習慣或是普遍漫遊的生活習慣有很大的關係。南宋嚴羽說到：「唐人好詩，多是征伐、遷謫、行旅、離別之作，往往能感動激發人意。」〔註 90〕就是投身大地的心情寫照。而李白（西元 701～762）在這首詩中充滿著途經過崔八丈水亭的悠然心境，末尾的「閒隨白鷗去，沙上自爲群。」格外可以傳達李白意氣飄然，就有獨立於外，又能兼具人與自然融合的自在。至於杜甫的〈客至〉：

> 舍南舍北皆春水，但見群鷗日日來。花徑不曾緣客掃，蓬

〔註 89〕周振甫注：《文心雕龍注釋》（台北：里仁書局，1984 年），〈物色第 46〉，頁 845。

〔註 90〕〔南宋〕嚴羽著，郭紹虞校釋：《滄浪詩話校釋》（台北：正生書局，1972 年），頁 182。

門今始爲君開。盤餐市遠無兼味，樽酒家貧只舊醅。肯與鄰翁相對飲，隔籬呼取盡餘杯。(《全唐詩》，第 7 冊，卷 226，頁 2438。)

不是貶謫不是旅遊，而是生活的寫眞。沒有達官貴族登門，卻有鄰翁與之對飲；不必有萬戶侯的名利得失計較，可以有翔集的知機鷗鳥爲伴；就算是粗茶淡菜比不上豐盛美味，但足以甘之如飴。如果說這詩中句句均涉及「人」的差異的話，並不爲過！但唯獨「群鷗日日來」讓人體會到世俗之外的平等，這種平等如同空氣一般，常常是詩人或說是人類最不刻意的對應自然模式，但也往往是最爲感動的一部分。又以「杜鵑」來看，顧況的〈聽子規〉、〈山中〉：

1. 棲霞山中子規鳥，口邊血出啼不了。山僧後夜初出定，聞似不聞山月曉。(《全唐詩》，第 8 冊，卷 267，頁 2970。)
2. 野人愛向山中宿，況在葛洪丹井西。庭前有箇長松樹，夜半子規來上啼。(《全唐詩》，第 8 冊，卷 267，頁 2965。)

子規就是杜鵑鳥，在《全唐詩》中全以聲音作爲表達。第一首的子規是以棲霞山中的夜裡作爲背景時空的，而人物除了山僧，當然作者也未逃離；天上的明月是靜謐的，山間的僧院是安詳的，人的心也是定的，雖然還多此一舉道出「聞似不聞」而略顯掃興，但不管距離或遠或近，心中不憎、不怨、不煩，而任憑各自的安頓，卻是有的。另一首的杜鵑則更顯外放，放浪不羈的心，帶著仙人氣蘊的氛圍，彼此距離不遠，卻有溫暖在。至於羅鄴〈聞杜鵑〉：

花時一宿碧山前，明月東風叫杜鵑。孤館覺來聽夜半，羸童相對亦無眠。汝身哀怨猶如此，我淚縱橫豈偶然。爭得蒼蒼知有恨，汝身成鶴我成仙。(《全唐詩》，第 19 冊，卷 654，頁 7514。)

這不是杜牧的「千里鶯啼」流鶯處處，所以聽得見的杜鵑啼，表示距離不遠。羅鄴〔註 91〕(生卒年不詳）的這首〈聞杜鵑〉既是悲憫杜鵑哀怨

〔註 91〕《全唐詩作家小傳》記載，羅鄴，餘杭人，累舉進士不第。光化中，以韋莊奏。追賜進士及第，官補闕。詩一卷。

無比，也提及自己的不得志，〔註 92〕所以即便心中有恨，但是「汝身成鶴我成仙」卻不是同是天涯淪落人的情境，反而是平等眾生的緣起。

（二）捨我融入

論及融入，就會有從作者觀點的「有我」與「無我」的區別；而這是否與讀者立場畫上等號，不是本文重點。想要融入，無我是必要的，在《莊子‧逍遙遊》有言：「至人無己，神人無功，聖人無名。」〔註 93〕因爲「無己」所以能「乘天地之正，而御六氣之辯，以遊無窮者。」另外在〈齊物論〉中則有「吾喪我」〔註 94〕的見解，唐君毅先生以爲這是承繼〈逍遙遊〉的基本觀點而來，〔註 95〕不管是〈逍遙〉或是〈齊物〉，莊子的無我無己應該從「有」昇華而得，是將「有待」加以淨化、釋懷，了然於心不受外物之牽絆。由於世人往往被名利得失所縛，所以莊子以爲，不管是「知效一官，行比一鄉，德合一君，而徵一國者」〔註 96〕的小知者，或是「宋榮子猶然笑之。且舉世而譽之而不加勸，舉世而非之而不加沮，定乎內外之分，辯乎榮辱之境，斯已矣。彼其於世未數數然也。雖然，猶有未樹也。」〔註 97〕的宋榮子，以及「夫列子御風而行，冷然善也，旬有五日而後反。彼於致福者，未數數然也。」〔註 98〕的列子，人總闇於自見以此自滿，而上述

〔註 92〕傅璇琮主編：《唐才子傳校箋》，第 3 冊，卷 8，頁 474。鄴適飄蓬湘浦間，崔素賞其作，志在弓旌，竟爲幕吏所沮。既而俯就督郵，不得志。踉蹌北征，赴職單于牙帳。滿目誰親，因茲舉事闌珊，無成於邑而卒。

〔註 93〕〔戰國〕莊子等著，〔清〕郭慶藩：《莊子集釋》（台北：頂淵文化事業公司，2005 年），頁 17。

〔註 94〕〔戰國〕莊子等著，〔清〕郭慶藩：《莊子集釋》，〈齊物論第 2〉，頁 45。

〔註 95〕唐君毅：《中國哲學原論》（台北：學生書局，1992 年），卷 1，〈原道篇〉，頁 357。

〔註 96〕〔戰國〕莊子等著，〔清〕郭慶藩：《莊子集釋》，〈逍遙遊第 1〉，頁 16。

〔註 97〕〔戰國〕莊子等著，〔清〕郭慶藩：《莊子集釋》，〈逍遙遊第 1〉，頁 16～17。

〔註 98〕〔戰國〕莊子等著，〔清〕郭慶藩：《莊子集釋》，〈逍遙遊第 1〉，頁 17。

三者仍是有待於外的。只有「至人、神人、聖人」方能達到無我無己，並藉由「坐忘」的功夫，〔註 99〕臻於理想境界。其中所論及的「墮肢體」乃是放下「形軀我」，而「黜聰明」則是貶抑「情識我」，這些都是對「小我」的一種超越與「解放」（Liberation），然後優遊於自然之中；如同王邦雄先生所謂的回歸到「精神主體」與「生命主體」的眞君，擺脫形軀的束縛與心知情識的執著，〔註 100〕卸下今日人們常說的「自我中心主義」，縮小自己，開放心靈，化界線於無形。是以想要融入，則放下「妄我」有其絕對必要性。而佛學中的「無我」也是指放下對於「我」的執著，〔註 101〕此處的「我」就是指眾生面對流轉不息的萬法產生執著心，誤以爲內在與外在的我是永恆不變的，因而煩惱起。一旦觀照察覺，不再認爲形軀我與意識我爲眞君，不爲物所役，自可重拾自在。

眞正的融入自然，是屬於功夫上的，不是理論說說而已，《全唐詩》中的詩人體現，是個直接的實例。畢竟「以禽鳥入詩」的目的，詠物或藉物、託物、寄物、懷物是常有的，要將自我超脫於外，並不是件容易的事。此時如何放空，拋開既有窠臼是個重要的觀照法門；而其中能如此揮灑者，又以自然詩風或是田園隱居的比率居多。以李白的〈秋浦歌，十七首之十三〉來看：

〔註 99〕〔戰國〕莊子等著，〔清〕郭慶藩：《莊子集釋》，〈大宗師第 6〉，頁 283～284。顏回曰：「回益矣。」仲尼曰：「何謂也？」曰：「回忘仁義矣。」曰：「可矣，猶未也。」他日復見，曰：「回益矣。」曰：「何謂 也？」曰：「回忘禮樂矣。」曰：「可矣，猶未也。」他日復見，曰：「回益矣。」曰：「何謂也？」曰：「回坐忘矣。」仲尼蹴然曰：「何謂坐忘？」顏回曰：「墮肢體，黜聰明，離形去知，同於大通。此謂坐忘。」

〔註 100〕王邦雄：《中國哲學論文集》（台北：學生書局，1990 年），頁 210。多方紛紜見地不做贅述。

〔註 101〕〔日〕玉成康四郎著，李世傑譯：《佛教思想》（台北：幼獅文化事業公司，1985 年），頁 92。著者認爲在最初的原始經典中，無我並非「我的否定」；而是指「離開對於我的執著」。由此推衍「離欲」、「去我執」是可以的。

涤水淨素月，月明白鷺飛。郎聽採菱女，一道夜歌歸。(《全唐詩》，第5冊，卷167，頁1724。)

這首詩的〈序〉有言：「秋浦長似秋，蕭條使人愁。客愁不可度，行上東大樓。正西望長安，下見江水流。寄言向江水，汝意憶儂不。遙傳一掬淚，爲我達揚州。」可見其十七首創作的前提以「愁」爲主。但若將此首獨立於外，從「涤水」、「素月明」、「白鷺飛」毫無人爲因素涉入，而「夜歌」、「結伴而歸」更本乎自然，亦足以擺脫蕭條與悽涼，既是旁觀又高度的融入自然之中。誠如清代王國維先生所言：「因大詩人所造之境必合乎自然。」〔註102〕人惟在靜中可以得之，此時所用的「載體」純然平等，不必成爲心靈的轉運站。再看其中一首〈秋浦歌，十七首之十六〉：

秋浦田舍翁，採魚水中宿。妻子張白鷴，結罝映深竹。(《全唐詩》，第5冊，卷167，頁1724。)

更是微妙的拈出生動畫面，其中的「田舍翁」、「張白鷴」，藉由轉化手法，更能使人融入「物我消弭」的情境。又如劉禹錫〈白鷺兒〉：

白鷺兒，最高格。毛衣新成雪不敵，眾禽喧呼獨凝寂。孤眠芊芊草，久立潺潺石。前山正無雲，飛去入遙碧。(《全唐詩》，第11冊，卷356，頁3998。)

劉禹錫（西元 772～842）的這首詩以白鷺爲題，有別於一般藉詠物紓發情志，純粹只以白鷺爲主。王國維曾言：「境非獨謂景物也。故能寫眞景物眞感情者，謂之有境界，否則謂之無境界。」〔註103〕作者能全然以白鷺入境，把自我消失在「前山正無雲，飛去入遙碧。」中，則「以物觀物，故不知何者爲我，何者爲物。」〔註104〕的無我之境，其實就是如此簡單而已。太多的情緒只是罣礙，寫詩或看待自

〔註102〕〔清〕王國維：《人間詞話》(台北：台灣開明書店，1989年)，卷上，頁1。

〔註103〕〔清〕王國維：《人間詞話》，卷上，頁2。

〔註104〕〔清〕王國維：《人間詞話》，卷上，頁1。歷來探討無我與有我之論者，如葉嘉瑩、朱光潛等，雖各有其詳贍處，到最後都難以圓滿具足解決紛爭。是以簡單視之，反而得其眞理。

然皆是如此。至於盧綸的〈春遊東潭〉：

移舟試望家，漾漾似天涯。日暮滿潭雪，白鷗和柳花。（《全唐詩》，第9冊，卷279，頁3174。）

此詩的結尾延伸手法極爲高妙，滿潭的雪如柳花又似白鷗，而天涯就在這樣漫天的「白色世界」中擴展再擴展，分不清楚界線。作者隱身而不見，只見白鷗與柳花輕揚。

除了物我自在，其物我兩忘，更感可貴。特別是當作者連禽鳥的名稱都省略了，那「忘年忘義，振於無竟，故寓諸無竟。」〔註105〕的相忘無窮，就更化於無形了。以王維〈皇甫嶽雲溪雜題，五首之一：鳥鳴澗〉爲例：

人間桂花落，夜靜春山空。月出驚山鳥，時鳴春澗中。（《全唐詩》，第4冊，卷128，頁1302。）

歷來對於這首詩的討論熱烈，其中以明代胡應麟：「讀之身世兩忘，萬念皆寂，不謂聲律之中，有此妙詮。」〔註106〕最得妙意。

這首詩從時間鋪陳，夜到底多靜；從空間設想，春山如何空，這一切該歸於人閑。人「閑」如同桂花「輕輕滑落」，山「空」就似夜的「寂靜空曠」；聲音如果可以證明人的存在，那麼時鳴該也只是「月亮」出來的前奏罷了。而這正是王維擅長以有聲顯無聲，以動顯靜的巧妙所在；於是時間與空間的交疊融合，相生相成構築的是無限的遐想。雖然一切名與實都在：「人悠閒」、「花飄落」、「夜寧靜」、「春山空」「月兒出」、「驚山鳥」，但這些被後人視爲「空靈」的意境，都祇是過門；撥開這些迷障，就只有鳥鳴回蕩的自然化境而已。正如今人李瑛云：「便覺有一種空曠寂靜景象，因鳥鳴而愈顯著。流露于筆墨之外，一片化機，非復人力可到。」〔註107〕顯然佛老兼併的這種物

〔註105〕〔戰國〕莊子等著，〔清〕郭慶藩：《莊子集釋》，〈齊物論第2〉，頁108。

〔註106〕〔明〕胡應麟：《詩藪》（台北：廣文書局，1973年），頁119。

〔註107〕富壽蓀：《千首唐人絕句》（上海：上海古籍出版社，1985年），頁120。

我兩相忘是驚奇的，而以「實筆托出虛神」更是冒險的，但產生的藝術空白效果也最強。另外韋應物〈神靜師院〉則是：

> 青苔幽巷遍，新林露氣微。經聲在深竹，高齋獨掩扉。憩樹愛嵐嶺，聽禽悅朝暉。方耽靜中趣，自與塵事違。（《全唐詩》，第6冊，卷192，頁1980。）

韋應物另一首〈秋夕西齋與僧神靜遊〉：「晨登西齋望，不覺至夕曛。正當秋夏交，原野起煙氛。坐聽涼飆舉，華月稍披雲。漠漠山猶隱，灩灩川始分。物幽夜更殊，境靜興彌臻。息機非傲世，于時乏嘉聞。究空自爲理，況與釋子群。」〔註108〕也是與僧神靜有關的詩。兩首同樣都因爲人的心境寧靜悠閑，才得以對大自然的變化有如此敏銳的體會。其中〈神靜師院〉的「憩樹愛嵐嶺，聽禽悅朝暉。」將自己放空，全然融入其間；而「禽」的身分不明，但意義更深；就因如此，才得以在自然的聲響中，達其「靜中趣，塵事違。」的眞意。

而戴叔倫〈過柳溪道院〉、王建〈園果〉：

> 1. 溪上誰家掩竹扉，鳥啼渾似惜春暉。日斜深巷無人跡，時見梨花片片飛。（《全唐詩》，第9冊，卷274，頁3105。）
> 2. 雨中梨果病，每樹無數箇。小兒出入看，一半鳥啄破。（《全唐詩》，第9冊，卷301，頁3422。）

明代陸時雍曾言：「詩貴眞，詩之眞趣，又在意似之間。認眞則又死矣。柳子厚過於眞，所以多直而寡委也。《三百篇》賦物陳情，皆其然而不必然之詞，所以意廣象圓，機靈而感捷也。」〔註109〕其中的「皆其然而不必然之詞」正足以道出上述這兩首詩的情境來。畢竟「詩不患無情，而患情之肆；詩不患無言，而患言之盡；詩不患無景，而患景之煩。」〔註110〕平和是必要的，因爲「每樹無數箇」；情肆是不

〔註108〕〔清〕聖祖御定：《全唐詩》，第6冊，卷192，頁1975。

〔註109〕〔明〕陸時雍：《詩鏡總論》，《景印文淵閣四庫全書》，第1411冊，集部350總集類，頁17。

〔註110〕〔明〕陸時雍：《詩鏡總論》，《景印文淵閣四庫全書》，第1411冊，集部350總集類，頁11。

必的，因爲「日斜深巷無人跡」。當「一半鳥啄破」或是「時見梨花片片飛」的當下，昇華不知有己，讓眞我的精神從形骸中突破出來，則捨棄形器而保其內在精神，悠遊於自然之中何其容易。

二、閑賞投契，自然爲美

以禽鳥入鏡，非關繪畫，畢竟大多數的詩人是以文字捕捉意境，且本論文第四章題畫詩已作探討；禽鳥入詩，非關豢養，而是從自然之中觀賞，因此本節以感官審美構圖，乃在消弭與自然的界線，擺脫功利與繁瑣，是作者自己的感動與欣賞，也令讀者可以在情景交融下合而爲一。此時禽鳥不一定有名字，否則容易陷溺「詠物」之形似巧構，直是無「妄執」的欣賞。

（一）物外化境，賞心悅目

禽鳥於天地之間的動靜，樣貌聲音入于眼充乎耳箸乎心，是物境、情境也是意境的蘊藉，是自然之美的展現。

而對於這種自然之美的定義，大抵有其一：所謂自然之美是指客觀自然界中自然生成的事物的美；其二：所謂自然美，指的就是自然事物的美或自然界中的美；其三：自然美，即以自然形態爲對象的審美形態；其四：自然美是現實美的一個種類，它指的是相對於社會事物而言的。具體說來，自然美包括無機自然物的美、植物和動物的美以及人體的美；其五：自然美，是美的現象形態之一。泛指客觀自然界中或自然事物的美，如日月星辰、奇山秀水、花鳥蟲魚、珍禽異獸等的美；其六：自然美是指客觀自然界的事物或現象的美，即能夠引起審美主體愉悅的自然物生動形象。〔註 111〕意即從廣義而言，自然美指自然界全部的美，包括人們未加工過的自然和被加工過的自然；

〔註 111〕參酌嚴昭柱：《自然美》（南寧：漓江出版社，1984 年）、羅筠筠：《自然美欣賞：山情水韵出自然》（太原：山西教育出版社，1995 年）、楊樹茂：《自然美的燦爛與輝煌》（北京：中國經濟出版社，1993 年）、魏士衡：《中國美學思想探源》（北京：中國城市出版社，1994 年）等等專書而得。

狹義的理解，自然美指純粹的自然，天生自在，不滲透人的精神、未經過人類改造的自然物的美。〔註 112〕若以此觀照禽鳥相關詩作，則是側重于自然規律發生、變化和發展的一切。是不需要依賴人爲的，人是旁觀者，不加以干擾；也是融入者，欣賞眞趣。

當然相對於美學界對自然美意見一致的部分，關於自然美，大家的爭論和分歧似乎更多。無論是自然美的本質，自然美的社會性問題，還是自然美產生於人類之前之後的問題及自然美的階級性問題，如自然美是「自然的人化」或者是「人化的自然」的問題等等。這一方面是由於人們的理論視野和對美的基本看法的不同，另一方面也是由於自然物及其屬性的無限豐富性，自然物與人關係的多樣性及審美主體因文化背景的差異，對自然美認識呈現多面性所決定的。例如同是一個太陽有旭日東升時的朝氣蓬勃，也有夕陽西照的悲壯肅穆；同是美麗的鮮花，有國破山河殘缺時的「花濺淚」，也有歡笑得意時「春風得意馬蹄疾，一日看盡長安花」的瀟洒得意；同樣是金黃燦爛的菊花，中國人看出了它「傲霜枝」的氣節，外國人只看出了它的「雍容華貴」，這也就是爲什麼「自然美是美的難題」〔註 113〕的原因。但這都不妨害禽鳥相關詩作的作者意圖（intention），因爲此節所考慮的只是單純的閑賞，而不是哲學的意義。

而禽鳥的飛翔之美，往往是意境的起點；如杜甫的〈絕句四首，第三〉，這可是全面的佈局，不是局部的描繪：

> 兩箇黃鸝鳴翠柳，一行白鷺上青天。窗含西嶺千秋雪，門泊東吳萬里船。（《全唐詩》，第 7 冊，卷 228，頁 2487。）

雖然黃庭堅以爲子美作詩，退之作文，無一字無來處。〔註 114〕後世

〔註 112〕 劉東陽：《自然美：從本質論走向生態論——當代中國自然美研究的一種考察》（北京：首都師範大學碩士論文，2007 年），頁 2。

〔註 113〕 李澤厚：《李澤厚哲學美學文存・下編》（合肥：安徽文藝出版社，1999 年），頁 688。

〔註 114〕 〔宋〕黃庭堅：《黃庭堅全集》（成都：四川大學出版社，2001 年），〈答洪駒父書〉，頁 475。

對此褒貶不一，〔註 115〕但杜甫的確眞能陶冶萬物，有其箇中巧妙在。〔註 116〕在唐代宗廣德年間（西元 764）嚴武還鎭成都，杜甫也跟著返回草堂，〔註 117〕所以心境與之前相較快樂許多，此詩遂而完成。

首先針對這首詩的題目，沒有擬題，完成後又是隨性，「絕句」二字既兼具形式又有自在之思。而整首詩，大抵將寄託暫時擱一邊，國仇家恨落兩旁，全然由物之美境起筆；從詩的開啓到結束，油然而然是一幅精心繪製的圖畫。在詩的上聯，相互對仗，全以動態擷取，作者推窗所得，近處先傳入耳際的是黃鸝的響亮聲與嫩翠的柳條，二者顏色明亮協調且春意漸興，其中的「兩箇」一詞更使人備感親近可愛；而不遠處則是以視覺凸顯，在藍天的陪襯下，飛翔青天之上的白鷺猶如白雲般鮮明，特別是作者藉由「一行」格外能展露白鷺姿態幽雅的數大之美。下聯則是以靜態爲主，一樣運用對仗之句，一爲時間一爲空間，作者從上聯的位置往後退下，是以用「窗含」成爲框圍，

〔註 115〕如清袁枚所言：「宋人好附會名重之人，稱韓文杜詩無一字沒來歷。不知此二人所以獨絕千古者，轉在沒來歷。元微之稱少陵云：『憐渠直道當時事，不著心源傍古人。』昌黎云：『惟古於詞必己出，降而不能乃剽賊。』今就二人所用之典，證二人生平所讀之書，頗不爲多，斑斑可考，亦從不自註此句出何書，用何典；昌黎尤好生造字句，正難其自我作古，吐詞爲經，他人學之，便覺不妥耳。」參見〔清〕袁枚著，王英志校點：《隨園詩話》，《袁枚全集》（南京：江蘇古籍出版社，1993 年），卷 3，第 75 則，頁 94～95。

〔註 116〕有關杜甫的「兩箇黃鸝鳴翠柳」一句有人以爲脫胎換骨自韋應物〈滁州西澗〉：「獨憐幽草澗邊生，上有黃鸝深樹鳴。春潮帶雨晚來急，野渡無人舟自橫。」（《全唐詩》，第 6 冊，卷 193，頁 1995。）而能點鐵成金。然畢竟各有巧妙在，況且韋應物是其任滁州刺史所寫，當時已是西元 782 年，而杜甫逝世已久。

〔註 117〕在這之前，杜甫落難，幸嚴武協助，待之甚厚。《新唐書》記載：「時所在寇奪，甫家寓鄜，彌年艱窶，孺弱至餓死，因許甫自往省視．從還京師，出爲華州司功參軍。關輔饑，輒棄官去，客秦州，負薪採橡栗自給。流落劍南，結廬成都西郭。召補京兆功曹參軍，不至。會嚴武節度劍南東、西川，往依焉。武再帥劍南，表爲參謀，檢校工部員外郎。」〔宋〕歐陽修、宋祁合撰，楊家駱主編：《新校本新唐書》，卷 210，〈列傳第 126．文藝上〉，頁 5737。

可以入框內而眺望的是西山上終年不化的積雪；而往外一瞥，更能見到停泊於江邊的船隻。由於杜甫的浣花草堂在萬里橋西，因此門外就能輕易瞥見泊船；惟這「萬里」與「千秋」在形式上相對，但語意上則不見得是「行萬里」之止，〔註 118〕應該只是《吳船錄》中記載：「蜀人入吳者，皆從合江亭登舟，其西則萬里橋。」〔註 119〕眼界之遠近伸縮，未必眞得與歷史或距離有關。

若以現代攝影技巧而論，杜甫完全掌握了遠近、框圍、推拉、鏡頭長短的變化，雖然其中沒有人物安排，但其製造出的畫面景深，〔註 120〕卻是出乎意料，令人讚嘆。當然若以畫的圖像而言，這可以切割爲四幅獨立的作品，但融合起來，卻又是美不勝收的意象，頗得「詩中有畫，畫中有詩」〔註 121〕之境。特別是其中的「一行白鷺上青天」比起黃鸝，雖不如其著墨的色澤搶眼，但更能使畫面延伸讓情境寬廣開闊起來，於是自然之美早已不言而喻。

〔註 118〕在《唐詩新賞》中提及：「『萬里船』三字意味深長，因爲它們來自『東吳』。當人們想到這些船隻行將開行，沿岷江、穿三峽，直達長江下游時，就會覺得很不平常。因爲多年戰亂，水陸交通組絕，船隻是不能行萬里的。而今戰亂平定，戰亂平定，才可以看見來自東吳的船隻，詩人也才可以『青春作伴好還鄉』。」張淑瓊主編：《唐詩新賞》，第 7 冊，頁 326。

〔註 119〕〔宋〕范成大：《吳船錄》，《景印文淵閣四庫全書》，第 460 冊，史部 218 傳記類，頁 848。

〔註 120〕所謂的景深是指感光膠片上形成清晰影像的景物深度。當攝影機的鏡頭對於一定距離的景物，聚焦成爲清晰的影像時，距離較近和較遠景物的影像有一定的清晰範圍。景物的影像清晰深度是由鏡頭焦點清晰深度來表明。焦深長，景物清晰範圍就長；焦深短，景物清晰範圍就短。景深關係到畫面中的景物層次，是電影中縱深場面調度的一種方法。運用景深有兩種型式：一是全景深，人物有層次的被安排在畫面的不同深處，都可以獲得清晰的影像；二是將畫面空間劃分成清晰與模糊區，以表現處在不同空間位置上的人物。康台生：《攝影學》（台北：華興書局，1992 年），頁 42～43。

〔註 121〕〔宋〕蘇軾〈書摩詰藍田煙雨圖〉評論王維：「味摩詰之詩，詩中有畫；觀摩詰之畫，畫中有詩。」見蘇軾：《東坡志林・跋》（北京：，1981 年），頁 121～122。

杜甫有諸多題畫詩的創作，透過獨具慧眼的呈現，其藝術鑑賞的能力無庸置疑，更何況此是實景的情韻流露，洵不輸山水派詩人。當然提及杜甫詩時，每被憂國憂民之煩悶縈繞，而此際拋掉這些氛圍窠臼，還給他一個喘息或說是喜悅的空間，也是人之常情。另外如王涯的〈遊春詞二首之一〉：

> 經過柳陌與桃蹊，尋逐春光著處迷。鳥度時時銜絮起，花繁裒裒壓枝低。(《全唐詩》，第 11 冊，卷 346，頁 3876。)

王涯（西元約 746～835）字廣津，其先本太原人，魏廣陽侯冏之裔。祖祚，武后時諫罷萬象神宮知名，開元時，以大理司直馳傳決獄，所至仁平。〔註 122〕博學工文，尤多雅思；又辛文房評其：「善爲詩，風韻道然，殊超意表。」〔註 123〕對照此詩，頗得雅致之意。本詩的開頭以詩人信步起筆，經過野外種滿柳與桃花的小徑，其留連忘返猶如進入桃花源的世界般，尋逐那令人迷戀的春光。而最令人雀躍的是，飛鳥在枝椏間不時的穿梭，這種飛翔不同於前一首杜甫「上青天」窮盡視覺之極；而是輕巧的觸動，似遠若近的擺脫塵累，揚起如漫天飄舞柳絮的喜樂；至於另一旁繁密的千萬桃花，繽紛多姿更是令人目不轉睛。而這樣的景觀也只有在其「涯質狀頎省，長上短下，動舉詳華。性嗇儉，不畜妓妾，惡卜祝及它方伎。別墅有佳木流泉，居常書史自怡，使客賀若夷鼓琴娛賓。……財貯鉅萬，取之彌日不盡。家書多與祕府侔，前世名書畫，嘗以厚貨鉤致，或私以官，鑿垣納之，重複祕固，若不可窺者，至是爲人破垣剔取奩軸金玉，而棄其書畫於道。」〔註 124〕的條件下才得以享有。只是老子有言：「五色令人目盲，五音令人耳聾，五味令人口爽，馳騁田獵，令人心發狂；難得之貨，令人行妨。」〔註 125〕相較於貧富之間，

〔註 122〕〔宋〕歐陽修、宋祁合撰，楊家駱主編：《新校本新唐書》，卷 179，〈列傳第 104・王涯〉，頁 5317。

〔註 123〕傅璇琮主編：《唐才子傳校箋》，第 2 冊，卷 5，頁 420～432。

〔註 124〕〔宋〕歐陽修、宋祁合撰，楊家駱主編：《新校本新唐書》，卷 179，〈列傳第 104・王涯〉，頁 5319。

〔註 125〕〔周〕老子著，〔晉〕王弼注：《老子》，《諸子集成》，第 12 章，頁 11。

富者當更能習以爲常；也因此詩中動態燦爛，靜中著迷，心凝神釋，與萬化冥合；置身其間，卻未顯意興闌珊，或是牢騷滿腹。

（二）聲情之美，交融絕妙

歷來對於詩的境界，紛乘迭起，不一而足。其中最常被提及的又以王昌齡的理論最爲普及。王昌齡在其《詩格》中論及詩的境界時，認爲詩有三種境界，即物境、情境與意境，三境俱佳者乃爲好詩。〔註 126〕因此透過其一物境——明物象而取其眞，自然或生活場景都是最佳的寫照；其二情境——如白居易有詩：「花含春意無分別，物感人情有淺深。」

〔註 126〕有關王昌齡所撰：《詩格》目前一致的意見，認爲《詩格》爲王昌齡所著。其依據舉例如下（1）空海〈書劉希夷集獻納表〉說：「王昌齡《詩格》一卷，此是在唐之日，于作者邊偶得此書。」空海：《性靈集》，《弘法大師空海全集》（東京：筑摩書房，1984 年），頁 741。王昌齡遇害而死在安史之亂（西元 755 年）之後，空海入唐在 804 年，相距不過 50 年，而且他又是于作者邊得到此書，他所得到的王昌齡《詩格》，可能會有後人加入某些見解，但基本內容應該是可靠可信的。（2）皎然《詩式》卷 2：「『池塘生春草，明月照積雪。』提及王昌齡云：『日出而作，日入而息。』謂一句見意爲上。」參見李壯鷹：《詩式校注》（濟南：齊魯書社，1986 年），頁 115。皎然生於西元 720 年，而王昌齡遇害而死如果是在 756 年，則皎然已經 36 歲，顯見他與王昌齡曾經同時期。而《詩式》編定在貞元五年（西元 789），至於它的草稿於貞元初（西元 785）已完成，這時距王昌齡遇害而死不到 30 年，是以皎然的記述應該是可靠的。（3）而同樣的論述，在《文鏡秘府論》南卷 5 的相關思想，二者正相吻合。盧盛江：《文鏡秘府論匯校匯考》（北京：中華書局，2006 年），〈論文意〉，頁 1357。其中引用王昌齡處有 35 次。（4）〔宋〕歐陽修、宋祁合撰，楊家駱主編：《新校本新唐書》，卷 60，〈志第 50．藝文 4〉，頁 1625。其載王昌齡《詩格》二卷。北宋去唐未遠，當屬可信。而這項證明也是最直接的證據。至於不認同者也有一些，如《四庫全書總目提要》稱該書爲後人依托、《中國大百科全書．中國文學》收錄周振甫所撰「意境」條目云：「『《詩格》是僞作，幾成定論。」（北京：大百科全書出版社，1986 年），卷 2，頁 89。而今人盧盛江認爲其內容基本上是可靠的，但可能就是根據他生前爲人講作詩法時的紀聞輯錄而成，其中有可能是由王昌齡後來的人，也可能是他的門人補輯編錄而成。盧盛江：〈王昌齡《詩格》考〉，《江西師範大學學報》，第 41 卷第 2 期，（2008 年 4 月），頁 26～28。

〔註 127〕感人心者，莫先乎情；而想要表現「物境」的最終目的還在于傳情；其三意境——能到不必有心處，自然而然進入極佳境地。其自然之美，遂藉由物境之延伸；而詩人經由禽鳥的聲音體會，也常有絕妙意境的交融。

在《全唐詩》中傳情的音響，大抵分為兩類，其一是自然音響，其二是人為的樂音；前者如鳥鳴、松濤，後者如音樂、人語等都是，此處所要探討的當然屬於前者。由於詩人對於禽鳥的關注，視覺與聽覺不相上下，但對於聽覺的形容要如何將聲情展現，具有感官極致的呈現，又能使物我皆忘，領悟造化之意，並不是一件容易的事。如李群玉的〈鸂鶒〉：

> 錦羽相呼暮沙曲，波上雙聲戛哀玉。霞明川靜極望中，一時飛滅青山綠。（《全唐詩》，第 17 冊，卷 570，頁 6612。）

李群玉（西元約 813～860），兩《唐書》無傳。字文山，澧州人也，個性清才曠逸，不樂仕進，專以吟詠自適。〔註 128〕在晚唐綺靡隱僻的詩壇中，詩風不落流俗，自成一家。在這首詩中，上聯描寫一對鸂鶒在暮色蒼茫的水灘互相呼叫，而後雙雙遠飛而去，並且夾帶著「戛哀玉」猶如玉磬所發出的聲響。有關「哀玉」的聲音，杜甫的「大邑燒瓷輕且堅，扣如哀玉錦城傳。君家白碗勝霜雪，急送茅齋也可憐。」〔註 129〕可以佐證。並非哀怨，而是婉轉清亮之音。詩的下聯則是聽覺帶動視覺，雙雙身影在霞明川靜的天光水色中逐漸遠離，留下的是滿眼的青山蓊綠。劉錟以為這首詩不由得令人想到李白〈獨坐敬亭山〉的意境，〔註 130〕是一幅絕妙的圖畫。

其實文學不外乎描寫主觀內在的情思意念、客觀外在的事物以及

〔註 127〕〔清〕聖祖御定：《全唐詩》，第 13 冊，卷 442，〈西省對花憶忠州東坡新花樹因寄題東樓〉，頁 4932。

〔註 128〕傅璇琮主編：《唐才子傳校箋》，第 3 冊，卷 7，頁 389～390。

〔註 129〕〔清〕聖祖御定：《全唐詩》，第 7 冊，卷 226，〈又于韋處乞大邑瓷碗〉，頁 2448。

〔註 130〕劉錟：《詠鳥古詩欣賞》（北京：語文出版社，2002 年），頁 60。

人與外物的互動。《文心雕龍・神思》提到:「思理爲妙,神與物遊。」〔註 131〕劉勰所論述的重點正是心境與物境互相牽引,而使物我相通的過程。學者高友工說:「『心境』與『物境』必然是相通的。『物境』必然包括、影響『心境』,這是自『外』推『內』;『心境』也自然吸收、反映『物境』,這是以『內』括『外』。」〔註 132〕內在的情思是心境,外在的景物聲響是物境,彼此相互牽引觸動。於是詩人以未見鸂鶒身影,就聞其聲,聽覺敲響大自然的靈動;其次藉由聲帶出影像,這當中「錦羽」呼應著「霞明」,「波上」又對應著「川靜」,最後又以「青山綠」收尾,人不見了,「音韻之美」與「色彩之美」疏淡湮沒,一切又回歸於自然。

另外的一首是嚴維的〈一公新泉〉:

> 山下新泉出,泠泠北去源。落池纔有響,噴石未成痕。獨映孤松色,殊分眾鳥喧。唯當清夜月,觀此啓禪門。(《全唐詩》,第 8 冊,卷 263,頁 2916。)

嚴維(生卒年不詳),字正文,越州山陰人。至德二年(西元 757)進士,擢辭藻宏麗科,調諸暨尉,闢河南幕府,仕終右補闕。與劉長卿、岑參善。〔註 133〕嚴維在這首詩中十分別出心裁的運用「聲音」作爲經緯,合乎「轉筆呼應法」〔註 134〕的前後呼應結構。首先是這首律詩的第一聯中有「泠泠」的泉聲清澈,而第二聯中則有「落池纔有響」加以連結,到了第三聯中則是「眾鳥喧」,這也是全詩中最爲紛繁的代表,至於第四聯以「啓禪門」既啓而放,聲音作爲巧妙的點

〔註 131〕周振甫:《文心雕龍注釋》,第 26 篇,頁 515。

〔註 132〕高友工:〈文學研究的美學問題(下):經驗的材料與解釋〉,收於《中國美典與文學研究論集》(台北:台灣大學出版社,2004 年),頁 87。

〔註 133〕傅璇琮主編:《唐才子傳校箋》,第 1 冊,卷 3,頁 604~609。

〔註 134〕劉坡公:《學詩百法》(上海:上海書店,1984 年),頁 39~40。作者以爲:「轉者就承筆之意,轉捩以言之也。其法有三,一進一層轉,二推一層轉,三反轉。總以能與前後相呼應,活而不板者爲佳。唐詩之注重轉筆而上下一氣者,當推杜甫〈春望〉一首。」

染，但心境卻是無限舒放。

禽鳥千姿百媚，裝飾大自然之美，而其聲音更是悠揚悅耳，可惜在現今物理學上有數據證明：人只能聽見 20-20000 赫茲（每秒聲波振盪次數）區間的聲波，超出這頻率範圍，哪怕再「響」也只覺其「靜謐」。若眞如此「萬籟」當然可以「無聲」，而一切作家心靈上的觸發，都將毫無意義可言。幸而從古至今，詩人與評論者都是忠於文學性的，所以《文心雕龍・物色》:「情以物遷，辭以情發。一葉且或迎意，蟲聲有足引心。況清風與明月夜，白日與春林共朝哉！」〔註 135〕作者的心境，文字的表現，讀者的感知，中間透過足以引發共鳴的媒介——具體客觀存在的物象，然後經由視覺、聽覺、味覺、嗅覺、觸覺等感官經驗與內在心靈去想像、去感知，並釋放出所要的心境。此與袁行霈先生在〈中國古典詩歌的意境〉文中的分析：「中國古典詩歌意與境的交融有三種方式，其一是情隨境生，其二是移情入境，其三是體貼物情，物我情融。」〔註 136〕不謀而合。嚴維的點染化合，讓「眾鳥」的喧嘩不是喧嘩，而是隨著泉聲、落池聲、啓門聲類比與聯想加以串連，如同高友工在〈文學研究的理論基礎：試論「知」與「言」〉的論述：「在這主觀即時的想像中綜合萬象的是一種『同一關係』。『同一關係』可以是自我此刻與現象世界的感應。亦可以是現象世界自有的感應。但後者既爲自我在此時所知，則仍然是一種自我的感應，何況我們所感到的萬物自有的感應往往是因自我心象『外射』（projection）所致。也許可以說前者是『我』因『境』生『感』，由『感』生『情』，終於『情境』可以交融無間。這是一種自我因『延續』（extension）而導致的『同一』，創造一個無間隔距離的『綿延』（continuity）世界。後者是『我』以『心』體『物』，以『物』喻『我』，因此『物我』的界限泯滅。這是一種自我因『轉位』（transposition）

〔註 135〕周振甫注：《文心雕龍注釋》，第 26 篇，頁 515。

〔註 136〕袁行霈：《中國詩歌藝術研究》（台北：五南圖書公司，1989 年），〈中國古典詩歌的意境〉一文中第 30～34 頁擷取重點而成。

而形成的『同一』，由於物物『相等』(equivalence)，因而有一個心遊無礙的世界。」〔註137〕其「綿延世界」藉由外物感動人心；而「心遊無礙的世界」遂能身心自在，移情於物。

於是嚴維也在聲情結合下，放下人性慣常的「放大自我」；讓清風明月恣意入心，而眾鳥爭喧都如泉聲一樣，令人忘機。

三、天人合一，和諧共存

人與禽鳥間的關係，牽引著人與自然的互動，這種由內而外的彰德與比德，所觸及的是，除了距離、融入之外，一種「天人合一」的生命哲思，是良善也是必然的法則。

有關天人合一的思想起源於西周，大盛於兩漢。先秦儒家對於此一方面的理解比較著眼於人性的探索，孔子言：「君子有三畏：畏天命，畏大人，畏聖人之言。」〔註138〕儘管天命不可知，但敬畏是有的，而天人也是可以相通的。而孟子則言：「盡其心者，知其性也。知其性，則知天矣。」〔註139〕孟子認爲如果透過修身養性擴大善端，自可與天相通。至於在道家方面，老子言：「人法地，地法天，天法道，道法自然。」〔註140〕經由這種遞相效法，完成人、地、天、道之間和諧的迴環相依；也就是要求人與天地宇宙得和諧共存，其中「道法自然」是遞迴序列的終結。莊子承襲老子基礎，提出：「天地與我並生，而萬物與我爲一。」〔註141〕萬物與我混融爲一，是和諧更是尊重。延至漢代，最爲著名莫過於董仲舒，他將儒家重要理論與戰國

〔註137〕高友工：〈文學研究的理論基礎：試論「知」與「言」〉，收於《中國美典與文學研究論集》，(台北：台灣大學出版社，2004年)，頁14～15。

〔註138〕〔宋〕朱熹：《論語集注》，《四書章句集注》，卷8，〈季氏〉，頁241。

〔註139〕〔宋〕朱熹：《孟子集注》，《四書章句集注》，卷13，〈盡心上〉，頁489。

〔註140〕〔周〕老子著，〔晉〕王弼注：《老子》，《諸子集成》(北京：中華書局，1954年)，第25章，頁27。

〔註141〕〔清〕郭慶藩：《莊子集釋》，〈齊物論第2〉，頁79。

以降的陰陽家五行宇宙論密切結合，完成了「使《易傳》、《中庸》以來儒家所嚮往的『人與天地參』的世界觀得到具體的落實，完成自《呂氏春秋・十二紀》起始的、以儒爲主的，融合各家以建構體系的時代要求。」〔註 142〕但畢竟整個漢代與陰陽五行很難切割清楚，誠如今人顧頡剛先生所言：「漢代人的思想骨幹，是陰陽五行。無論在宗教上、政治上、學術上，沒有不用這套方式的。」〔註 143〕但實際陰陽五行的影響，遠遠超過這些領域。

對於陰陽、五行或是祥瑞災異方面的「天人感應」之體現，於本章下節進一步探討；本節則是立基於人與自然和諧共處的根本，並參照先秦重要的一些相關理論，觀照詩人對於自然的具體實踐。

（一）縱放歸林，不違物性

人與禽鳥的關係從來都不是對立的，就如同人與大自然一樣；雖然有諸多不懷好意，肆加獵殺或破壞，但基本上「質於愛民以下，至於鳥獸昆蟲莫不愛，不愛，奚足謂仁！」〔註 144〕對於禽鳥的重視，仍是不忘本的。

在《全唐詩》中以「放歸」爲題的作品有放禽鳥者 19 首，放魚 4 首，放龜 2 首，放猿 6 首，放螢 1 首；另外雖無放歸字眼，但具其意涵者也有數首。若從佛教「放生」的觀點而論，透過詩的傳達顯然並不流行；但從其中的 18 首放飛禽鳥的詩，亦足落實「道法自然」的眞諦。

首先是基於「物性不可違」的縱歸自然，以宋之問〈放白鷴篇〉爲例：

故人贈我綠綺琴，兼致白鷴鳥。琴是嶧山桐，鳥出吳溪中。

〔註 142〕李澤厚：《中國古代思想史論》（天津：天津社會科學院出版，2003 年），頁 137。

〔註 143〕顧頡剛：《秦漢的方士與儒生》（上海：上海古籍出版社，1998 年），頁 1。

〔註 144〕〔漢〕董仲舒著，凌曙注：《春秋繁露注》（台灣：台灣商務印書館，1968 年），卷 8，〈仁義發〉，頁 139。

我心松石清霞裡，弄此幽弦不能已。我心河海白雲垂，憐此珍禽空自知。著書晚下麒麟閣，幼稚驕癡候門樂。乃言物性不可違，白鷴愁慕刷毛衣。玉徽閉匣留爲念，六翮開籠任爾飛。(《全唐詩》，第 2 冊，卷 51，頁 628。)

宋之問（西元約 656～712）尤善五言詩，當時無能出其右者。〔註 145〕在政治上無所稱道，品行也多有爭議；況以學士之職，具「有勇力，而工書，善屬文。」的文學條件被武后器重，出入侍從，禮遇寵渥。〔註 146〕出身低微的宋之問遂感恩耀榮，視其爲得秩干祿的捷徑與保障。可惜受到宮廷詩人的囿限，風格卑弱；志向理想的低淺，於宮廷紙醉金迷中失去自我；其詩文多歌頌功德、浮華空泛之作。但隨著顛簸人生的歷練，〔註 147〕接觸社會感受生活，他也創作出一些深化的作品，如〈度大庾嶺〉：「度嶺方辭國，停軺一望家。魂隨南翥鳥，淚盡北枝花。山雨初含露，江方欲變霞。但令歸有日，不敢恨長沙。」〔註 148〕其遭貶南溪，懷土思鄉，憂傷之情，幽怨沉鬱，全然擺脫過去的綺靡空洞，令人耳目一新。

〔註 145〕〔後晉〕劉昫撰，楊家駱主編：《新校本舊唐書》，卷 190 中，〈列傳 140 中・文苑中・宋之問〉，頁 5025。

〔註 146〕初徵令與楊炯分直內教，俄授洛州參軍，累轉尚方監丞、左奉宸內供奉・易之兄弟雅愛其才，之問亦傾附焉。預修三教珠英，常扈從遊宴・則天幸洛陽龍門，令從官賦詩，左史東方虬詩先成，則天以錦袍賜之。及之問詩成，則天稱其詞愈高，奪錦袍以賞之。〔後晉〕劉昫撰，楊家駱主編：《新校本舊唐書》，卷 190 中，〈列傳 140 中・文苑中・宋之問〉，頁 5025。

〔註 147〕及易之等敗，左遷瀧州參軍。未幾，逃還，匿於洛陽人張仲之家。仲之與駙馬都尉王同皎等謀殺武三思，之問令兄子發其事以自贖。及同皎等獲罪，起之問爲鴻臚主簿，由是深爲義士所譏。景龍中，再轉考功員外郎，時中宗增置修文館學士，擇朝中文學之士，之問與薛稷、杜審言等首膺其選，當時榮之。及典舉，引拔後進，多知名者。尋轉越州長史。睿宗即位，以之問嘗附張易之、武三思，配徙欽州。先天中，賜死於徙所。之問再被竄謫，經途江、嶺，所有篇詠，傳布遠近。〔後晉〕劉昫撰，楊家駱主編：《新校本舊唐書》，卷 190 中，〈列傳 140 中・文苑中・宋之問〉，頁 5025。

〔註 148〕〔清〕聖祖御定：《全唐詩》，第 2 冊，卷 52，頁 641。

這首〈放白鷴篇〉也是屬於這階段的作品，詩中先提及友人贈送給他「綠綺琴」、「白鷴鳥」；其次道出二物的出處，均來自清谿野林，本性眞純；至於他自己則有「我心松石清霞裡，弄此幽弦不能已。我心河海白雲垂，憐此珍禽空自知。」的愛護之情，正呼應著：「天地人，萬物之本也，天生之，地養之，人成之；天生之以孝悌，地養之以衣食，人成之以禮樂，三者相爲手足，合以成體，不可一無也。」〔註 149〕三者合一且相通的仁愛精神。是以作者點出整首詩的生態啓示「物性不可違」，乃用開闊的心，隨其「六翮開籠任爾飛」；至於「玉徽閉匣」只要留爲念即可。顯然身爲「著書晚下麒麟閣」的他，有機會獲得平民百姓難以得到的珍品，若不是經歷生命中的諸多挫折，自覺純良的可貴；若沒有悟其「故道大、天大、地大、王亦大。域中有四大，而王居其一焉。」〔註 150〕人只是大自然中有機的組成部分之一，而非獨霸天下；又怎會捨得將這個讓李白都願意花重金購買的「珍禽」〔註 151〕野放！

其次則是基於「環境生態」的考量。荀子有言：「川淵者，龍魚之所居也；山林者，鳥獸之所居也。川淵枯則龍魚去之，山林險則鳥獸去之。」〔註 152〕賢良之人的生存之道與大自然的動物是一樣的。如羅鄴〈放鸕鴣〉：

> 好傍青山與碧溪，刺桐毛竹待雙棲。花時還客傷離別，莫向相思樹上啼。(《全唐詩》，第 19 冊，卷 654，頁 7522。)

羅鄴（生卒年不詳），餘杭（今屬浙江）人也。家資鉅萬，父則，爲鹽鐵小吏。子二人俱以文學干進。鄴詩尤長律詩，時宗人隱（爲羅鄴的堂哥）、虬俱以聲格聞名於世，遂齊名「晚唐三羅」。〔註 153〕在這

〔註 149〕〔漢〕董仲舒著，凌曙注：《春秋繁露注》，卷 6，〈立元神〉，頁 93。

〔註 150〕〔周〕老子著，〔晉〕王弼注：《老子》，《諸子集成》，第 25 章，頁 27。

〔註 151〕〔清〕聖祖御定：《全唐詩》，第 5 冊，卷 171，頁 1764。李白〈贈黃山海公求白鷴〉求之若渴。

〔註 152〕〔戰國〕荀況著，李滌生：《荀子集釋》(台北：台灣學生書局，1987 年)，〈致士篇第 14〉，頁 305。

〔註 153〕傅璇琮主編：《唐才子傳校箋》，第 3 冊，卷 8，頁 473～474。

首詩中的前兩句充滿環境的考量，因爲有「青山」、「碧溪」、「刺桐」、「毛竹」這些大自然裡的生存要件，才是鷓鴣最好的去處；而後半段則與自己的遭遇有關，畢竟咸通年間，他多次不第，屢試未中。從此他漂泊於蘇、皖、贛、湘、鄂和巴蜀等地，滿懷遷客騷人之思，難以排遣。是以詩中「莫向相思樹上啼。」算是彼此的貼心傾訴，歸放前的小小要求。端看羅鄴的一生，倘光化年三年（西元 900），韋莊奏請皇上，「伏望追賜進士及第」，〔註 154〕他還沒辭世，則鷓鴣之放歸理應不必如此尾韻黯然的。另外有關「放鷺鷥」的詩作：

1. 池塘多謝久淹留，長得霜翎放自由。好去蒹葭深處宿，月明應認舊江秋。（李中：〈放鷺鷥〉，《全唐詩》，第 21 冊，卷 750，頁 8546。）
2. 潔白雖堪愛，腥羶不那何。到頭從所欲，還汝舊滄波。（齊己：〈放鷺鷥〉，《全唐詩》，第 24，卷 838，頁 9454。）

這兩首與鷺鷥放歸有關的詩，不管是李中還是齊己，都有「異曲同工」依依不捨的情愫；李中之詩可以瞥見鷺鷥受傷已經痊癒，所以當「長得霜翎」就該歸放自由；而齊己之作則有豢養後割愛的情境，所以只好「到頭從所欲」。在《論語》中記錄著：「君賜生，必畜之。」〔註 155〕人君之惠，自當延續；但若是考量其自由伸展與生態條件，顯然不管是「蒹葭深處宿」還是「還汝舊滄波」，最終讓牠回歸該回的處所，是最佳的安排。

（二）悲憫憐惜，廣及萬物

天人若相分，有其制天命而用之〔註 156〕的積極性，畢竟天行有常，不爲堯存，不爲桀亡，〔註 157〕這是荀子主張善盡人事，利用自然造福人類，但人與萬物間可就不是全然親近。而天人合一，則有「君

〔註 154〕 傅璇琮主編：《唐才子傳校箋》，第 3 冊，卷 8，頁 477。
〔註 155〕 〔宋〕朱熹：《論語集注》，《四書章句集注》，卷 8，〈鄉黨〉，頁 164。
〔註 156〕 〔戰國〕荀況著，李滌生：《荀子集釋》，〈天論篇第 17〉，頁 378。
〔註 157〕 〔戰國〕荀況著，李滌生：《荀子集釋》，〈天論篇第 17〉，頁 362。

子之于物也，愛之而弗仁；于民也，仁之而弗親。親親而仁民，仁民而愛物。」〔註158〕雖然有其不同的層次，但正是人皆有不忍之心者的積極表現。正所謂「泛愛群生，不以喜怒賞罰，所以爲仁也。」〔註159〕君王有仁愛，自可廣及萬物。因此人與自然之間應該和諧親密，人與萬物不是互相攻訐。

在本論文第四章中藉由民胞物與關懷群眾，以禽鳥的視角，關心的是百姓蒼生；而在這個單元裡，則從自然的立場出發，首先是「不忍殺生」，捨棄口腹之慾的表現，如柳宗元的〈放鷓鴣詞〉：

> 楚越有鳥甘且腴，嘲嘲自名爲鷓鴣。徇媒得食不復慮，機械潛發罹罝罦。羽毛摧折觸籠籞，煙火煽赫驚庖廚。鼎前芍藥調五味，膳夫攘腕左右視。齊王不忍觳觫牛，簡子亦放邯鄲鳩。二子得意猶念此，況我萬里爲孤囚。破籠展翅當遠去，同類相呼莫相顧。（《全唐詩》，第11冊，卷353，頁3956。）

《大智度論》云：「諸餘罪中，殺業最重，諸功德中，放生第一。」〔註160〕而《楞嚴經》也有云：「以人食羊，羊死爲人，人死爲羊，如是乃至十生之類，死死生生，互來相噉，惡業俱生，窮未來際，汝負我命，我還汝債，以是因緣，經千百劫，常在生死。」又云：「殺彼身命，或食其肉，經微塵劫，相食相誅，猶如輪轉，互爲高下，無有休息。」〔註161〕主張眾生平等，是以放生是佛教教義中的重要課題。

在這首古詩中，可以分爲五層，第一層的一開頭就將鷓鴣的產地、肥美風味以及自鳴爲名的特質呈現；其次則是寫鷓鴣因一時不慎，爲了覓食而誤觸羅網；緊接著陷入牢籠，而廚師已經虎視眈眈準備好調味、選好烹煮的方式。從這八句詩中，有別於一般詩的模糊影

〔註158〕〔宋〕朱熹：《孟子集注》，《四書章句集注》，卷13，〈盡心上〉，頁509～510。

〔註159〕〔漢〕董仲舒著，凌曙注：《春秋繁露注》，卷6，〈離合根〉，頁91。

〔註160〕鳩摩羅什譯：《大智度論》（台北：佛慈淨寺印製，1979年），頁113。

〔註161〕智旭大師：《大佛頂首楞嚴經文句》（台北：佛陀出版社，2001年），頁273。

射，而是直接將其慘遭不幸的際遇具體描寫。第二層，則是引用齊宣王、趙簡子不忍殺生的典故，〔註 162〕對照于自身的「萬里孤囚」，不僅有同是天涯淪落的悲悽，更有憐惜禽鳥的情感湧入。第三層則是期許鸕鴣要高飛展翅不宜逗留，就連同類呼喚也不要眷顧。不清楚是誰放了鸕鴣，但整首詩的寫實紀錄，彷彿柳宗元革新失敗後被貶官的心境投射；同朝為官何苦自相殘殺，之於物更寄予同情才是。另外呂溫的〈道州北池放鵝〉也有類似情境：

> 我非好鵝癖，爾乏鳴雁姿。安得免沸鼎，澹然遊清池。見生不忍食，深情固在斯。能自遠飛去，無念稻粱為。（《全唐詩》，第 11 冊，卷 371，頁 4171。）

呂溫（西元 771～811），字和叔，一字化光，與柳宗元友好，也是屢遭貶謫的常客。曾出使吐蕃，留不得遣彌年。〔註 163〕因為被拘留經年而不得返，因此在絕域常自悲惋。〔註 164〕雖然有「性險躁，譎怪而好利。」〔註 165〕的評價，但在這首詩中卻是「見生不忍食」的仁善者。詩中想要傳達的是，放鵝的原因並非是如王羲之般的愛鵝者，也不是因為鵝具有鳴雁的姿韻；而是因為「見生不忍食，深情固在斯。」一旦放走了牠，鵝就可以「安得免沸鼎，澹然遊清池。」所以後段希

〔註 162〕齊宣王故事語出〔宋〕朱熹：《孟子集注》，《四書章句集注》，卷 13，〈梁惠王上〉，頁 287～288。齊宣王曰：「何由知吾可也?」孟子曰：「臣聞之胡齕曰，王坐於堂上，有牽牛而過堂下者，王見之，曰：『牛何之?』對曰：『將以釁鐘。』王曰：「舍之！吾不忍其觳觫，若無罪而就死地。」而趙簡子故事則出自《列子．說符第 8》，《諸子集成》，頁 99。邯鄲之民以正月之旦獻鳩於簡子，簡子大悅，厚賞之。客問其故。簡子曰：「正旦放生，示有恩也。」客曰：「民知君之欲放之，競而捕之，死者眾矣。君如欲生之，不若禁民勿捕。……」簡子曰：「然」。

〔註 163〕傅璇琮主編：《唐才子傳校箋》，第 2 冊，卷 5，頁 542～545。上怒，貶筠州、再貶道州刺史，詔徙衡州，卒官所。

〔註 164〕〔清〕聖祖御定：《全唐詩》，第 11 冊，卷 370，頁 4160。時同事弗同，窮節厲陰風。我役流沙外，君朝紫禁中。從容非所羨，辛苦竟何功。但示酬恩路，浮生任轉蓬。

〔註 165〕傅璇琮主編：《唐才子傳校箋》，第 2 冊，卷 5，頁 549。

望鵝能如雁高飛，不要再爲謀食而誤觸羅網。

其次是基於「惻隱之心」的悲憫之情，如王建的〈傷鄰家鸚鵡詞〉：

> 東家小女不惜錢，買得鸚鵡獨自憐。自從死卻家中女，無人更共鸚鵡語。十日不飲一滴漿，淚漬綠毛頭似鼠。舌關啞咽畜哀怨，開籠放飛離人眼。短聲亦絕翠臆翻，新墓崔嵬舊巢遠。此禽有志女有靈，定爲連理相並生。（《全唐詩》，第 9 冊，卷 298，頁 3384。）

王建的這首詩寫出鸚鵡與小主人之間的親密關係，歌頌人世間崇高的人與禽鳥的友情。〔註 166〕雖然後來家人在小主人去世後，「開籠放飛」似乎是仁慈的表現；但實際在「自從死卻家中女，無人更共鸚鵡語。」的當下，已經種下無情的傷害，也促使最後以死來表達對於主人的思念之思。一首詩中兩種情，更能對照出人之惻隱之心的可貴。又白居易的〈放旅雁〉最令人動容：

> 九江十年冬大雪，江水生冰樹枝折。百鳥無食東西飛，中有旅雁聲最飢。雪中啄草冰上宿，翅冷騰空飛動遲。江童持網捕將去，手攜入市生賣之。我本北人今譴謫，人鳥雖殊同是客。見此客鳥傷客人，贖汝放汝飛入雲。雁雁汝飛向何處，第一莫飛西北去。淮西有賊討未平，百萬甲兵久屯聚。官軍賊軍相守老，食盡兵窮將及汝。健兒飢餓射汝喫，撥汝翅翎爲箭羽。（《全唐詩》，第 13 冊，卷 435，頁 4814～4815。）

這是白居易（西元 772～846）元和十年的冬天所作。元和十年（西元 815）他被貶謫爲江州司馬，人生的轉捩點就從此種下。詩的起首談及初到九江正逢大雪紛飛，天地蕭條食物短缺的情況下，南飛過冬的「旅雁」飢寒聲令人不捨；但也就在禽鳥無力掙扎的窘迫時刻，促使捕雁獵雁者趨之若鶩，爲的就是可以送上市場賣個好價錢。因爲親身感受——「同是天涯淪落」的白居易，傷鳥傷己的景況讓他「贖汝放汝飛入雲。」只是身爲社會詩人的白居易，豈是放歸就算，提醒叮嚀是必要的。畢竟北回的雁的故鄉，仍是戰爭頻仍民不聊生；一個不

〔註 166〕楊汝福：《詠鳥詩選》（南寧：廣西人民出版社，1988 年），頁 301。

小心，可能又陷入「健兒飢餓射汝喫，撥汝翅翎爲箭羽。」這誠如孟子「存其心，養其性，所以事天也。」〔註 167〕其關懷之情油然而生。至於貫休的〈村行遇獵〉則是：

> 獵師走紛紛榛莽，女亦相隨把弓矢。南北東西盡殺心，斷燒殘雲在圍裡。鶻拂荒田兔成血，竿打黃茅雉驚起。傷嗟個輩亦是人，一生將此關身己。我聞天地之大德曰生，又聞萬事皆天意。何遣此人又如此，猶更願天宮一丈雪，深山麋鹿盡凍死。（《全唐詩》，第 23 冊，卷 826，頁 9309。）

貫休（西元 832～912）字德隱，一字德遠，俗姓姜，唐、五代時蘭谿（今湖北省蘄水縣）人。七歲出家，風騷之外，尤精筆札。〔註 168〕從這首詩中可以了解到不僅帝王將相、地方首腦、文人士大夫都好獵成風，連民間亦好此習。其「獵師紛紛走榛莽，女亦相隨把弓矢；南北東西盡殺心，斷燒殘云在圍里。鶻拂荒田兔成血，竿打黃茅雉惊起」鄉野的村夫農婦斬盡殺絕似的濫捕獵殺，使惜生的出家人深感痛心。

（三）生生不息，泛愛群生

生命的延續，有賴各種方式的護持，方能生生不息，孟子曾建議梁惠王：「不違農時，穀不可勝食也；數罟不入洿池，魚鱉不可勝食也；斧斤以時入山林，材木不可勝用也。……是使民養生喪死無憾也。」〔註 169〕對於禽鳥的對待，詩人所觀察到的，也是十分貼近的。

以王績〈古意，六首之六〉、鮑溶〈巢烏行〉二首爲例，其希望保有生生不息的意念是明確的：

> 1. ……鳳言荷深德，微禽安足尚。但使雛卵全，無令矰繒繳放。皇臣力牧舉，帝樂簫韶暢。自有來巢時，明年阿閣上。（《全唐詩》，第 2 冊，卷 37，頁 478。）

〔註 167〕〔宋〕朱熹：《孟子集注》，《四書章句集注》，卷 13，〈盡心上〉，頁 509～510。

〔註 168〕傅璇琮：《唐才子傳校箋》，第 4 冊，卷 10，頁 428。

〔註 169〕〔宋〕朱熹：《孟子集注》，《四書章句集注》，卷 13，〈梁惠王上〉，頁 282。

2. 烏生幾子林蕭條，雄烏求食雌守巢。夜愁風雨巢傾覆，常見一烏巢下宿。日長雛飢雄未迴，雌烏下巢去哀哀。野田春盡少遺穀，尋食不得飢飛來。黃雀亦引數青雀，雀飛未遠烏驚落。既分青雀啾爾雛，爾雛雖長心何如。將飛不飛猶未忍，古瑟寫哀哀不盡。殺生養生復養生，嗚嗚嘖嘖何時平。（《全唐詩》，第15冊，卷485，頁5508。）

王績以〈古意〉爲題共有六首，主要都有幽人古意之境，其中的〈古意，六首之五〉也有：「榮蔭誠不厚，斤斧亦勿傷。赤心許君時，此意那可忘。」（《全唐詩》，第2冊，卷37，頁478。）泛愛眾生之心，但此首的「但使雛卵全，無令矰繒繳放。」的建議，更具延續後代的積極意義。而鮑溶〈巢烏行〉的「殺生養生復養生，嗚嗚嘖嘖何時平。」有著冤冤相報何時了的感嘆，念及「將飛不飛猶未忍」的護雛之心，躍然可見。另外陸龜蒙的〈五歌：水鳥〉：

水鳥山禽雖異名，天工各與雙翅翎。雛巢吞啄即一例，游處高卑殊不停。則有觜鈹爪戟勁立直視者，擊搏挽裂圖羶腥。如此等色恣豪橫，聳身往往凌青冥。爲人羅絆取材力，韋韝綵綬懸金鈴。三驅不以鳥捕鳥，矢下先得聞諸經。超然可繼義勇後，恰似有志行天刑。鷗閒鶴散兩自遂，意思不受人丁寧。今朝棹倚寒江汀，舂鉏翡翠參鵁鶄。孤翹側睨瞥滅沒，未是即肯馴簷楹。……。（《全唐詩》，第18冊，卷621，頁7148。）

詩中的山禽雖沒有列舉出名稱，不過從其「雛巢吞啄」、「則有觜鈹爪戟勁立直視者，擊搏挽裂圖羶腥。」來看，不外乎鷹、鶻一類的猛禽；至於水禽則是明確指出其名有鷗、鶴、白鷺（舂鉏）、翡翠、鵁鶄等，這些水禽飛不遠飛不高，且行止悠閒自在，顯然作者將山禽視爲虛，水禽作爲實的代表，虛實之間，水禽豈是山禽的對手，不啻有「暗箭難防」的感受。更何況王公貴族以「三驅」爲縱情之樂，結果不是生生不息的響應，而是「以鳥捕鳥」的自相殘殺！正所謂「天下莫大於秋豪之末，而大山爲小；莫壽於殤子，而彭祖爲夭。」〔註170〕形大

〔註170〕〔戰國〕莊子等著，〔清〕郭慶藩：《莊子集釋》，〈齊物論第2〉，頁79。

末爲有餘，形小不爲不足，則詩中的「天工各與雙翅翮」更該是天地乃與我並生，而萬物與我爲一。

其實《全唐詩》中鮮少有縱放或是放生的詩篇，至於禽鳥，除了作爲情志寄寓的載體，大多採取的的是觀賞與關懷，特別是容易被列爲獵殺對象者，更是充滿同情的。

第三節　信仰崇拜，冥想實踐

世人常說中國人是龍的傳人，但若眞要追根溯源，中國人在更久遠時恐怕是鳥的子孫。〔註 171〕先民與鳥爲伴，依鳥爲生，與禽鳥結下深厚情感，而對於禽鳥的信仰，也藉此萌生、發展與衍化；特別是當禽鳥飛向天際，達成人類無法到達的空間極限時，其所被聯想的意涵或寄託的責任就更爲明顯了。而有關天與人關係中的「天」一般具有三種涵義，一指最高主宰，二指廣大自然，三指最高原理。〔註 172〕正因爲有不同的涵義，是以中國的哲學家理解出的意義也大不相同，但大抵指的是天與人的統一。而有關和諧的展現，在上一節已有具體的詩人表白；從古至今不變的是，對於天或宇宙的神秘與奧妙的追尋。這種追尋，往往透過信仰作爲傳承，或是各類禽鳥「圖騰」〔註 173〕具象加以實現；

〔註 171〕陳勤建：《中國鳥文化——關於鳥化宇宙觀的思考》（上海：學林出版社，1996 年），〈序言〉，頁 1。是書後改爲《中國鳥信仰——關於鳥化宇宙觀的思考》，於（北京：學苑出版社，2003 年）出版，其主要內容完全與舊版相同，唯多出三篇附錄。

〔註 172〕張岱年：《張岱年全集》（石家莊：河北人民出版社，1996 年），第 5 卷，頁 611。

〔註 173〕圖騰（Totem）一詞源自於北美印地安語，《辭海》解釋：「原始社會中有假借一種自然物爲符號，以表示一團體或一氏族之血統，尊爲神聖而崇拜之者，稱之。今北美印地安人及澳洲之土人猶存此風。」所以圖騰崇拜是早期人類的一種宗教信仰。熊鈍生主編：《辭海》（台北：台灣中華書局，1985 年），上冊，頁 1067。而孫作雲則以爲：「最早的圖騰是動物，這與當時的漁獵生活有關，是當時的漁獵生活在意識形態上的反映。」見《詩經與周代社會研究》（北京：中華書局，1966 年），頁 1～2。

或者是飛天的想像與企圖，而「禽鳥」當然是重要媒介或是表徵。

受到文體的限制，詩歌無法像小說、散文等文體可以巨細靡遺的述說人類對於信仰的來龍去脈；也難以藉由一些典故或是詞組，就可以透徹的將宗教一類神秘的思想表達清楚。但不管如何，從《全唐詩》中那麼多「以禽鳥入詩」的統計數字顯示，雖沒有故事型的鋪陳，沒有小說式的誇飾，但人類對於鳥的信仰與崇拜，形成神奇的禽鳥信仰文化，甚至視爲圖騰的意象；又或者想經由禽鳥傳遞情志上達宇宙洪荒，都在這些詩中可以看出端倪。

一、祥厄融通，傳承趨變

在人類社會的原始時期，世界各民族普遍都存在著圖騰信仰，中國當然也不例外。以《左傳・昭公十七年》記載爲例：「秋，郯子來朝，公與之宴。昭子問焉，曰：『少皞氏鳥名官，何故也？』郯子曰：『吾祖也，我知之。昔者黃帝氏以雲紀，故爲雲師而雲名；炎帝氏以火紀，故爲火師而火名；共工氏以水紀，故爲水師而水名；大皞氏以龍紀，故爲龍師而龍名。我高祖少皞摯之立也，鳳鳥適至，故紀於鳥，爲鳥師而鳥名。鳳鳥氏，歷正也。玄鳥氏，司分者也；伯趙氏，司至者也；青鳥氏，司啓者也；丹鳥氏，司閉者也。祝鳩氏，司徒也；鴡鳩氏，司馬也；鳲鳩氏，司空也；爽鳩氏，司寇也；鶻鳩氏，司事也。五鳩，鳩民者也。五雉，爲五工正，利器用、正度量，夷民者也。九扈爲九農正，扈民無淫者也。……」〔註 174〕郯子提及祖先少皞摯立國時，鳳凰群集於殿堂之上，此乃吉祥之兆，於是便以鳥記事，以鳥命官名。其所提及的禽鳥共計有鳳鳥、玄鳥（燕）、伯趙（伯勞）、青鳥（鶬鴳）、丹鳥（鷩雉）、祝鳩（鵓鴣）、鴡鳩（鶚）、鳲鳩（布穀）、爽鳩（鷹）、鶻鳩（鶻）〔註 175〕十種禽鳥。這些禽鳥或爲祥瑞與端正

〔註 174〕楊伯峻：《春秋左傳注》（台北：漢京文化事業公司，1987 年），頁 1386～1389。

〔註 175〕以上夾注號內均爲《春秋左傳注》撰者楊伯峻依據杜預等相關注解而得。

世風的象徵，或爲氏族社會的圖騰；雖自顓頊即位以後，不再蕭規曹隨，但依然令「不語怪力亂神」的孔子信服。

及至後世，有關禽鳥一類圖騰，仍繼續充滿想像與臆造的神話傳說，而且左右人類的審美觀念，影響文化思想的發展。再加上有諸多的應驗被口耳相傳或是記錄下來，成爲約定俗成的祥厄象徵。這些穩定性的意義延續，或有承襲或有反差，在《全唐詩》亦見痕跡。

（一）祥瑞傳承

由於生命的延續與存在，是人類不可迴避的課題；是以敬天是除了現狀生活可以掌握之外，另一種本能的期望。這種思想內容的日趨豐富，逐漸形成諸多觀念，而觀念又影響著象徵文化，文化與觀念的互相融通下，含蓄與模糊雖仍難以避免，〔註 176〕但有諸多具體的物件體現，還是足以使其傳承的意涵代代相傳下去。畢竟人的力量是有限的，雖說人定勝天，但往往面對浩瀚的宇宙，其奧妙且深不可測，仍不得不採取趨吉避凶的原則；而這些祥瑞的意象，動物界的禽鳥也常扮演重要的角色。

1、鳳凰的神聖

鳳依其形貌又稱鳳凰、鳳皇、朱鳥、丹鳥、鶤雞、鸑鷟、五色雀、火禽、神鳥、鷗、神雀、仁鳥、瑞鳥等；若依其鳴聲則又分：行鳴曰歸嬉，止鳴曰提扶，夜鳴曰善哉，晨鳴曰賀世，飛鳴曰郎都。〔註 177〕諸如此類有關鳳的家族或是分類者甚多，而在《全唐詩》中出現的則有鳳凰、鳳皇、朱鳥、丹鳥、鶤雞、鸑鷟、神鳥等。

鳳凰是古代神話與傳說中的「鳥中之王」，東漢許慎云：「神鳥也，出東方君子之國，翱翔四海之內。過崑崙飲砥柱，濯羽弱水。暮宿丹

〔註 176〕居閱時、瞿明安主編：《中國象徵文化》（上海：上海人民出版社，2001 年），編者在〈導論〉中談到，「含蓄與模糊」是中國文化最主要的特徵。

〔註 177〕〔清〕黃奭輯：《論語摘衰聖》，《四部分類叢書集成》（台北：藝文印書館，1972 年），頁 4～5。

穴，見則天下大安寧，鳳飛則群鳥從以萬數。」〔註 178〕顯見其卓越超群；吳代陸璣曾言：「鳳，雄曰鳳雌曰皇，其雛爲鸑鷟，或曰鳳皇，一名鶠。非梧桐不棲，非竹實不食。」〔註 179〕說明其別稱及其特質；晉郭璞注曰：「鶠，鳳。其雌皇。瑞應鳥，雞頭蛇頸燕頷龜背魚尾，五彩色，高六尺。」〔註 180〕點出其具有祥瑞象徵，且已融會並合多種動物的形貌特徵。

近代研究學者龐進在《中國鳳文化》書中則是更進一步針對鳳凰的特點提到：「在鳳形成之前，就已經有了雞、鷹、燕、鸛、鶴、烏鴉、鵪鶉、鴻、孔雀、鴛鴦、鴕鳥、蛇、魚、龜、虎、龍、麒麟、太陽、風等崇拜，即對於鳳的各個集合對象的崇拜。而鳳的形成過程，實際上就是將這些崇拜容合在一起的過程。」〔註 181〕意即鳳凰是由現實生活中諸多動物以及自然天象合成的神物，而且大多是建立在動物性的吉祥象徵物上，不過牠又比動物崇拜更爲靈異、更爲神奇、更爲豐富、更具有藝術性，甚至更具有象徵意涵。而這當中彙合禽鳥者就有十一種，也就是說牠容合了雞的長喙、鷹的威猛、燕的下頷、烏鴉的陽精、鸛的神性、鶴的善鳴、鴻的翅翼、鶉的趨暖、孔雀的斑斕色彩、鴛鴦的相愛、鴕鳥的高大等等原型要素，〔註 182〕又加上其他動物原型加入，鳳凰的形貌傳說從具體化爲抽象，成爲一種多元且模糊的歷時組合。

一個眾人未曾見過的禽鳥，卻經由先民的期望融合而充滿變化，其圖紋、文章、飾品、象徵意涵等，駕著想像力而歷久不衰。到了唐

〔註 178〕〔清〕段玉裁注：《說文解字注》，頁 148。

〔註 179〕〔吳〕陸璣：《毛詩草木鳥獸蟲魚疏》，《景印文淵閣四庫全書》，第 70 冊，經部 64 詩類，卷下之上，頁 12。

〔註 180〕〔晉〕郭璞：《爾雅注》，《十三經注疏》，第 10 卷，頁 184。

〔註 181〕龐進：《中國鳳文化》（重慶：重慶出版社，2007 年），頁 3。《爾雅翼》中也有相關敘述，見〔宋〕羅願：《爾雅翼》，《景印文淵閣四庫全書》，經部 216，小學類，第 222 冊，頁 360。但龐進此書又更擴大其質與量。

〔註 182〕龐進：《中國鳳文化》，頁 3～22。

代更是題材空前豐富多采，圖紋向更炫麗更漂亮的綜合性演變，而出現在官宦士子或是平民百姓的生活更加頻繁；〔註 183〕顯見其既有神性美化的一面，又有世俗化的明顯傾向，但始終不偏離人類投注其「神聖」象徵的景仰與渴望。對此，在《全唐詩》中的相關書寫如李嶠〈鳳〉：

> 有鳥居丹穴，其名曰鳳皇。九苞應靈瑞，五色成文章。屢向秦樓側，頻過洛水陽。鳴岐今日見，阿閣佇來翔。（《全唐詩》，第 60 冊，卷 3，頁 719。）

李嶠（西元 645～714）的這首詩中的鳳凰全然屬於靈瑞之物，雖沒有個人創見，但透過「丹穴」、「九苞」〔註 184〕、「五色」，表現出鳳凰之居所可貴、形貌特質之特殊以及錯雜色彩或花紋之美麗，令人不讚嘆都難。而「秦樓側」、「洛水陽」、「鳴岐」、「阿閣」等典故，則是象徵祥瑞、王者興之意，有意表示唐朝天子乃為仁君，對其德政加以歌頌。

這種歷代傳承下來的神鳥，已然是賢君良將的最佳象徵，是以博愛濟眾是必然的，且看杜甫的〈朱鳳行〉：

> 君不見瀟湘之山衡山高，山巔朱鳳聲嗷嗷。側身長顧求其群，翅垂口噤心甚勞。下愍百鳥在羅網，黃雀最小猶難逃。願分竹實及螻蟻，盡使鴟梟相怒號。（《全唐詩》，第 7 冊，卷 223，頁 2372。）

鳳在南方稱為朱鳥，〔註 185〕杜甫在這首詩中並沒有堆砌諸多與鳳相關的典故，也沒有在形體上加以描繪，而是直接以「神聖悲憫」的化身，映顯時代的需求。詩的首句以鳳立足于山之巔，營造鳳的威儀；以嗷嗷之聲的哀鳴，連結「求其群」的博施濟眾之苦。後四句的鳳更

〔註 183〕李虎子：〈唐詩中鳳凰意象的世俗化和唯美化〉，《四川大學學報》，第 5 期，（2001 年 5 月），頁 67～69。

〔註 184〕九苞：一曰口包命，二曰眼合度，三曰耳聽達，四曰舌詘伸，五曰彩色光，六曰冠短周，七曰距銳鉤，八曰音激揚，九曰腹文戶。〔清〕黃奭輯：《論語摘衰聖》，《四部分類叢書集成》，頁 4。

〔註 185〕〔明〕李時珍：《本草綱目》，《景印文淵閣四庫全書》，第 774 冊，子部 80 醫家類，卷 48，頁 398。

是積極的關懷百鳥被捕獲，憐惜那些弱小的禽鳥遭殃，是以願意犧牲自己的食糧，換取生靈的安全，不要讓那些「鴟梟」得逞。朱鳳在詩聖杜甫的筆下，全然是帝王的象徵，但更是被神格化的崇拜者。又如韓愈〈辛卯年雪〉：

> 元和六年春，寒氣不肯歸。河南二月末，雪花一尺圍。崩騰相排拶，龍鳳交橫飛。波濤何飄揚，天風吹旛旂。白帝盛羽衛，鬖髿振裳衣。白霓先啓途，從以萬玉妃。翕翕陵厚載，譁譁弄陰機。生平未曾見，何暇議是非。或云豐年祥，飽食可庶幾。善禱吾所慕，誰言寸誠微。(《全唐詩》，第10冊，卷340，頁3807。)

元和六年（西元811）春天二月，韓愈以爲寒氣未退大雪紛飛，瑞雪慶豐年，龍鳳交橫飛更添吉祥。研究鳥信仰的學者陳勤建曾言：「鳳鳥信仰有幾大主因，其一：鳳爲帝王之象，其二，鳳爲祥瑞之表，其三，鳳爲人生追求的楷模，其四，鳳型變遷中美的憧憬。」〔註186〕每次鳳鳥的出現，都是華美的、祥瑞的、神聖的貴相之徵，無怪乎人們會如此嚮往。但到了漢唐以後，隨著「龍」的俗信仰在宮廷地位上升，鳳逐步退居後宮，主要是皇后的、嬪妃的象徵。〔註187〕而這首便是一個實例。事實上若依據現代數位系統的關鍵字檢索來看（未做眞正龍或鳳的辨識），在《全唐詩》中，題目方面，以「鳳」者檢索有117首，以「龍」者有414首，龍鳳一起出現則沒有；而「內容陪襯」方面，以「鳳」者有2035首，以「龍」則有3579首，龍鳳一起出現則有21首。顯然龍抬頭，而鳳的確屈居其次。

但無論如何，人對於宇宙的深不可測，遙不可及，不可隨意牴觸的崇敬之心，總想藉由神話所創出的神鳥加以轉載。於是牠的出身是好的，牠的風采是美的，牠的力量是大的，牠的地位是百鳥之王；而

〔註186〕陳勤建：〈中國鳥信仰的形成、發展與衍化〉，《華東師範大學學報》，第35卷第5期，（2003年9月），頁24～25。

〔註187〕陳勤建：〈中國鳥信仰的形成、發展與衍化〉，《華東師範大學學報》，第35卷第5期，（2003年9月），頁24。

牠又雜揉了各種禽鳥異象，這些禽鳥絕非惡鳥，更使其所綜合出的形體，成爲拉近人與自然宇宙距離的使者。只要有牠，人心是受到保護與安頓的。

2、鵲的喜兆

本文所指的鵲，當然是指「喜鵲」爲主；至於另外一種「鷽」又稱爲山鵲者，則是另做統計。

喜鵲的別稱有烏鵲、乾鵲、飛駁、鳱鵲、神女、乾鵲、媽鵲、靈鵲、駁鳥、芻尼、鳱鵲等，出現在《全唐詩》的則有鵲、烏鵲、乾鵲、靈鵲等。

既是喜鵲，自然與喜慶吉祥有關，《禽經》有言：「靈鵲兆喜，鵲噪則喜生。」〔註 188〕明代李時珍則曰：「鵲，篆文做舄象形。鵲鳴唶唶，故謂之鵲。鵲色駁雜，故謂之駁。靈能報喜，故謂之喜。」〔註 189〕顯見典籍中所記錄的皆具「兆喜」之意，而這樣的喜兆，正是宇宙透過鵲鳥給予人的。以王建的〈祝鵲〉爲例：

> 神鵲神鵲好言語，行人早回多利賂。我今庭中栽好樹，與汝作巢當報汝。(《全唐詩》，第 9 冊，卷 298，頁 3382～3383。)

儘管鳥語的世界奧妙，一般人難以理解，但能聽鳥語或與之溝通，卻是令人十分期待的。甚至在先民的心中普遍以爲，鳥語可以預測禍福，因此更加重視，會刻意種上梧桐、樟樹來招攬，爲的就是要聽其鳴叫。唐人孔溫裕就有這樣因喜鵲鳴叫而得官的故事，〔註 190〕而在這首詩中，王建（西元 768～830？）將喜鵲視爲神鵲，認爲他的言

〔註 188〕 舊題〔周〕師曠撰，〔晉〕張華注：《禽經》，《景印文淵閣四庫全書》，第 847 冊，子部 153 譜錄類，〈提要〉，頁 685。

〔註 189〕 〔明〕李時珍：《本草綱目》，《景印文淵閣四庫全書》，第 774 冊，子部 80 醫家類，卷 48，頁 360。

〔註 190〕 孔溫裕嘗以諫事貶郴州司馬，久之得其兄溫業書報云：「憲府欲辟做御史」一日喜鵲鳴于庭，乃祝之曰：「早得官鵲」乃飛去。墜下方寸紙，上有補闕二字。極異之。未幾，果除此官。見《分門古今類事》，《景印文淵閣四庫全書》，第 1047 冊，子部 353 小說家類，卷 5，頁 52。

語可以帶來財富與祥瑞；是以為了迎接喜鵲能夠築巢於院戶中，決定栽好樹，讓牠得以有個棲身好處所。至於皮日休的〈喜鵲〉則是：

棄羶在庭際，雙鵲來搖尾。欲啄怕人驚，喜語晴光裡。何況佞倖人，微禽解如此。(《全唐詩》，第 18 冊，卷 608，頁 7022。)

此詩一樣以「喜語」來形容，以「晴光」作陪襯，鵲洵是祥瑞代表無疑。只是作者有別於一般對於喜鵲表象的刻劃，將喜鵲與腥羶之物連結，詩中把喜鵲愛吃的「羶腸」棄置在庭院誘引，而雙鵲果然搖尾擺腦的見獵心喜。只是喜鵲還不至於得意忘形，「欲啄怕人驚」就是最好的警惕。而詩人呢，是否有不想步入公冶長的後塵：「公冶長，公冶長，後山有隻大肥羊，你吃肉來我吃腸。」〔註 191〕的心態，沒有明確表示；但將其與奸佞之人相比，喜鵲尚知分寸，不願破壞祥瑞之既定印象，奉勸小人，實不該貪得無饜。而薛能的〈鄜州進白野鵲〉：

輕毛疊雪翅開霜，紅嘴能深練尾長。名應玉符朝北闕，色柔金性瑞西方。不憂雲路填河遠，為對天顏送喜忙。從此定知栖息處，月宮瓊樹是仙鄉。(《全唐詩》，第 17 冊，卷 560，頁 6504。)

一般而言，吉祥的象徵意涵是在歷史上約定俗成的，它是人們審美情趣、價值取向、人生追求等的逐漸沉澱和累積，具有一定的穩定性，〔註 192〕鵲當然也是其中代表之一。薛能〔註 193〕（生卒年不詳）的這

〔註 191〕曹保明：《世上最後一個懂鳥獸語言的人》(北京：西苑出版社，2003 年)，頁 10～11。公冶長，通鳥語。有次聽信喜鵲報信，得到羊肉做了一頓香噴噴的午餐，吃得直打飽嗝。卻忘了應該將腸子留下來給喜鵲吃，就把腸子一股腦全丟到河裡去了。一天，他又聽到喜鵲叫：「公冶長，公冶長，南山有隻大肥羊，你吃肉來我吃腸。」於是公冶長又趕到南山去看個究竟。誰知到了南山，竟是一個人在那裏被殺。這時，恰巧縣衙捕快趕到，把他當作殺人疑犯抓了起來。縣令訊問情況，公冶長說他被喜鵲騙了。縣令為了證明，就命人把米用鹽煮了餵給籠中的鳥吃，然後把鳥提到公冶長面前。小鳥邊吃邊叫，縣令問：「這小鳥叫的是什麼意思？」公冶長說：「小鳥說米裏有鹽。」縣令知道他是被冤枉的，就釋放了他。

〔註 192〕居閱時、瞿明安主編：《中國象徵文化》，頁 693。

〔註 193〕字太拙，汾州人。會昌六年狄慎思榜登第。大中末，書判入等中選，

首詩，其鵲是由進貢而來，所以前兩句特從形貌上的羽翅多做描述；以下各句則兼具祥瑞與連結鵲橋的意境，充滿及天的神氣與祝福。鵲既能表祥瑞、慶喜兆，又有「知太歲之所在」的能耐，〔註 194〕難怪報應之說：「王遵兄弟三人，並時疾甚。宅有鵲巢，旦夕翔鳴，忿其喧噪，兄弟共惡之。及病瘥，因張鵲，斷舌而放之。既而兄弟皆患口齒之疾，家漸貧，以至行乞。」〔註 195〕此類故事，藉慘遭報應，告誡人的無知。雖然《爾雅翼》中提到：「鵲能知人之吉凶，故自啄其足則行人至。或曰：『其聲接接令接來者也』南人以其聲爲吉，以烏爲凶，北人反之。」〔註 196〕涉及時空背景不同，其象徵意涵也會稍有區別。但《全唐詩》中的鵲，仍是吉瑞的，如同本詩的月宮之崇高，「從此定知栖息處，月宮瓊樹是仙鄉。」是備受尊崇，不可冒犯的。

其他吉祥禽鳥之象徵，中外不一而足，如「白天鵝」是赫哲族與哈薩克族的吉祥物、「鴿子」是俄羅斯族的吉祥物、「孔雀」是傣族的吉祥物等〔註 197〕等等，而鶴更是大家都公認的長壽的象徵。這些被人認同的意涵，都在不同的文化背景下繼續複合、傳承著。

（二）祥厄反差

禽鳥的圖騰崇拜遠勝過一般自然崇拜，是對於一種或是數種特定的動物崇拜。上述某些祥厄的圖騰象徵之崇拜已成既定，從未有所變動；但有些禽鳥的信仰文化卻是在時空的變遷中，有了不一樣的命

補盩厔尉。辟太原、陝虢、河陽從事。李福鎮滑台，表置觀察判官。歷御史、都官、刑部員外郎。福徒帥西蜀，奏以自副。咸通中，攝嘉州刺史。造朝，遷主客、度支、刑部郎中，俄爲同州刺史、京兆大尹。出帥感化，入授工部尚書。傅璇琮主編：《唐才子傳校箋》，第 3 冊，卷 7，頁 308～313。

〔註 194〕〔漢〕許愼撰，〔清〕段玉裁注：《說文解字注》（台北：天工書局，1987 年），頁 157。

〔註 195〕〔宋〕李昉等編撰：《太平廣記五百卷》，〈報應 31〉，卷 132，頁 3。

〔註 196〕〔宋〕羅願：《爾雅翼》，《景印文淵閣四庫全書》，第 222 冊，經部 216 小學類，頁 367。

〔註 197〕居閱時、瞿明安主編：《中國象徵文化》，頁 695。

運，例如烏鴉、鴟鴞等就是一例。這些反差現象，在歷史長流不斷受到一些關注，而其所以變遷的理由，可探究的從未停歇；但有些心理行爲、觀念習俗的形成，已經日積月累，經年疊代了。如同西方哲學家佛洛伊德所言：「象徵的表示從來都不是個體所習得的，而可視爲種族發展的遺物。」〔註 198〕不管是精神層次的受挫或是獲益，積澱而來的祥厄力量，總是向未知的宇宙更接近一層。

1、烏的既定象徵與轉折

烏，俗稱烏鴉，〔註 199〕但在《全唐詩》中卻未出現「烏鴉」用語。烏有慈烏、慈鴉、孝烏、寒鴉的別稱，〔註 200〕不過「孝烏」美稱並未被運用於《全唐詩》中；反而有烏、暮鴉、晴鴉、亂鴉、曉鴉、神鴉一類。

對於烏這種鳥類，中國文化上的意涵一直有其差異性的；而今人聽到或是看到烏，總以爲牠是厄運的徵兆，但其實在歷史長河中牠有其祥瑞的具體意義在。在李昉敕撰的《太平御覽》中臚列歷代的諸多見解，例如「《春秋元命苞》曰：『火流爲烏，烏，孝烏。何知孝？烏陽精陽天之意。烏在日中，從天以昭孝也。』」〔註 201〕對於孝烏之名有諸多相關記錄；又有「《地理志》：『江中有烏飛入船，人以飯與之，烏且飛且啖』。」〔註 202〕可見人們與烏的關係親近；又「《隋書》曰：

〔註 198〕〔奧〕佛洛伊德著，高覺敷譯：《精神分析引論》（北京：商務印書館，1996 年），頁 153。

〔註 199〕〔明〕李時珍：《本草綱目》，《景印文淵閣四庫全書》，第 774 冊，子部 80 醫家類，卷 48，頁 394。李時珍在書中是將慈烏與烏鴉列爲兩類。

〔註 200〕〔明〕李時珍：《本草綱目》，《景印文淵閣四庫全書》，第 774 冊，子部 80 醫家類，卷 48，頁 394。李時珍在書中提到烏時，有上述四種的別稱；另外他也統整古人意見，提出烏有四種類別：「慈烏、雅烏、燕烏、山烏」。

〔註 201〕〔宋〕李昉等敕撰：《太平御覽》，《景印文淵閣四庫全書》，第 901 冊，子部 206 類書類，頁 230。

〔註 202〕〔宋〕李昉等敕撰：《太平御覽》，《景印文淵閣四庫全書》，第 901 冊，子部 206 類書類，頁 233。

『高祖受禪之年，三月辛巳，高平獲赤雀，太原獲蒼烏』。」〔註 203〕諸如此類的嘉應不勝枚舉，顯然在唐代之前，對於烏鴉的看法是十分正面的。近人田冬梅則是提出：「烏鴉物象在歷史長河的發展中，產生了豐富複雜的文化象徵意義，但是一直以祥瑞之說爲主流；直到宋代，才漸次合流爲『不祥』之兆。」〔註 204〕顯然「烏啼凶兆」是逐漸形成，並成爲一種禁忌。

是以在唐人心中，祥厄轉折正在醞釀，觀照《全唐詩》中對於烏的祥厄象徵，以祥瑞爲主，例如楊師道〈應詔詠巢烏〉：

> 桂樹春暉滿，巢烏刷羽儀。朝飛麗城上，夜宿碧林陲。背風藏密葉，向日逐疏枝。仰德還能哺，依仁遂可窺。驚鳴雕輦側，王吉自相知。(《全唐詩》，第 2 冊，卷 34，頁 460。)

〔註 203〕〔宋〕李昉等敕撰：《太平御覽》，《景印文淵閣四庫全書》，第 901 冊，子部 206 類書類，頁 235。

〔註 204〕1.田冬梅：《烏鴉文化象徵意義的源流》(南京：南京師範大學碩士論文，2006 年)，頁 31～40。其中她還逐一依據宋代的相關背景，提出五大原因：「地理環境、烏鴉的習性、烏鴉的顏色、人們對於死亡的畏懼、民間的傳說」說明從祥瑞到後來偏於凶兆的形成。有關兇兆之說，另外如宋代陸佃則以爲：「今人聞鵲噪則喜，聞烏噪則唾。以烏見異則噪故輒唾，其凶也。」、「烏性極壽。三鹿死後，能倒一松；三烏死後，能倒一鳥。」顯見吉凶並存。見〔宋〕陸佃：《埤雅》，《景印文淵閣四庫全書》，第 222 冊，經部 216 小學類，卷 6，頁 108。至於宋代以後，如元代朱公遷釋曰：「烏鴉，黑色，不祥之物。人所惡見者也，所見無非此物，則國將危亂可知。見〔元〕朱公遷：《詩經疏義會通》，《景印文淵閣四庫全書》，第 77 冊，經部 71 詩類，頁 348。到了明代李時珍釋名曰：「烏鴉大嘴而性貪鷙，好鳥善避矰繳，古有鴉經，以占吉凶。然北人喜鴉惡鵲，南人喜鵲惡鴉，惟師曠以白項者爲不祥，近之。」見〔明〕李時珍：《本草綱目》，《景印文淵閣四庫全書》，第 774 冊，子部 80 醫家類，卷 48，頁 394。

2. 左漢林以爲唐代以及唐代以前人們以烏鴉和烏啼爲吉，但到了宋代，烏鴉的象徵意義卻發生了變化，烏鴉和烏啼反而成爲不祥的徵兆有兩大原因：「其一是，民俗本身具有很大的變異性；其二是，唐代之烏已經演化爲宋代之鵲，烏鴉報喜已經演變爲喜鵲報喜。」參見左漢林：〈烏夜啼本事與烏象徵意義的變遷考論〉，《山西大學學報：哲社版》，第 4 期，(2006 年 5 月)，頁 68～69。

楊師道〔註 205〕（西元？～647）引用了東漢應劭《風俗通義》：「上東巡泰山，到滎陽，有烏飛鳴乘輿上，虎賁王吉射中之，作辭曰：『烏烏啞啞，引弓射，洞左腋，陛下壽萬歲，臣爲二千石。』帝賜錢二百萬，令亭壁悉畫爲烏也。」的故事，〔註 206〕一開始就將桂樹上充滿著柔和的光暉，陪襯著巢上刷著羽毛的烏鴉。早上牠飛在壯麗的城上，夜晚則棲息在碧綠的林邊；背風時藏在濃密的葉子裡，面對著陽光就在枝幹上追逐，德行上牠會反哺報恩，仁義上也是可窺見的。所以當烏鴉在皇帝座車旁受驚鳴叫，則王吉該明白箇中道理吧！烏鴉既是反哺報恩的代表，得烏鴉就是得到吉祥得到祝福；但也奉勸如王吉者，好自爲之，以免稱頌皇上之餘，未能封官如願。另外如張籍〈烏啼夜引〉：

> 秦烏啼啞啞，夜啼長安吏人家。吏人得罪囚在獄，傾家賣產將自贖。少婦起聽夜啼烏，知是官家有赦書。下床心喜不重寐，未明上堂賀舅姑。少婦語啼烏，汝啼慎勿虛；借汝庭樹作高窠，年年不令傷爾雛。（《全唐詩》，第 12 冊，卷 382，頁 4289。）

針對這首詩，李建崑〈從張籍樂府詩看唐代民間風情〉一文中曾提到：「《烏啼引》敘吏人得罪，按照唐代律令，有出金自贖之制。吏人變賣家產，以求贖罪。少婦夜聞烏啼，以爲是官家將降赦書之兆。少婦欣喜之餘，因有：『汝啼慎勿虛，借汝庭樹作高窠，年年不令傷爾雛。』之回報。」描寫民間對於「烏啼報喜」之迷信，有生動描述，充滿民間生活特有之趣味。〔註 207〕至於楊汝福則說：「詩中引用金錢贖罪獲釋的情節，可以幫助人們認識封建社會的『金錢拜物教』的罪行。」

〔註 205〕字景猷，華陰人，隋宗室也。清警有才思。入唐，尚桂陽公主，封安德郡公。貞觀中，拜侍中，參豫朝政，遷中書令，罷爲吏部尚書。師道善草隸，工詩，每與有名士燕集，歌詠自適。卒諡曰懿。集十卷。今編詩一卷。

〔註 206〕《風俗通義》（台北：台灣商務印書館，1965 年），〈明帝起居注〉，頁 82。

〔註 207〕李建崑：〈從張籍樂府詩看民間風情〉，《通俗文學與雅正文學第三屆全國學術研討會論文集》，（2000 年 10 月），頁 16。

〔註 208〕不管是烏啼報喜，或是拜物爲教，民俗的影響力也在詩人筆下獲得證明。類似祥瑞一類的詩篇，在《全唐詩》不在少數，如元稹〈聽庾及之彈烏夜啼引〉就是對於天人感應更爲具體的展現：

> 君彈烏夜啼，我傳樂府解古題。良人在獄妻在閨，官家欲赦烏報妻。烏前再拜淚如雨，烏作哀聲妻暗語。後人寫出烏啼引，吳調哀弦聲楚楚。四五年前作拾遺，諫書不密丞相知。謫官詔下吏驅遣，身作囚拘妻在遠。歸來相見淚如珠，唯說閒宵長拜烏。君來到舍是烏力，妝點烏盤邀女巫。今君爲我千萬彈，烏啼啄啄淚瀾瀾。感君此曲有深意，昨日烏啼桐葉墜。當時爲我賽烏人，死葬咸陽原上地。(《全唐詩》，第 12 冊，卷 404，頁 4510～4511。)

元稹（西元 779～831）寫詩有時平易有時僻澀，此詩可爲平易之例。《烏夜啼》屬樂府曲名，在《舊唐書》記錄是宋臨川王義慶所做，〔註 209〕但此說未必是事實，〔註 210〕以他引用此一曲名作詩屬於最早，其可信度較大。

此詩的起頭二句說明樂府的古題，也道出這首詩的緣由；二句以後與前一首張籍〈烏啼夜引〉的主要內容大同小異，但這首詩中並融入作者本身的遭遇，與原題相互交疊，悲悽之情更添濃烈；而對於烏的轉化手法具體有力，不僅與官吏的妻有「暗語」，烏鴉的力量更是令人懾服。是以詩中的「烏」不僅擬人化——「烏啼啄啄淚瀾瀾」、「烏作哀聲妻暗語」等同感哀悽；更是被神格化，舉凡「唯說閒宵長拜烏」、「君來

〔註 208〕楊汝福：《詠鳥詩選》，頁 279。

〔註 209〕〔後晉〕劉昫撰，楊家駱主編：《新校本舊唐書》，卷 29，〈志第 9．音樂 2〉，頁 1065。《烏夜啼》宋臨川王義慶所作也。元嘉十七年，徙彭城王義康於豫章，義慶時爲江州，至鎮，相見而哭，爲帝所怪，徵還宅，大懼。妓妾夜聞烏啼聲，扣齋閣云：「明日應有赦。」其年更爲南兗州刺史，作此歌。故其和云：「籠窗窗不開，烏夜啼，夜夜望郎來。」今所傳歌似非義慶本旨。辭曰：「歌舞諸少年，娉婷無種跡。菖蒲花可憐，聞名不相識。」

〔註 210〕丁福保編纂：《全漢三國晉南北朝詩》（台北：藝文印書館，1968 年），第 3 冊，頁 936。臨川王義慶當作彭城王義康。

到舍是烏力」、「妝點烏盤邀女巫」、「官家欲赦烏報妻」、「昨日烏啼桐葉墜」等，這已經超越習俗，也不只是傳說而已，而是當人類的無助，無法有效改善，只好求助於神靈，寄託於宇宙的無形力量。於是「烏」從習俗轉而成爲信仰的對象；從媒介的角色，成了萬能的神祇。

有關烏的祥厄變遷，唐代具有「過門轉折」到宋代合流爲不祥的意義在。大抵烏用以占卜、吉凶、慈孝、長壽方面，〔註 211〕這些在《全唐詩》中都出現過，但是烏鴉在唐人心中仍是祥瑞之兆的代表，是孝鳥的表徵，對人們有祝福有喜樂；至於「凶」的方面，多屬點綴，或僅是「愁緒、哀怨、思念的情境表達」，並非積極的厄的應驗。

2、玄鳥圖騰信仰之更迭

玄鳥就是燕子，是殷商民族的圖騰，素來享有備受尊敬的地位，而學界也大多如此認爲。在《詩經》中記錄著：「天命玄鳥，降而生商，宅殷土芒芒。」〔註 212〕這樣的文獻紀錄不僅說明當時對於「天命觀」的存在見解，也讓「玄鳥」成爲神話傳說中的文化信仰。而《史記・殷本紀》則有：「殷契，母曰簡狄，有娀氏之女，爲帝嚳次妃。三人行浴，見玄鳥墮其卵，簡狄取吞之，因孕生契。」〔註 213〕契爲高辛氏子，是傳說中商的始祖。相關的記載又見於《呂氏春秋・音初》〔註 214〕、《楚辭》〔註 215〕等典籍中。這些傳注中均表示「玄鳥就是燕子」，商族氏將

〔註 211〕〔宋〕陸佃：《埤雅》，《景印文淵閣四庫全書》，第 222 冊，經部 216 小學類，卷 6，頁 108～109。

〔註 212〕〔清〕阮元：《十三經注疏》，《毛詩正義》，第 9 卷，頁 369。

〔註 213〕〔日〕瀧川龜太郎：《史記會注考證》，卷 3，頁 54。

〔註 214〕陳奇猷：《呂氏春秋校釋》，卷 6，335。娀氏有二佚女，爲之發成之台，飲食必有鼓。帝令燕往視之，鳴若謚謚，二女愛而爭搏之，覆以玉筐，少選，發而視之，燕遺二卵，北飛，遂不返！」高誘注：「帝，天也，天令燕降卵于有娀氏女，吞之生契。」

〔註 215〕〔戰國〕屈原等著：《楚辭四種》（台北：華正書局，1989 年），〈離騷第 1〉：「望瑤臺之偃蹇兮，見有娀之佚女。吾令鴆爲媒兮，鴆告余以不好。」王逸注：契母簡狄也。頁 19。〈天問第 3〉：「簡狄在台嚳何宜？玄鳥致貽女何喜？」王逸注：玄鳥，燕也。意即帝嚳次妃有娀氏吞燕卵以生契。頁 61。

「燕子」視爲氏族的圖騰，使得燕子成爲日後敬天法祖的鳥信仰原型，如同黃帝氏族以雲爲圖騰，炎帝氏族以火爲圖騰一樣。

從先秦到漢魏晉南北朝階段，玄鳥視同燕子並無異議，但此一階段使用玄鳥者只有八處，〔註 216〕而在《全唐詩》中，使用玄鳥二字並無「專題」書寫，僅是出現在詩中的要素之一，篇數也只有十三首。詩人大多將其與「燕子」等同，未做「鳳凰」或其他禽鳥的連結，如儲光羲〈田家即事答崔二東皋作，四首之一〉、白居易〈寓意詩，五首之四〉：

1. 玄鳥雙雙飛，杏林初發花。呴媮命僮僕，可以樹桑麻。清旦理犁鋤，日入未還家。（《全唐詩》，第 4 冊，卷 137，頁 1394。）
2. 翩翩兩玄鳥，本是同巢燕。分飛來幾時，秋夏炎涼變。一宿蓬華廬，一棲明光殿。偶因銜泥處，復得重相見。彼矜杏梁貴，此嗟茅棟賤。眼看秋社至，兩處俱難戀。所託各暫時，胡爲相歎羡。（《全唐詩》，第 13 冊，卷 425，頁 4679。）

前一首因燕子屬於候鳥，所以當燕子雙飛，正是種桑麻的好季節。而第二首則是藉由本是同巢燕，而今各紛飛，表達「所託各暫時，胡爲相歎羡。」的衷心想法。其他十一首則是：

表四

序號	作者	題目	內文
1	魏徵	五郊樂章，二十首之六：肅和	玄鳥司春，蒼龍登歲。節物變柳，光風轉蕙。瑤席降神，朱弦饗帝。誠備祝嘏，禮殫珪幣。
2	蘇頲	奉和聖製答張說出雀鼠谷	雨施巡方罷，雲從訓俗迴。密途汾水衛，清蹕晉郊陪。寒著山邊盡，春當日下來。御祠玄鳥應，仙仗綠楊開。作頌音傳雅，觀文色動台。更知西向樂，宸藻協鹽梅。

〔註 216〕此一數字依據逯欽立輯校：《先秦漢魏晉南北朝詩》之網路版整理而得（此一網路版並無檢索系統，乃以複製後由 WORD 統計而得），並參酌逯欽立輯校：《先秦漢魏晉南北朝詩》（台北：學海出版社，1991 年）一書統計而得。

3	儲光羲	終南幽居獻蘇侍郎三首時拜太祝未上，三首之二	中歲尚微道，始知將谷神。抗策還南山，水木自相親。深林開一道，青嶂成四鄰。平明去采薇，日入行刈薪。雲歸萬壑暗，雪罷千崖春。始看玄鳥來，已見瑤華新。寄言搴芳者，無乃後時人。
4	王昌齡	秋山寄陳讜言	巖間寒事早，眾山木已黃。北風何蕭蕭，茲夕露爲霜。感激未能寐，中宵時慨慷。黃蟲初悲鳴，玄鳥去我梁。獨臥時易晚，離群情更傷。思君若不及，鴻雁今南翔。
5	杜甫	秋日荊南述懷三十韻	昔承推獎分，愧匪挺生材。遲暮宮臣忝，艱危袞職陪。揚鑣隨日馭，折檻出雲臺。罪戾寬猶活，干戈塞未開。星霜玄鳥變，身世白駒催。伏枕因超忽，扁舟任往來。九鑽巴噀火，三蟄楚祠雷。望帝傳應實，昭王問不迴。蛟螭深作橫，豺虎亂雄猜。素業行已矣，浮名安在哉。琴烏曲怨憤，庭鶴舞摧頹。秋雨漫湘水，陰風過嶺梅。苦搖求食尾，常曝報恩腮。結舌防讒柄，探腸有禍胎。蒼茫步兵哭，展轉仲宣哀。飢籍家家米，愁徵處處杯。
6	鮑防	憶長安：二月	憶長安，二月時，玄鳥初至禖祠。百囀宮鶯繡羽，千條御柳黃絲。更有曲江勝地，此來寒食佳期。
7	李應	立春日曉望三素雲	玄鳥初來日，靈仙望裡分。冰容朝上界，玉輦擁朝雲。碧落流輕艷，紅霓間綵文。帶煙時縹緲，向斗更氤氳。彷彿隨風馭，迢遙出曉雰。茲辰三見後，希得從元君。
8	孟郊	感懷，八首之四	長安佳麗地，宮月生蛾眉。陰氣凝萬里，坐看芳草衰。玉堂有玄鳥，亦以從此辭。傷哉志士歎，故國多遲遲。深宮豈無樂，擾擾復何爲。朝見名與利，莫還生是非。姜牙佐周武，世業永巍巍。
9	賈島	義雀行和朱評事	玄鳥雄雌俱，春雷驚蟄餘。口銜黃河泥，空即翔天隅。一夕皆莫歸，嘵嘵遺眾雛。雙雀抱仁義，哺食勞劬劬。雛既邐迤飛，雲間聲相呼。燕雀雖微類，感愧誠不殊。禽賢難自彰，幸得主人書。

10	李頻	古意	白馬遊何處，青樓日正長。鳳簫抛舊曲，鸞鏡懶新妝。玄鳥深巢靜，飛花入戶香。雖非竇滔婦，錦字已成章。
11	佚名	郊廟歌辭：五郊樂章。肅和	玄鳥司春，蒼龍登歲。節物變柳，光風轉蕙。瑤席降神，朱弦饗帝。誠備祝嘏，禮殫珪幣。

上列各首，其一，「玄鳥」二字爲「司春」，有「曆正屬官」之意；〔註217〕其二有「求子」之思；〔註218〕其三「燕子」之屬，顯然多承繼「玄鳥燕子說」。對於玄鳥的書寫，到了宋代詩詞中更是銷聲匿跡，除了李廌〈啓母廟〉詩一首：「帝武啓宗周，玄鳥濬哲商。……」、陳人傑〈沁園春〉詞一闋：「……海中玄鳥，猶記烏衣。……」〔註219〕比起唐代，宋代詩詞作家更重理性。

對於魏晉或是唐人的「玄鳥」引用，今人相關研究提出不少疑問，甚至推翻玄鳥是燕的見解。其一，郭沫若：「玄鳥之玄，是神玄之意，不當解成黑色。」〔註220〕故應該將玄鳥解釋爲神鳥，不是燕子；其二，何新也則說：「『玄』作『天』，玄鳥就是天鳥、『天帝的使者』，不會是人間的燕子。這一誤說見於《呂覽》，其由來也應該是很久遠了。」〔註221〕其三，謝崇安也提出：「過去學者們認爲，玄鳥是燕子，實囿於古訓。」〔註222〕這些反對意見多以詮釋角度出發，但無明確事證，所以得出結論只是「此玄鳥」非彼「玄鳥」罷了。

而能夠提出具體觀點的，則有王昆吾先生：「玄鳥就是鴟鴞，爲商

〔註217〕楊伯峻：《春秋左傳注》，頁1387。以爲玄鳥即燕，燕以春分來，秋分去，故名。

〔註218〕而《禮紀正義》，《十三經注疏》，〈月令〉，頁298。則有：「是月也，玄鳥至。至之日，以大牢祠于高禖。天子親往，后妃帥九嬪御。」

〔註219〕根據「唐宋文史資料庫」檢索系統而得，http://cls.hs.yzu.edu.tw/tasuhome.htm。

〔註220〕郭沫若：《郭沫若全集》（北京：北京人民出版社，1982年），《歷史篇》，第1卷，頁329。

〔註221〕何新也：《諸神的起源》（北京：光明日報出版社，1996年），頁114。

〔註222〕謝崇安：《中國史前藝術》（北京：三環出版社，1990年），頁105。

人的圖騰，是太陽的象徵。」〔註 223〕另外陳勤建也有類似觀點：「連雲港將軍崖岩畫，表現了東夷少昊族對於鴟鴞的崇拜，殷商文化顯然吸收了這種文化信仰。只是到了殷商時代，大約已分不清楚，只好含糊的講：自己的祖先圖騰，是黑色的『玄鳥類』，至於是鷹、是鴞、是燕，鬧不明白。」〔註 224〕又朱炳祥說：「殷商時期已見玄鳥婦壺的『玄鳥』意象，此一合文，象一隻鳥啣葫蘆之形。該文字中鳥的造型，正是完美突出的鴟鴞特徵。」〔註 225〕至於王大有解讀甲骨文「夋」時，說到：「殷高祖『夋』象形文作鳥頭人身，一手（或爪）、一足的形象，其鳥頭爲▽形，顯然是鴞頭象形，……，又稱玄鳥。」〔註 226〕至於孫新周因爲在出土的商代文物中找不到燕子是商族重要圖騰的蹤影，反而頻頻出現的是被後人是爲不祥的「鴟鴞」——貓頭鷹。〔註 227〕可見帝嚳、夋鳥、帝俊都是鴟鴞（梟）圖騰的化身。

從現今的一些論證，不管是意義上的或是形體認知上的，皆肯定鴟鴞爲商的始祖地位；只是《全唐詩》現有專題六首來看，卻是呈現不同見解：

表五

序號	作者	題　　目	內　　文
1	韓愈	病鴟	屋東惡水溝，有鴟墮鳴悲。青泥揜兩翅，拍拍不得離。群童叫相召，瓦礫爭先之。計校生平事，殺卻理亦宜。奪攘不愧恥，飽滿盤天嬉。晴日占光景，高風恣追隨。遂淩鸞鳳群，肯顧鴻鵠卑。今者命運窮，

〔註 223〕王昆吾：《中國古代藝術與宗教》（北京：東方出版社，2001 年），頁 142。

〔註 224〕陳勤建：《中國鳥文化——關於鳥化宇宙觀的思考》，頁 60～62。

〔註 225〕朱炳祥：〈「玄」本義索解與「道」之原型探討〉，《喀什師範學院學報》，第 3 期，（1995 年 6 月），頁 43。

〔註 226〕王大有：《龍鳳文化源流》（北京：北京工藝美術出版社，1988 年），頁 40。

〔註 227〕孫新周：〈鴟鴞崇拜與華夏歷史文明〉，《天津師範大學學報》，第 5 期，（2004 年 5 月），頁 32。

			遭逢巧丸兒。中汝要害處，汝能不得施。於吾乃何有，不忍乘其危。丐汝將死命，浴以清水池。朝餐輟魚肉，暝宿防狐貍。自知無以致，蒙德久猶疑。飽入深竹叢，飢來傍階基。亮無責報心，固以聽所爲。昨日有氣力，飛跳弄藩籬。今晨忽逕去，曾不報我知。僥倖非汝福，天衢汝休窺。京城事彈射，豎子不易欺。勿諱泥坑辱，泥坑乃良規。
2	蘇拯	鴟梟	爲害未爲害，其如污物類。斯言之一玷，流傳極天地。良木不得棲，清波不得戲。曾戲水堪疑，曾棲樹終棄。天不殲爾族，與夫惡相濟。地若默爾聲，與夫妖爲諱。一時懷害心，千古不能替。傷哉醜行人，茲禽亦爲譬。
3	丘光庭	茅鴟四章章八句，四首之一	茅鴟茅鴟，無集我岡。汝食汝飽，莫爲我祥。願彈去汝，來彼鳳凰。來彼鳳凰，其儀有章。
4	丘光庭	茅鴟四章章八句，四首之二	茅鴟茅鴟，無啄我雀。汝食汝飽，莫我肯略。願彈去汝，來彼瑞鵲。來彼瑞鵲，其音可樂。
5	丘光庭	茅鴟四章章八句，四首之三	茅鴟茅鴟，無搏鶺鴒。汝食汝飽，莫我爲休。願彈去汝，來彼鳲鳩。來彼鳲鳩，食子其周。
6	丘光庭	茅鴟四章章八句，四首之四	茅鴟茅鴟，無嚖我陵。汝食汝飽，莫我好聲。願彈去汝，來彼蒼鷹。來彼蒼鷹，祭鳥是徵。

對於鴟鴞一類均無正向的看待，其中丘光庭〈茅鴟四章‧序〉:「茅鴟，刺食祿而無禮也，在位之人，有重祿而無禮度，君子以爲茅鴟之不若，作詩以刺之。……」更見其落實於現實面的譏諷。倒是元稹〈有鳥，二十章之一〉、〈有鳥，二十章之十〉則有不同的見地：

1. 有鳥有鳥名老鴟，鴟張貪很老不衰。似鷹指爪唯攫肉，戾天羽翮徒翰飛。朝偷暮竊恣昏飽，後顧前瞻高樹枝。珠丸彈射死不去，意在護巢兼護兒。(《全唐詩》，第 12 冊，卷 420，頁 4620。)

2. 有鳥有鳥名爲鴞，深藏孔穴難動搖。鷹鸇繞樹探不得，隨珠彈盡聲轉嬌。主人煩惑罷擒取，許占神林爲物妖。當時幸有燎原火，何不鼓風連夜燒。(《全唐詩》，第12冊，卷420，頁4621。)

詩中肯定其「珠丸彈射死不去，意在護巢兼護兒。」的慈愛，具有「深藏孔穴難動搖，鷹鸇繞樹探不得。」的能耐，並且足以讓主人「許占神林爲物妖」。雖沒有與玄鳥畫上等號，更無崇拜之思，但算是《全唐詩》中對於貓頭鷹的唯一神性上之提列。

類似這種歷史文化的的極度反差現象，也引起近代中外學者的關注，如中國文字學家康殷提到：「商代和周初的人們，對於這種惡鳥（貓頭鷹）似乎有些偏愛，他們喜歡用鴞形『形諸器物』……可謂多不勝舉；而各種鴞紋裝飾，尤爲普遍。……可見那時的人們雖然不一定有現代科學家把他當作益鳥的科學認知，但至少他們並不像後來的人那樣，把它視爲『所鳴其民有禍』的不祥之物。」〔註228〕而德國漢斯・比德曼則說：「在中國，貓頭鷹作爲厄運的象徵，……然而在商朝，貓頭鷹卻是美好的象徵，許多出土的青銅器上都刻有它的圖案。」〔註229〕可知，在先秦階段，鴟鴞圖騰頭上的尖起的角是可以通達天上，與宇宙更爲接近的，因此對於鴟鴞一類的禽鳥的確是崇拜不是厭惡。只是到了後代，反而是大逆轉而不是傳承。

探究《全唐詩》引用玄鳥的寫作之因，不在於殷商，也不在於神話，而是受到《詩經》原文及其註解正義影響，〔註230〕認定鴟鴞是惡鳥；更何況就現實與生態層面分析，燕子溫和與人接近，成爲信仰

〔註228〕 康殷：《古文字形發微》（北京：北京出版社，1990年），頁103。

〔註229〕 〔德〕比德曼著，劉玉紅等譯：《世界文化象徵辭典》（廣西：漓江出版社，2000年），頁213。

〔註230〕 〔清〕阮元：《十三經注疏》，《毛詩正義》，第8卷，〈國風・豳風・鴟鴞〉，頁280。鴟鴞鴟鴞！既取我子，無毀我室！恩斯勤斯，鬻子之閔斯。迨天之未陰雨，徹彼桑土，綢繆牖户。今女下民，或敢侮予。予手拮据，予所捋荼，予所蓄租；予口卒瘏：曰予未有室家。予羽譙譙，予尾翛翛，予室翹翹，風雨所漂搖。予維音嘵嘵。

圖騰，必可傳遞良善降下福祚。反之，鴟鴞食肉且質性凶狠，形聲不受世人喜歡又晝伏夜出，就算唐人早知「考證」結果，也難認定其有祥瑞之徵。

二、信仰演進，依附衍化

漢族的主要宗教是道教。唐宋時期，道教大盛，到了元代盛極一時。〔註 231〕除了佛道等宗教，漢族還有許多人具有世俗信仰。因其信仰內容龐雜、體系凌亂，具有顯著的「多神論」特點，是以佛教、道教的宗教神和不屬於某種宗教的民間神等，其實都是其信仰崇拜的對象。漢族信仰的民間神可以分爲「自然神」、「社會神」兩大類。自然神如日月山川、風火雷電、動植物等，其中人們還幻想出龍、鳳凰、麒麟等加以崇拜；社會神是由對社會現象和社會力量的神化而來的神靈，例如門神、灶神、床神等，其他各行各業有其朝拜的神，也都在此列。〔註 232〕而禽鳥圖騰的信仰崛起，就是對於自然神靈的崇拜。

（一）太陽與鳥的複合崇拜

太陽與禽鳥二者，風馬牛不相及，但因爲種種的觀察與典籍的記錄，二者竟產生密切的關聯。首先是《山海經・大荒東經》:「大荒之中，有山名曰孽搖頵羝。上有扶木，柱三百里，其葉如芥。有谷曰溫源谷。湯谷上有扶木，一曰方至，一曰方出，皆載于烏。」〔註 233〕又《山海經・海外東經》:「湯谷上有扶桑，十日所浴，在黑齒北。居水中，有大木，九日居下枝，一日居上枝。」〔註 234〕每天太陽的上下，所依靠的就是「烏」之飛鳥的力量。所以部分先民認爲，太陽與鳥是同類，彼此相輔相成，同棲一處。

〔註 231〕 張世滿、王守恩編著：《中外民俗概要》（天津：南開大學出版社，2005 年），頁 4。此處僅討論漢族部分。

〔註 232〕 張世滿、王守恩編著：《中外民俗概要》，頁 5。

〔註 233〕 袁珂：《山海經校注》（台北：里仁書局，2004 年），頁 354。

〔註 234〕 袁珂：《山海經校注》，頁 260。

當然也有部分先民以爲太陽與鳥是一體的，太陽本身就是一隻飛鳥，一個擁有熾熱大火球的金鳥，如《淮南子》中云：「日中有踆烏，而月中有蟾蜍。日月失其行，薄蝕無光；風雨非其時，毀折生災；五星失其行，州國受殃。」〔註 235〕高誘注：「踆，猶蹲也，謂三足烏。」又《淮南子》：「逮至堯之時，十日並出，焦禾稼，殺草木，而民無所食。猰貐、鑿齒、九嬰、大風、封豨、脩蛇皆爲民害。堯乃使羿誅鑿齒於疇華之野，殺九嬰於凶水之上，繳大風於青丘之澤，上射十日而下殺猰貐，斷脩蛇於洞庭，禽封豨於桑林。萬民皆喜，置堯以爲天子。」〔註 236〕由此可知，當時民間確有此一說。

而在西方，學者對於鳥與太陽的結合，也有類似的看法，如斯賓登：「當太陽被接納爲神祇或上天被認爲是神祇的居處時，高飛的鳥類如鷹、鷲等便成爲使者了。在埃及，獵鷹成爲埃及王的保護者，荷馬又把鷹作爲費伯（Phoebus——太陽神）的快速使者……它們被視作太陽鳥。」〔註 237〕另一位學者李普斯則言：「在古代許多地方，太陽是從水面上升起的，而鶴由於他的紅腿被相信與火有關，因而也就是與太陽相聯繫。」〔註 238〕二者說法顯見有異，不過中外大抵就鳥與太陽相似之處加以粘合，卻是一致的。

也就是說，從神話傳說與出土的相關圖像中可以看出「太陽與鳥的複合」，或是「飛鳥負日」等「太陽鳥」的崇拜，已是持久且堅定的信念。但畢竟神話是民族的夢，是古代人迷惑於有意識與無意識——夢與現實——之間的產物，〔註 239〕所以究竟是因爲尊敬太陽，遂

〔註 235〕〔漢〕高誘注：《淮南子》（上海：上海書店，1992 年），〈精神訓〉，卷 7，頁 100。

〔註 236〕〔漢〕高誘注：《淮南子》，〈本經訓〉，頁 117～118。

〔註 237〕H.J.Spinden,Sun Worship（太陽崇拜），陳炳良譯：〈中國古代神話新譯兩則·鯀禹的傳說〉，《新竹清華大學學報》，第 7 卷第 2 期，（1969 年），頁 213。

〔註 238〕〔德〕里普斯，汪寧生譯：《事物的起源》（重慶：四川民族出版社，1982 年），頁 342～343。

〔註 239〕王孝廉：《中國的神話與傳說》（台北：聯經出版事業公司，1977

而崇鳥；還是因爲敬禽鳥，而敬太陽？其因果關係在研究者陳勤建看來，既不是單一的太陽崇拜，也不是單純的鳥信仰，而是一種以鳥信仰爲原型所構成的太陽與鳥的複合信仰；而且是鳥信仰產生後，或是鳥信仰前提下衍生的。〔註 240〕這種信仰的激發，觀照於《全唐詩》的書寫，太陽與鳥、雞的結合，是最常被詩人引用的。

1、陽烏晴展翅

烏與太陽結合，複式者有陽烏、陽鳥、日烏；而單一者則有九烏、三足烏、烏飛等，其中有的是將題與內容相互幫襯，達其日動的物理性以及烏飛的生物性，呈現「形象」的同一性；有的則只是借用神話，表現其仙家色彩。而大抵在《全唐詩》中，二者出現處有八十首詩。其中題目與內容均提及者，如：

1. 六眸龜北涼應早，三足烏南日正長。常記京關怨搖落，如今目斷滿林霜。（裴夷直：〈秋日〉，《全唐詩》，第 15 冊，卷 513，頁 5862。）
2. 馬蕭蕭襟袖涼，路穿禾黍繞宮牆。半山殘月露華冷，一岸野風蓮萼香。煙外驛樓紅隱隱，渚邊雲樹暗蒼蒼。行人自是心如火，兔走烏飛不覺長。（韋莊：〈秋日早行〉，《全唐詩》，第 20 冊，卷 695，頁 7997。）
3. 天台十二旬，一片雨中春。林果黃梅盡，山苗半夏新。陽烏晴展翅，陰魄夜飛輪。坐冀無雲物，分明見北辰。（李敬方：〈天台晴望〉，《全唐詩》，第 15 冊，卷 508，頁 5774。）

這三首詩都以日爲主題，所配合的是太陽與烏的複合意象。第一首中用了「三足烏」，既對襯首句，有天地時空的指標；又能凸顯「南日」的意涵，達到烘托題目的目的。第二首的秋已經在首句有了「襟袖涼」爲回應，所以「兔走烏飛」在於呈現早行時，日月穿梭的時間意識。第三首題目因爲「晴」所以可「望」，故詩中的「陽烏晴展翅，陰魄夜飛輪。」

年），頁 1。

〔註 240〕陳勤建：《中國鳥文化——關於鳥化宇宙觀的思考》，頁 42～46。

與前一首相比，雖都意指日月，但其「展翅」更能將太陽與鳥的意象結合。禽鳥有活生生的靈性與生命，而太陽同樣也有類似的生靈，這種生命力的活潑展現，是人類面對浩瀚宇宙，最不可或缺的光明與希望。

另外，純粹是日的書寫，但卻將鳥帶進詩中，於是神話的美感，喚起人對於自然奧妙的另一種想像，如：

1. 小時不識月，呼作白玉盤。又疑瑤臺鏡，飛在白雲端。仙人垂兩足，桂樹作團團。白兔搗藥成，問言與誰餐。蟾蜍蝕圓影，大明夜已殘。羿昔落九烏，天人清且安。陰精此淪惑，去去不足觀。憂來其如何，淒愴摧心肝。（李白：〈古朗月行〉，《全唐詩》，第 5 冊，卷 163，頁 1695。）
2. 老思東極舊巖扉，卻待秋風泛舶歸。曉梵陽烏當石磬，夜禪陰火照田衣。見翻經論多盈篋，親植杉松大幾圍。遙想到時思魏闕，只應遙拜望斜暉。（陸龜蒙：〈和襲美重送圓載上人歸日本國〉，《全唐詩》，第 18 冊，卷 626，頁 7196。）
3. 滄溟分故國，渺渺泛杯歸。天盡終期到，人生此別稀。無風亦駭浪，未午已斜暉。繫帛何須雁，金烏日日飛。（吳融：〈送僧歸日本國〉，《全唐詩》，第 20 冊，卷 684，頁 7861。）

第一首中李白將日陪襯月，先列出有關月的典故，其次著眼於后羿射下九個太陽的神話傳說，最後又回應到月的本體，顯然想傳達的是心中一些莫名的憂慮。第二首與第三首以送僧人返回日本爲主題，想見「扶桑、湯谷」的神話性不言可喻。太陽像是被鳥扛著飛了，從中國飛向日本，時空意識裡的別離感傷，被稀釋了；而遙想的時分，「金烏日日飛」自然不必寄託雁的神奇，「遙拜望斜暉」竟將其視爲神仙般崇拜。

2、守信催朝日

雞與生俱來有報曉能力，在長期與先民的生活實踐中，人們早已經將牠與太陽聯繫起來，視之爲太陽的另一個俗世化身。因其從太陽的身分，是以先民又稱之爲「金雞」。在《全唐詩》中，又以雞鳴一類創作最多，例如：

1. 雞初鳴，明星照東屋。雞再鳴，紅霞生海腹。百官待漏雙闕前，聖人亦挂山龍服。寶釵命婦燈下起，環珮玲瓏曉光裡。直內初燒玉香，司更尚滴銅壺水。金吾衛裡直郎妻，到明不睡聽晨雞。天頭日月相送迎，夜棲旦鳴人不迷。（王建：〈雞鳴曲〉，《全唐詩》，第 9 冊，卷 298，頁 3388。）
2. 稻粱猶足活諸雛，妒敵專場好自娛。可要五更驚曉夢，不辭風雪爲陽烏。（李商隱：〈賦得雞〉，《全唐詩》，第 16 冊，卷 539，頁 6170。）
3. 名參十二屬，花入羽毛深。守信催朝日，能鳴送曉陰。峨冠裝瑞璧，利爪削黃金。徒有稻粱感，何由報德音。（徐夤：〈雞〉，《全唐詩》，第 21 冊，卷 708，頁 8142。）

第一首詩，起頭從雞鳴與日的配合，可知太陽鳥的意象更爲具體。而以下各句又合於《周易・緯・通卦驗》云：「雞，陽鳥也，以爲人候四時，使人得以翹首結帶正衣裳也。」〔註 241〕的意涵，不僅當朝有「百官待漏雙闕前，聖人亦挂山龍服。」，民間更有「寶釵命婦燈下起，環珮玲瓏曉光裡。」日月輪替，一切就緒。而第二首的「可要五更驚曉夢，不辭風雪爲陽烏。」直呼其爲陽烏，印證東漢許慎云：「雞，知時畜也。」〔註 242〕的司時功能。第三首則是從「守信催朝日，能鳴送曉陰。」因爲雞啼叫後，送走了月亮，太陽才出來，所以中國的畬族稱之爲「神雞」和「報曉吉祥雞」，神雞守門，報大吉大利；〔註 243〕而這在徐夤的詩中「報德音」也獲得了印證。

特別是它與其他禽鳥不同，在古人眼中，具有令人敬畏的精神，是落地的太陽所變成的；它叫醒大地的光明，揮去了黑暗，與太陽無異。至於金雞方面，詩人則又承前遞嬗：

1. 西門秦氏女，秀色如瓊花。手揮白楊刀，清晝殺讎家。

〔註 241〕〔漢〕鄭玄注：《易緯・通卦驗》，《景印文淵閣四庫全書》，第 53 冊，經部 47 易類，卷下，頁 895。

〔註 242〕〔清〕段玉裁：《說文解字注》，頁 142。

〔註 243〕陳勤建：《中國鳥文化——關於鳥化宇宙觀的思考》，頁 94。

羅袖灑赤血，英聲凌紫霞。直上西山去，關吏相邀遮。
婿爲燕國王，身被詔獄加。犯刑若履虎，不畏落爪牙。
素頸未及斷，摧眉伏泥沙。金雞忽放赦，大辟得寬賒。
何慚聶政姊，萬古共驚嗟。（李白：〈秦女休行〉，《全唐詩》，第5冊，卷164，頁1704。）

2. 樓前立仗看宣赦，萬歲聲長拜舞齊。日照彩盤高百尺，飛仙爭上取金雞。（王建：〈宮詞，一百二首之十一〉，《全唐詩》，第10冊，卷302，頁3440。）

雞早是幻想中的理想式太陽鳥——鳳凰的原型，是以視爲吉祥物的理由，在金雞帶來的赦放典故中：「按金雞，魏晉以前無聞焉，或云始自後魏，亦云起自呂光。……武成帝即位，大赦天下，其日設金雞。宋孝王不識其義，問於光祿大夫司馬膺之曰：『赦建金雞，其義何也？』答曰：『按《海中星占》，天雞星動，必當有赦。由是赦以雞爲侯。』」〔註244〕更見落實。

不管前一首「金雞忽放赦，大辟得寬賒。」或下一首的「日照彩盤高百尺，飛仙爭上取金雞。」其雅俗意義，比起鶴的「鶴壽千歲，以極其遊。」〔註245〕太陽鳥的起落，同樣令人崇拜。

（二）生命起源與鳥的意蘊

信仰對於人是種矛盾的敬畏情結，一者是畏懼其可能有所懲罰或離棄，一者是期盼可以得到庇祐，於是心甘情願對信仰的對象虔誠膜拜，而太陽與鳥是宇宙間可以明確接觸或是看到的，甚至是等同於上帝。除此，還有對於命起源的感恩與探索。

1、混沌鑿開

人類來自何處，雖然科學早已揭開奧秘，但在詩人的世界，在先民的追尋自我生命源頭的臆想下，對於禽鳥的崇拜，也就反映出內在

〔註244〕〔唐〕封演：《封氏聞見記》，《景印文淵閣四庫全書》，第862冊，子部168雜家類，卷4，頁432。

〔註245〕〔漢〕高誘注：《淮南子》，〈說林訓〉，頁300。

心靈對於孕育自我生命的敬重。

有關「契之前無父而生，契之後有子孫相承。」乃源自「天命玄鳥，降而生商。」〔註 246〕禽鳥所帶來生命之源的啓迪；而「周后稷，名棄。其母有邰氏女，曰姜原。姜原爲帝嚳元妃。姜原出野，見巨人跡，心忻然說，欲踐之，踐之而身動如孕者。居期而生子，以爲不祥，棄之隘巷，馬牛過者皆辟不踐；徙置之林中，適會山林多人，遷之；而棄渠中冰上，飛鳥以其翼覆薦之。姜原以爲神，遂收養長之。初欲棄之，因名曰棄。」〔註 247〕周人述其先祖由來，一方面假託父系一方爲上帝、神靈或動植物甚至是無生物的感生神話；〔註 248〕一方面不忘提及蒙「飛鳥以其翼覆薦之」等庇護之神蹟，與殷商類比，更見其感恩之旨。

而這樣與禽鳥牽繫的「生命之源」，在《全唐詩》中僅有兩首稍能連結：

1. 我唐有僧號齊己，未出家時宰相器。爰見夢中逢五丁，毀形自學無生理。骨瘦神清風一襟，松老霜天鶴病深。一言悟得生死海，芙蓉吐出琉璃心。閃見有唐風雅缺，敲破冰天飛白雪。清塞清江卻有靈，遺魂泣對荒郊月。格何古，天公未生誰知主。混沌鑿開雞子黃，散作純風如膽苦。意何新，織女星機挑白雲。眞宰夜來調暖律，聲聲吹出嫩青春。調何雅，澗底孤空秋雨灑。嫦娥月裡學步虛，桂風吹落玉山下。語何奇，血潑乾坤龍戰時。祖龍跨海日方出，一鞭風雨萬山飛。己公己公道如此，浩浩寰中如獨自。一簞松風冷如冰，長伴

〔註 246〕〔清〕阮元：《十三經注疏》，《毛詩正義》，第 9 卷，頁 369。序曰：「玄鳥，祀高宗也。」

〔註 247〕〔日〕瀧川龜太郎：《史記會注考證》，〈周本紀〉，卷 4，頁 64。

〔註 248〕中國的感生神話，一般可分爲四類：感動物而生、感植物而生、感天象而生和感大迹而生。感生神話就是始祖神話，其事大多不可信，但在文學義蘊中卻深受歡迎。烏丙安：《中國民間信仰》（上海：上海人民出版社，1998 年），頁 16。

巢由伸腳睡。（徐仲雅：〈贈齊己〉，《全唐詩》，第 22 冊，卷 762，頁 8650。）

2. 此物不難知，一雄兼一雌。誰將打破看，方明混沌時。（占辭：〈射覆二雞子〉，《全唐詩》，第 25 冊，卷 880，頁 9957。）

對於契、棄等遠古的帝王始祖神話一事，《全唐詩》中並無直接與女性崇拜或男性崇拜等相關書寫。倒是以上兩則中的「混沌鑿開雞子黃，散作純風如膽苦。」、「誰將打破看，方明混沌時。」藉由「雞子」的破開，多少能與之相承。這種生命的探索，從郭沫若：「『玄鳥』就是男性的生殖器的象徵，『鳥』也是牡器的象徵，卵生神話中的『卵』，是睪丸的別名。」〔註 249〕以及聞一多：「中國語言中有許多隱語例子，以『魚』代替匹偶或情侶就是其中之一。……以烹魚或吃魚喻何歡或結配。……另一種更複雜的形式是將主動方面比作吃魚的鳥類，如白鷺鷥、野貓等。」〔註 250〕又「《詩經・國風》凡言魚，皆兩性間互稱對方之廋語。……野蠻民族往往以魚作爲性的象徵，中外皆然。謂魚與神之生殖功能有密切關係。」〔註 251〕等等的生殖崇拜以來，就不斷有學者循著此進路，探索古今神話觀點。不過，若從性的角度而論，《全唐詩》中一些性暗示的禽鳥詩總是有的；但若就「卵」之生命意義溯源，或是祖先的崇拜，則是付之闕如。

2、象耕鳥耘

民以食爲天，而食的主要來源又以水稻、麥子爲主；但種子何處而得，又耕耘方式如何，「象耕鳥耘」成了遠古的神話依據，〔註 252〕也說明了當時的耕作方式。到了漢代王充談到：「天使鳥獸報佑之也。」

〔註 249〕郭沫若：《郭沫若全集》，頁 328～329。

〔註 250〕朱自清編：《聞一多全集》（台北：里仁書局，1993 年），第 1 冊，119～133。

〔註 251〕朱自清編：《聞一多全集》，第 2 冊，頁 127～129。

〔註 252〕《越絕書》，《景印文淵閣四庫全書》，第 463 冊，史部 221 載記類，頁 103。「舜葬蒼梧，象爲之耕；禹葬會稽，鳥爲之耘。」

〔註 253〕但爲何鳥獸不幫功德在舜之上的堯舜，又爲何只在普通田地？王充並未墨守成規，依據家鄉的周遭環境，提出實際體驗：「實者，蒼梧多象之地，會稽眾鳥所居。禹貢曰：『彭蠡既豬，陽鳥攸居。』天地之情，鳥獸之行也。象自蹈土，鳥自食苹。土蹶草盡，若耕田狀，壤靡泥易，人隨種之。世俗則謂舜、禹田。」〔註 254〕顯見這是集合天時地利人和的結果，而不是鳥獸對於聖人的保佑。

在《全唐詩》中，早已被揭開的面紗，也不再瀰漫籠罩，僅有宋之問〈遊稱心寺〉一詩引用：

> 釋事懷三隱，清襟謁四禪。江鳴潮未落，林曉日初懸。寶葉交香雨，金沙吐細泉。望諧舟客趣，思發海人煙。顧櫪仍留馬，乘杯久棄船。未憂龜負嶽，且識鳥耘田。理契都無象，心冥不寄筌。安期庶可揖，天地得齊年。(《全唐詩》，第 2 冊，卷 53，頁 652。)

詩中傳遞的悠閒自在，心無窒礙，不在話下。而對於「象耕鳥耘」之說，也只是身不勞心免苦的象徵而已；對於過去的鳥信仰，既沒有仰慕之名，也不見感恩之情。

三、冥想體驗，意象消解

對於自然界禽鳥的直觀，有其亦奇亦眞的感動，不必做過多的解讀；而在對應態度方面，體現的是自在與和諧；至於論及信仰，除了祥瑞災厄的啓發、引用「神話」的信仰分析，更可透過禽鳥入詩，反映著人類想像與淵海、蒼天等四極八荒自然宇宙間的接觸。這些渴望接觸當然無法眞正實踐或體驗，多半是神話式的消解，但經由冥想，就即便只是雞犬升天，〔註 255〕帶有扁抑嘲諷，但飛翔的意象的魅力，

〔註 253〕楊寶忠：《論衡校箋》(台北：河北教育出版社，1999 年)，頁 171。

〔註 254〕楊寶忠：《論衡校釋》，頁 172～173。

〔註 255〕楊寶忠：《論衡校釋》，卷 7，〈道虛〉，頁 317。淮南王學道，招會天下有道之人。傾一國之尊，下道術之士，是以道術之士，並會淮南，奇方異術，莫不爭出。王遂得道，舉家升天。畜產皆仙，犬吠於天上，雞鳴於雲中。此言仙藥有餘，犬雞食之，并隨王而升天也。

仍令人充滿期盼。

（一）直線變形，超越有生

對於禽鳥，最普遍的寄託，就在於其有雙翼，能自由飛翔。而在此所要探討的，不是一般可以親見實體的禽鳥，也不僅是一般的飛翔功能而已，而是異想世界的寄託；屬於神話或是傳說底下才有的禽鳥，藉由無亙的翱遊，貼近人類無法極盡的浩瀚宇宙。

1、鯤鵬之間

提到鵬的意象，詩人因爲沒有親眼見著，所以並無專題寫作，只有在詩中引用，共有 165 首出現「鵬」。而《全唐詩》的相關作品，其實都來自莊子：「北冥有魚，其名爲鯤，鯤之大，不知其幾千里也。化而爲鳥，其名爲鵬，鵬之背，不知其幾千里也；怒而飛，其翼若垂天之雲。是鳥也，海運則將徙於南冥；南冥者，天池也。齊諧者，志怪者也。諧之言曰：『鵬之徙於南冥也，水擊三千里，摶扶搖而上者九萬里，去以六月息者也。』野馬也，塵埃也，生物之以息相吹也。天之蒼蒼，其正色邪？其遠而無所至極邪？其視下也，亦若是則已矣。」〔註 256〕究其身形、能耐，「鯤與鵬」是對等的變形替換，且基於「其遠而無所至極邪？其視下也，亦若是則已矣。」的原理，互換空間完成超越有限的幻想。這種無遠弗屆的莊子寓言魅力，詩人是浸濡貼切的。如李商隱的〈洞庭魚〉、皎然〈送薛逢之宣州謁廢使〉：

1. 洞庭魚可拾，不假更垂罾。鬧若雨前蟻，多於秋後蠅。豈思鱗作簟，仍計腹爲燈。浩蕩天池路，翱翔欲化鵬。（《全唐詩》，第 16 冊，卷 540，頁 6193。）
2. 六月鵬盡化，鴻飛獨冥冥。秋烽家不定，險路客頻經。牛渚何時到，漁船幾處停。遙知詠史夜，謝守月中聽。（《全唐詩》，第 23 冊，卷 819，頁 9231。）

〔註 256〕〔戰國〕莊子等著，〔清〕郭慶藩：《莊子集釋》，〈逍遙遊第 1〉，頁 2～4。

第一首的李商隱將洞庭湖比之天池，則魚就成爲鯤，鯤之轉化爲鵬；洞庭湖上千萬隻魚，幻化爲千個希望。第二首詩中，以送別爲基調，皎然〔註 257〕（生卒年不詳）以「六月鵬盡化，鴻飛獨冥冥」點化出：「夫大鳥一去半歲，至天池而息；小鳥一飛半朝，搶榆枋而止。」〔註 258〕的時間意識，所牽動的宏闊天地山高水長，正如鵬之無以掌握。至於元稹的〈夢上天〉：

> 夢上高高天，高高蒼蒼高不極。下視五嶽塊纍纍，仰天依舊蒼蒼色。蹋雲聳身身更上，攀天上天攀未得。西瞻若水兔輪低，東望蟠桃海波黑。日月之光不到此，非暗非明煙塞塞。天悠地遠身跨風，下無階梯上無力。來時畏有他人上，截斷龍胡斬鵬翼。茫茫漫漫方自悲，哭向青雲椎素臆。……（《全唐詩》，第 12 冊，卷 418，頁 4605。）

在夢裡其連結的意象是多重的，大抵這類與典故有關的夢的述敘，未必眞的有夢，如同西方的沃凱爾特所言：「在夢中，聯想是根據可感知的偶然性和聯繫性而任意發揮的，每個夢都充滿了這樣的複雜凌亂的聯想。」〔註 259〕因爲鵬「背若太山，翼若垂天之雲」〔註 260〕而詩中卻出現「截斷龍胡斬鵬翼。」導致茫茫漫漫方自悲，這頗吻合弗洛伊德所說的：「夢所揭示的人，是原始本性的人。可以說人回到夢中就是回歸自然的狀態。」〔註 261〕元稹的夢最後因爲「攀天上天攀未得」而意有所指，但其「夢中的經歷主要是爲視覺意象，雖然其中也混有情感、

〔註 257〕傅璇琮主編：《唐才子傳校箋》，第 2 冊，卷 4，頁 183～205。皎然字清晝，吳興人。俗姓謝，宋靈運之十世孫也。公外學超然，詩興閑適，居第一流、第二流不過也。詩集十卷。

〔註 258〕〔戰國〕莊子等著，〔清〕郭慶藩：《莊子集釋》，〈逍遙遊第 1〉，注 2，頁 5。

〔註 259〕〔奧〕弗洛伊德著，呂俊、高申春、侯向群譯：《夢的解析》，《弗洛伊德文集二》（台北：知書房，2000 年），頁 115。

〔註 260〕〔戰國〕奘子等著，〔清〕郭慶藩：《莊子集釋》，〈逍遙遊第 1〉，頁 14。

〔註 261〕〔奧〕弗洛伊德著，呂俊、高申春、侯向群譯：《夢的解析》，《弗洛伊德文集二》，頁 129。

思想以及其他感覺，但也都是以視覺爲主要成份。」〔註262〕夢是神秘的，渾沌世界是神秘的，與自然宇宙難以窺視的情狀，都是一致的。

弗洛伊德曾說：「夢表達了一種願望的滿足。」〔註263〕則鵬由魚轉化，又能摶扶搖而上者九萬里，不同類科的互換滿足的豈只是中國人的「異想天開」，更是一種無所不能之生命突破。

2、鳩化為鷹

鳥類中會出現身形變換的現象，其中又以鳩化爲鷹最常見。在《禮記》中有云：「天子、諸侯無事則歲三田：一爲乾豆，二爲賓客，三爲充君之庖。無事而不田，曰不敬；田不以禮，曰暴天物。天子不合圍，諸侯不掩群。天子殺則下大綏，諸侯殺則下小綏，大夫殺則止佐車。佐車止，則百姓田獵。獺祭魚，然後虞人入澤梁。豺祭獸，然後田獵。鳩化爲鷹，然後設罻羅。草木零落，然後入山林。昆蟲未蟄，不以火田，不麛，不卵，不殺胎，不殀夭，不覆巢。」〔註264〕以及「仲春之月，日在奎，昏弧中，旦建星中。其日甲乙，其帝大皞，其神句芒。其蟲鱗。其音角，律中夾鐘。其數八。其味酸，其臭羶，其祀戶，祭先脾。始雨水，桃始華，倉庚鳴，鷹化爲鳩。天子居青陽大廟，乘鸞路，駕倉龍，載青旂，衣青衣，服倉玉，食麥與羊，其器疏以達。」〔註265〕不管是否爲了天子與朝廷服務，鳩化爲鷹由小爲大由良禽轉爲猛禽；或鷹化爲鳩，由大變小，在《禽經》裡也有類似記載，〔註266〕而《淮南子》則以爲「順節令以變形」〔註267〕羽物變化

〔註262〕〔奧〕弗洛伊德著、高覺敷譯：《精神分析引論》（北京：商務印書館，1997年），頁69。

〔註263〕〔奧〕弗洛伊德著，呂俊、高申春、侯向群譯：《夢的解析》，《弗洛伊德文集二》，頁186。

〔註264〕〔唐〕孔穎達：《禮記正義》，《十三經注疏》，第5卷，〈王制〉，頁236。

〔註265〕〔唐〕孔穎達：《禮記正義》，《十三經注疏》，第6卷，〈月令〉，頁289。

〔註266〕〔晉〕張華注：《禽經》，《景印文淵閣四庫全書》，子部153，譜錄類，第847冊，頁688。其言：「仲春之節，鷹化爲鳩；季春之節，

轉於時令，以生育氣盛，故鷙鳥感之而變的一種趨勢。因著季節，元稹〈解秋，十首之二〉可以爲證：

微霜纔結露，翔鳩初變鷹。無乃天地意，使之行小懲。鴟鴞誠可惡，蔽日有高鵬。舍大以擒細，我心終不能。（《全唐詩》，第 12 冊，卷 402，頁 4495。）

在《全唐詩》中出現鳩變鷹的，只有這一首。詩中作者提到了五種禽鳥名稱，以映襯加以對照；除此也將秋霜高潔下，「翔鳩初變鷹」詮釋爲天地行諸小小懲罰，而季節更換間，天地萬物生存法則自有其奧妙在。另外《全唐詩》中所出現的馮著〈行路難〉則是：

男兒轗軻徒搔首，入市脱衣且沽酒。行路難，權門愼勿干。平人爭路相摧殘，春秋四氣更迴換。人事何須再三歎，君不見雀爲鴿。鷹爲鳩，東海成田谷爲岸。負薪客，歸去來。龜反顧，鶴裴回。黃河岸上起塵埃，相逢未相識。何用強相猜，行路難。故山應不改，茅舍漢中在。白酒杯中聊一歌，蒼蠅蒼蠅奈爾何。（《全唐詩》，第 6 冊，卷 215，頁 2249。）

馮著（生卒年不詳）〔註 268〕留存在《全唐詩》的作品只有四首。這首透過四季與自然的變化，反映出人事的滄海桑田，變幻莫測。而其中不僅有「鷹爲鳩」，且融入「雀爲鴿」，由小而大，由大替小，經由這種不對等的身形轉換，不同類的變形，是超自然威力的永恆狂想。

大抵這種禽鳥直線變形的創作，在《全唐詩》中都只是零星出現，並未形成風潮；再者，變形都只是一對一，並無複雜變形再變形的機率；至於禽鳥與禽鳥之間的形體大小不是焦點，倒是其「羽色相近」、「時節相近」才是選擇主因，這也引發近代學者討論，以爲這是古人「錯覺」所致。〔註 269〕不管如何，從自然與季節的透視，「變」是必然的。

田鼠化爲鴽；仲秋之節，鳩復爲鷹；季秋之節，雀入大水化爲蛤；孟冬之節，雉入水化爲蜃。」

〔註 267〕〔漢〕高誘注：《淮南子》，頁 70。

〔註 268〕《全唐詩》作家小傳記載：馮著，韋應物同時人。嘗受李廣州署爲錄事，應物有詩以送其行。

〔註 269〕韓學宏：《唐詩鳥類圖鑑》，頁 123。著者以爲：「古人將羽色相近的

（二）魂隨飛鳥，駕鳳升天

魂魄對於唐人而言，始終是作品中常常涉獵的議題，唐代陳玄佑《離魂記》就是一例。論及魂魄便會談到升天，而談到升天又總與道家有所干係，其結果雖不見得透過飛鳥駕馭才可完成；但透過飛鳥的聯繫，反而是人類一項較爲容易的寄託模式。

其過程既不是直線，也不是圓形回歸，彷彿死過，卻又意識清楚；好像騰雲駕霧，但都脫離不了幻想。先舉顧況〈棄婦詞〉爲例：

> 古人雖棄婦，棄婦有歸處。今日妾辭君，辭君欲何去。本家零落盡，慟哭來時路。憶昔未嫁君，聞君甚周旋。及與同結髮，值君適幽燕。孤魂託飛鳥，兩眼如流泉。流泉咽不燥，萬里關山道。及至見君歸，君歸妾已老。物情棄衰歇，新寵方妍好。拭淚出故房，傷心劇秋草。妾以憔悴捐，羞將舊物還。餘生欲有寄，誰肯相留連。空床對虛牖，不覺塵埃厚。寒水芙蓉花，秋風墮楊柳。記得初嫁君，小姑始扶床。今日君棄妾，小姑如妾長。回頭語小姑，莫嫁如兄夫。（《全唐詩》，第8冊，卷264，頁2931。）

這首在《李白集中》亦有之，元人蕭士贇謂此篇顧況棄婦也，後人添增數句，竄入《太白集》中。既名爲「棄婦」，必滿懷憂傷，憂傷寂寞湧上心頭；今昔對照，令人不勝唏噓。其中的「孤魂託飛鳥，兩眼如流泉。」是屬於朝思暮想魂不守舍般的痛楚，期盼能與郎君爲依。只可惜妹有情郎無意，「孤魂」託「飛鳥」，到頭來只是一場空。另外如宋之問〈度大庾嶺〉、李白〈同王昌齡送族弟襄歸桂陽，二首之二〉則是：

1. 度嶺方辭國，停軺一望家。魂隨南翥鳥，淚盡北枝花。山雨初含霽，江雲欲變霞。但令歸有日，不敢恨長沙。（《全唐詩》，第2冊，卷52，頁641。）
2. 爾家何在瀟湘川，青莎白石長沙邊。昨夢江花照江日，

不同鳥類誤以爲同一種而產生的錯覺。……又時間點來說，兩科鳥類現身的時間錯開，才會誤以爲兩科的鳥類會在春秋二季變化身軀與習性。

幾枝正發東窗前。覺來欲往心悠然，魂隨越鳥飛南天。
秦雲連山海相接，桂水橫煙不可涉。送君此去令人愁，
風帆茫茫隔河洲。春潭瓊草綠可折，西寄長安明月樓。
(《全唐詩》，第 5 冊，卷 176，頁 1798。)

魂飛魄散是不好的，但魂託飛鳥可是親切的。這兩首都與離鄉背井的感傷有關，不管是宋之問的「魂隨南翥鳥，淚盡北枝花。」還是李白「覺來欲往心悠然，魂隨越鳥飛南天。」日有所思夜有所夢的一點思念之苦，除了信件，也只有飛鳥足以承載最快最遠的任務。

至於「升天」一事，冥想能羽化登仙從道家之說啓迪以後，幾千年來未曾停歇，比起二十一世紀的科技發達，升天不是難事而論；唐人的升天意識，特別是透過禽鳥達成，在詩作裡是少見的。此以僧齊己〈升天行〉：

身不沈，骨不重。驅青鸞，駕白鳳。幢蓋飄飄入冷空，天風瑟瑟星河動。瑤闕參差阿母家，樓臺戲閉凝彤霞。五三仙子乘龍車，堂前碾爛蟠桃花。回頭卻顧蓬山頂，一點濃嵐在深井。(《全唐詩》，第 2 冊，卷 24，頁 318。)

這首樂府雜曲歌辭，詩中要如何升天呢？當然是由「驅青鸞，駕白鳳」；對於升天的情境醞釀如何？「幢蓋飄飄入冷空，天風瑟瑟星河動。」可以說明其中一二；對於升天的感受？特別能從「身不沈，骨不重」得以體現；至於回頭一望，「卻顧蓬山頂，一點濃嵐在深井。」不啻眞若假來假亦眞。另外盧仝〈憶金鵝山沈山人，二首之一〉：

君家山頭松樹風，適來入我竹林裡。一片新茶破鼻香，請君速來助我喜。莫合九轉大還丹，莫讀三十六部大洞經。閒來共我說眞意，齒下領取眞長生。不須服藥求神仙，神仙意智或偶然。自古聖賢放入土，淮南雞犬驅上天。白日上昇應不惡，藥成且輒一丸藥。暫時上天少問天，蛇頭蠍尾誰安著。(《全唐詩》，第 12 冊，卷 388，頁 4381～4382。)

詩中充滿道家神仙之氣息，其中的「松竹」、「九轉還丹」、「大洞經」、「眞長生」、「服藥求神仙」、「淮南雞犬驅上天」等等都是詩人憶金鵝

山沈山人的連結；其中將聖賢死後入土與仙家上天升天相比，既是諷刺也道出世間凡夫俗子的心之所嚮。

（三）圓形循環，死后再生

有關「靈魂不死」的觀念，中國自古以來大多存著二元論形神觀的思想，因爲在原始先民的心中，靈魂只是一個寄居的個體，它可以自由來去，如《左傳・昭公七年》：「及子產適晉，趙景子問焉，曰：『伯有猶能爲鬼乎？』子產曰：『能。人生始化曰魄，既生魄，陽曰魂；用物精多，則魂魄強，是以精爽至於神明。匹夫匹婦強死，其魂魄猶能憑依於人，以爲淫厲。……』」〔註270〕可知靈魂、鬼、神成爲三位一體。老子則言：「載營魄抱一，能無離乎？」〔註271〕顯見老子也講「魂魄抱一」，並未脫離「靈魂不死」的觀念。至於孔子的「逝者如斯，不舍晝夜。」〔註272〕雖不談生死，但他把時間看作一去不回頭的流水，是將過去、現在、未來連結成的直線時間關係，而逝去者顯然是無法逆轉的。至於在西方，古代希臘斯多葛學派（Stoic school）理論中，認爲它每經過一定週期總會破壞重整，重建後又恢復原有的排列秩序，所有的城市、鄉村、草原、河流，都會再回到原來的狀態，像以前一樣再生。宇宙就是這樣一而再，再而三的再生與回歸，永遠持續不斷。〔註273〕這種屬於一種圓形回歸的時間觀，具有無限恢復的可能性之時間信仰，一切都有再生的願望。〔註274〕這與中國靈魂不死，基本上是一致的，但更著眼於人死後難以復活，是

〔註270〕楊伯峻：《春秋左傳注》，頁1292。

〔註271〕〔周〕老子著，〔晉〕王弼注：《老子》，《諸子集成》，第10章，頁9。

〔註272〕〔宋〕朱熹：《論語集注》，《四書章句集注》，卷5，〈子罕第9〉，頁153。

〔註273〕〔日〕中村秀吉：《時間のパラドックス：哲學と科學の間》（東京：中央公論社，1987年），〈序〉，頁6。另參考王孝廉：《中國的神話世界——中原民族的神話與信仰》（台北：時報文化公司，1992年），頁127。

〔註274〕王孝廉：《中國的神話世界——中原民族的神話與信仰》，頁128。

以寄託或是轉嫁於其他形體，並得以重生，成爲一種可能。

1、人與子規

人死後成爲神鬼，不在話下；能夠幻化爲禽鳥，則是一大驚奇。這些禽鳥是人死後靈魂所化的鳥，一般民俗稱之爲「靈魂鳥」，如《古今注》:「楚懷王死後，就化而爲鳥，名楚魂。」〔註 275〕而古蜀地杜宇死後，靈魂也化爲杜鵑鳥，在《全唐詩》中，以蜀魄、杜宇、望帝、蜀魂、蜀帝魂等計有 72 首，是最常被提及或引用的人與鳥的變形故事。此先以李益〈從軍夜次六胡北飲馬磨劍石爲祝殤辭〉、鮑溶〈子規〉爲例：

1. 我行空磧，見沙之磷磷。與草之冪冪，半沒胡兒磨劍石。當時洗劍血成川，至今草與沙皆赤。我因扣石問以言，水流嗚咽幽草根。君寧獨不怪陰燐，吹火熒熒又爲碧。有鳥自稱蜀帝魂，南人伐竹湘山下。交根接葉滿淚痕，請君先問湘江水。然我此恨乃可論，秦亡漢絕三十國。關山戰死知何極，風飄雨灑水自流。此中有冤消不得，爲之彈劍作哀吟。風沙四起雲沈沈，滿營戰馬嘶欲盡。畢昴不見胡天陰，東征曾弔長平苦。往往晴明獨風雨，年移代去感精魂。空山月暗聞鼙鼓，秦坑趙卒四十萬。……（《全唐詩》，第 9 冊，卷 282，頁 3211。）
2. 中林子規啼，云是古蜀帝。蜀帝胡爲鳥，驚急如罪戾。一啼豔陽節，春色亦可替。再啼孟夏林，密葉堪委翳。三啼涼秋曉，百卉無生意。四啼玄冥冬，雲物慘不霽。芸黃壯士髮，沾灑妖姬袂。悲深寒烏雛，哀掩病鶴翅。……（《全唐詩》，第 15 冊，卷 485，頁 5512。）

第一首是祝殤辭，詩中以寓言體方式呈現，作者讓自己與自稱「蜀帝魂」的鳥類對話，顯然人世間的苦悶，只有在轉化間才得以獲得消解。第二首則以子規爲題，雖是旁觀立場，但仍有對話關係，首先由啼叫

〔註 275〕〔晉〕崔豹：《古今注》，《景印文淵閣四庫全書》，第 850 冊，子部 156 雜家類，頁 106。

聲道出此乃「古蜀帝」的魂魄轉世，其次詢問「胡爲鳥」，其驚急猶如罪戾；並順而帶出魂魄與四季結合，悠悠不散於天地間。

人死後鳥化，中國史書以爲就是使其魂魄飛揚達天，〔註 276〕而西方神話學者弗雷澤則說：「靈魂常常被認爲與鳥兒一般，飛走後可以撒米來誘回。」〔註 277〕這種死亡與再生，使得死亡不再是生命的終了，而是到達再生的過渡；特別是在原始宗教原始信仰中，常見的是靈魂轉生的信仰，死去的靈魂轉化爲人、動物或者植物而使得生命得以延續。〔註 278〕正因爲有感於這種生命的回歸，詩人在杜鵑啼血的悲憫之外，有諸多會與杜甫一樣誠敬以對：

1. 古時杜宇稱望帝，魂作杜鵑何微細。跳枝竄葉樹木中，搶佯瞥捩雌隨雄。毛衣慘黑貌憔悴，眾鳥安肯相尊崇。隳形不敢棲華屋，短翮唯願巢深叢。穿皮啄朽觜欲禿，苦飢始得食一蟲。誰言養雛不自哺，此語亦足爲愚蒙。聲音咽咽如有謂，號啼略與嬰兒同。口乾垂血轉迫促，似欲上訴於蒼穹。蜀人聞之皆起立，至今學學傳遺風。迺知變化不可窮，豈知昔日居深宮，嬪嬙左右如花紅。

   （〈杜鵑行〉，《全唐詩》，第 7 冊，卷 234，頁 2580～2581。）

2. 西川有杜鵑，東川無杜鵑。涪萬無杜鵑，雲安有杜鵑。我昔遊錦城，結廬錦水邊。有竹一頃餘，喬木上參天。杜鵑暮春至，哀哀叫其間。我見常再拜，重是古帝魂。生子百鳥巢，百鳥不敢嗔。仍爲餧其子，禮若奉至尊。鴻雁及羔羊，有禮太古前。行飛與跪乳，識序如知恩。聖賢古法則，付與後世傳。君看禽鳥情，猶解事杜鵑。今忽暮春間，值我病經年。身病不能拜，淚下如迸泉。（〈杜

〔註 276〕〔晉〕陳壽撰，〔宋〕裴松之注：《新校本三國志・魏書》，卷 30，〈東夷傳〉，頁 852。文中說到：「弁辰人『以大鳥羽送死，其意欲使魂氣飛揚。』」

〔註 277〕〔英〕弗雷澤，汪培基譯：《金枝：巫術與宗教之研究》（台北：久大圖書公司，1991 年），頁 279。

〔註 278〕E.B.Tylor，Primitive culture chapxl. P417～502。另可參考王孝廉：《中國的神話世界——中原民族的神話與信仰》，頁 142。

鵑〉，《全唐詩》，第7冊，卷221，頁2331。）

第一首寫於上元元年（西元 760），當時杜甫人在成都，見杜鵑鳥而興起慨歎。帝魂成杜鵑鳥是何其微細，更何況他本是帝王之身，如今卻流落民間；就因爲渺小不起眼，遂爲其他禽鳥鄙視；也因人化爲鳥，是以想訴求的慾望，想伸冤的苦楚，總是不可免的。回想過去，是富貴豪門的享受；而今徒留蜀人「聞之皆起立，至今學學傳遺風」罷了。這樣的生命迴轉，幸而是「對於死亡現象的恆常和固執的否定」，〔註279〕否則豈有愉悅可言。

第二首寫於大歷元年（西元766）當時杜甫已經五十五歲，人正居於雲安（今四川省雲陽縣）。與上首相比，這首則有較多近於宗教的意識在。由詩中可知，詩人首先考察的同是四川蜀地，指出在西川（今四川省成都市）、雲安（今四川省雲陽縣）兩地均發現有杜鵑的蹤跡；而在涪萬（今四川省涪陵）、東川（今四川省三臺縣）兩處則未發現杜鵑的蹤跡。〔註 280〕這樣的歸納，興起昔日的一些記憶，畢竟望帝生前「教民務農」、「治水有功」，使經常鬧水患的蜀地，得以安居樂業，免除連年災難。特別是在暮春三月，正是他逝世的時間；是以杜甫每回聽見杜鵑聲調哀傷的鳴叫，總會朝牠禮拜，當作是對於楚國望帝的魂魄的敬意。杜鵑既是「望帝」魂魄化生，就連百鳥也知敬重，即便有百子之數，但仍「愛屋及烏」照料餵食。近代學者陳勤建以爲：「杜鵑鳥信仰深入人心，主要是由它的生活習性人間化、世

〔註279〕〔德〕歐因斯特·卡西勒，劉述先譯：《論人：人類文化哲學導論》（台北：東海大學出版社，1959年），第7章，頁96。

〔註280〕有關杜甫提出杜鵑蹤跡有無之事，宋詩人范成大〈鄰山縣〉一詩中曾反駁云：「烏啼一夜勸歸去，誰道東川無杜鵑。」而今人喻學才鑒賞此詩時則云：「四川地大，杜甫行蹤有限，居留時間亦有限，而杜鵑又不是一年四季都可見到的鳥類，故詩人在東川、在涪南，因沒趕上春夏季節，故云『東川、「涪南』無杜鵑。將杜甫所說『無杜鵑』解說成是詩人一己對生活的觀察記錄，並非是想作爲定論的，因此與范成大所說無多大衝突。」詳參張秉戍、張國臣主編：《花鳥詩歌鑒賞辭典》（北京：中國旅遊出版社，1992年），頁843。

俗化所致。望帝幻化杜鵑鳥的傳說和俗信，只是這一幻想的一則突出的例子。」〔註281〕不過對於杜甫而言，可不只是單純幻想，「今忽暮春間，值我病經年。身病不能拜，淚下如迸泉。」貧病交迫的晚年，對於生命的延續與尊嚴，充滿無限憧憬的。

至於其他如徐凝〈山鷓鴣詞〉:「南越嶺頭山鷓鴣，傳是當時守貞女。化爲飛鳥怨何人，猶有啼聲帶蠻語。」〔註282〕中的「守貞女」化爲「山鷓鴣」啼叫於嶺頭；而貫休〈洛陽塵〉:「昔時昔時洛城人，今作茫茫洛城塵。我聞富有石季倫，樓臺五色干星辰。樂如天樂日夜聞，錦姝繡妾何紛紛。……飛鳥好羽毛，疑是綠珠身。」〔註283〕詩中說的是石崇與綠珠的故事，其「飛鳥好羽毛，疑是綠珠身。」也都是屬於人與鳥的轉化。

2、帝子與精衛

神話中炎帝的生命意涵也演繹著不死的主題，在《呂氏春秋·孟夏紀》云:「孟夏之月：日在畢，昏翼中，旦婺女中。其日丙丁。其帝炎帝。其神祝融。」〔註284〕炎帝本是太陽，太陽自然是生命永恆的象徵；而炎帝死後或成爲「灶神」或爲「火德之神」，養民養物，反映著不死的情懷。而炎帝的子孫也都承繼死後再生的精神，《山海經·北次三經》中的:「炎帝之少女名曰女娃。女娃游于東海，溺而不返，故爲精衛。常銜西山之木石以堙於東海。」〔註285〕精衛，白喙赤足，首有花紋，是女娃不屈的冤魂所化成；因不甘無故被海水淹死，常銜木石塡海，素有「冤禽」之名。

對於生命獲得延續的精衛書寫，《全唐詩》中所呈現的專題只有三首，其中的王建〈精衛詞〉、韓愈〈學諸進士作精衛銜石塡海〉:

〔註281〕陳勤建:《中國鳥文化——關於鳥化宇宙觀的思考》，頁209。
〔註282〕〔清〕聖祖御定:《全唐詩》，第14冊，卷474，頁5381。
〔註283〕〔清〕聖祖御定:《全唐詩》，第23冊，卷826，頁9301。
〔註284〕陳奇猷:《呂氏春秋校釋》，頁185。
〔註285〕袁珂:《山海經校注》，頁92。

1. 精衛誰教爾塡海，海邊石子青磊磊。但得海水作枯池，海中魚龍何所爲。口穿豈爲空銜石，山中草木無全枝。朝在樹頭暮海裡，飛多羽折時墮水。高山未盡海未平，願我身死子還生。(《全唐詩》，第 9 冊，卷 298，頁 3377。)
2. 鳥有償冤者，終年抱寸誠。口銜山石細，心望海波平。渺渺功難見，區區命已輕。人皆譏造次，我獨賞專精。豈計休無日，惟應盡此生。何慚刺客傳，不著報讎名。(《全唐詩》，第 10 冊，卷 343，頁 3845。)

第一首最是能體現「靈魂不滅」的精髓。王建以略帶懷疑的口吻與精衛鳥對話，其一的問題是「是誰要你塡海」，其二「塡海成枯池，那魚龍怎麼辦」，其三「不止銜石，山中草木無全枝也是你所爲」，其四「是因飛多而羽折吧」。這樣的詢問，如同問天，不僅肯定了與自然抗爭的意志，也啓發了作者自己「願我身死子還生」——藉著死亡以及原來型體之解消而結束俗性時間（現實時間），然後經過變形而回歸原始永恆的聖性時間（神話時間）裡去，〔註 286〕成爲共同的信念。

第二首則是韓愈在主持地方科舉考試時，仿進士的應試詩所寫下的。詩中則未指出精衛名號，而其統一情調則有「抱寸誠」、「心望海波平」、「區區命已輕」、「我獨賞專精」、「惟應盡此生」、「不著報讎名」之於人的專精與精衛超越性的精神，投以明確的肯定。

精衛在唐詩中所承載的，是永無休止的堅強意志以及死後重生的意識上，對於「因爲東海奪走了她年輕的生命，還可以會奪走千千萬萬的年輕的生命。」的仇隙則是輕微的。

第四節　小　結

這章是由近而遠的延伸，想藉由禽鳥飛翔之去處，探索模糊又深具秩序的人與自然之間的互動、對應以及宗教、民俗上的觀點。

〔註 286〕 王孝廉：《中國的神話世界——中原民族的神話與信仰》，頁 158。

一、直觀生態，寫實寫意

此單元專就其生態習性加以呈現，主要是想要了解，詩人對於禽鳥的運用究竟只是片面掌握還是真實知悉。

這當中針對名稱使用方面，有承繼也有創新，是十分多樣化的；在習性觀察方面，主要是從生態的角度切入，不管是覓食、棲息還是禽鳥之間的活動，詩人都有基本的掌握；只有少部分則是以「模糊」方式處理。至於與詩人最有密切聯結的是「季節」的預告，透過聲音的傳遞、身形的出現，都讓詩人對於時空意識轉換格外有所感觸。

雖然只是直觀，但是對於自然世界的態度是誠懇的，也是觀察入微的，也在此基礎下，進一步理解詩人內心與自然的對應法則。

二、相處對應，平等尊重

自然與人之間，本來就存在著二元的現況，西方哲學家認為二元是對立的，如福蘭西斯・培根主張要征服自然，而且說：「大自然是最狡猾的東西，一定要將它套上夾棍，逼它的口供。」〔註 287〕但中國的文化則是運用天人合一的方法來處理二元現象，解決其二者間的矛盾與對立。就如方東美先生所言：「中國的天人關係是『彼是相因』的交感和諧，這與歐洲二元與多端的敵對系統，或是希臘部分與全體配合的和諧是不同的。」〔註 288〕而《全唐詩》的這些詩人也是如此，透過天人合一的思考模式，將小我納入大我當中，就像禽鳥飛翔於天際一樣，期望有限的自我可以融入無限的大我，進而得到心靈上的自在與滿足。

其一，人與禽鳥是可以和平相處的，也有其近距離的尊重，如燕、雀等，牠們已經成為人類生活的一部分；而在物我相忘，誠如李澤厚所言的：「在中國，不追求這種超越時空的精神本體，而是尋求就在

〔註 287〕〔英〕福蘭西斯・培根：《培根語錄》（台北：五洲出版社，1974 年），頁 38。

〔註 288〕方東美：《中國人生概要》（台北：先知出版社，1974 年），頁 35。

此時空中達到『超越』和不朽，即在感性生命和此刻存在中的求得永恆，這也就是與宇宙（整個大自然）的『天人合一』。」〔註 289〕當人格精神達到圓滿的狀態，則一切客我對立消弭，物我交融，更是詩人悠遊於自然之中的最好安排。

其二，則以自然爲美，不干擾、不監禁、不佔有，於是聲情可以交融於心，形貌可以悅人耳目。

其三，是天人合一的對應模式，透過「縱放山林」、「泛愛群生」等，達其民胞物與之舉，只不過這些都不是集體文化。唐代雖然佛教興盛，但有關「放生」或是「縱放」禽鳥的作品卻是罕見，顯然作者雖然採取關懷立場，但這些作爲寄託或是象徵的「載體」，卻是反映出詩人「入世」的心，不管如何辛苦，也不願落入「籠鳥檻猿具未死，人間相見是何年。」〔註 290〕的苦難當中。

三、信仰崇拜，冥想實踐

人之所以將鳥視爲圖騰祖先，乃源于遠古人類崇鳥的心理。鳥的飛行功能與益鳥啄食害蟲保護農田的本能行爲，卻使人類覺得是神靈感應所致，從而對鳥崇敬，將其視爲同類與保護神。〔註 291〕但這樣的崇鳥心態，在《全唐詩》中也有一些紀錄在，但並不是全面的。

第一部分是有關「祥厄象徵」的變遷，這當中舉了鳳凰、喜鵲、烏鴉、玄鳥等爲例，可以發現其中的反差性甚大，也有的是唐人在承繼上選擇更加標榜，好陪襯大唐盛世。

第二部分是自然崇拜與感生神話的議題，其中感生神話主體若產生變化，在不同的時候其內容與功能也會更加世俗化。在遠古時期，對於諸多問題不甚理解，感生神話是比較原始且抽象的，而其觀念也

〔註 289〕李澤厚：《美學四講》（台北：三民出版社，1996 年），頁 121。

〔註 290〕〔唐〕白居易：〈與元微之書〉，《白居易集》（台北：里仁書局，1980 年），頁 972。

〔註 291〕付亞庶：《中國上古祭祀文化》（北京：高等教育出版社，2005 年），頁 71～72。

是十分普遍的。在神化該始祖的同時，也神化該氏族，提高其個人地位，並凝聚氏族的的力量。〔註 292〕不過隨著社會進步，感生神話不再是單純的原始象徵。下位者爲了表現對統治者尊崇，而上位者爲了彰顯其地位和權力，遂開始出現了利用天象或自然現象相互交感的模式。如在漢代，《史記・高祖本紀》：「高祖，沛豐邑中陽里人。姓劉氏，字季；父曰太公，母曰劉媼。其先劉媼嘗息大澤之陂，夢與神遇・是時雷電晦冥，太公往視，則見蛟龍於其上。已而有身，遂產高祖。」〔註 293〕又《隋書・高祖本紀》：「皇妣呂氏，以大統七年六月癸丑夜，生高祖於馮翊般若寺，紫氣充庭。有尼來自河東，謂皇妣曰：『此兒所從來甚異，不可於俗間處之。』尼將高祖舍於別館，躬自撫養。皇妣嘗抱高祖，忽見頭上角出，遍體鱗起。皇妣大駭，墜高祖於地。尼自外入見曰：『已驚我兒，致令晚得天下。』爲人龍顏，額上有五柱入頂，目光外射，有文在手曰『王』。長上短下，沈深嚴重。」〔註 294〕而到了唐代，《舊唐書》中記錄著：「太宗文武大聖大廣孝皇帝諱世民，高祖第二子也。母曰太穆順聖皇后竇氏。隋開皇十八年十二月戊午，生於武功之別館。時有二龍戲於館門之外，三日而去。高祖之臨岐州，太宗時年四歲・有書生自言善相，謁高祖曰：『公貴人也，且有貴子。』見太宗，曰：『龍鳳之姿，天日之表，年將二十，必能濟世安民矣。』」〔註 295〕這些感生模式基本上都以封建君王爲主，跟遠古比起來，以模仿居多；而其運用的喻依，則以「龍」爲顯像，極力彰顯其爲「眞龍天子」。意即君王不是凡胎，龍的出現才是祥瑞之兆，而能成爲統

〔註 292〕王秋萍：〈感生神話——中國門第觀的文化淵源〉，《青海師範大學學報》，第 5 期，（2006 年 3 月），頁 104。

〔註 293〕〔日〕瀧川龜太郎：《史記會注考證》，〈高祖本紀〉，卷 8，頁 160～161。

〔註 294〕〔唐〕魏徵撰，楊家駱主編：《新校本隋書》，〈帝紀第 1・高祖楊堅上〉，頁 1。

〔註 295〕〔後晉〕劉昫撰，楊家駱主編：《新校本舊唐書》，〈本紀第 2・太宗李世民上〉，頁 21。

治者也是上天所注定的。

藉此可以了解，在禽鳥入詩的作品中，詩人喜以龍鳳烘托朝廷盛世，但對於「玄鳥」一類的遠祖起源，或是「卵立」、「大跡」等生命源頭的探討，幾乎沒有關注；又加上國家已經確一套穩固的倫理制度，一般人不再接受帝王「有母無父」的傳統神話模式，而帝王也再不必是異物所生，而是人與龍或與神的結晶，是以感生神話的爲配合社會倫理的要求而作出修正，這不僅使感生神話直接將帝王神化；透過詩人創作，更能看出爲了增加帝王的權威和統治的合法性，五行與神話之說，不時可以派上用場。

而促使這種「禽鳥神話」象徵意涵在唐代變化的原因，應與「共通意識的變化以及個人意識的強大化」有關，〔註 296〕這也印證了作爲人類精神性文化形相的神話，不可能永遠超越一般的時空而保持它固定的型態，神話是呈現著一種不斷流動變化的現象。〔註 297〕倒是一些神話學家，如日本的白川靜就說中國是個「沒有神話的國家」，認爲中國神話既沒有像日本神話那樣「以時間結成的縱的組織型態」，又沒有像希臘神話那樣「以空間結成的橫的組織型態」，總以爲中國神話只是各個零星孤立而沒有組織體系的片段存在。〔註 298〕而中國的學者，如魯迅就認爲，中國人生活太勞苦，重實際而輕玄想；另外則是中國人太容易忘卻，使得神話僵死。〔註 299〕當然也有學者提到，如胡適先生，他就說中國的民族是個樸實而不富於想像力的民族，因爲生活在溫帶與寒帶之間，天然的供給沒有南方豐富，所以沒

〔註 296〕王孝廉：《中國的神話世界——中原民族的神話與信仰》，頁 37～40。著者分析變遷原因有四：1.宗教觀念及表象的發達變化，2 文化環境的變遷，3.共通意識的變化以及個人意識的強大化，4.異族文化的接觸。

〔註 297〕王孝廉：《中國的神話與傳說》，頁 1。

〔註 298〕〔日〕白川靜，王孝廉譯：《中國神話》（台北：長安出版社，1983 年），頁 10。

〔註 299〕魯迅：《中國小說的歷史變遷》（香港：中流出版社，1958 年），頁 4。

有神話。〔註 300〕至於有的學者則認爲，中國本來有神話的，消失的原因是因爲把神話歷史化和合理化，以及中國缺少神話詩人的緣故。〔註 301〕不管如何，就文體、內容而言，《全唐詩》中這些對於信仰與神話的探討，數量著實不多；而將現實眞人史實加以神秘化或神聖化，也僅是時勢所趨。況且這些神話的運用，只是「形式是詩，內容是抒懷或是詠物，而神話只是素材」〔註 302〕所以就「祥厄」方面的神話與傳說，保留甚多；而就「太陽鳥」的運用也不少；但在「追本溯源」上，仍僅是個素材罷了。

第三部分是「冥想實踐與意象式消解」，這當然也脫離不了神話範疇，其一是直線變形，如鯤鵬之間，希望超越有生；其次是藉由禽鳥能夠飛上天際，是對於宇宙最直接的探索，就算只是「淮南雞犬驅上天」，也是可以實踐幻想的；最後的是圓形循環，如人與子規，期盼死後重生。

對於自然世界，從可以親見的直觀，到文化上的象徵演變，進而到宇宙浩瀚的冥想探索，禽鳥彌補了人在現實與理想不可得兼的遺憾，是詩材中舉凡植物、動物中的獸類、器物，甚或是其他外物，所難以達到的。

〔註 300〕胡適：《白話文學史》（台北：遠流出版社，1988 年），頁 75。

〔註 301〕玄珠：《中國神話研究》（台北：啓明書局，1993 年），頁 12。

〔註 302〕傅錫壬：《中國神話語類神話研究》（台北：文津出版社，2005 年），頁 199～207。著者提到詩與神話結合有三種：其一，形式是詩，神話是內容；其二，形式是詩，神話是歷史的一部分；其三，形式是詩，內容是述懷，神話只是素材。三項當中，第二項雖有些微與本論文有關，但大多屬於第三項。

第六章　結　論

論及《全唐詩》中「以禽鳥入詩」，就不得不追溯到詩歌總集《詩經》。在現存《詩經》305首作品中，依據清代顧棟高先生所提供的數據，可以歸納出：「鳥類43種，獸類40種，草類37種，樹木43種，蟲37種，魚類16種，穀類24，蔬菜38種，花果15種，藥草17種，馬的異名27種等。」〔註1〕其中又以《國風》篇章最多，其次是《小雅》；由此可知大自然裡的鳥獸蟲魚花草數木與先民的生活有著密切的關係。又今人潘富俊對於其中植物的實際名物進一步加以統計：「《詩經》中屬於植物的字辭共160類，除10類爲植物泛稱外，其餘150類專指特定種類植物，或非特定的一種植物。」〔註2〕這些明確的數據，更加印證孔子當年所提出的「《詩》可以興，可以觀，可以群，可以怨，遠之事君，邇之事父，多識於草木鳥獸之名。」〔註3〕的確有其慧眼獨

〔註1〕〔清〕顧棟高：《毛詩類釋》，《景印文淵閣四庫全書》（台北：台灣商務印書館，1985年），經部82，第88冊，詩類，頁112～160。按顧棟高先生針對草木鳥獸種類作過彙整，但並未明確指出數據。此處參考管仁福：〈試論《詩經》中「草木鳥獸」的價值蘊涵〉，《北方論叢》，第1期，（1994年1月），頁56。其中筆者發現鳥類應修正43爲38類。

〔註2〕潘富俊著，呂勝由攝影：《詩經植物圖鑑》（台北：貓頭鷹出版社，2001年），〈緒論〉，頁8。此外特定植物有112種，非特定38種。

〔註3〕〔宋〕朱熹著：《四書章句集注》（台北：大安出版社，1999年），卷

具，以及全面觀照的意義在。

孔子又自言道：「小辯害義，小言破道。〈關雎〉興于鳥而君子美之，取其雄雌之有別，……若以鳥獸之名嫌之，固不可行也。」〔註4〕顯然孔子教人得明辨鳥類之名實，倘若連鳥名鳥性都無法清楚掌握，又怎能做到興觀群怨！而宋朝朱熹先生也認爲：「解《詩》，如抱橋柱浴水一般，終是離脫不得鳥獸草木。今在眼前識得底，便可窮究。且如雎鳩，不知是箇甚物？亦只得從他古說，道是『鷙而有別』之類。」〔註5〕這正說明，如果不識「雎鳩」之類的禽鳥，則對於《詩經》的理解，不免流於人云亦云了。是以《詩經》中出現這麼多的名物，的確值得探究辨識，但看在某些專研《詩經》的學者眼裡，頗不以爲然，如屈萬里就言：「至於多識鳥獸草木之名，那不過是次要的事。」〔註6〕又如學者糜文開也以爲：「至於多識於鳥獸草木之名，只是詩學的餘緒。」〔註7〕顯然他們都關注於「興觀群怨」與「遠之事君，邇之事父。」的《詩》學價值與重要性，對最後的「多識於草木鳥獸之名」卻草草帶過，甚至以爲只是「餘緒」而已。這些學者應該只是爲了強調其經學意涵，唯恐南朝劉勰所主張的文學蘊藉：「物色之動，心亦搖焉。」〔註8〕、「登山則情滿於山，觀海則意溢於海，我才之多少，將與風雲而並駕矣。」〔註9〕等等文學上的神與物遊之構思，掩蓋了培養情理積累學問的儲寶罷了。其實從屈原承繼併發揚《詩經》的比興傳統，如

9，〈陽貨〉，頁249。

〔註4〕〔魏〕王肅注：《孔子家語》，《景印文淵閣四庫全書》，第695冊，子部1儒家類，，〈好生第10〉，頁25。

〔註5〕〔宋〕黎靖德編、王星賢點校：《朱子語類》（北京：中華書局，1986年），第81卷，〈詩二・周南・關雎〉，頁4。

〔註6〕屈萬里：《詩經選注》（台北：正中書局，1995年），頁2。

〔註7〕糜文開：《詩經欣賞與研究》（台北：三民書局，1977年），〈論語與詩經〉，頁139。

〔註8〕〔南朝梁〕劉勰著，周振甫注：《文心雕龍注釋》（台北：里仁書局，1984年），〈物色第46〉，頁845。

〔註9〕〔南朝梁〕劉勰著，周振甫注：《文心雕龍注釋》，〈神思第26〉，頁515。

以花草來自比，「進不入以離尤兮，退將復脩吾初服；製芰荷以爲衣兮，集芙蓉以爲裳。」〔註 10〕彰顯其人格的高潔；以禽鳥的「鷙鳥之不群兮，自前世而固然。」〔註 11〕來象徵執志剛正，不隨波逐流；又或草木鳥獸結合的「恐鵜鴂之先鳴兮，使夫百草爲之不芳。」〔註 12〕諷譏時局倘若敗壞，將使忠君愛國者懷才不遇等等，證明了在《詩經》時，所謂的「草木鳥獸」從來都不是「餘緒」；此後「心亦搖焉」下，最佳的情志表徵，更藉此展現，特別是到了唐代，其力量更形壯大。

而本論文只是將重心放在「禽鳥」，對於「草木鳥獸」做整體探討，尚難力逮；但卻是日後繼續堀發《全唐詩》的動力所在。至於本次經由以禽鳥入詩與「自我、群己、社會、自然」等四個面向的分論，論證出幾個重要發現以及研究心得，也一併提列。

一、研究發現

在這些重要發現當中，第一就在於「繼承與革新」。唐代因爲以詩、賦取士的科舉制度，間接推動知識分子對詩歌的創作與研究；不管是上自帝王，下至一般文人，其不僅高度繁榮，還猶如杜甫所言：「別裁僞體親風雅，轉益多師是汝師。」〔註 13〕既不囿於一門一派，又能博採眾長融會貫通，遂具傳承且別開生面的精神。同樣的，在詩中不同的側面裡，「以禽鳥入詩」這部分並不始於唐人，但禽鳥是具有一定象徵意義的對象物，它的象徵內涵是經過長期積澱的；先民視野中的鳥開啓了後代詩文中鳥的「原型意象」，特別是人生因不能飛翔，於是生命的缺撼在藝術中得到補償。〔註 14〕這些詩人將其情義寄

〔註 10〕〔戰國〕屈原等著：《楚辭四種》（台北：華正書局，1989 年），〈離騷第一〉，頁 10。

〔註 11〕〔戰國〕屈原等著：《楚辭四種》，〈離騷第一〉，頁 9。

〔註 12〕〔戰國〕屈原等著：《楚辭四種》，〈離騷第一〉，頁 22。

〔註 13〕朱傳譽主編：《杜甫六絕句》（台北：天一出版社，1982 年），頁 11。

〔註 14〕瀟瀟：〈生命的感悟與寄託——〈析陳子昂〈感遇〉詩中白雲、白日、飛鳥的意象〉〉，《合肥學院學報》，第 23 卷第 1 期，（2006 年 2 月），頁 59。

託於禽鳥，或以其自由飛翔比喻人生理想的實現，或以作爲諷諭的共通符碼，但卻不是迷信與受限於此一載體，反而有更大的自主性。所以在《全唐詩》中，既有其文化象徵的不變繼承性，更有詩人在傳達上，不管是個人或是集體的革新意義在。

第二，是「積極入世」的精神。根據本論文統計，《全唐詩》中的確出現一萬四千多首有禽鳥的詩，但這並不表示，其他「動物、植物、器物」的總數，會少於此一數據，只是目前尚未作出統計而已。不過若依循《詩經》、《楚辭》的興寄精神，則其情中有意更有志，那種情志的揮灑，絕不是以植物「表徵自己不同流合污、人品聖潔」的孤芳自賞而已；而是只有在「禽鳥入詩」的運作下，其「飛揚進取的用世態度」、「努力展示剛強不示弱」的眞諦，才得以盡情流露。意即唐代詩歌乃至於整個文學的繁榮，雖然與當時的社會經濟、政治與文化有著重要的關係，但科舉制度「以詩賦取士，故多專門之學」這是一個主要因素。〔註 15〕這一個定論，仍有不少反對聲音，〔註 16〕但作詩既然成了晉身之階，促使他們全力投入，推動創作之風也是必然的。而本論文統計的禽鳥數量雖未達「百鳥」之極，但其態勢之大、名號與種類之多，的確空前絕後。正如唐人的「百鳥爭豔、百家齊鳴」一般，不管透過科舉還是透過詩作，都是希望能夠學而優則仕的。

第三，是「尚實多於浪漫」。唐人雖然詩主情，宋人主理，但是藉由探索這些「禽鳥入詩」所獲得的結論，浪漫只是手法、過程，眞正的內在所指還是以「現實人生」爲主。首先就在於「禽鳥是活的，人心是尚實的。」所以不管是任何一個章節，詩人對於禽鳥的投射或是觀察，都不是以死亡面對，頂多是病了、累了、孤苦的；就算是死亡也是會以

〔註 15〕金諍：《科舉制度與中國文化》（上海：上海人民出版社，1991 年），頁 70。

〔註 16〕郭紹虞：《滄浪詩話校釋》（台北：里仁書局，1987 年），〈詩評〉，頁 137。其引證前人駁論：「如王世貞《藝苑卮言》云：『人謂唐人以詩取士，故詩獨工，非也。』凡省試詩類鮮佳者，如錢起〈湘靈〉之詩，億不得一；李肱〈霓裳〉之制，萬不得一。」

輪迴再生。這也反映出泱泱大國底下的人民心態，唐人的「尚實」之質。況且中國人無論是為個人或是社會大我，均不以遺世為尚，而是寄望能免於與世界脫節，與人群疏離之大患，此「理性多於感性的，是現實多於夢幻的」之思想，在本論文中又可獲得證實。其次，在禽鳥入詩的作品中，詩人喜以龍鳳烘托大唐盛世，其目的已經將神話帝王化、合理化；至於如玄鳥一類的遠祖起源，或是「卵」、「大跡」等生命源頭的探討，幾乎沒有關注；就即便使用了，也只是「寫作素材」而已。正如西方學者巴赫金・沃洛諾夫所言：「人的任何語言活動產物，從最簡單的日常敘述到一部複雜的文學作品，就一般的本質因素而言，都不是由說話者的主觀體驗所決定，而是由這一訴述的社會環境所決定。」〔註17〕詩人看清當時的社會需求，也懂得奉獻，隨時待命。

第四，則是「個人意識的壯大」。透過禽鳥入詩，依其「能指/意符」（signifier）」——禽鳥對於人類的普遍功能，對於詩人的啓發與象徵，不管是在「自我、群己、社會、自然」哪個層面，都全然充滿其自我的強烈的「壯大」意識。於是不管詩人選擇以哪種禽鳥，不管其形體是大或小，能力是強是弱、意象是寫實還是寫意，詩人都總能猶如禽鳥高飛，或渴望高飛，展現他的生命的力與美。而這些文學家的種種發想，看在研究者眼中（不管是心理學家還是哲學家），會認為其心中都有一種變悲劇為喜劇的自然慾望，而這樣的一種慾望無疑不是從任何天生的惡意和殘忍產生出來的。〔註18〕因為想產生崇高的快樂只有崇高的心靈才會有，詩人雖以禽鳥身上的啓示作為輔助，但努力成就其一生的能量，還是壯大他們自己。

二、研究心得

針對本論文的研究心得，提出四點分享：

〔註17〕〔俄〕巴赫金・沃洛諾夫著，佟景韓譯：《佛洛伊德主義》（上海：上海文藝出版社，1988年），頁91。

〔註18〕朱光潛：《悲劇心理學》（台北：日臻出版社，1995年），頁49。

其一，是本論文「作出全面觀察」。這樣的觀察，並不是輕鬆透過統計法就可以達成；也不是在歸納以後讓圖表說話，就可以領略，而是讓閱讀與整理成爲眞正的落實。這種尋繹與爬梳，涵蓋了作家的思想、寫作技巧及其作品特色，還旁及歷史、作家評傳、文學流派、詩話、文評、筆記、雜錄等等，這是以兔搏獅虎，力雖小，但早已突破詠物藩籬，開創新局。

其二，「通過論證完成論述」。諸如這樣的過程在很多論文中是司空見慣的，特別是思想義理範疇，但在文學性論文卻不多見。例如文中論及齊己的作品，一般研究者每以詩僧身分，而批評其「脫離了生活的氣息，一味追求語言的浮誇，意象的出奇，詩歌成了詩人逞才的工具，也就失去它的趣味性。」〔註19〕或是如《四庫全書總目・白蓮集》條云：「唐代緇流能詩者眾，其有集傳於今者，惟皎然、貫休及齊己。皎然清而弱，貫休豪而麤，齊己七言律詩不出當時之習，其七言古詩以盧仝、馬異之體縮爲短章，詰屈聱牙，尤不足取。」〔註20〕大多流於「以偏概全」的疑慮。但本文在引述評語時，則會專就此詩作評論，而不是照單全收，人云亦云。

其三，「利用一個側面觀照全面」。所謂一個側面是指「立足於禽鳥」；通過這個側面，對於許多既定的論述，又多了一個佐證的理由。以李白爲例，他所選的禽鳥當然不只是大鵬、鳳凰，還有其他種類的禽鳥，但是透過本文歸納整理以及相關論述，鵬是他的最愛；而其「浪漫」詩風，更表露無遺。另外在階段性的社會風尚方面，如盛唐的題畫詩中，其選擇的是大型禽鳥；而作家與畫家間的關係，畫風與詩風，又與當時社會背景，作家風格達成一致，正所謂：「李杜數公，如金翅擘海，香象渡河，下視郊島輩，直蟲吟草間耳。」〔註21〕這些對於

〔註19〕劉雯雯：《齊己的詩歌研究》（揚州：揚州大學文學碩士論文，2007年），頁43。論者以爲齊己詩風爲「清、苦、怪」，此詩屬於怪的行列。

〔註20〕〔清〕永瑢等撰：《四庫全書總目提要》（台北：台灣商務印書館，1983年），卷151，頁1304。

〔註21〕郭紹虞：《滄浪詩話校釋》（台北：正生書局，1972年），頁162。

「盛唐如何如何」之評論，又多了一個論證的理由。

其四，「詮釋觀點的落實」。畢竟濯足清流，抽足再入，已非前水。（No man ever steps in the same river twice, for it's not the same river and he's not the same man. 赫拉克利圖斯 Heraclitus （公元前 544～483 BC））更何況這些「禽鳥入詩」的相關作品，有諸多都是目前文獻、辭典、評賞等沒有任何紀錄的，所以在詮釋方面，突破無數的困難，不管在作品或是作家方面。

當然它不是巨著，但從題目就可知這是一項開創，且從文學立場而論，能達到全面觀察與整理，就是一項寶貴的學術貢獻。

附錄一　禽鳥統計

這個統計包含「泛稱」與「專題專詠」兩個部分；其中不僅臚列出代稱、專稱、別稱，也對於數量按多寡排序。

一、「泛稱」的禽鳥統計

所謂「泛稱」的數量，是指作者並未指出鳥類專稱，而是以「禽」、「鳥」、「翅」、「禽」、「翼」等用語代表。

表六（單位：首）

排序	名 稱	題目	內文	小計
1	鳥	43	2339	2382
2	禽	6	453	459
3	羽	0	7	7
4	翼	0	3	3
5	翅	0	2	2

二、「專題專詠」的禽鳥統計

所謂的「專詠」乃是將《全唐詩》中出現禽鳥專稱、別稱的作品加以統計，其涵蓋範圍包含專題專詠與入詩陪襯兩處。

表七（單位：首）

排序	通稱	別　名	題目	內文	小計
1	鶴	仙禽、仙客、露禽、皐禽、胎禽、鶬鴰、陽鳥、胎仙、仙驥、仙羽等。	138	1699	1837
2	雁	候雁、客雁等。	68	1454	1522
3	鶯（包含黃鶯）	黃鳥、黃鶯、倉庚、鶬鶊、黃鸝、春鶯等。	56	1016	1072
4	燕	玄鳥、天女、鷾鴯等。	55	746	801
5	鷄	翰音等	25	632	657
6	鳳凰	朱鳥、丹鳥、鶤雞、五色雀、鳳、鳳皇、鸑鷟、神鳥等	7	593	600
7	烏	寒鴉、鴉等。	36	517	553
8	鴻	鴻等	7	491	498
9	鷗	沙鷗、海鷗、江鷗等。	11	385	396
10	白鷺鷥	白鷺、絲禽、墜霜、白鳥、春鋤、雪鷺、鷺鷥、春鉏、雪衣等。	38	317	356
11	鸞	無	2	336	338
12	雀	嘉賓、簷雀等。	18	282	300
13	鴛鴦	無	13	234	247
14	鵲	烏鵲、乾鵲、靈鵲、喜鵲等。	14	219	233
15	杜鵑	杜宇、子規、杜魄、蜀魂、古帝魂、蜀鳥、蜀魄、望帝、冤禽、鶗鴂、思歸、思歸樂、謝豹、春魂等。	37	210	247
16	鷹	角鷹等。	23	179	202
17	鸚鵡	隴禽、隴鳥、能言鳥、時樂鳥等。	24	121	145
18	雉	翟、山雞、野雞等	21	111	132
19	鳧	野鴨、鷖等。	8	118	126
20	鷓鴣	無	24	96	120
21	鴻鵠	天鵝、黃鵠等。	4	103	107
22	鵬	無	0	105	105
23	鵰	鷲、雕等。	1	95	96
24	孔雀	越鳥、越禽等。	13	78	91

25	青鳥	藍鵲、王母、青雀兒、青禽等。	5	73	78
26	鸂鶒	鸂鷘、紫鴛鴦等。	11	59	70
27	鵝	無	9	60	69
28	隼	征鳥等。	3	59	62
29	翡翠	翠鳥、青翰、翠碧鳥等。	5	58	63
30	鴟	流離、鴞、鴟鴞、鴟梟等。	6	53	59
31	鳶	鳶	5	51	56
32	魚鳥	魚鳥等。	0	49	49
33	鳩	春鳩、鳴鳩等。	3	44	47
34	鴨	鶩等。	2	43	45
35	鶻	鶻。	6	36	42
36	鶚	魚鷹等	0	41	41
37	鸕鷀	鷀、烏鬼、鸕等。	8	31	39
38	鴿	無。	1	36	37
39	百舌	反舌等。	11	24	35
40	伯勞	鴃、百勞等。	5	26	31
41	鷖	無。	0	31	31
42	鵬	無。	0	26	26
43	鶺鴒	脊令等	1	25	26
44	鵁鶄	鳽、赤頭鷺等	2	19	21
45	錦雞	金雞。	0	21	21
46	鶬	青鶬、鵾等。	1	19	20
47	鷙	無。	1	18	19
48	鸛	無。	0	19	19
49	白鷴	白雉等。	6	12	18
50	天雞	鶾。	0	17	17
51	鷦鷯	巧婦等。	0	16	16
52	戴勝	織鳥等。	3	12	15
53	鸇	晨風等。	0	15	15
54	啄木	啄木鳥等。	2	10	12
55	鴝鴿	迦陵、鸜鴿等。	2	8	10

56	提壺	提葫蘆等。	2	7	9
57	精衛	無	3	7	10
58	鷂	雀鷹。	0	9	9
59	鸊鵜	鸊鷉、鸊鷈等。	0	8	8
60	朱鷺	紅鶴、美人鳥等。	1	6	7
61	斥鷃	鵪鶉、鷃雀、斥鴳、鶉鴳、籬鷃、鴳等。	0	7	7
62	鸒	山鵲等。	5	2	7
63	鳩	無。	0	6	6
64	九官鳥	吉了、了哥、秦吉了、結遼、鷯哥等。	1	5	6
65	鶢鶋	爰居等。	0	5	5
66	鵜鶘	淘河、鸊鵜、鵜等。	0	5	5
67	鸏鷞	鸏鸍等。	0	4	4
68	鶖	禿鶖等。	1	3	4
69	鶡	鶡雞等。	0	4	4
70	鴇	地鵏等。	0	3	3
71	白練鳥	練鵲等。	0	3	3
72	烏秋	鵯鶋、批頰鳥、烏鶖等。	0	3	3
73	火鳥	赤鳥、紅嘴黑鵯等。	0	2	2
74	浴浪鳥	無。	1	1	2
75	駝鳥	鴕鳥、駝雞等。	0	1	1
76	訓狐	鵂鶹。	1	0	1
77	吐綬鳥	無。	1	0	1
78	屬玉	無。	0	1	1
79	鸖	無。	0	1	1

附錄二　作家統計

從《全唐詩》有關禽鳥入詩的數量統計之多，可以想見有眾多作家投入其中；其中不乏有蒐羅各類禽鳥入詩，或是特別偏好於某類禽鳥者。而針對這些作家，其所著眼於的方向；或是哪些禽鳥，特別深獲作家的青睞與關注，也都有其探索之必要。

一、依「作家創作數量」排序

在《全唐詩》中作家的總數將近 2200 人，而與禽鳥入詩相關的作者部分共有 324 處之多，其聯句、逸句、名媛、僧、道士、仙、神、鬼、怪、夢、諧謔、判、歌、讖記、語、諺謎、謠、酒令、占辭、蒙求等均計算在內。

（一）泛稱的部分

泛稱的方面，作家主要著眼於「禽」、「鳥」二字之運用，此處也以表格依序加以排列說明，列出前二十五名：

表八——禽（單位：首）

排序	作家	題目	內文	小計
1	韋應物	0	25	25
2	白居易	1	21	22
3	齊己	0	14	14
4	陸龜蒙	0	14	14

5	方干	0	11	11
6	劉禹錫	0	11	11
7	錢起	0	10	10
8	姚合	0	10	10
9	皮日休	0	9	9
10	賈島	0	8	8
11	李洞	0	7	7
12	劉得仁	0	7	7
13	吳融	2	5	7
14	孟郊	0	7	7
15	韋莊	0	6	6
16	王建	0	6	6
17	張籍	1	5	6
18	杜荀鶴	0	6	6
19	杜甫	0	5	5
20	崔塗	0	5	5
21	許渾	0	5	5
22	張說	0	5	5
23	張喬	0	5	5
24	張九齡	0	5	5
25	李德裕	0	5	5

表九——鳥（單位：首）

排序	作家	題目	內文	小計
1	白居易	2	106	108
2	杜甫	0	93	93
3	劉長卿	1	52	53
4	李白	0	50	50
5	姚合	0	45	45
6	許渾	0	44	44
7	岑參	0	43	43

8	韋應物	1	42	43
9	元稹	20	22	42
10	貫休	0	40	40
11	馬戴	0	37	37
12	齊己	0	35	35
13	王維	1	33	34
14	錢起	0	33	33
15	張九齡	0	32	32
16	溫庭筠	0	32	32
17	韋莊	1	31	32
18	陸龜蒙	1	30	31
19	賈島	0	30	30
20	張說	0	29	29
21	顧況	3	24	27
22	宋之問	0	25	25
23	孟郊	0	24	24
24	盧綸	0	24	24
25	方干	0	24	24

（二）專稱的部分

由於作家繁多，但有諸多只是零星幾首而已；因此有關專稱方面，此處爲了兼具觀照與比對，僅列出前二十五名作家製表如下：

表十（單位：首）

排序	作家	題目	內文	小計
1	白居易	56	485	541
2	杜甫	37	436	473
3	李白	21	305	326
4	元稹	7	289	296
5	劉禹錫	14	234	248
6	溫庭筠	2	199	201
7	錢起	9	189	198
8	李商隱	10	183	193

9	僧齊己	21	168	189
10	許渾	11	140	151
11	劉長卿	3	138	141
12	陸龜蒙	17	126	143
13	杜牧	14	119	133
14	貫休	5	120	125
15	韋莊	5	99	114
16	皮日休	1	113	114
17	吳融	11	99	110
18	韓愈	12	97	109
19	鄭谷	11	97	108
20	盧綸	2	104	106
21	孟郊	3	99	102
22	羅隱	8	93	101
23	徐夤	11	89	100
24	王建	14	82	96
25	姚合	3	93	96

二、依「禽鳥的數量」排序

各種不同的禽鳥運用，有其不同的需求與偏好，有些是因其個人遭遇，有些是因地域性，而有的則是因爲潮流風尚而用。以下僅就專稱禽鳥入詩，列出前十名；而在作家方面，則列出各類中前三名。

表十一（單位：首）

排序	禽　鳥	作　家	專　題	陪　襯
1	鶴	白居易	26	142
		劉禹錫	4	41
		皮日休	3	39
2	雁	杜甫	7	47
		白居易	1	39
		許渾	3	34

3	鶯	白居易	8	53
		溫庭筠	5	35
		杜甫	13	17
4	燕	杜甫	1	44
		白居易	1	30
		李商隱	2	23
5	雞	白居易	2	53
		杜甫	3	24
		李白	0	27
6	鳳凰	李白	2	38
		杜甫	2	19
		元稹	0	21
7	烏鴉	杜甫	0	27
		白居易	4	22
		元稹	2	20
8	鴻	李白	0	22
		白居易	1	15
		齊己	0	19
9	鷗	杜甫	1	34
		劉長卿	1	23
		白居易	1	23
10	白鷺鷥	鄭谷	2	17
		杜甫	2	13
		皮日休	0	14

參考書目

一、古　籍（按原著年代排序）

（一）經　部

1. 楊伯峻：《春秋左傳注》（台北：漢京文化事業公司，1987 年）
2. 〔西漢〕韓嬰：《韓詩外傳》，《叢書集成》（北京：中華書局，1985 年）
3. 〔西漢〕董仲舒著，凌曙注：《春秋繁露注》（台灣：台灣商務印書館，1968 年）
4. 〔東漢〕許愼撰，〔清〕段玉裁注：《説文解字注》（台北：天工書局，1987 年）
5. 〔吳〕陸璣：《毛詩陸氏詩疏廣要》，《景印文淵閣四庫全書》（台北：台灣商務印書館，1985 年），經部 64，詩類，第 70 冊。
6. 〔宋〕朱熹：《四書章句集注》（台北：大安出版社，1999 年）
7. 〔宋〕晁公武：《郡齋讀書志》（台北：台灣商務印書館，1978 年）
8. 〔宋〕陸佃：《埤雅》，《景印文淵閣四庫全書》（台北：台灣商務印書館，1985 年），經部 216，小學類，第 222 冊。
9. 〔元〕朱公遷：《詩經疏義會通》，《景印文淵閣四庫全書》（台北：台灣商務印書館，1985 年），經部 71，詩類，第 77 冊。
10. 〔清〕紀昀等撰：《四庫全書總目提要》（台北：台灣商務印書館，1983 年）
11. 〔清〕阮元：《十三經注疏》（台北：藝文印書館，1993 年）

（二）史 部

1. 〔日〕瀧川龜太郎：《史記會注考證》（台北：漢京文化事業公司，1983 年）
2. 〔東漢〕班固撰，楊家駱主編：《新校本漢書》（台北：鼎文書局，1979 年）
3. 〔南朝宋〕范曄撰，楊家駱主編：《新校本後漢書》（台北：鼎文書局，1979 年）
4. 〔唐〕魏徵撰，楊家駱主編：《新校本隋書》（台北：鼎文書局，1979 年）
5. 〔唐〕房玄齡敕撰，楊家駱主編：《新校本晉書》（台北：鼎文書局，1979 年）
6. 〔後晉〕劉昫撰，楊家駱主編：《新校本舊唐書》（台北：鼎文書局，1979 年）
7. 〔五代〕王溥：《唐會要》（北京：中華書局，1998 年）
8. 〔五代〕王定保撰，姜漢椿校注：《唐摭言校注》（上海：上海社科院出版，2002 年）
9. 〔宋〕馬端臨：《文獻通考》（台北：新興出版社，1963 年）
10. 〔宋〕歐陽修、宋祁合撰，楊家駱主編：《新校本新唐書》（台北：鼎文書局，1979 年）
11. 〔宋〕葉紹翁：《四朝見聞錄》，《唐宋史料筆記叢刊》（北京：中華書局，1989 年）
12. 〔宋〕贊寧撰，范祥雍點校：《宋高僧傳》（北京：中華書局，1987 年）
13. 〔宋〕計有功輯撰：《唐詩紀事》（上海：上海古籍出版社，2008 年）
14. 〔元〕辛文房著，傅璇琮主編：《唐才子傳校箋》（北京：中華書局，2002 年）
15. 〔清〕徐松：《登科記考》（東京：中文出版社，1982 年）
16. 楊家駱主編：《唐大詔令集》（台北：鼎文書局，1972 年）
17. 張澍編輯：《三秦記》，《叢書集成初編》（北京：中華書局，1991 年）

（三）子 部

1. 〔戰國〕屈原等：《楚辭四種》（台北：華正書局，1989 年）

2. 〔戰國〕荀況著，李滌生：《荀子集釋》（台北：台灣學生書局，1986年）
3. 〔戰國〕列子著，楊伯峻：《列子集釋》（台北：華正書局，1987年）
4. 〔漢〕高誘注：《淮南子》（上海：上海書店，1992年）
5. 〔晉〕崔豹：《古今注》，《景印文淵閣四庫全書》（台北：台灣商務印書館，1985年），第850冊，子部156雜家類。
6. 〔晉〕張華注：《禽經》，《景印文淵閣四庫全書》（台北：台灣商務印書館，1985年），第847冊，子部153譜錄類。
7. 〔晉〕王弼注：《老子》，《諸子集成》（北京：中華書局，1954年）
8. 〔南朝宋〕劉義慶編著，余嘉錫：《世說新語箋疏》（台北：華正書局，1993年）
9. 〔唐〕朱景玄：《唐朝名畫錄》，《文淵閣四庫全書》（台北：台灣商務印書館，1985年），第812冊，子部118藝術類。
10. 〔唐〕鄭處晦：《幽閒鼓吹》，《景印文淵閣四庫全書》（台北：台灣商務印書館，1985年），第1035冊，子部341小說家類。
11. 〔唐〕張鷟：《朝野僉載》，《景印文淵閣四庫全書》（台北：台灣商務印書館，1985年），第1035冊，子部341小說家類。
12. 〔唐〕段成式：《酉陽雜俎》，《景印文淵閣四庫全書》（台北：台灣商務印書館，1985年），第1047冊，子部353小說家類。
13. 〔唐〕張彥遠：《歷代名畫記》，《叢書集成簡編》（台北：台灣商務印書館，1966年）
14. 〔宋〕不著撰人：《宣和畫譜》，《文淵閣四庫全書》（台北：台灣商務印書館，1985年）第813冊，子部119藝術類。
15. 〔宋〕李昉等奉敕撰：《太平廣記》（台北：新興書局，1969年）
16. 〔宋〕李昉：《太平御覽》，《景印文淵閣四庫全書》（台北：台灣商務印書館，1985年），第901冊，子部206類書類。
17. 〔宋〕李石：《續博物志》，《景印文淵閣四庫全書》（台北：台灣商務印書書館，1985年）第1047冊，子部353小說家類。
18. 〔元〕周屢靖校梓：《相鶴經》，《叢書集成初編》（北京：中華書局，1991年）
19. 〔明〕李時珍：《本草綱目》，《景印文淵閣四庫全書》（台北：台灣商務印書館，1985年），第774冊，子部80醫家類。
20. 〔清〕郭慶藩：《莊子集釋》（台北：頂淵文化事業公司，2005年）

(四)集　部

1. 〔南朝梁〕蕭統:《文選・附考異》(台北:藝文印書館,1983年)
2. 〔南朝梁〕劉勰著,周振甫:《文心雕龍注釋》(台北:里仁書局,1984年)
3. 逯欽立輯校:《先秦漢魏晉南北朝詩》(台北:學海出版社,1991年)
4. 〔唐〕沈佺期宋之問著,陶敏等:《沈佺期宋之問集校注》(北京:中華書局,2001年)
5. 〔唐〕陳子昂著,彭慶生:《陳子昂詩注》(重慶:四川人民出版社,1981年)
6. 〔唐〕盧照鄰撰,徐明霞點校:《盧照鄰集》(北京:中華書局,1980年)
7. 〔唐〕盧照鄰著,任國緒:《盧照鄰集編年箋注》(黑龍江:黑龍江人民出版社,1989年)
8. 〔唐〕駱賓王著,陳熙晉注:《駱臨海集箋注》(上海:上海古籍出版社,1985年)
9. 〔唐〕孟浩然著,徐鵬注:《孟浩然集校注》(北京:人民文學出版社,1989年)
10. 〔唐〕孟浩然著,李景白校注:《孟浩然詩集校注》(四川:巴蜀書社,1988年)
11. 〔唐〕孟浩然著,佟培基箋注:《孟浩然詩集箋注》(上海:上海古籍出版,2000年)
12. 〔唐〕李白著,瞿蛻園等校注:《李白集校注》(台北:里仁書局,1981年)
13. 〔唐〕李白著,安旗等:《李白全集編年注釋》(成都:巴蜀書社,1990年)
14. 〔唐〕李白著,瞿蛻園、朱金城校注:《李白集校注》(上海:上海古籍出版社,1998年)
15. 〔唐〕王建:《王建詩集》(上海:中華書局,1959年)
16. 〔唐〕韋應物著,孫望編校:《韋應物詩集繫年校箋》(北京:中華書局,2002年)
17. 〔唐〕高適著,劉開揚:《高適詩集編年箋注》(北京:中華書局,2000年)
18. 〔唐〕錢起著,王定璋:《錢起詩集校注》(杭州:浙江古籍出版社,

1992 年）
19. 〔唐〕錢起著，阮廷瑜：《錢起詩集校注》（台北：新文豐出版社，1996 年）
20. 〔唐〕戴叔倫著，蔣寅校注：《戴叔倫詩集校注》（上海：上海古籍出版社，1993 年）
21. 〔唐〕劉長卿著，儲仲君：《劉長卿詩編年箋注》（北京：中華書局，1996 年）
22. 〔唐〕白居易著，顧學頡校點：《白居易集》（北京：中華書局，1979 年）
23. 〔唐〕歐陽詢等編撰：《藝文類聚》（台北：新興書局，1973 年）
24. 〔唐〕許渾著，江聰平校注：《許渾詩校注》（台北：台灣中華書局，1973 年）
25. 〔唐〕劉禹錫著，瞿蛻園箋證：《劉禹錫集箋證》（上海：上海古籍出版社，1989 年）
26. 〔唐〕盧綸著，劉初棠：《盧綸詩集校注》（上海：上海古籍出版社，1989 年）
27. 〔唐〕元稹著，楊軍箋注：《元稹詩編年箋證》（西安：三秦出版社，2002 年）
28. 〔唐〕張籍著，李建崑校注，國立編譯館主編：《張籍詩集校注》（台北：華泰出版社，2001 年）
29. 〔唐〕韓愈著，錢仲聯編：《韓昌黎詩繫年集釋》（台北：學海出版社，1985 年）
30. 〔唐〕柳宗元著，王國安：《柳宗元詩箋釋》（上海：上海古籍出版社，1993 年）
31. 〔唐〕柳宗元著，王國安箋釋：《柳宗元詩箋釋》（上海：上海古籍出版社，1998 年）
32. 〔唐〕白居易著，朱金城注：《白居易集箋注》（上海：上海古籍出版社，1988 年）
33. 〔唐〕孟郊著，李建崑、邱燮友校注，國立編譯館主編：《孟郊詩集校注》（台北：新文豐出版公司，1997 年）
34. 〔唐〕賈島著，李建崑校注：《賈島詩集校注》（台北：里仁書局，2002 年）
35. 〔唐〕李商隱著，劉學鍇、余恕誠：《李商隱詩歌集解》（北京：中華書局，1988 年）

36. 〔唐〕元稹著，冀勤點校：《元稹集》（北京：中華書局，1982 年）
37. 〔唐〕鄭谷著，嚴壽澂、黃明、趙昌平：《鄭谷詩集箋注》（上海：上海古籍出版社，1991 年）
38. 〔唐〕杜牧：《樊川文集》（台北：漢京文化事業公司，1983 年）
39. 〔唐〕皮日休著，蕭滌非、鄭慶篤整理：《皮子文藪》（上海：上海古籍出版社，1981 年）
40. 〔宋〕葛立方：《韻語陽秋》，《景印文淵閣四庫全書》（台北：台灣商務印書館，1985 年），第 1479 冊，集部 418 詩文評類。
41. 〔宋〕阮閱編輯，周本淳校點：《詩話總龜》（北京：人民文學出版社，1987 年）
42. 〔宋〕王讜著，周勛初：《唐語林校證》（北京：中華書局，1997 年）
43. 〔宋〕郭茂倩編撰：《樂府詩集》（台北：里仁書局，1999 年）
44. 〔宋〕張舜民：《畫墁集》，《景印文淵閣四庫全書》（台北：台灣商務印書館，1985 年），第 1117 冊，集部 56 別集類。
45. 〔宋〕張戒：《歲寒堂詩話》，《景印文淵閣四庫全書》，第 1479 冊，集部 418 詩文評類。
46. 〔宋〕尤袤：《全唐詩話》，《叢書集成初編》（北京：中華書局，1991 年）
47. 〔宋〕釋文瑩：《玉壺清話》，《叢書集成初編》（北京：中華書局，1991 年）
48. 〔宋〕張表臣：《珊瑚鉤詩話》，《景印文淵閣四庫全書》（台北：台灣商務印書館，1985 年），第 1478 冊，集部 417 詩文評類。
49. 〔南宋〕嚴羽著，郭紹虞：《滄浪詩話校釋》（台北：正生書局，1972 年）
50. 〔明〕胡震亨：《唐音癸籤》（台北：世界書局，1985 年）
51. 〔明〕王嗣奭：《杜臆》（台北：中華書局，1970 年）
52. 〔明〕胡震亨：《唐詩談叢》，《叢書集成初編》（北京：中華書局，1985 年）
53. 〔明〕胡應麟：《詩藪》（台北：廣文書局，1973 年）
54. 〔清〕查慎行等編：《詠物詩選》（台北：廣文書局，1970 年）
55. 〔清〕沈德潛：《唐詩別裁》（台北：三民書局，1966 年）
56. 〔清〕王琦注：《李太白全集》（北京：華正書局，1979 年）
57. 〔清〕趙殿成：《王右丞集箋注》（台北：河洛圖書公司，1975 年）

58. 〔清〕魏塘俞、〔清〕琰長仁同輯，〔清〕易開綇、〔清〕孫洊鳴同註：《詳註分類詠物詩選八卷》（台北：清流出版社，1976 年）
59. 〔清〕仇兆鰲：《杜詩詳注》（台北：漢京文化事業公司，1984 年）
60. 〔清〕浦起龍：《讀杜心解》（台北：台灣中華書局，1988 年）
61. 〔清〕王國維：《人間詞話》（台北：台灣開明書店，1989 年）
62. 〔清〕劉熙載撰，徐中玉等校點：《劉熙載論藝六種・藝概》（四川：巴蜀書社，1990 年）
63. 〔清〕乾隆御選：《唐宋詩選》（北京：中國三峽出版社，1997 年）
64. 〔清〕聖祖御定：《全唐詩》（台北：文史哲出版社，1987 年）
65. 〔清〕董誥等編：《全唐文》（北京：中華書局，1983 年）
66. 〔清〕陳沆：《詩比興箋》（台北：藝文印書館，1970 年）
67. 郭紹虞輯：《宋詩話輯佚》（台北：華正書局，1981 年）
68. 傅璇琮等主編：《全宋詩》（北京：北京大學出版社，1998 年）
69. 陳寅恪：《元白詩箋證稿》（上海：上海古籍出版社，1982 年）
70. 《古今詩話叢編》（台北：廣文書局，1971 年）
71. 丁福保彙輯：《歷代詩話續編》（台北：木鐸出版社，1983 年）
72. 郭紹虞編選：《清詩話續編》（台北：木鐸出版社，1983 年）

二、今人專著（按作者筆劃排序）

（一）詩　學

1. 孔壽山：《唐朝題畫詩注》（成都：四川美術出版社，1988 年）
2. 方瑜：《唐詩論文集及其他》（台北：里仁書局，2005 年）
3. 毛毓松編著：《鳥獸蟲魚詩大觀》（桂林：廣西師範大學出版社，1992 年）
4. 王伯敏：《李白杜甫論畫詩散記》（上海：西冷印社，1983 年）
5. 王長俊：《詩歌意象學》（合肥：安徽文藝出版社，2000 年）
6. 王嵐譯注：《陳子昂詩文選譯》（重慶：巴蜀書社，1994 年）
7. 〔日〕吉川幸次郎，章培恒等譯：《中國詩史》（上海：復旦大學出版社，2001 年）
8. 〔美〕宇文所安：《初唐詩》（北京：生活・讀書・新知三聯書店，2004 年）
9. 〔美〕宇文所安：《盛唐詩》（北京：生活・讀書・新知三聯書店，

2004 年）
10. 朱光潛：《詩論》（台北：正中書局，1993 年）
11. 朱自清等編：《唐詩雜論》，《聞一多全集》（台北：里仁書局，1996 年）
12. 朱傳譽主編：《杜牧詩文及其交遊》（台北：天一出版社，1982 年）
13. 朱碧蓮、王淑均合編：《杜牧詩文選注》（台北：建宏出版社，1996 年）
14. 吳在慶撰：《杜牧詩文選評》（上海：上海古籍出版社，2002 年）
15. 吳戰壘：《中國詩學》（台北：五南圖書公司，1993 年）
16. 李曰剛：《中國詩歌流變史》（台北：文津出版社，1987 年）
17. 李春祥主編：《樂府詩鑑賞辭典》（鄭州：中州古籍出版社，1990 年）
18. 李栖：《兩宋題畫詩論》（台北：學生書局，1994 年）
19. 李樹政選注：《張籍王建詩選》（台北：遠流出版社，2000 年）
20. 杜榮琛：《海峽兩岸寓言詩研究》（新竹：先登出版社，1993 年）
21. 孟二冬：《中唐詩歌之開拓與新變》（北京：北京大學出版社，2006 年）
22. 房日晰：《唐詩比較研究》（合肥：安徽大學出版社，2004 年）
23. 林庚：《唐詩綜論》（北京：人民出版社，1987 年）
24. 林淑貞：《中國詠物詩「託物言志」析論》（萬卷樓出版社，2002 年）
25. 林淑貞：《表意、示意、釋義：中國寓言詩析論》（台北：里仁書局，2007 年）
26. 侯迺慧：《唐詩主題與心靈療養》（台北：三民書局，2005 年）
27. 施逢雨：《李白詩的藝術成就》（台北：大安出版社，1992 年）
28. 柳晟俊：《王維詩研究》（臺北：黎明文化事業公司，1987 年）
29. 胡雪岡：《意象範疇》（南昌：百花洲文藝出版社，2002 年）
30. 徐少舟、張杰編選：《歷代鳥獸蟲魚詩選》（昆明：雲南人民出版社，1994 年）
31. 徐育民、李勤印主編：《中華歷代詠鳥獸蟲魚詩詞選》（北京：學苑出版社，2005 年）
32. 袁行霈：《中國詩歌藝術研究》（北京：北京大學出版社，1996 年）
33. 張忠綱主編：《全唐詩大辭典》（北京：語文出版社，2000 年）

34. 張高評:《宋詩之傳承與開拓以翻案詩、禽言詩、詩中有畫爲例》(台北:文史哲出版社,1990 年)
35. 張淑瓊主編:《唐詩新賞(全 15 冊)》(台北:地球出版社,1989 年)
36. 張簡坤明:《張籍及其詩學研究》(台北:文史哲出版社,1998 年)
37. 梁超然選析:《李賀詩歌賞析》(貴陽:廣西教育出版社,1987 年)
38. 許總:《唐詩史》(南京:江蘇教育出版社,1994 年)
39. 許總:《唐詩體派論》(台北:文津出版社,1994 年)
40. 陳伯海:《唐詩彙評》(杭州:浙江教育出版社,1995 年)
41. 陳伯海:《唐詩論評類編》(濟南:山東教育出版社,1993 年)
42. 陳植鍔:《詩歌意象論:微觀詩史初探》(北京:中國社科院出版社,1990 年)
43. 陳植鍔:《詩歌意象論》(北京:中國社科院出版社,1990 年)
44. 陳貽焮主編:《增訂注釋全唐詩》(北京:文化藝術出版社,2001 年)
45. 傅璇琮:《唐詩論學叢稿》(北京:京華出版社,1999 年)
46. 富壽蓀:《千首唐人絕句》(上海:上海古籍出版社,1985 年)
47. 賀新輝:《全唐詩鑑賞辭典》(北京:中國婦女出版社,2004 年)
48. 黃永武:《中國詩學》(台北:巨流出版社,1979 年)
49. 黃永武:《中國詩學‧設計篇》(台北:巨流圖書公司,1999 年)
50. 黃盛雄:《李義山詩研究》(台北:文史哲出版社,1987 年)
51. 楊成鑒:《中國詩詞風格研究》(台北:洪葉出版社,1995 年)
52. 楊汝福等選注:《詠鳥詩選》(南寧:廣西人民出版社,1988 年)
53. 葛曉因:《中唐田園詩派研究》(瀋陽:遼寧出版社,1999 年)
54. 葛曉音:《詩國高潮和盛唐文化》(北京:北京大學出版社,1998 年)
55. 管士光選注:《詠物詩》(北京:人民文學出版社,1989 年)
56. 趙以武:《唱和詩研究》(蘭州:甘肅文化出版社,1997 年)
57. 劉坡公:《學詩百法》(上海:上海書店,1984 年)
58. 劉若愚著,杜國清譯:《中國詩學》(台北:幼獅文化事業公司,1981 年)
59. 劉洁:《唐詩審美十論》(北京:民族出版社,2002 年)
60. 劉逸生選注:《唐人詠物詩評注》(廣東:中山大學出版社,1985

年）
61. 劉開揚：《唐詩通論》（重慶：四川人民出版社，1981年）
62. 劉遠智：《陳子昂及其感遇詩研究》（台北：文津出版社，1987年）
63. 劉錟：《詠鳥古詩欣賞》（北京：語文出版社，2002年）
64. 歐麗娟：《杜詩意象論》（台北：里仁書局，1997年）
65. 歐麗娟：《唐詩中的樂園意識》（臺北：花木蘭文化事業出版社，2007年）
66. 潘百齊主編：《全唐詩精華分類鑑賞集成》（南京：河海大學出版社，1989年）
67. 蔣寅：《大曆詩人研究》（北京：中華書局，1995年）
68. 蔣寅：《大曆詩風》（上海：上海古籍出版社，1992年）
69. 蔡瑜：《唐詩學探索》（台北：里仁書局，1998年）
70. 鄭文惠：《詩情畫意——明代題畫詩的詩畫對應內涵》（台北：東大圖書公司，1995年）
71. 墨人：《全唐詩探尋幽微》（台北：台灣商務印書館，1987年）
72. 蕭滌非、程千帆等編撰：《唐詩鑑賞辭典》（上海：上海辭書出版社，1991年）
73. 蕭滌非等撰：《唐詩鑑賞集成》（台北：五南圖書公司，1990年）
74. 錢林森編譯：《牧女與蠶娘：法國漢學家論中國古詩》（上海：上海古籍出版社，1990年）
75. 戴偉華：《地域文化與唐代詩歌》（北京：中華書局，2006年）
76. 闞艷：《全唐詩名物詞研究》（成都：巴蜀書社，2004年）
77. 羅根澤：《樂府文學史》（台北：文史哲出版社，1981年）
78. 顧俊撰：《唐詩通論》（台北：木鐸出版社，1983年）

（二）其　他

1. 中國古典文學研究會主編：《古典文學》（台北：台灣學生書局，1979～1987年）第一冊～第十五冊。
2. 方東美：《中國人生概要》（台北：先知出版社，1974年）
3. 王伯敏：《中國繪畫通史》（台北：東大圖書公司，1997年）
4. 王孝廉：《中國的神話世界——中原民族的神話與信仰》（台北：時報文化公司，1992年）
5. 王孝廉：《中國的神話與傳說》（台北：聯經出版事業公司，1977

年）
6. 王邦雄：《中國哲學論文集》（台北：學生書局，1990年）
7. 王夢鷗：《中國文學理論與實踐》（台北：時報文化出版社，1995年）
8. 付亞庶：《中國上古祭祀文化》（北京：高等教育出版社，2005年）
9. 玄珠：《中國神話研究》（台北：啓明書局，1993年）
10. 〔美〕克雷奇等：《心理學綱要》（北京：文化教育出版社，1981年）
11. 朱光潛：《悲劇心理學》（台北：日臻出版社，1995年）
12. 〔德〕卡西爾，結構群譯：《人論》（台北：結構群文化事業公司，1989年）
13. 朱恩彬、周波主編：《中國古代文藝心理學》（濟南：山東文藝出版社，1997年）
14. 吳在慶：《唐代文人的生活心態與文學》（合肥：黃山書社，2006年）
15. 呂明、陳紅雯譯：《第三思潮：馬斯洛心理學》（台北：師大書苑，1992年）
16. 〔奧〕弗洛伊德著，呂俊、高申春、侯向群譯：《夢的解析》，《弗洛伊德文集二》（台北：知書房，2000年）
17. 岑仲勉：《隋唐史》（北京：中華書局，1982年）
18. 李乃龍：《雅人深致與宗教情緣》（台北：文津出版社，2000年）
19. 李志慧：《中國古代文人風尚》（西安：陝西人民出版社，2004年）
20. 李斌城等著：《隋唐五代社會生活史》（北京：中國社科院，1998年）
21. 李澤厚：《中國古代思想史論》（天津：天津社會科學院出版，2003年）
22. 李澤厚：《美學四講》（台北：三民書局，1996年）
23. 李清筠：《時空情境中的自我影像——以阮籍、陸機、陶淵明爲例》（台北：文津出版社，2000年）
24. 周益忠：《西崑研究論集》（台北：台灣學生書局，1999年）
25. 周鎮：《鳥與史料》（南投：台灣鳳凰谷鳥園出版，1992年）
26. 宗白華：《美學散步》（上海：上海人民出版社，1981年）
27. 尚永亮：《元和文化精神與五大詩人的政治悲劇》（台北：文津出版

社，1993 年）
28. 尚永亮、李乃龍：《浪漫情懷與詩化人生——唐代文人的精神面貌》（台北：文津出版社，2000 年）
29. 尚永亮：《科舉之路與宦海浮沉》（台北：文津出版社，2000 年）
30. 居閱時、瞿明安主編：《中國象徵文化》（上海：上海人民出版社，2001 年）
31. 金開誠：《文藝心理學概論》（北京：北京大學出版社，1999 年）
32. 金諍：《科舉制度與中國文化》（上海：上海人民出版社，1991 年）
33. 胡可先：《中唐政治與文學——以永貞革新爲研究中心》（合肥：安徽大學出版社，2000 年）
34. 胡適：《白話文學史》（台北：遠流出版社，1988 年）
35. 〔德〕佛洛姆，莫迺滇譯：《逃避自由》（台北：志文出版社，1984 年）
36. 〔奧〕佛洛伊德著，高覺敷譯：《精神分析引論》（北京：商務印書館，1996 年）
37. 范之麟、吳康舜主編：《全唐詩典故辭典》（武漢：湖北辭書出版社，1989 年）
38. 唐君毅：《中國哲學原論》（台北：學生書局，1992 年）
39. 唐曉敏：《精神創傷與藝術創作》（北京：百花文藝出版社，1991 年）
40. 孫昌武：《佛教與中國文學》（上海：上海人民出版社，1988 年）
41. 孫昌武：《唐代文學與佛教》（西安：陝西人民出版社，1985 年）
42. 徐復觀：《中國藝術精神》（上海：華東師大出版社，2001 年）
43. 袁行霈主編：《歷代名篇鑑賞集成》（台北：五南圖書公司，1993 年）
44. 袁行霈編著：《中國文學史綱要》（台北：曉園出版社，1991 年）
45. 袁珂：《山海經校注》（台北：里仁書局，2004 年）
46. 張世滿、王守恩編著：《中外民俗概要》（天津：南開大學出版社，2005 年）
47. 張法：《中國文化與悲劇意識》（北京：中國人民出版社，1989 年）
48. 張長傑：《詩情畫意——中國繪畫藝術欣賞》（台北：書泉出版社，1995 年）
49. 張春興：《心理學》（台北：台灣東華書局，1986 年）

50. 張煥庭：《心理學》（河海大學出版社，1988 年）
51. 張雙英、黃景進等編譯：《當代文學理論》（台北：合森文化出版社，1991 年）
52. 莊伯和：《中國繪畫史綱》（台北：幼獅文化圖書公司，1987 年）
53. 郭預衡：《中國古代文學史》（上海：上海古籍出版社，1998 年）
54. 〔德〕Karl Jaspers，葉頌姿：《悲劇之超越》（台北：巨流圖書公司，1983 年）
55. 郭預衡主編：《中國古代文學史長編—隋唐五代卷》（北京：師範學院出版社，1993 年）
56. 陳友琴編：《白居易資料彙編》（北京：中華書局，1986 年）
57. 陳寅恪：《唐代政治史述論稿》（上海：上海古籍出版社，2001 年）
58. 陳傳席：《中國繪畫理論史》（台北：東大圖書公司，1997 年）
59. 陳勤建：《中國鳥文化——關於鳥化宇宙觀的思考》（上海：學林出版社，1996 年）
60. 陳蒲清：《中國古代寓言史》（長沙：湖南教育出版社，1983 年）
61. 陶立璠：《民俗學概論》（北京：中央民族學院出版社，1987 年）
62. 陶東風、徐莉萍：《死亡・情受・隱逸・思鄉——中國文學四大主題》（杭州：杭州大學出版社，1993 年）
63. 傅璇琮等主編：《唐五代文學編年史》（瀋陽：遼海出版社，1998 年）
64. 傅錫壬：《中國神話語類神話研究》（台北：文津出版社，2005 年）
65. 喬象鍾、陳鐵民：《唐代文學史》（北京：人民出版社，1995 年）
66. 游國恩等人主編：《中國文學史》（台北：五南圖書出版公司，1990 年）
67. 程薔、董乃斌：《唐帝國的精神文明》（北京：中國社會科學出版社，1996 年）
68. 楊寶忠：《論衡校箋》（台北：河北教育出版社，1999 年）
69. 葉慶炳：《中國文學史》（台北：學生書局，1987 年）
70. 葛兆光：《禪與中國文化》（北京：北京大學出版社，1983 年）
71. 董乃斌：《李商隱的心靈世界》（上海：上海古籍出版社，1992 年）
72. 賈祖璋：《鳥與文學》（台北：台灣開明書店，1982 年）
73. 路成文：《宋代詠物詞史論》（北京：商務印書館，2005 年）
74. 劉大杰：《中國文學發展史上中下》（香港：三聯書店，2000 年）

75. 劉明華:《杜甫研究論集》(重慶:重慶出版社,2004 年)
76. 劉維崇:《元稹評傳》(台北:黎明文化事業公司,1977 年)
77. 劉維崇:《王維評傳》(台北:正中書局,1972 年)
78. 劉維崇:《白居易評傳》(台北:台灣商務印書館,1996 年)
79. 劉維崇:《李白評傳》(台北:台灣商務印書館,1972 年)
80. 劉維崇:《李商隱評傳》(台北:黎明文化事業公司,1978 年)
81. 劉維崇:《杜甫評傳》(台北:台灣商務印書館,1968 年)
82. 劉維崇:《駱賓王評傳》(台北:黎明文化事業公司,1978 年)
83. 蔡英俊:《比興物色與情景交融》(台北:大安書局,1986 年)
84. 鄭振鐸:《插圖本中國文學史》(台北:莊嚴文化事業公司,1991 年)
85. 鄭賓于:《中國文學流變史》(上海:上海書店,1991 年)
86. 鄭樹森編:《現象學與文學批評》(台北:東大圖書公司,1991 年)
87. 鄧小軍:《唐代文學的文化精神》(台北:文津出版社,1993 年)
88. 魯迅:《魯迅全集》(台北:谷風出版社,1990 年)
89. 燕國材等:《中國古代心理學思想史》(台北:遠流出版社,1999 年)
90. 蕭瑞峰:《多情自古傷離別古典文學別離主題研究》(臺北:文史哲出版社,1996 年)
91. 錢鍾書:《談藝錄》(北京:中華書局,1988 年)
92. 霍松林、傅紹良《盛唐文學的文化透視》(西安:陝西師範大學出版社,2000 年)
93. 駱祥發:《初唐四傑研究》(北京:東方出版社,1993 年)
94. 戴偉華:《唐代文學研究叢稿》(台北:學生書局,1999 年)
95. 韓學宏:《唐詩鳥類圖鑑》(台北:貓頭鷹出版社,2003 年)
96. 龐進:《中國鳳文化》(重慶:重慶出版社,2007 年)
97. 羅宗強:《隋唐五代文學思想史》(北京:中華書局,2005 年)
98. 羅聯添主編:《隋唐五代文學批評資料彙編》(台北:成文出版社,1978 年)
99. 龔鵬程:《文化文學與美學》(台北:時報文化公司,1988 年)

三、學位論文（按作者筆劃排序）

（一）詩　學

1. 于志鵬：《宋前詠物詩發展史》（濟南：山東大學文學博士論文，2005年）
2. 文鈴蘭：《詩經中草木鳥獸意象表現之研究》（台北：國立政治大學中文碩士論文，1985年）
3. 王曼霏：《劉白唱和詩研究》（貴陽：廣西大學古文學碩士學位論文，2008年）
4. 王碧英：《宋代繪畫「山水與花鳥」意境掘微與我創作觀》（台北：私立文化大學藝術碩士論文，2004年）
5. 王瑩雪：《儲光羲詩歌研究》（成都：四川大學文學碩士論文，2007年）
6. 付莉萍：《元稹詩歌與長安》（烏魯木齊：新疆師範大學文學碩士論文，2005年）
7. 付瑤：《劉禹錫唱和詩研究》（烏魯木齊：新疆師範大學文學碩士論文，2005年）
8. 白明芳：《劉長卿及其詩研究》（台中：私立靜宜大學中文碩士論文，2006年）
9. 石桂梅：《錢起詩探析》（台中：國立中興大學中文碩士論文，2008年）
10. 余海珍：《唐代布衣詩人及其詩歌研究——以晚唐布衣詩人及其詩歌爲例》（曲阜：曲阜師範大學文學碩士論文，2007年）
11. 余慧敏：《孟郊與貞元詩壇》（桂林：廣西師範大學文學碩士論文，2007年）
12. 吳元嘉：《初唐宮廷詩內容探析——以君臣唱和詩爲對象》（台中：國立中興大學中文碩士論文，1998年）
13. 吳賢妃：《唐詩中桃源意象之研究》（嘉義：國立中正大學中文碩士論文，2002年）
14. 宋立英：《元和詩壇》（上海：華東師範大學文學博士論文，2006年）
15. 李方婷：《俞琰《歷代詠物詩選》研究》（彰化：國立彰化師範大學國文所碩士論文，2006年）
16. 李方婷：《俞琰《歷代詠物詩選》研究》（彰化：國立彰化師範大學

國文所碩士論文，2006 年）
17. 李谷喬：《張九齡詩歌論稿》（吉林：吉林大學文學碩士論文，2004 年）
18. 李建崑：《韓愈詩探析》（台中：國立中興大學教師升等改聘論文，1999 年）
19. 李英華：《黃庭堅詠物詩研究》（高雄：國立高雄師範大學中文碩士論文，2001 年）
20. 李娜：《錢起詩歌藝術研究》（南京：南京師範大學文學碩士論文，2007 年）
21. 李愚鏞：《杜牧詩歌研究》（上海：復旦大學文學博士論文，2007 年）
22. 肖宙鋒：《白居易閑適詩思想研究》（廣州：華南師範大學文學碩士論文，2007 年）
23. 周婷莉：《中唐敘事詩研究》（上海：華東師範大學，2005 年）
24. 岳娟娟：《唐代唱和詩研究》（上海：復旦大學文學博士論文，2004 年）
25. 林明珠：《白居易詩探析》（台北：私立東吳大學博士論文，1997 年）
26. 金卿東：《張籍王建社會詩研究》（台北：國立台灣大學中文碩士論文，1990 年）
27. 侯美靈：《北宋禽言詩研究》（蘭州：蘭州大學文學碩士論文，2007 年）
28. 俞燕：《唐人詠物詩的生命意識》（烏魯木齊：新疆師範大學文學碩士論文，2004 年）
29. 姚垚：《皮日休、陸龜蒙唱和詩研究》（台北：國立台灣大學中文碩士論文，1979 年）
30. 紀倩倩：《論唐代思鄉詩的文化精神與藝術新變》（青島：青島大學文學碩士學位論文，2005 年）
31. 苗富強：《李嶠詩歌研究》（保定：河北大學文學碩士論文，2006 年）
32. 唐小薇：《柳宗元詩歌研究》（南昌：江西師範大學文學碩士論文，2006 年）
33. 索祖翠：《王昌齡的詩論及其創作實踐》（烏魯木齊：新疆師範大學文學碩士論文，2006 年）

34. 耿慶梅：《詩經婚戀詩研究》（嘉義：私立南華文學所碩士論文，2000 年）
35. 崔玲玲：《白居易感傷詩研究》（桂林：廣西師範大學文學碩士論文，2007 年）
36. 梁娜：《中唐詩人鮑溶研究》（成都：四川師範大學中文碩士論文，2008 年）
37. 許靜宜：《中唐動物寓言詩研究》（台北：國立台灣師範大學國文學系碩士論文，2008 年）
38. 陳玉妮：《錢起詩研究》（台中：私立靜宜大學中文碩士論文，2005 年）
39. 陳麗娜：《李白詠物詩研究》（台北：私立東吳大學中文碩士論文，1986 年）
40. 彭小盧：《中唐后期詠物詩研究》（南昌：江西師範大學文學碩士論文，2007 年）
41. 曾淑巖：《李商隱詠物詩研究》（高雄：國立中山大學中文碩士論文，1997 年）
42. 賀文榮：《唐代題畫詩研究》（桂林：廣西師範大學文學碩士論文，2004 年）
43. 賀同賞：《李益詩歌與中唐詩壇》（濟南：山東師範大學文學碩士論文，2005 年）
44. 黃喬玲：《唐詩中鶴的意象研究》（台北：國立政治大學中文碩士論文，2003 年）
45. 楊景琦：《雁在唐詩中所呈現意義之研究》（台中：私立逢甲大學中文所碩士論文，1996 年）
46. 董海龍：《李賀詩歌的悲劇意識論析》（長春：東北師範大學文學碩士論文，2005 年）
47. 廖慧美：《唐代題畫詩研究》（台中：私立東海大學中文所碩士論文，1990 年）
48. 熊烜藝：《盧綸詩歌的心態研究》（重慶：西南大學文學碩士論文，2008 年）
49. 趙現平：《元稹、白居易唱和詩三論》（廈門：廈門大學文學碩士論文，2007 年）
50. 趙繼紅：《初盛唐干謁詩論》（西安：陝西師範大學文學碩士論文，2001 年）
51. 劉國蓉：《晚唐詠物詩論》（西安：陝西師範大學文學碩士論文，2003

年）

52. 劉雪峰：《張九齡與盛唐詩歌》（呼和浩特：內蒙古大學文學碩士論文，2008 年）
53. 劉蓓蓓：《柳宗元詩歌風格論》（烏魯木齊：新疆師範大學文學碩士論文，2006 年）
54. 劉澤海：《陸龜蒙詩歌研究》（貴陽：貴州大學文學碩士論文，2007 年）
55. 盧先志：《唐詠物詩研究》（台北：私立東吳大學中國文學研究所碩士論文，1985 年）
56. 鮑恩洋：《六朝詠物賦研究》（南京：南京師範大學文學碩士論文，2003 年）
57. 薛幼萍：《南朝贈答詩研究》（貴陽：貴州大學文學碩士論文，2007 年）
58. 謝久娟：《盧照鄰及其詩歌研究》（南京：南京師範大學文學碩士論文，2008 年）
59. 謝明輝：《王建詩歌研究》（台中：私立東海大學中文碩士論文，2002 年）
60. 謝新香：《元祐文人的詠物詩研究》（廣州：暨南大學文學碩士論文，2007 年）
61. 謝慧娟：《韋應物詩歌研究》（廣州：嶺南大學哲學碩士論文，2006 年）
62. 簡恩定：《杜甫詠物詩研究》（台中：私立東海大學中國文學所碩士論文，1982 年）
63. 羅珊珊：《許渾詩歌創作研究》（黑龍江：黑龍江大學文學碩士論文，2005 年）

（二）其　他

1. 田啓文：《晚唐諷刺小品文小品文探析：以羅隱、皮日休、陸龜蒙三家爲論》（台北：國立台灣師範大學國文學系博士論文，2000 年）
2. 吳儀鳳：《詠物與敘事——漢唐禽鳥賦研究》（台北：私立輔仁大學中文博士論文，1999 年）
3. 呂明：《唐代貶謫文學的構成及其審美趨向》（遼寧：遼寧師範大學文學碩士論文，2004 年）
4. 孟祥光：《孟浩然與盛唐氣象》（烏魯木齊：新疆師範大學文學碩士論文，2006 年）

5. 林佳珍：《詩經鳥類意象及其原型研究》（台北：國立台灣師大中文碩士論文，1992 年）
6. 張鏞：《從悲劇的文學表現反思中國傳統文化的悲劇意識》（北京：首都師範大學哲學碩士論文，2006 年）
7. 陳美慧：《鳥與人變鳥——台灣原住民口傳故事析論》（台中：國立中興大學中文碩士論文，2007 年）
8. 陳學嬪：《魚・鳥——古代的神話圖騰繪畫研究》（台北：國立台灣藝術大學造形藝術研究所碩士論文，2004 年）
9. 彭鈺惠：《鳥神話之探討——文化與功能之分析》（台北：國立台北市立師範學院應用語言文學所碩士論文，2000 年）
10. 程榮：《談盧照鄰病中創作》（合肥：安徽大學文學碩士論文，2006 年）
11. 黃淑媖：《綺麗花鳥畫之研究》（台南：私立長榮大學視覺藝術碩士論文，2006 年）
12. 黃鈺婷：《東坡詞禽鳥意象研究》（台北：私立銘傳大學中文博士論文，2006 年）
13. 盧俐文：《太平廣記禽鳥類故事研究》（台北：國立政治大學中文所碩士論文，1998 年）
14. 戴麗娟：《宋詞燕意象研究》（高雄：國立高雄師範大學中文碩士論文，2004 年）
15. 瞿立晴：《黃鸝繁殖生態與棲地利用之研究》（高雄：國立中山大學中文碩士論文，2006 年）

四、期刊論文

（一）詩　學

1. 于志鵬：〈中國古代詠物詩概念界說〉，《濟南大學學報》，第 2 期，（2004 年 1 月）。
2. 孔壽山：〈論中國的題畫詩〉，《文藝理論與批評》，第 6 期，（1994 年 4 月）。
3. 文成英：〈畫意入詩，詩情入畫——論「題畫詩」的藝術特色〉，《渝州大學學報》，第 3 期，（1994 年 4 月）。
4. 毛明：〈自傳體記憶的概念及其主要現象〉，《萊陽農學院學報》，第 16 卷第 3 期，（2004 年 9 月）。
5. 牛景麗、何英：〈鷓鴣聲聲總關情——小議古典詩詞中的「鷓鴣啼」

意象〉，《古代文學》，第 3 期，(2007 年 6 月)。

6. 王子義：〈論齊己詩的社會現實內容及其藝術特色〉，《益陽師專學報》，第 17 卷第 2 期，(1996 年 2 月)。
7. 王小英：〈社會視角下的唐代題畫詩〉，《雞西大學學報》，第 7 卷第 2 期，(2007 年 4 月)。
8. 王向峰：〈燕子的象徵與意象〉，《文化學刊》，第 1 期，(2007 年 1 月)。
9. 王建堂：〈《詩經》中的鳥意象〉，《山西師大學報》，第 2 期，(1995 年 2 月)。
10. 王建梅：〈論李白遷謫詩中的騷怨情懷〉，《吉林省教育學院學報》，第 7 期，(2008 年 2 月)。
11. 王艷艷：〈張九齡〈感遇〉詩與陳子昂〈感遇〉詩比較〉，《社科縱橫》，第 22 卷第 12 期，(2007 年 12 月)。
12. 白本松：〈淺論蘇軾的寓言詩〉，《河南大學學報》，第 2 期，(1986 年)。
13. 朱炯遠：〈論張王樂府中的唱和現象〉，《上海大學學報》，第 4 卷第 5 期，(1997 年 10 月)。
14. 何輝蘭：〈論太陽與鳥的神話意象及其文化內涵〉，《南方論刊》，第 8 期，(2008 年 8 月)。
15. 吳元嘉：〈張九齡〈感遇〉組詩的主題思想與構篇藝術〉，《古今藝文》，第 33 卷第 2 期，(2007 年 2 月)。
16. 吳元嘉：〈張九齡贈答詩與興、觀、群、怨之詩教〉，《嘉義吳鳳學報》，第 15 期，(2007 年 12 月)。
17. 吳夏平：〈論類書與唐代「檃括體詩」〉，《貴州師範大學學報》，第 3 期，(2006 年 3 月)。
18. 吳學良：〈略論中國古典詩詞中的杜鵑意象〉，《六盤水師專學報》，第 1 期，(1995 年 1 月)。
19. 吳燕玲：〈杜荀鶴的干謁詩〉，《和田師範大學學報》，第 28 卷第 1 期，(2008 年 1 月)
20. 呂國康：〈江雪〉詩的背景與寓意，《柳州師專學報》，第 3 期，(2004 年)。
21. 呂愛梅：〈鳥飛返故鄉兮，狐死必首丘——我國古代文學中的三種懷鄉類型〉，《文史雜志》，第 6 期，(2000 年)。
22. 宋生貴：〈題畫詩的文化底蘊與審美特質〉，《廣播電視大學學報》，第 4 期，(2000 年 4 月)。

23. 巫淑寧：〈王建樂府詩之內容探析〉，《環球技術學院學報》，第 1 期，（2001 年 3 月）。
24. 李建崑：〈孟郊詩歷代評論資料述論〉，《國立中興大學文史學報》，第 27 期，（1997 年 6 月）。
25. 李建崑：〈試論韓愈七首託鳥爲喻之古體詩〉，《國立中興大學文史學報》，第 19 期，（1989 年 3 月）。
26. 李建崑：〈韓愈之仕宦生涯與詩歌創作〉，《文史學報》，第 21 期，（1991 年 3 月）。
27. 李柱梁：〈試評唐代送別詩的思想意義〉，《安徽農業技術師範學院學報》，第 3 期，（1996 年 10 月）。
28. 李柏翰：〈白居易諷喻詩之語言風格析探——以新樂府五十首爲例〉，《問學》，第 8 期，（2005 年 6 月）。
29. 李炳海：〈民族融合與中國古代狩獵詩的中興〉，《東北師大學報社科版》，第 5 期，（1996 年）。
30. 李浩：〈李白詩文中的鳥類意象〉，《文學遺產》，第 3 期，（1994 年 3 月）。
31. 李德輝：〈唐文人的旅寓生涯與唐代文學中的漂泊者形象〉，《新疆師範大學學報》，第 1 期，（2005 年 1 月）。
33. 沈謙：〈詠鷹的題畫詩——上〉，《中國語文》，第 519 期，（2000 年 5 月）。
32. 沈謙：〈詠鷹的題畫詩——下〉，《中國語文》，520 期，（2000 年 9 月）。
34. 汪亞軍：〈略論唐代送別詩的抒情藝術〉，《安徽教育學院學報》，第 19 卷第 2 期，（2001 年 5 月）。
35. 周尚義：〈唐代遷謫詩文述略〉，《常德師範學院學報》，第 4 期，（2002 年 3 月）。
36. 東方喬：〈題畫詩源流考辨〉，《河北學刊》，第 22 卷第 4 期，（2002 年 7 月）。
37. 東方喬：〈題畫詩藝術價值初探〉，《河北師範大學學報》，第 26 卷第 2 期，（2003 年 3 月）。
38. 林坤鎮：〈談詩經的諷刺詩與讚美詩〉，《國立空中大學共同科學報》，第 1 期，（1999 年 6 月）。
39. 林明珠：〈試論元白唱和詩的創作手法〉，《東吳中文研究集刊》，第 3 期，（1996 年 5 月）。
40. 林明珠：〈試論白居易詠物詩的藝術表現〉，《花蓮師院學報》，第 7

期，（1997年）。

41. 林曉筠：〈談白居易感傷詩——下〉，《國文天地》，第19卷第9期，（2004年3月）。
42. 林曉筠：〈談白居易感傷詩——上〉，《國文天地》，第19卷第9期，（2004年2月）。
43. 林璟亨：〈論孟郊詩作中的眞性情〉，《興大中文研究生論文集》，第2期，（1997年9月）。
44. 邵之茜：〈劉禹錫寓言詩思想內容初探〉，《陝西教育學院學報》，第11期，（2000年11月）。
45. 姚垚：〈唐代唱和詩的源流和發展〉，《中國書目季刊》，第15卷第1期，（1981年6月）。
46. 施建中：〈由唐人題畫詩觀唐畫寫眞之論〉，《南京師大學報》，第3期，（2001年5月）。
47. 洪錦淳：〈從韓愈詩觀其人格操守及創作特色——以贈示家人詩作爲研究範圍〉，《國立臺中護理專科學校學報》，第1期，（2002年8月）。
48. 孫志璞：〈陶淵明詩文中鳥的意象分析〉，《燕山大學學報》，第2期，（2006年2月）。
49. 徐菡：〈從感遇詩看陳子昂對武周王朝的態度〉，《柳州師專學報》，第15卷第2期，（2000年6月）。
50. 袁梅：〈〈獨坐敬亭山〉的生態美學解讀〉，《六盤水師專學報》，第2期，（2006年1月）。
51. 高洪岩：張九齡〈〈感遇〉詩審美理想的確立〉，《瀋陽師範學院學報》，第23卷第2期，（1999年11月）。
52. 張宇：〈白居易的詠鶴詩〉，《古典文學知識》，第6期，（2000年6月）。
53. 張志全：〈盛、晚唐送別詩情感差異探微〉，《四川職業技術學院學報》，第14卷第2期，（2004年5月）。
54. 張虎昇：〈陶淵明的飛鳥情結〉，《理論研究》，第3期，（2004年3月）。
55. 張映光：〈論柳宗元〈江雪〉孤獨悲怨和愚者自認的自敘性——對〈江雪〉的另一種解讀〉，《南京審計學院學報》，第4卷第4期，（2007年11月）。
56. 張英：〈杜甫題畫詩管窺〉，《雲南社會科學》，第6期，（1996年6月）。

57. 張浩遜、史耀樸：〈從贈內詩看李白的愛情生活〉，《陰山學刊》，第 1 期，（1997 年 2 月）。
58. 張煜：〈白居易〈新樂府〉創作目的、原型等考論〉，《北京大學學報》，第 44 卷第 5 期，（2007 年 9 月）。
59. 許東海：〈諷喻與諫諍——從諫諍意識論白居易新樂府創作之理念與實踐〉，《中國古典文學研究》，第 8 期，（2003 年 4 月）。
60. 陳良運：〈詩人詠畫與畫家題詩——中國詩畫融合縱向略覽〉，《美苑》，第 6 期，（2006 年 4 月）。
61. 陳華：〈中國諷刺詩的文化心態〉，《鹽城師範學院學報》，第 2 期，（1994 年）。
62. 陳德琥：〈唐代送別詩以佇立形象作結漫議〉，《安徽廣播電視大學學報》，第 3 期，（1999 年 3 月）。
63. 章文清、劉依軍：〈唐詩中思鄉情結及其藝術表現方法淺析〉，《江西科技師範學院學報》，第 5 期，（2002 年 10 月）。
64. 傅慧淑:〈白居易詩之當代關懷探研〉,《復興崗學報》,第 91 期,（2008 年 6 月）。
65. 傅慧淑:〈李義山詩中愛情觀的探研〉,《復興崗學報》,第 74 期,（2002 年 6 月）。
66. 傅慧淑：〈駱賓王詩研究〉,《中正嶺學術研究集刊》,第 18 期,（1999 年 6 月）。
67. 曾進豐：〈皮日休〈正樂府十篇〉析論〉,《台灣師範大學人文學報》,第 46 期，（2001 年 2 月）。
68. 程保榮：〈諷喻詩與新樂府〉,《蕪湖聯合大學學報》,第 1 卷第 2 期，（1997 年）。
69. 賀文榮：〈論唐代山水題畫詩的時空藝術〉，《中南大學學報》，第 12 卷，第 1 期，（2006 年 2 月）。
70. 黃致遠：〈「以詩證史」——羅隱諷刺詩探析〉，《中華技術學院學報》，第 24 期，（2002 年 3 月）。
71. 黃琳斌：〈論《詩經》中的狩獵詩〉，《黔東南民族詩專學報》，第 18 卷第 2 期，（2004 年 4 月）。
72. 楊學是：〈李白題畫詩管窺——兼與杜甫題山水畫詩之比較〉，《綿陽師範高等專科學校學報》，第 21 卷第 4 期，（2002 年 8 月）。
73. 楊靜、郭子輝：〈從〈感遇詩〉看陳子昂的憂患意識〉，《古典文學新探》，第 4 期，（2008 年）。
74. 萬志：〈試論李白的送別詩〉，《東山師範學院學報》，第 19 卷第 1

期，(2004 年 1 月)。

75. 過常寶：〈穿越現實和歷史的悲涼——讀杜牧〈早雁〉詩〉，《文史知識》，第 4 期，(2007 年 4 月)。
76. 趙以武：〈和意不和韻：試論中唐以前唱和詩的特點與體制〉，《甘肅社科學學報》，第 3 期，(1997 年 2 月)。
77. 趙棡鴿、邱賢：〈一肩挑盡千年境——用符號矩陣解析〈江雪〉〉，《梧州學院學報》，第 17 卷第 2 期，(2007 年 4 月)。
78. 趙雲長：〈談李白送別詩的創新精神〉(哈爾濱學院學報)，第 24 卷第 5 期，(2003 年 5 月)。
79. 趙曉嵐：〈李白愛情詩評價〉，《中國文學研究》，第 2 期，(1990 年 3 月)。
80. 劉兆君：〈淺析〈江雪〉與〈獨坐敬亭山〉的藝術特點〉，《吉林工程技藝師範學院學報》，第 20 卷第 11 期，(2004 年 11 月)。
81. 劉桂芳：〈羅隱詠物詩析論〉，《屏東師院學報》，第 22 期，(2005 年 6 月)。
82. 劉貴華：〈先秦狩獵詩論〉，《瀋陽師範學院學報》，第 25 卷，第 6 期，(2001 月)。
83. 劉進：〈杜詩中的鷹、馬意象〉，《杜甫研究學刊》，第 3 期，(1999 年 3 月)。
84. 劉鐵峰：〈論劉禹錫、柳宗元貶謫創作中禽鳥意象的情感意蘊〉，《貴州教育學院學報》，第 1 期，(2002 年 1 月)。
85. 蔡青：〈百囀流鶯　宮商迭奏——王維山水詩中的自然音響〉，《商業文化》，第 1 期，(2007 年 9 月)。
86. 蔡振念：〈沈宋貶謫詩在詩史上之新創意義〉，《文與哲》，第 11 期，(2007 年 12 月)。
87. 蔡鴻江：〈皮日休樂府論析探〉，《問學》，第 2 期，(1998 年 7 月)。
88. 談雲雷：〈談杜甫的論畫詩〉，《南京理工大學學報社科版》，第 16 卷第 6 期，(2003 年 12 月)。
89. 鄭德開：〈古典詩詞鳥意象文化意蘊散論〉，《楚雄師範學院學報》，第 4 期，(2001 年 4 月)。
90. 鄧英：〈物微意不淺——解析杜甫詩歌中的燕子意象〉，《西南科技大學學報》，第 4 期，(2006 年 4 月)。
91. 黎遠方：〈唐詩中鳥的意象研究〉，《桂林市教育學院學報》，第 14 卷第 4 期，(2000 年 12 月)。

92. 盧國棟:〈初唐詩壇的光輝〉,《青大師院學報》,第 13 卷第 2 期,(1996 年 6 月)。

93. 蕭麗華:〈從神話原型看李杜詩中的神鳥意象〉,《國文天地》,第 16 卷第 8 期,(2001 年 1 月)。

94. 蕭麗華:〈晚唐詩僧齊己的詩禪世界〉,《台灣大學中文系佛學中心學報》,第 2 期,(1997 年 7 月)。

95. 霍建波、宋雁超:〈從盛唐投獻詩看士子的干謁心態〉,《紹興文理學院學報》,第 26 卷第 2 期,(2006 年 4 月)。

96. 謝海平:〈論應酬詩在古籍整理的價值——以唐大曆詩人作品爲例〉,《逢甲人文社會學報》,第 6 期,(2003 年 5 月)。

97. 鍾曉峰:〈從詠物到遊戲:白居易詩歌中的鶴〉,《淡江中文學報》,第 16 期,(2007 年 6 月)。

98. 韓學宏:〈「隔葉黃鸝」、「出谷遷喬」與「千里鶯啼」——從鳥類生態角度談《全唐詩》中的黃鶯與黃鸝,《光武國文學報》,第 1 期,(2004 年 6 月)。

99. 簡政珍:〈隱喻及換喻:以唐詩爲例〉,《中外文學》,第 12 卷第 12 期,(1983 年 7 月)。

100. 瀟瀟:〈生命的感悟與寄託——〈析陳子昂〈感遇〉詩中白雲、白日、飛鳥的意象〉〉,《合肥學院學報》,第 23 卷第 1 期,(2006 年 2 月)。

101. 嚴俊:〈王維孟浩然送別詩淺析〉,《東山師範學院學報》,第 18 卷第 7 期,(2003 年 11 月)。

102. 嚴壽澂:〈詩聖杜甫與中國詩道〉,《國立編譯館館刊》,第 30 卷第 1.2 期合刊本(2001 年 12 月)。

103. 蘭香梅:〈漂泊與自由——杜詩中的「鷗」鳥意象〉,《綿陽師范高等專科學校學報》,第 4 期,(1997 年 4 月)。

104. 蘭翠:〈論唐代詠物詩與士人生活風尚〉,《齊魯學刊》,第 1 期,(2003 年 1 月)。

(二)其 他

1. 于學斌:〈滿族的鷹文化〉,《哈爾濱學院學報》,第 26 卷第 11 期,(2005 年 10 月)。

2. 亢巧霞、吳在慶:〈皮日休及第前後思想和創作特色及原因〉,《廈門大學學報》,第 5 期,(2005 年)。

3. 王成軍、王炎:〈文本・文化・文學——論自傳文學〉,《國外文學季刊》，第 2 期，（1997 年 2 月）。

4. 王佺：〈唐代干謁與文學的傳播〉，《西北師大學報》，第 45 卷第 4 期，（2008 年 7 月）。
5. 王政：〈靈魂鳥·引魂鳥〉，《中國典籍與文化》，第 3 期，（1996 年）。
6. 王秋萍：〈感生神話——中國門第觀的文化淵源〉，《青海師範大學學報》，第 5 期，（2006 年 3 月）。
7. 王健：〈孤獨意識產生根源探析〉，《青海社會科學》，第 1 期，（1997 年）。
8. 史延廷：〈鳥圖騰崇拜與吳越地區的崇鳥文化〉，《社會科學戰線——文化研究》，第 3 期，（1994 年 3 月）。
9. 朱鳳祥：〈玄鳥生商——商族人原始崇拜的內涵及演變〉，《商丘師範學院學報》，第 23 卷第 10 期，（2007 年 10 月）。
10. 李月秋：〈于無聲處見精神〉，《淺談中國花鳥畫創作的精神內涵》，第 3 卷第 1 期，（2004 年 2 月）。
11. 李芳、王友勝：〈死生契闊　與子成悅——論李白、蘇軾的婚姻及其愛情觀〉，《湘潭師範學院學報》，第 30 卷第 6 期，（2008 年 11 月）。
12. 〔日〕松原朗文，（中）李寅生譯：〈論杜甫在蜀中前期的望鄉意識〉，《杜甫研究學刊》，第 1 期，（2008 年）。
13. 尚永亮：〈論柳宗元的生命悲感和性格變異〉，《文史哲》，第 4 期，（2000 年）。
14. 孫新周：〈鴟鴞崇拜與華夏歷史文明〉，《天津師範大學學報》，第 5 期，（2004 年 5 月）。
15. 徐山：〈釋「禽」〉，《安徽農業大學學報》，第 15 卷第 6 期，（2006 年 11 月）。
16. 曹文江：〈九奏中新聲，八珍中異味〉，《鄭州大學學報》，第 2 期，（1984 年 2 月）。
17. 許智銀：〈三國時期的狩獵活動〉，《許昌學院學報》，第 23 卷第 3 期，（2004 年 3 月）。
18. 陳昌寧：〈杜甫的自然視角〉，《解放軍外語學院學報》，第 21 卷第 2 期，（1998 年 3 月）。
19. 陳清俊：〈中國人的鄉愁與空間意識〉，《牛津人文集刊》，第 1 期，（1995 年 10 月）。
20. 陳勤建：〈中國鳥信仰的形成、發展與衍化〉，《華東師範大學學報》，第 35 卷第 5 期，（2003 年 9 月）。

21. 陶思炎：〈炎帝神話探論〉，《江蘇社會科學》，第 4 期，(1998 年)。
22. 董素貞：〈論唐代干謁之風及其對文學的影響〉，《鷺江職業大學學報》，第 12 卷第 3 期，(2004 年 9 月)。
23. 趙海霞：〈從干謁看李白杜甫的入仕心態〉，《長春師範學院學報》，第 25 卷第 2 期，(2006 年 3 月)。
24. 劉博：〈小議〈禽言〉之名稱〉，《安徽文學・說文解字》，第 6 期，(2008 年)。
25. 樓望皓：〈哈撒克族的馴鷹術〉，《新疆人大》，(1996 年 2 月)。
26. 談家勝：〈杜荀鶴的仕進與退隱的心態解析〉，《池州師專學報》，第 15 卷第 2 期，(2001 年 5 月)。
27. 鄭志剛：〈嘉峪關魏晉古墓磚畫中的馴鷹狩獵圖像研究〉，《敦煌學輯刊》，第 2 期，(2007 年 5 月)。
28. 鄭宗榮：〈自戀與自卑的轉移〉，《重慶三峽學院學報》，第 5 期，(2006 年 5 月)。
29. 霍志軍：〈恥干謁和事干謁〉，《中國礦業大學學報》，第 1 期，(2005 年 3 月)。
30. 薛天緯：〈干謁與唐代詩人心態〉，《西北大學學報》，第 24 卷第 1 期，(1994 年 2 月)。
31. 謝元魯：〈唐代官吏的貶謫流放與赦免〉，《中國古代社會研究——慶祝韓國磐先生八十華誕紀念論文集》(廈門：廈門大學出版社，1998 年)。
32. 謝明輝：〈析論王建人生三個階段〉，《國立台南大學人文研究學報》，第 40 卷第 1 期，(2006 年)。
33. 謝朝玲：〈淺談中國花鳥畫入情與構境〉，《湘潭師範學院學報》，第 28 卷第 3 期，(2006 年 5 月)。
34. 顏崑陽：〈論唐代「集體意識詩用」的社會文化行為現象——建構「中國詩用學」初論〉，《東華人文學報》，第 1 期，(1999 年 7 月)。
35. 饒曉紅：〈「聲音」與「憤怒」——班吉的後結構主義解讀〉，《安徽大學學報》，第 33 卷第 1 期，(2009 年 1 月)。

五、數位資料庫檢索

1. 故宮——(寒泉)古典文獻全文檢索資料庫
(http://libnt.npm.gov.tw/s25/)
2. 元智大學——唐宋文史資料庫
(http://cls.hs.yzu.edu.tw/tasuhome.htm)

3. 中央研究院——漢籍電子文獻資料庫
（http://dbo.sinica.edu.tw/~tdbproj/handy1/）
4. CNS11643 中文全字庫
（http://www.cns11643.gov.tw/AIDB/welcome.do）
5. 詩詞曲典故（http://cls.hs.yzu.edu.tw/ORIG/home.htm）
6. 維基文庫
（ http://zh.wikipedia.org/w/index.php?title=Wikipedia:%E9%A6%96%E9%A1%B5&variant= zh-tw）